dtv
Reihe Hanser

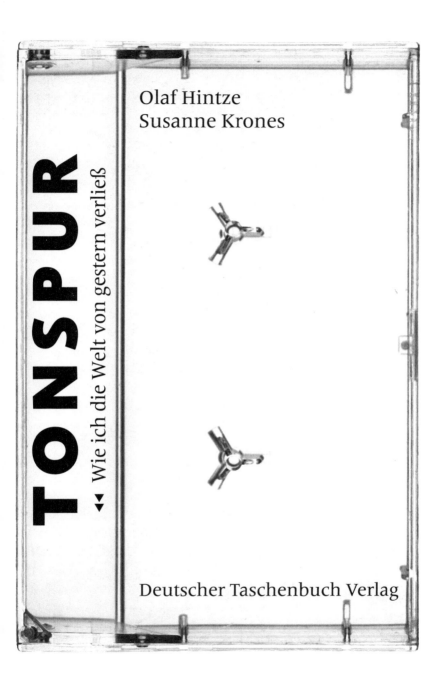

Alle Zitate Stefan Zweigs stammen aus *Die Welt von Gestern. Erinnerungen eines Europäers* (= WVG), erstmals erschienen 1942 im Bermann-Fischer Verlag zu Stockholm 1942, © 1944 by Bermann-Fischer Verlag A.B., Stockholm, 1944. In der DDR erschien Stefan Zweigs *Die Welt von Gestern* 1981 im Aufbau-Verlag Berlin und Weimar in einer Ausgabe für die sozialistischen Länder. Zitate nach der aktuellen Ausgabe im Fischer Taschenbuch Verlag, einem Unternehmen der S. Fischer GmbH, Frankfurt am Main, 1970ff.

Das Motto-Zitat auf S. 5 stammt aus Stefan Zweigs *Triumph und Tragik des Erasmus von Rotterdam*. Frankfurt am Main 1981, S. 93.

Die Kapitelüberschriften zitieren die Titel der im abschließenden Soundtrack (S. 358f) aufgeführten Songs.

Das gesamte lieferbare Programm der *Reihe Hanser* und viele andere Informationen finden sich unter www.dtv-dasjungebuch.de

Originalausgabe 2014
© 2014 Deutscher Taschenbuch Verlag GmbH & Co. KG, München
Umschlag: Doris Katharina Künster
unter Verwendung einer Vorlage von Olaf Hintze
Gestaltung, Satz und Abbildungen: Doris Katharina Künster unter
Verwendung von Unterlagen und Fotos von Olaf Hintze/privat
Gesetzt aus der Frutiger Serif
Druck und Bindung: Kösel, Krugzell
Gedruckt auf säurefreiem, chlorfrei gebleichtem Papier
Printed in Germany • ISBN 978-3-423-65005-2

»... ohne Freiheit ist Gerechtigkeit unmöglich ...«
Stefan Zweig

Meinen Eltern.
Die Tonspur wird zeigen, weshalb.
                               Olaf Hintze

Für R. und meine Familie
auf der anderen Seite der Mauer.
                               Susanne Krones

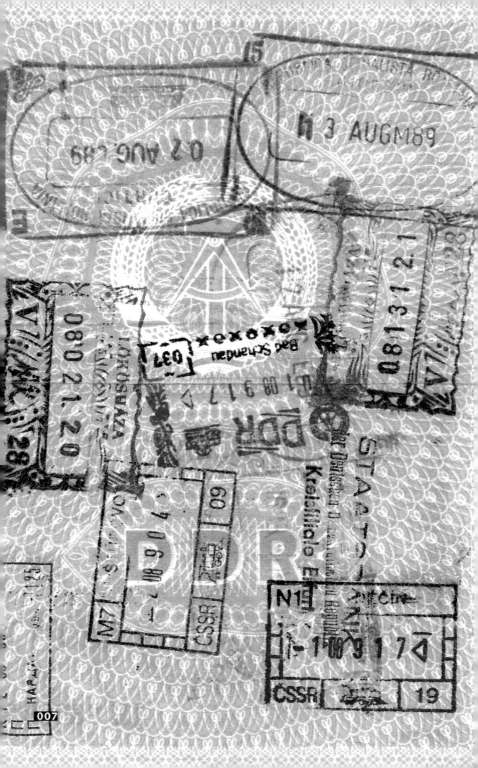

1 – *If You Leave Me Now*

▸ VARNA, BULGARIEN | 12. AUGUST 1989, ABENDS

So könnte er ausgesehen haben. Groß und schmal, T-Shirt und Jeans dunkel und eng anliegend. Die Haare so hellblond, dass sie im gleißenden Licht der Abendsonne fast unsichtbar werden. Auf dem Rücken eine große, mit gräulichem Stoff bespannte Kraxe, die Tasche mit dem Zelt über der einen, den Beutel mit der Verpflegung über der anderen Schulter. Im Schattenbild, das sein bepackter Körper auf das unruhige Pflaster des Bahnsteigs wirft, verschwindet er zwischen den kantigen Umrissen seines Gepäcks. Er steht gerade, lässig, als hätten die Gepäckstücke kein Gewicht, als dürfe der Schatten nicht mehr zeigen als seine schlanke, kerzengerade Gestalt.

Die Schatten seiner drei Freunde, alles Kollegen aus der Übertragungsstelle, verschmelzen zu einem. OleRainerMarc. Die letzten Sätze, die sie einander sagen, klingen nicht nach letzten Sätzen.

Ja, schade. Wäre gern länger geblieben, aber ... Hab alle achtzehn Urlaubstage schon aufgebraucht, weiß nicht, wo die hingegangen sind.

Er weicht ihren Blicken aus und dreht sich zur Seite, um die Kraxe vom Rücken zu nehmen.

Komm gut heim!
Ihr auch. Trinkt nicht so viel! Er lacht. *Und feiert nicht zu lang!*
Grüß die anderen in Erfurt!

Eine Kette von Banalitäten, unerträglich harmlos, unerträglich oberflächlich. Der einfahrende Zug unterbricht sie mit ohrenbetäubendem Zischen. Erleichtert schreit er dagegen an: *Mach ich, ich grüße.*

Noch drei Schritte, über drei hohe Stufen aus eisernen Rosten. Zuerst wuchtet er Zelt und Kraxe in den Zug, nimmt dann die drei Stufen in schnellen Schritten, um sich drinnen umzudrehen und den Freunden zu winken.

Grüßt ihr mir das Meer!

Dann könnte alles sehr schnell gegangen sein: Er betritt das Abteil, winkt weiter, übertrieben herzlich, ohne zu wissen, ob die anderen sein Winken durch die blinde Scheibe wahrnehmen können. Er hält Ausschau nach einem Sitzplatz, übertrieben routiniert, als ginge es darum, für eine entspannte Zugfahrt den besten Ausblick, die interessanteste Zugbekanntschaft auszusuchen. Dabei schreit alles in ihm: Sprecht mich nicht an, lenkt mich nicht ab. Während er Sitzreihe um Sitzreihe Kraxe und Zelt vor sich her durch die schmalen Gänge balanciert, bleibt sein Blick ohne Anker. Diese Reihe oder diese, warum nicht die nächste, warum nicht die übernächste. Wohin setzt man sich, wenn …

Noch während er nachdenkt, fährt der Zug an, nimmt überraschend schnell Tempo auf. Erst jetzt realisiert er: *Ich bin unterwegs.* Er lässt sich auf den nächsten freien Platz sinken. Das Gepäck behält er eng bei sich auf dem freien Nebensitz. Er sitzt gerade, unbeweglich. Lässt die Kraxe nicht los. Sein Herz rast, während er den letzten halben Tag rückwärts denkt.

Nachmittags noch ist er am Strand durch den Sand gelaufen, zwei Flaschen in jeder Hand, unter einen Arm die Zeitung geklemmt. Von vorgestern zwar, aber die *Süddeutsche*. Bekommt man zu Hause nicht. Hat, bei den Freunden angekommen, die Zeitung aufs Badetuch gleiten lassen, um erst die Flaschen zu übergeben –

je ein Bier für Ole und Rainer, die Cola für Marc – und dann selber aufs Handtuch zu sinken, die Beine tief in den Sand zu vergraben, die Augen aufs Meer zu richten. Auf ein Türkis, das sein Land nicht kennt. In der rechten Tasche seiner engen Jeans spürte er das Wechselgeld, in der anderen wölbte sich eine gefaltete Zeitungsseite. Nur Papier, aber er kann nicht aufhören, es zu spüren, auch jetzt nicht, in der Bahn. Die Schlange am Strandkiosk war lang genug, um die Zeitung schon im Stehen durchzublättern.

Während er aus einem der Transistorradios Chicagos »If You Leave Me Now« leiern hörte, sah er seine Finger übers Papier gleiten, einen erst feinen, dann breiten Spalt entstehen, den seine entschiedenen Hände quer durch einen der Bogen rissen. »If you leave me now, you'll take away the biggest part of me.« Internationale Politik. Die Doppelseite teilte sich. Seine Finger waren schneller als sein Kopf. Er sah sich noch die herausgerissene Seite falten, umständlich, so klein wie möglich, sie einstecken. Die Zeit reichte gerade noch, um den Rest der *Süddeutschen* zurückzufalten und auf ein Viertel ihrer Größe zu knicken. Dann bildete er den Kopf der Schlange und bestellte, indem er auf die Flaschen zeigte. Eine Cola. Drei Bier. Die Finger der anderen Hand formten die Zahl. Und die *Süddeutsche*, der der Verkäufer nicht ansehen kann, dass eine Seite fehlt. Sturm im Kopf, während er zurück zur Clique lief. War das das Zeichen, auf das er gewartet hatte?

Prost! Klirrende Flaschen, gelöstes Lachen. Vielleicht wollten Marc und Rainer als Erste ins Wasser, auch Ole wollte ungern warten.

Macht's dir was aus, bei den Sachen zu bleiben?

Er könnte erleichtert den Kopf geschüttelt haben. *Nein. Geht ruhig!* Könnte allein zwischen den Touristen zurückgeblieben sein, allein genug, um in genau diesem Moment zu entscheiden, das Zelt hier gleich wieder abzubauen, sich vom Meer zu verabschieden, bevor er es begrüßt hat. Wegzugehen, um an einem anderen Ufer wiederzukommen.

Der Zug hat Varna längst hinter sich gelassen und ist weit ins Landesinnere vorgedrungen. Er tastet nach dem Zeitungspapier in der Hosentasche. Wenn er der abgebildeten Karte glauben kann, gibt es tatsächlich eine Möglichkeit. Er wagt nicht, sie zu Ende zu denken. *Grüß die anderen in Erfurt.* Die anderen. Wann? Wird es dazu noch kommen? Er fühlt sich an einem Abgrund stehen, über den man nicht hinwegdenken kann. Zwei Sätze fallen ihm ein: *»Von all meiner Vergangenheit habe ich also nichts mit mir, als was ich hinter der Stirne trage. Alles andere ist für mich in diesem Augenblick unerreichbar oder verloren.«* Gedanken wie ein Geländer, das ihn über diesen Abgrund führen könnte. Er verwirft das Bild vom Geländer, denkt: Gedanken, wie ein Gerüst, die eine Zukunft umgeben, die er erst bauen muss. Er tastet die beiden Seiten der Kraxe ab, die Hand hält an, wo sich eine Ecke scharfkantig unter dem Stoff abzeichnet. Da ist es. Nur mit Widerstand gibt der Reißverschluss der schmalen Tasche das Buch frei: grün, ohne Motiv. Stefan Zweigs *Die Welt von Gestern*. Er atmet tief ein und sucht beiläufig und ruhig nach der Stelle. Für Mitreisende muss es gewirkt haben, als suchte er die, an der er am Vorabend die Lektüre beendet hat. Als wollte er weiterlesen. Tatsächlich hat er das Buch längst vielfach gelesen, viermal, fünfmal, entscheidende Kapitel weit öfter, Exzerpte daraus unzählige Male. Die Stelle, nach der er sucht, sieht er vor sich: *»Von all meiner Vergangenheit habe ich also nichts mit mir, als was ich hinter der Stirne trage. Alles andere ist für mich in diesem Augenblick unerreichbar oder verloren.«* Er findet sie auf Seite 12, hangelt sich weiter an den Sätzen, die sein Gedächtnis nicht mehr parat hatte: *»Aber die gute Kunst, Verlorenem nicht nachzutrauern, hat unsere Generation gründlich gelernt, und vielleicht wird der Verlust an Dokumentierung und Detail diesem meinem Buche sogar zum Gewinn. Denn ich betrachte unser Gedächtnis nicht als ein das eine bloß zufällig behaltendes und das andere zufällig verlierendes Element, sondern als eine wissend ordnende und weise ausschaltende Kraft. Alles, was man* *aus seinem eigenen Leben vergißt, war eigentlich von einem inneren Instinkt längst schon verurteilt gewesen, vergessen zu werden. Nur was ich selber bewahren will, hat ein Anrecht, für andere bewahrt zu werden.«(WVG, 13)*

Was wird bleiben von dieser Reise, die er ohne Zeugen unternimmt. Ohne Fotoapparat, ohne Notizbuch. Ohne jedes Pendant für Weißt-du-noch-wie-Erinnerungen. Wohin wird sie führen. Welchen Preis wird er zahlen. *»Von all meiner Vergangenheit habe ich also nichts mit mir, als was ich hinter der Stirne trage.«* Unwillkürlich hält seine Hand das Buch, greift sein Arm die Kraxe neben sich fester. Letzte Begleiter aus der Welt von gestern.

2 – *Running Up That Hill*
(A Deal With God)

◄ **TURNU ROSU/MUNTII FAGARAS, RUMÄNIEN**
   | 3. BIS 11. AUGUST 1989

► **VARNA, BULGARIEN | 12. AUGUST 1989**

Einen Schritt zurück. Erst an diesem Morgen des 12. August 1989 sind die vier mit dem Zug aus Bukarest über den Grenzübergang vom rumänischen Negru Voda ins bulgarische Kardam nach Varna an die bulgarische Schwarzmeerküste gefahren. Vier junge Männer, gelöst und heiter, sind nach zwölf Tagen strapaziöser Bergwanderung in Rumänien im entspannten Teil ihres Urlaubs angekommen. Sie hatten keine anderen Punkte mehr auf der imaginären Liste als: Zeltplatz erobern, Meer begrüßen.

Campingplätze gab es in Varna reichlich, auch in diesem Sommer hatten auch Deutsche ihre Zelte aufgeschlagen. Waren es mehr als sonst? Die vier hätten sich nicht darüber gewundert, hätten sie darüber nachgedacht: Es waren Sommerferien in der DDR. »*Es bleibt ein unumstößliches Gesetz der Geschichte, daß sie gerade den Zeitgenossen versagt, die großen Bewegungen, die ihre Zeit bestimmen, schon in ihren ersten Anfängen zu erkennen.«* (WVG, 406) Routiniert bauten sie die Zelte auf, in denen sie seit Anfang August Nacht für Nacht unter wechselnden Himmeln übernachtet hatten, auch er, obwohl er sich auf Abruf fühlte, jeden Tag einwarf, dass er bald abfahren würde, früher als die andern, in ein paar Tagen, übermorgen vielleicht. Er hörte es sich sagen, wieder und wieder, und glaubte doch selbst nicht daran. Zu perfekt der Sommer, der sie umgab, mit milder Wärme und strahlendem Blau zu beiden Seiten des Horizonts.

Es war die Zeitung, die den Urlaub in ein Davor und ein Danach zerschnitt. Eine *Süddeutsche*, sicher einige Tage alt, es konnte dauern, bis die Zeitung in den bulgarischen Urlaubsorten verfügbar war. Ihr Datum die erste zeitliche Orientierung seit Langem.

Er konnte nicht anders, als die Seite herauszureißen und einzustecken, etwas in ihm hatte sich entschieden. Er wurde ein anderer mit diesem Stück Zeitungspapier in der Tasche seiner Jeans.

Was hast du denn? Oles Frage, als die drei vom Baden zurückkamen. Zumindest ihm blieb die Veränderung nicht verborgen.

Schon der 12. August, hab ich auf der Zeitung gesehen. Ich glaub, ich fahr heute wieder. Ich hab mich mit dem Urlaub verkalkuliert. Dachte, wir wären Mitte des Monats längst zu Hause.

Er schämte sich, weil sein Vorwand so lächerlich unbeholfen klang.

Echt?
Nicht dein Ernst!
Verrückt. Kann auch bloß dir passieren.

OleRainerMarc. Noch nass vom Meer und betört vom makellos blauen Himmel auf ihren Handtüchern liegend, fehlten ihnen Kraft und Interesse nachzufragen. Ihre Irritation über seinen Aufbruch war spürbar. Unvorstellbar eigentlich, dass jemand dieses Paradies verlassen wollte, noch bevor seine Haut ein erstes Mal Meerwasser geschmeckt hatte. Doch sie mischte sich schnell mit dem betäubenden Flirren der Luft in der ungewohnten Helligkeit und Wärme und der Geräuschkulisse eines lebendigen Strandtags. Auf ihren vier Handtüchern lagen ihre Köpfe eng beieinander, von oben ein gleichmäßiger, vierzackiger Stern Mensch. In ihren Köpfen aber trieben sie weit auseinander, jeder mit eigenen Gedanken beschäftigt, die eine anstrengende Reise und die Wucht neuer Eindrücke ausgelöst hatten.

Und tatsächlich: Noch in den Abendstunden desselben Tages brach er auf. »Auch wenn es nicht leicht war, dieses Paradies zu verlassen«, wird er später erzählen. Man soll gehen, wenn es am schönsten ist.

[▫ ▫]

Noch einen Schritt zurück. Wenn er später von diesem Urlaub erzählen wird, wird er beschreiben, wie viele Extreme auf dieser Reise aufeinanderprallten: »Am 2. August 1989 haben wir vier den Grenzübergang vom ungarischen Lökösháza ins rumänische Curtici passiert. In Rumänien fuhren wir nach Sibiu, Hermannstadt, und von dort weiter nach Turnu Rosu, Schweinsdorf. Für uns war das eine sonderbare Zugfahrt, wie aus der Zeit gefallen: ein ganz altertümlicher Zug, draußen vor den Fenstern Schafherden, kleine Ortschaften, in denen die Menschen Hühner vor den Häusern hielten. Drinnen im Zug Rumänen, von denen einer offenbar von einem DDR-Urlaub zurückkam. Nie werde ich die Hingabe vergessen, mit der er den kleinen altmodischen Koffer auf seinen Knien öffnete und, immerzu lächelnd, in den Händen wog, was er mitgebracht hatte: Kaffee, Zucker, Schokolade, alles aus der DDR.« Ein seltener Blick von außen auf das Land, das er dabei war hinter sich zu lassen. Ein Moment, in dem er es vermisste. »Später, wenn wir spazieren gingen, konnten wir uns, obwohl so weit weg von der DDR, ein wenig mit der Bevölkerung austauschen: Meist wurde dort noch Deutsch gesprochen.«

Die vier fielen auf in Siebenbürgen, nicht nur, weil sie deutsch sprachen. Es kamen selten Touristen in diese abgelegene Gegend. »Tiefste Ceaucescu-Ära«, wird er die Atmosphäre später beschreiben,»fast alle waren schwarz gekleidet. Damals konnte ich mir gar nicht vorstellen, dass es irgendwo noch weniger Farbe geben könnte als in der DDR. Es ging tatsächlich.« In Turnu Rosu packten die vier ihre Mitbringsel aus. Viele Päckchen DDR-Kaffee reihten sich in den Zelten aneinander, die Währung für diesen Teil des Urlaubs.»Das war extrem: Wir mussten unsere komplette Verpflegung und genug DDR-Kaffee im Gepäck haben, den wir gegen deren Lebensmittelmarken eintauschen konnten, damit wir dort Brot bekamen. Das ging, denn Brot hatten sie reichlich gegen Lebensmittelmarken, während Kaffee das Höchste für sie war. Den gab es dort nicht zu kaufen.« Die Organisation von Brot kostete die vier einige Zeit. In Rumänien standen die Menschen trotz der Lebensmittelmarken für Grundnahrungsmittel Schlange. Sein Kopf konnte gar nicht anders, als zu melden: Wie gut es uns geht. Ein Maßstab rückte sich zurecht.

Obwohl die hiesige Bevölkerung sie vor den Gefahren im Gebirge gewarnt hatte, obwohl eine ältere Frau ihnen eingeschärft hatte, es sei lebensgefährlich, wagten die vier den Aufstieg, um tagelang in den Muntii Fagaras, einem Gebirge in den Karpaten, zu wandern. Die Nächte verbrachten sie in ihren Zelten auf Almwiesen. Schnell wurde es ein Urlaub der Hätten-wir-vorher-gewusst-dass-Gedanken:»Je weiter unsere mehrtägige Wanderung fortschritt, desto schwieriger wurden die Wege.« Oft liefen sie über schmale Stege, die sie nur hintereinander betreten konnten.»Wir haben geschwitzt wie noch nie, hatten Rückenschmerzen, weil wir ja immer die Rucksäcke bei uns tragen mussten. Sicherheitsmaßnahmen, etwa Drahtseile, Geländer, ausgezeichnete Wege oder gar eine Bergwacht, gab es nicht. Undenkbar, dass ein Hubschrauber zur Stelle gewesen wäre, wenn einem von uns etwas passiert wäre. Heute würde ich dieses Risiko nicht mehr eingehen.« Damals war jeder der vier bereit dazu. Zu viel ungenutzte Kraft, zu viel unausgesprochene Wut, zu viel Druck ohne Ventil.»Das war schon ein bisschen lebensmüde, ja. Das hat gepasst, in diesem Sommer.«

Ole, Rainer, Marc und er, im Gebirge auf schmalen abschüssigen Pfaden einen Schritt vor den anderen setzend, schwiegen. Zwei Freunde vor ihm, einer hinter ihm. Sie redeten längst nicht mehr, weil das Laufen ihre ganze Konzentration forderte. Die schweren, breiten Rucksäcke richteten Barrieren zwischen ihnen auf, ließen den Abstand zu groß werden, als dass sie neben dem eigenen atemlosen Keuchen auch das des Vorder- oder Hintermannes hätten hören können. Zwischen Ole, Rainer und Marc und doch allein. Einmal rutschte er ab, zum Schrecken aller. Es blieb beim Schrecken, der in seinem Kopf die Dinge verrückte. Mit einem Mal lag ein Gedanke frei: Kann man mit Gott handeln? Wenn ich das hier schaffe, dann schaffe ich es auch über ...

Er machte es allein mit der Musik im Kopf aus. Kate Bush. »If I only could I'd make a deal with god.« Die Erinnerung an ihr Lied blieb bruchstückhaft, doch die Bruchstücke wurde er nicht los. »Be running up that road be running up that hill.« Die Platte hing, der Kopf drohte zu zerspringen.

[◻ ◻]

Noch einen Schritt weiter zurück. Wenn er später von diesem Urlaub erzählen wird, wird er bei den Vorbereitungen anfangen: Vier Kollegen, die ihren Urlaub gemeinsam organisierten. Die ČSSR und Ungarn sollten als Transitländer für die Zielländer Rumänien und Bulgarien fungieren. Am 25. Juli 1989 tauschte er Geld bei der Staatsbank Erfurt, vorgegebene Tagessätze, über die der finanzielle Handlungsspielraum in den wenigen zugelassenen Urlaubsländern gesteuert wurde. Zwei Urlaube in einem sollten es werden, zuerst Rumänien, eine fordernde Zeit im Gebirge, dann Bulgarien, ein entspannter Badeurlaub am Schwarzen Meer. »Für uns der pure Luxus, ein Urlaub, wie ich ihn bisher noch nicht erlebt hatte. Zu Hause hatten wir nur die kalte Ostsee, in Urlauben häufig den Balaton, der ja auch nur ein See war.« Man wird, wenn er davon erzählt, seiner Stimme anmerken, dass es ihm heute noch leidtut, im Paradies gar nicht angekommen zu sein, nur für einen Tag auf der

Schwelle gestanden zu haben, während ihm der anstrengende Teil des Urlaubs noch in den Knochen saß. Ein Doppelspiel mit harten Regeln. »Ich musste erst den Urlaub mitmachen, sonst hätte ich das meinen Kollegen nicht klarmachen können mit dem Abbruch der Reise. Die hätten vielleicht Meldung gemacht, bevor ich zu Fuß die Grenze erreicht gehabt hätte. Einer von uns war nicht ganz so staatskritisch, manche meiner Freunde hatten den Verdacht, dass er bei der Stasi war. Bei so einem Plan geht man natürlich auf Nummer sicher und sagt es niemandem.«

Ob das glaubhaft war? Ob es die gleiche Blindheit für den Augenblick war, die Ole, Rainer und Marc nicht weiterfragen und ihn, der er im Kopf so weit war, sich nicht wundern ließ über die Stimmung in diesem Sommer, später über die große Zahl der Zelte in Ungarn? »*Es bleibt ein unumstößliches Gesetz der Geschichte, daß sie gerade den Zeitgenossen versagt, die großen Bewegungen, die ihre Zeit bestimmen, schon in ihren ersten Anfängen zu erkennen.*« Immer wieder wird er später die Zeilen Stefan Zweigs lesen und sich fragen, ob man Strömungen bemerken kann, die man selbst erst erzeugt. Deren Teil man ist, ein Rad im Getriebe, auf welcher Position auch immer.

Waren sie dort am Meer schon umgeben von Leuten aus den Fluchtwellen des Sommers 1989? Hätten sie darüber reden müssen? Hatten die anderen einen wacheren Blick dafür als er, der er in Gedanken schon anderswo war? Er könnte es nicht sagen. Kann sich nur an einen Namen erinnern, der ihn früh erreicht hat. Elektrisiert hat. Der seine Kalender und Leselisten füllte. Gorbatschow. Der fiel alles andere als leer und gewichtslos in ihn hinein. Erfüllte ihn und schlug Wellen. Dockte an etwas an, was schon da war. Unbenannt.

3 – *On Every Street*

▸ **GRENZÜBERGANG VON KARDAM, BULGARIEN, NACH NEGRU VODA, RUMÄNIEN**
| **NACHT VOM 12. AUF 13. AUGUST 1989**

Das könnte er gefühlt haben, als der Zug Bulgarien fast durchquert hat: eine Anspannung, die nachlässt und wächst zugleich. Die scheinbar auf Endlosschleife gestellte angespannte Schrecksekunde über die eigene Courage weicht einer konzentrierten Anspannung, die sich auf das fixiert, was kommt. War es richtig, wegzugehen? War es der richtige Moment? Nehmen die Freunde ihm die Lüge ab, und wenn nicht, werden sie ihn anschwärzen?

Er tastet in der Kraxe neben sich nach dem Fernglas und, etwas tiefer in der Tasche, dem Kompass. Das Paar, das ihm inzwischen gegenübersitzt, schläft tief.

Seltsam, allein im Zug zu sitzen, ohne Ole, der alles kommentieren muss, ohne Rainer, der scheinbar geistesabwesend aus dem Fenster sieht, um draußen im richtigen Moment die entscheidenden Dinge zu registrieren, ohne Marc, dessen Sprachkenntnisse im Ausland immer weiterhelfen. Wie viel wird er ohne sie kommentarlos übergehen, übersehen, nicht in fremden Sprachen erfragen. Gute Freunde, und doch: Manches muss man mit sich ausmachen.

Wie fühlt es sich an, in den Nachtstunden des 12./13. August allein die Grenze zwischen Bulgarien und Rumänien zu passieren? Am selben Grenzübergang, an dem sie in den frühen Morgenstunden zu viert nach Bulgarien eingereist waren? Wird sich jemand wundern? Wird jemand fragen, warum der Pass den tagggleichen Stempel trägt?

Die Absurdität dieser Konstellation wird ihm erst bewusst, als sich die Schritte des Grenzers schon nähern und er die Papiere, sicher verstaut im Brustbeutel, an die Oberfläche holt. Er rechnet mit dem Schlimmsten. Es tritt nicht ein. Wie zuvor der Plan, das als »Zielland« nicht mehr bereisbare Ungarn als »Transitland« zu nutzen, geht auch der Plan mit der abendlichen Abreise auf.

[◻ ◻]

Als die Grenzer den Zug verlassen haben, sinkt sein Kopf gegen die Scheibe, das Spiegelbild schnurrt auf sein eigenes Gesicht zusammen. Wenn er den Kopf fest an die Scheibe presst, ist er für einen Moment allein – sieht nur in seine Augen.

Du hast das echt gebracht. Du bist auf dem Weg.

Es ist, als liefe eine Leuchtschrift über das Innere seiner Stirn, die sich in den Augen ausschnittweise zeigt. Er konzentriert sich auf sie und kann sie lesen: »*Hier spürte ich – und das löst immer für mich ein Glücksgefühl aus – … eine innere Freiheit ohne Stolz …*« Seine Finger greifen nach dem Buch, das immer noch auf seinem Schoß liegt. Für diese Zeilen braucht er es längst nicht mehr, die liest er im eigenen Kopf. »*… Freiheit als Selbstverständlichkeit einer starken Seele.*« (WVG, 235) Das Buch bleibt eine Requisite, die ihn beschäftigt wirken lässt, ein gelangweilter Leser auf seiner unspektakulären Rückfahrt aus dem Urlaub. Für das Erschrecken vor der eigenen Courage bleibt keine Zeit.

Während der Zug die schwarze Nacht vor ihm in zwei Hälften schneidet, verbringen die anderen die erste Nacht am Meer in ihren Zelten. Was werden sie über ihn reden, denken?

Er findet keine Linie für seine Gedanken, kann draußen kein Oben und Unten mehr ausmachen, ist allein in der Nacht, die sein Leben in zwei Hälften teilt; mit der einen hat er noch nicht abgeschlossen, die andere kennt er noch nicht. Der Mond vor dem Fenster scheint kopfzustehen.

Parallel zu den Gleisen verlaufen leere Straßen, auf die sich nachts kein Auto verirrt. Die Wahrnehmung kippt: Der Zug scheint still zu stehen, während draußen ein nachtleeres Land vorbeirast wie eine Geschichte, die noch keinen Anfang gefunden hat. Wann wird seine anfangen? »Somewhere your fingerprints remain concrete and it's your face I'm looking for on every street.«

Er klammert sich an das Buch auf seinem Schoß, als wäre es ein Schutzschild gegen alles, was war und kommen kann. Zweig schrieb die beiden letzten Passagen über seinen ersten Besuch bei Romain Rolland, dessen unglaubliche Literatur- und Kunstkenntnis ihn beeindruckte. Und doch beschreibt er eine Kunst, die ohnmächtig ist gegen die Wirklichkeit. Fragiler Schutzschild aus Papier.

An der Zugstrecke östlich der DDR liegen wie an einer Kette aufgereiht die wenigen Länder, in denen DDR-Leser Bücher aus westlicher Verlagsproduktion offiziell kaufen konnten. Er selbst hatte es oft genug getan, in Buchhandlungen in Prag, Budapest, in Moskau sogar, wo Hotels und Buchhandlungen im Diplomatenviertel internationale Literatur führten. Seine Taschenbuchausgaben von Heinrich Böll, Stefan Zweig, natürlich, Franz Kafka, Hermann Hesse stammten von dort. Sigmund Freud, Erich Fromm, westliche Zeitungen und Zeitschriften, Comics aus Frankreich oder Belgien – alles gab es dort und musste, auch wenn es legal gekauft war, versteckt über die Grenze gebracht werden. Wenn der DDR-Zoll etwas entdeckte, nützte es wenig, darauf hinzuweisen, dass der Preisaufkleber Rubel, Kronen oder Forint auswies.

Wären Literatur, Musik, Kunst so machtlos, weshalb hätte es ihnen dieses Land so schwer gemacht? In dieser Nacht begreift er es: Sie prägen. Sie verändern. Sie geben Anstoß, letzte Zelte abzubrechen, wenn es richtig ist. Sie können einen Unterschied machen.

4 – *One Way Ticket*

◄ ERFURT/DRESDEN/PRAG | 1. AUGUST 1989

◄ GRENZÜBERGANG VON ŠTÚROVO (ČSSR) NACH ESZTERGOM (UNGARN)/BUDAPEST | 2. AUGUST 1989

Wenn er später vom Aufbruch zu dieser Reise erzählen wird, wird er bei ihrem letzten Anfang beginnen, am 1. August 1989. An seinem fünfundzwanzigsten Geburtstag, von dem er inständig hoffte – »Gesagt habe ich das natürlich niemandem!« –, es würde der letzte auf DDR-Gebiet sein.

Die vier Freunde haben sich entschieden, mittags in Dresden zu feiern, wo sie am Nachmittag, kurz nach 15 Uhr, den Zug nach Sofia nehmen wollten. Nachdem der Zug aus Erfurt Dresden am Vormittag erreicht hatte, verstauten sie das Gepäck in Schließfächern und brachen auf, um sich in der Innenstadt eine Gaststätte zu suchen. Viel Auswahl gab es nicht; so standen die Menschen auch vor ihrem Lokal schon vor zwölf Uhr Schlange. »Es war so absurd, auch diesen letzten Tag Schlange stehend zu verbringen, wie so viele Tage in der DDR. Ich war so unbeschreiblich wütend. Mein letzter Geburtstag hier, das schwor ich mir, egal, wie es ausgeht.« Die drei Alternativen standen ihm bei dem stummen Pakt mit sich selbst klar vor Augen: Er könnte an seinem nächsten Geburtstag im Westen sein, ohne Familie, ohne Freunde. Oder im Gefängnis, um vielleicht, irgendwann, ausgebürgert zu werden. Oder könnte seinen nächsten Geburtstag nicht mehr erleben.

Allein mit diesem Gedanken stand er zwischen Ole, Rainer und Marc in der Schlange, während die Wut beständig wuchs, auch bei den anderen.

Das kann doch nicht wahr sein!

Es konnte. Ihr Warten blieb vergeblich, die Gaststätte war – wie alle anderen erreichbaren – hoffnungslos überfüllt. Zu einem letzten Mittagessen in der DDR kam es nicht, es blieb beim Anstoßen am Bahnhof zwischen den Gleisen, wartend auf den Zug nach Sofia, der sie in den Nachmittagsstunden von Dresden über den Grenzübergang Bad Schandau nach Prag bringen sollte. Von Prag fuhren sie nach dem Umsteigen sofort weiter Richtung Ungarn.

Prag kannten alle vier schon in- und auswendig.»Das war damals eine wunderschöne Stadt mit toller Atmosphäre, in die wir auch mal nur für ein Jazzkonzert gefahren sind. Mit meinen Freunden war ich oft dort, zuvor auch mit meinen Eltern, die mir am Wenzelsplatz schon früh erzählt hatten, dass dort die Panzer standen, dass dort der Prager Frühling niedergeschlagen wurde. Prag war, wie alle ausländischen Städte, die wir bereisen durften, immer eine Idee offener, eine Idee interessanter als alles, was die DDR zu bieten hatte. Aber immer nur eine Idee, nicht zu vergleichen mit Ungarn.«

Als sie mit dem Zug die Stadt verließen, kamen ihm Erinnerungen an vorherige Besuche. Wie meistens knüpften sie sich an Musik. Er sah die Johnny-Cash-Platte vor sich, zu Hause im Regal zwischen den anderen, *Koncert V Praze in Prague Live*. Eine Platte, die er in Prag einfach kaufen konnte, ohne Schlange zu stehen und ohne Beziehungen zu haben.»Ein unglaublicher Moment«, wird er später erzählen,»du siehst eine solche Platte in einem Regal, und es gibt keine Schlange!«

Noch am 2. August passierten sie den Grenzübergang von Štúrovo, ČSSR, nach Esztergom, Ungarn, und reisten weiter nach

Budapest, wo beim Umstieg auf dem Bahnhof auch nur Zeit für das Besorgen einer kleinen Verpflegung blieb, dann ging es weiter nach Rumänien. Ab Budapest fuhr er über sein Ziel hinaus. Ein doppeltes Spiel begann. »One way ticket to the blues.« Er wurde den Ohrwurm nicht mehr los.

»Ungarn war ja nur Transitland für uns. Ein Besuch wäre so einfach nicht möglich gewesen, denn Ungarn hatte im April 1989 die Selbstschussanlagen auf Druck der Bundesrepublik und der EU abgebaut, weil sie auf lange Sicht zur EG gehören wollten. Die Grenze gab es nach wie vor. Es gab Hunde und bis zu vier Meter hohen Stacheldraht. Nur die Selbstschussanlagen und Hochspannungszäune, die einen bei Berührung durch einen Schuss oder einen Stromschlag sofort töteten, wurden abgebaut. Für Ungarn waren sie ganz und gar unnötig geworden, es gab ja schon den kleinen Grenzverkehr.«

Beim Umsteigen in Ungarn bestaunten die vier Werbung für Dreitagesreisen nach Österreich. »Die waren lange schon sehr liberal, auch in den Jahren zuvor. Ein Urlaub dort galt bei uns als Reise in den Westen. Ich bin oft mit dem Fotoapparat durch die Supermärkte und habe geknipst. Fotos, die heute lächerlich wirken, aber für uns war das das Paradies, das wir uns natürlich nicht leisten konnten, denn der Umtauschkurs mit Ungarn war mehr als ungünstig. Wir haben umgerechnet vielleicht von zwei Mark pro Tag gelebt, weil wir mehr nicht umtauschen durften und weil das DDR-Geld in einem schlechten Verhältnis zum Forint stand. Wir durften für maximal 14 Tage in Ungarn umtauschen, auch wenn wir drei Wochen dort waren.« Gewährte enge Reisefreiheiten wurden beschnitten über die finanziellen Regeln. Er wird die Gleichaltrigen aus der Bundesrepublik nie vergessen, die am Ende ihrer Urlaube nur mehr Taxi fuhren und Sekt tranken, um ihre letzten Forint loszuwerden, während die DDR-Bürger ihr ungarisches Geld penibel einteilen mussten. Etwas leisten konnte sich in Ungarn nur, wer vorher illegal Westgeld besorgen konnte, um dann D-Mark in Forint zu tauschen.

27. Freitag

28. Sonnabend

Haus
" Günther d. ...
" Faust"

30. SONNTAG
SA 4.16 SU 19.55

31. Montag Betriebs...
Schopenh...
abgeben
alte Kassette (Rich) abgeben
Fernseher in Betrieb
3 Karten (UVR Rumänien Ensayo)
(Rich)

21. Mittwoch
26. Woche
Sommersanfang
32,- LP
20,-
3,-
15,-
100,-
100,-
700,- Urlaub
300,- + Fernglas

HERMES
KALENDER
1989

MAI
1. MONTAG   19. Woche
Internationaler Kampf- und Feiertag der Werktätigen
Tagebuch
aufräumen (Verstand
           wichtige
           Dinge
N 600 (kompl.)

2. Dienstag   MAI
                         19. Woche

                         Mo 1
                         Di 2
                         Mi 3
                         Do 4
                         Fr 5
                         Sa 6
                         So 7
                         Mo 8
                         Di 9
                         Mi 10
                         Do 11
                         Fr 12
                         Sa 13
                         So 14
                         Mo 15
                         Di 16
                         Mi 17
                         Do 18
                         Fr 19
                         Sa 20
                         So 21
                         Mo 22
                         Di 23
                         Mi 24
                         Do 25
                         Fr 26
                         Sa 27
                         So 28
                         Mo 29
                         Di 30
                         Mi 31

MAI

AUGUST
32. Woche

VIII
Di 1
...
Sa 5
So 6
Mo 7
Di 8
Mi 9
Do 10
Fr 11
Sa 12
So 13
Mo 14
Di 15
Mi 16
Do 17
Fr 18
Sa 19
So 20
Mo 21
Di 22
Mi 23
Do 24
Fr 25
Sa 26
So 27
Mo 28
Di 29
Mi 30
Do 31

AUGUST
32. Woche

AUG

Jazz ... 2.6.
Open Air Weimar

So 18
Mo 19
Di 20
Mi 21
Do 22
Fr 23
Sa 24
So 25
Mo 26
Di 27
Mi 28
Do 29
Fr 30

JUNI

026

[▫ ▫]

Wenn er später vom Aufbruch zu dieser Reise erzählen wird, wird er an ihrem vorletzten Anfang fortfahren, am 1. Mai 1989: »Tagebuch aufräumen (Versteck wichtiger Dinge)« hat er an diesem Tag in den Kalender notiert. Im Erzählen wird er daran erinnern müssen, dass die Bürger der DDR an diesem Tag, dem Feiertag der Arbeiterklasse, alle Zeit der Welt hatten. »Man musste natürlich zur Mai-Demonstration, weil die Strichlisten geführt haben, dann aber hast du den Rest des Tages freigehabt. Sobald sie dich gesehen und abgehakt hatten, konntest du gehen.« Einen freien Tag, den er genutzt hat, um im alten Leben aufzuräumen. »Visa«, verrät ein anderer Eintrag, gute zwei Wochen später. Und ein dritter vom 28. Juli 1989 könnte bedeutet haben, dass zu diesen Zeitpunkt alles in trockenen Tüchern war. DDR-Bürger, die in diesen Jahren reisten, hatten keine Reisepässe, sondern zeigten an der Grenze den Personalausweis und das Formular »Reiseanlage zum visafreien Reiseverkehr«. Ein Formular, das nicht immer ausgestellt wurde. Wer negativ aufgefallen war, konnte von bestimmten Zielländern ausgeschlossen werden.

Manche berichten, es habe gereicht, das falsche Buch auf der Buchmesse zu klauen. Er selbst hat die Erfahrung gemacht, dass es reicht, wenn …

[▫ ▫]

Bei ihm war es die Geschichte mit der Fahne, wegen der er wohl kein Visum für Ungarn als Zielland bekommen hätte. Er wird sie später erzählen, immer der Reihe nach. Aber über Ungarn nach Bulgarien, das ging. Längst liefen die Vorbereitungen für die ungewöhnlich weite Reise. Am 22. Juni 1989, er hat, wie beinahe jede Woche die kleine Galerie am Erfurter Anger besucht, wo ein Kunsthistoriker regelmäßig ein Bild in seiner Epoche vorstellte, verzeichnet der Kalender auch: »Geld und Fernglas«.

»Wann immer ich konnte, bin ich zu den Veranstaltungen hin. Obwohl es in der Hauptsache um kunstgeschichtliche Dinge ging, hat man unter der Hand viel von den Vortragenden erfahren, was man sonst nie mitbekommen hätte. Die Forderung beispielsweise, dass das Nietzsche-Archiv geöffnet werden soll, von dem offiziell gar nicht bekannt war, dass es existierte.«

Als Nächstes schrieben die vier ihre Urlaubsanträge. Ole, Rainer und Marc nahmen fünfzehn von achtzehn kostbaren Tagen DDR-Urlaub. Zusammen mit den beiden Wochenenden machte das 21 freie Tage für den gemeinsamen Sommerurlaub. Er deutete in alle Richtungen an, dass er wenig Urlaub übrig habe, und erzählte allen Kollegen, er nehme nur 8 Tage, schrieb aber: 18.

Sagte beiläufig: *Acht Tage draußen, immerhin.*

Und dachte: *Nur noch wenige Tage drin.*

Für den letzten Tag vor der Abfahrt notierte er die wichtigsten Erledigungen im Kalender.

»Ich hatte schon einen Koffer mit meinen wichtigsten Sachen meinen Eltern übergeben, denn wenn sie mich erwischt hätten, hätte die Stasi meine Wohnung plombiert. Niemand hätte mehr reingekonnt. Meine Eltern haben die Sachen an sich genommen, konnten sich aber nicht vorstellen, dass es wirklich dazu kommen könnte. Sie haben sich Sorgen gemacht, wussten aber auch, was ich für Wünsche, für Träume habe, und verstanden, dass es für mich in der DDR nicht weitergeht.« Seine Schallplatten hatte er für den Fall, an den niemand glaubte, seinem Bruder versprochen, viele Platten, die er in Ungarn im Original gekauft hat. Umgerechnet kosteten sie in der Regel rund 120 DDR-Mark, viel Geld für jemanden, der 600 DDR-Mark im Monat verdiente. »Das kann sich heute kein Mensch mehr vorstellen, was Musik uns damals wert war.« Schwer vorstellbar in einer Zeit, in der man Musik für kleines Geld und ohne Aufwand aus dem Internet lädt. »Jede Platte erst für teures Geld gekauft und dann geschmuggelt. Die beim Zoll haben ausgerechnet, wie viel Geld man berechtigt umgetauscht hatte und wie viel die gekauften Waren wert waren. Wer zu viel gekauft hatte, wurde streng verhört. Wir haben immer ein schlechtes Gewissen gehabt an der Grenze, weil es jedes Mal Platten oder Bücher gab, die nicht ins Land gedurft hätten.«

Nach und nach sammelten sich Schätze im Regal, die er ungern zurückließ. Ein in Ungarn gekauftes Originalalbum der Dire Straits, das ihm heilig war. Ein in Ungarn gepresstes Beatles-Album für 190 Forint, teuer für DDR-Verhältnisse, auch wenn es kein Original war, sondern eine in Ungarn gepresste Lizenz. »Ich war selig!« Die in der DDR produzierten und vertriebenen Beatles-Alben wurden teilweise neu zusammengestellt und dabei Titel ausgewählt, die systemkonform waren. Songs, die zu sehr »die Dekadenz« oder »den Westen« verherrlichten, wurden herausgenommen. »Die haben entschieden, was uns vorgesetzt wird, deswegen war eine Lizenzausgabe der Originalplatte etwas ganz Besonderes. Nur weniges, wie *A Hard Day's Night,* ist in der DDR in der Originalzusammenstellung erschienen.«

Auch Spliff stand in seinem Plattenregal, ein Originalcover, das er während eines Ungarn-Urlaubs für kostbare Forint gekauft hatte. Er schätzt die Band bis heute nicht nur wegen ihrer Bedeutung für die Neue Deutsche Welle, die in der DDR viel gehört wurde, sondern auch aus tontechnischen Gründen: »Spliff hatte ein richtig gutes Studio und hat sehr viel mit Sound und Klang experimentiert. Auf den Platten, teils auch auf Platten anderer Bands, gibt es den Hinweis ›aufgenommen im Spliff-Studio‹. Das ist wie ein Gütesiegel, das hört man, einfach ein irrer Sound!« Spliffs Song *Radio* wird für ihn zur Hymne: »›Ich such mir meinen Sender aus und spiel mit hundert Phon‹ oder ›Ich hab den heißen, ich hab den schnellsten Draht zur Welt‹, das ist eine gigantische Hymne aufs Radio, die genau das ausdrückt, was Radiomachen für mich ausmacht: ›Ghettoblaster in der Hand fahr ich durchs halbe Land.‹« Musik kann man nicht aufhalten. Genauso wenig wie ihn.

[◘ ◘]

Wenn er später vom Aufbruch zu dieser Reise erzählen wird, wird er nicht nur von der Musik, sondern auch vom Fernseher erzählen: »Vor der Flucht hatte ich einen Fernseher in der Firma ausgeliehen. Das ging, da wir dort eine Reihe von Geräten hatten, wurde aber genau verzeichnet. Man musste das in ein Buch eintragen und das Gerät zuverlässig wieder abgeben.« Im Taschenkalender machte er eine Notiz, um es auf keinen Fall zu vergessen.

Am vorletzten Arbeitstag vor dem Urlaub kündigte er seinem Chef an, den Fernseher noch vor der Abreise zurückzubringen:

Ich bringe den Fernseher vor dem Urlaub wieder vorbei, daheim steht er ja nur rum.

Der Chef lachte. *Ach, das eilt doch nicht mit dem Fernseher, oder willst du abhauen? Dann bring ihn vorbei.*

Schockstarre. Sie standen einander gegenüber. Keine Sekunde, um zu reagieren. *Ne, keine Gefahr.*

Zurück an der Werkbank zitterten seine Hände bis zum Feierabend.

Der Fernseher blieb in seiner Wohnung, als er sie am 1. August 1989, seinem Geburtstagsmorgen, verließ. Wenn er es wirklich versuchen würde, das wusste er, gab es auch für das Gerät nicht mehr als drei Alternativen.

Sein Vater würde es in der Firma abgeben, könnte dem Chef und den Kollegen stolz verkünden: *Mein Sohn braucht es nicht mehr, er hat jetzt drüben seinen eigenen.* Oder sein Chef würde es in der Wohnung abholen, die sein Vater ihm öffnen müsste: *Ihr Sohn braucht es jetzt nicht mehr, der hat ja jetzt im Knast anderes zu tun.* Die dritte mochte er sich nicht ausmalen und wusste im selben Moment, dass er alles tun würde, um die erste zu erkämpfen. »*... es ist mein Vater in mir und sein heimlicher Stolz, der mich zurückzwingt, und ich darf ihm nicht Widerstand leisten; denn ihm danke ich, was ich vielleicht als meinen einzig sicheren Besitz empfinde: das Gefühl der inneren Freiheit.*« (WVG, 24)

Nach dem Absperren der Wohnungstür machte er sich ein letztes Mal auf den kurzen Weg zur elterlichen Wohnung, um sich zu verabschieden, die Kraxe schon geschultert, die beiden Taschen über dem Arm. Ein Gefühl von Dankbarkeit tief innen, nicht zuletzt für den wieder und wieder gehörten Satz des Vaters, wenn die Kaderabteilung die Studienpläne des Sohnes wieder einmal durchkreuzt hatte: *Bei uns war keiner in der Partei, nicht bei den Nazis und auch nicht bei den Kommunisten.*

Letztlich hatte er sich nichts anderes vorgenommen: ins Risiko zu gehen für die eigenen Ideale, sich nicht kaufen zu lassen von scheinbaren Vorteilen, die sich dann als Fessel erweisen könnten.

»Meine Eltern hatten nicht viel, was man ihnen hätte wegnehmen können, keine Privilegien. Und sie waren unentbehrlich für die Wohnscheibe, weil sie ihren Job als Hausmeister gut gemacht haben. Wenn mein Vater eine leitende Position gehabt hätte, hätten sie ihm nach meiner Flucht den Arsch heiß gemacht.«

Der Abschied fiel schwer und leicht zugleich. Er blieb an der Oberfläche, niemand ließ einen Zweifel daran, dass es sich um eine Urlaubsreise handelte. *Pass auf dich auf!*

[◻ ◻]

Wenn er später vom Aufbruch zu dieser Reise erzählen wird, wird er auch auf ihre allerersten Anfänge zu sprechen kommen, auf die Bücher. Stefan Zweigs *Die Welt von Gestern*, sein Lebensbuch, war nur der Anfang. Eigentlich war es ein Portal in einem ganz modernen Sinn. Ein Knotenpunkt von Literatur, Musik und Kunst, das mit einer langen Reihe von Namen und Zitaten ein Feld eröffnete, an dem er sich entlanglesen, entlanghören, satt sehen konnte.

Schnell faszinierte ihn darüber hinaus auch die zeitgenössische Literatur. Der Taschenkalender verzeichnet konsequent und Nummer für Nummer penibel notiert die im offiziellen Literaturanzeiger der DDR angezeigten Titel, die er sich nach und nach vornahm. Wenn er nicht auf Jazzkonzerten oder Schülerdiscos war, verbrachte er seine freie Zeit in der Bibliothek im Rieth, die klein war, aber direkt gegenüber der Wohnscheibe der Familie, oder in der Dombibliothek in der Innenstadt, die mit interessanten Titeln aufwartete.

Im Rieth lieh er sich Händels *Messiah*, ein Klassikerlebnis, das ihn so beeindruckte, dass er es am 11. März 1989 in den Kalender notierte. Am 18. März sah er *Faust* beim Kulturbund, einer ganz interessanten Vereinigung, wie er fand, leider sehr unterlaufen von Stasi, aber in Erfurt durchaus auch Podium einiger vernehmbarer kritischer Stimmen. Im Mai beeindruckte ihn beim Kafka-Abend im Schauspielhaus, den Städtischen Bühnen Erfurt, eine Bühnenfassung der *Verwandlung*. Im Langhaus, einer Einrichtung der Kirche, hörte er regelmäßig systemkritische Vorträge. »In denen saßen immer auch Stasileute, weswegen sich viele meiner Bekannten dort gar nicht hintrauten«, wird er das Klima später beschreiben. Für ihn waren es Inseln, die er nicht missen mochte. Augenöffner, die den Weg in die staatlichen Medien nie geschafft hätten. Und eine willkommene Gelegenheit für Zufallsbekanntschaften.

Manchmal wurden ihm einzelne Bücher so wichtig, dass sie breiten Raum im Taschenkalender einnahmen: Emil Luckas *Urgut der Menschheit* (1924) ist so eines, ein Theorieentwurf, der Kapitalismus und Kommunismus in einem Zug kritisiert. Gleich mehrmals hat er sich notiert, über welche Bibliotheken er das Buch besorgen könne. Und natürlich findet auch das Lebensbuch Platz im Kalender: Geburts- und Todestage Stefan Zweigs werden regelmäßig verzeichnet, jedes Jahr. Zwischen all der Kultur eine Fülle privater Termine, Feiern in der Erfurter Stammkneipe »Balkaneck«, Kino, Ausflüge mit der Freundin.

Und natürlich wurde getanzt, wenn nicht in den Erfurter Diskotheken, in denen die Clique von der Schulzeit an unterwegs war, dann im »fdj studentenclub jacobsplan weimar«, den sie Ende der Achtziger für sich entdeckten. Obwohl Studentenklubs wie der »jacobsplan« von der FDJ getragen, also staatlich waren und über Mitgliedsbeiträge finanziert wurden, wurde fast ausschließlich Westmusik gespielt. »Ein Phänomen, das man heute nicht mehr so ganz nachvollziehen kann, aber es war so.« Die Grenze war erst erreicht, wenn es um dezidiert verbotene Titel ging. Udo Lindenbergs »Sonderzug nach Pankow« durfte in der Lindenberg-Fassung mit Text nicht gespielt werden. »Sonst lief dort alles.«

Was er im Weimarer »jacobsplan« erlebt hat, war typisch: Viele Jugendklubs wurden in den 1970ern von der FDJ gegründet und dominiert, und trotzdem wurden manche zu »Keimzellen des Widerstands«. Die FDJ war durch die nahezu alle Jugendlichen umfassende Zwangsmitgliedschaft entsprechend heterogen. Waren in den 1970ern noch einige Ost-Bands in, war in den Achtzigern staatlich geförderter Ostrock für die Jugendlichen keine Alternative mehr. »Alle, ausnahmslos alle hörten Westradio.«

[◘ ◘]

Die Währungen waren fließend in dieser Zeit, nicht alles konnte man mit Geld bezahlen. Musik konnte sich in Literatur verwandeln, Literatur in Musik. Die Stoffe wandelten sich, aber Kostbares blieb kostbar. Eine Ausgabe von Stefan Zweigs *Ungeduld des Herzens* konnte er im Tausch gegen eine Schallplatte, die in der DDR nicht zu kriegen war, von Marc bekommen, der, eine Lehrklasse über ihm, ähnlich kulturbegeistert war wie er. Doch auch der Tauschhandel stieß an Grenzen, denn immer standen Bücher und Platten mit anderem knappen Gut in Konkurrenz: Bohrmaschine oder Schallplatte, ein neuer Herd oder eine Gesamtausgabe von Kafka.

Im Bereich der Musik waren Kassetten Medium Nummer eins. Vieles, was in der DDR erst Jahre später, meistens gar nicht offiziell veröffentlicht wurde, war über Kassetten, auf denen Aufnahmen von Westsendern kursierten, längst im Land verbreitet, Lesungen und Interviews der Schriftsteller Heinrich Böll, Günter Grass und Siegfried Lenz etwa oder 1977/78 der *Archipel Gulag* in einer über mehrere Wochen laufenden Lesung der englischen Fassung über BBC London. Viele Hundert Mitschnitte des Kölner Biermann-Konzerts sollen in der DDR kursieren sein. Musik kann man nicht aufhalten.

5 – *Pictures In The Dark*

▸ GRENZÜBERGANG VON RUMÄNIEN NACH UNGARN | 13. AUGUST 1989

All das könnte ihm durch den Kopf gegangen sein, als sich der Zug am 13. August 1989 der Grenze von Rumänien nach Ungarn näherte, dem Grenzübergang, den er mit Ole, Rainer und Marc zwölf Tage zuvor in umgekehrter Richtung passiert hatte. Marcs *Ungeduld des Herzens*. Die *Messiah*-Kassette aus der Bibliothek im Erfurter Rieth. Prall gefüllte Supermarktregale in Ungarn. Und der Fernseher. Immer wieder der Fernseher. Gegenstände sind es, an die er sich erinnert. Gegenstände, an denen persönliche Geschichte hängt, Werte, Ideale. Gegenstände, um die Bilder entstehen, die die Erinnerung mit ihnen verknüpft. Dann erst Stimmen, wie ein Unterton. »Pictures in the dark, I see all around. Voices calling underground.«

[¤ ¤]

Was er auf der Reise allein als Erstes verliert, ist das Zeitgefühl. Die Zeit vergeht. Die Zeit vergeht nicht. »Clocks are ticking the night away.« Er greift nach dem Buch, schlägt es an einer beliebigen Stelle auf. Es ist ein Wort, das seinen Blick fängt: Vater. »*Mein Vater, mein Großvater, was haben sie gesehen? Sie lebten jeder ihr Leben in der Einform. Ein einziges Leben vom Anfang bis zum Ende, ohne Aufstiege, ohne Stürze, ohne Erschütterung und Gefahr, ein Leben mit kleinen Spannungen, unmerklichen Übergängen; in gleichem Rhythmus, gemächlich und still, trug sie die Welle der Zeit von der Wiege bis zum Grabe. Sie lebten im selben Land, in derselben Stadt und fast immer sogar im selben Haus; was außen in der Welt geschah, ereignete sich eigentlich nur in der Zeitung und pochte nicht an ihre Zimmertür.*« *(WVG, 9f.)*

Er denkt die Kette zurück, denn die Geschichte seines jungen Landes ist auch eine Geschichte der Generationen. Sein Urgroßvater, Ludwig Hintze, Königlicher Musikdirektor, einer, für den die von Pferden gezogene Straßenbahn direkt vor dem Haus hielt. Sein Großvater, den das junge Land enteignet. Sein Vater, der in der DDR sozialisiert und erwachsen wird. Und er, zu jung, um sich an die idealistischen Anfänge seines Landes zu erinnern.

[◻ ◻]

Für dieses Mal reißt ihn die Grenze aus den Gedanken. Zuerst rumänische, dann ungarische Grenzer drücken weitere Stempel in den Pass. Der bleibt der einzige Zeuge seiner Reise durch die Nacht. Mit anderen Passagieren spricht er kein Wort. »Midnight will be your friend.« Wann hat er aufgehört, sich selbst gegenüber von *Reise* zu sprechen. Ab wann hat er *Flucht* gedacht.

6 – *Never Be The Same*

◂◂ **FUNKAMT ERFURT** | 1988/89

»Natürlich fing alles noch früher an«, wird er später sagen. »So eine Entscheidung trifft man nicht an einem einzigen Tag.« Wann fing es an? Die Erinnerung ist ein sperriges Wesen. Gibt Runde um Runde erst das Naheliegende frei, bevor sie ihn tiefer graben lässt. Sie führt in die Martinsgasse 6, an seine letzte Arbeitsstelle im Funkamt Erfurt. »Dort in der ersten Etage erklärte mir mein damaliger Chef, dass ich ohne Schaffung der politischen Voraussetzungen, also ohne einen Beitritt zur SED, nicht werde studieren können.«

Seit genau einem Jahr war er dort als Instandhalter beschäftigt.

Während seiner Abiturvorbereitungen an der Abendschule hatte er in wenig attraktiver Position in der Stromversorgung der Post gearbeitet und dabei von einer Unterstelle gehört, wo sie genau das machten, was ihn interessierte: vom Funkamt. »Die haben jemanden gesucht, da habe ich mich beworben. Ich hatte die ideale Vorbildung, darum hat das geklappt. Ich musste mir eine Predigt anhören, dass ich in die Partei eintreten soll, aber sie haben mich genommen. Dass das auch ohne Parteibuch geklappt hat, war für mich eine Bestätigung meiner Fähigkeiten. Ein beruflicher Sprung nach oben, genau die Arbeit, die ich machen wollte: Fernsehfüllsender.« Fernsehfüllsender schlossen in Regionen, in denen es viele Täler und Berge gibt, in Thüringen etwa, Lücken in der Versorgung mit dem Fernsehsignal. Wenn eine Gegend keinen Empfang hatte, wurde das Signal an geeigneter Stelle durch einen Fernsehfüllsender aufgefangen und in die nicht versorgten Gebiete weitergeleitet. »Das hat Spaß gemacht und war anspruchsvoll. Kurz vor dem Abitur sprach ich dann mit meinem Chef, um ihm mitzuteilen, dass ich studieren möchte.«

Es war Anfang 1989, als ihm das Gespräch in der Martinsgasse die letzten Illusionen nahm. »Studium in der DDR, dafür konnte man sich nicht einfach immatrikulieren. Die Firma, bei der man gearbeitet hat, hat einen delegiert – anders ging es nur in absoluten Ausnahmefällen.« Sein Chef klang sanft wie ein Lamm, stellte seine guten Noten heraus, die sehr gute Einarbeitung in den letzten Monaten. Seine fachlichen Voraussetzungen seien hervorragend, betonte er, aber politisch müsse noch etwas gemacht werden, das reiche noch nicht. Im sanften Ton schwang die Schärfe eines Raubtiers mit. »Der hat mir ganz klar gesagt: entweder Studium und Parteieintritt oder kein Studium und keine Partei. Dazu gab es keine Alternative.«

Der Ton blieb freundlich, aber der Boden, auf dem er stand, begann zu wanken, wie oft in solchen Gesprächen. Drei Tonspuren liefen parallel.

Er hörte seinen Vater am Küchentisch: *In unserer Familie ist das so: Während der Nazizeit ist keiner in die Partei eingetreten, und bei den Kommunisten machen wir das auch nicht.*

Er hörte sich selbst: *Noch muss ich mich auf die Abiturprüfungen vorbereiten, da fehlt mir leider die Zeit, die eine Mitgliedschaft in der Partei erfordert, wenn man sie ernst nimmt.*

Er hörte das Echo vergangener Gespräche in der Kaderabteilung, in denen er in vergleichbarer Situation nach Ausreden gesucht hatte: *Weshalb hat ein so kluger Kopf noch nicht den Weg in die Partei gefunden? Sie müssen verstehen, dass wir für ein Studium auch Wert auf charakterliche und politische Eignung legen. Sie müssen wissen, dass ...*

Er wusste es längst. »Damit war klar, Anfang 1989, dass ich nicht studieren kann. Für mich bedeutete das: Du musst hier raus. Hier wird sich nichts mehr tun.« Zu viel hatte er versucht, zu oft war er gescheitert. »Ich war nicht naiv und hatte die Grundregel schon früh begriffen: Entweder schleimen und vorwärtskommen oder keine Entwicklung und nichts weiter.«

Und trotzdem konnte er sich nicht einfach abfinden mit der Ungerechtigkeit, die das Verfahren der Studienzulassung in der DDR mit sich brachte, der ersten Ungerechtigkeit, die er persönlich und derart zerstörerisch für die eigene Zukunftsplanung erfuhr.

Beim Tanzen im Studentenklub »Kasseturm« in Weimar, einem der Klubs außerhalb Erfurts, die die Clique in ihren späten Discojahren regelmäßig aufsuchte, konnte er nicht anders, als die anderen zu mustern. *Was die wohl macht?* In den Gesprächen jede Anspielung auf das Studienfach und den Hochschulort ein Stich, banale Sätze wie »Ich bin nur ausnahmsweise hier, ich studiere Mathematik an der Humboldt« geben ihm einen Stich. »*Die meisten von uns inskribierten sich an der Universität, und neidvoll blickten uns diejenigen nach, die sich mit anderen Berufen und Beschäftigungen abfinden mußten.*« (WVG, 114)

Und doch blieb die Gewissheit: Ihr werdet mich nicht aufhalten. Wie allen Mut und alle Kraft zog er sie aus Büchern, und wieder vor allem aus Stefan Zweigs Erinnerungen, in denen er beschreibt, dass gute Bücher die beste Universität ersetzen: »*... ich bin noch heute überzeugt, daß man ein ausgezeichneter Philosoph, Historiker, Philologe, Jurist oder was immer werden kann, ohne je eine Universität oder sogar ein Gymnasium besucht zu haben. Zahllose Male habe ich im praktischen Leben bestätigt gefunden (...), daß ein Großteil der wesentlichen Anregungen und Entdeckungen auf allen Gebieten von Außenseitern stammt.*« (WVG, 118)

[▫ ▫]

Die Kämpfe der Jahre 1988/89 finden sich im Taschenkalender nicht wieder, nur kleine Notizen erzählen von dem, was ihn damals beschäftigte: Eine gefährliche Abkürzung taucht im Kalender auf, »Kad«, die für nicht mehr und nicht weniger als »Kaderabteilung« stand und von dem langen Vorlauf erzählt, den das letzte Gespräch bei seinem Vorgesetzten hatte. Hier wurde über Karrieren entschieden. Ganze Behörden beschäftigten sich damit; am 18. März 1988 führte ihn ein Termin ins »Direktoriat für Studienangelegenheiten«. Im Idealismus der ersten Monate ahnte er noch nicht, wie aussichtslos der Kampf sich gestalten würde. Die Anker blieben die vertrauten: Er bestellte Buch um Buch von Stefan Zweig und verzeichnete die gelungenen Funde akribisch im Kalender, auch die Gedenktage des geliebten Autors, wie in jedem Jahr. Am 10. Mai 1988 hatte er Gelegenheit, in der Staatsbibliothek Berlin eine Ausstellung von Stefan Zweigs Handschriften zu sehen.

Schon Anfang Januar fiel ein weiterer Name, der ihn in diesen Monaten immer wieder beschäftigte: Gorbatschow. Immer wieder versuchte er, Bücher, Artikel und Reden von ihm zu beschaffen, immer wieder erfuhr er aus den Bibliotheken, dass Titel gestrichen worden waren. *Sputnik*, eine sowjetische Wissenschaftszeitschrift, in der wissenschaftliche Dinge erklärt und Diskussionen zur Entwicklung der Gesellschaft in einer Ausführlichkeit wie heute etwa in der *ZEIT* geführt wurden, landete im sogenannten Giftschrank der Bibliothek. Auch Gorbatschows Thesen wurden dort lebendig diskutiert – ein Grund mehr, die Zeitschrift aus dem Verkehr zu ziehen. Für ihn fühlte es sich an, als würde ihm Lebenswichtiges vorenthalten. Der Taschenkalender verzeichnet literarische Besorgungen gleichwertig mit denen von Alltagsgegenständen, von »Zellstoff« etwa, dem DDR-Taschentuch »vom Stück«, das die Käufer selbst aus einzelnen Lagen zum Taschentuch zusammenlegen mussten. Es war zwar etwas weicher als das Toilettenpapier, aber immer noch unerträglich rau, weswegen viele Stofftaschentücher bevorzugten. »Zellstoff war zugeteilt, das durfte man immer nur zweimal aus dem Laden mitnehmen«, erinnert er sich. Entsprechend oft taucht es im Kalender auf. Häufiger notiert er nur Gorbatschow und Zweig. Grundnahrungsmittel für Kopf und Seele.

Dazwischen immer wieder Hinweise auf Kulturveranstaltungen, Kabarett im Waidspeicher, donnerstags regelmäßig die Bildbetrachtung in der kleinen Galerie am Anger, u.a. mit Veranstaltungen zu Joseph Beuys, Otto Dix, Leonardo da Vinci, Salvador Dalí, Lionel Feininger und zum Kinderportrait.

Keine der Veranstaltungen ließ ihn unberührt, und leidenschaftlich bereitete er sie vor und nach: War ein Künstler aus der Bildbetrachtung in der Bibliothek verfügbar, orderte er die entsprechenden Bildbände. Wurde Christa Wolf an den Städtischen Bühnen Erfurt inszeniert, besorgte er sich deren Buch *Die Dimension des Autors*. Eine Fülle von Kalendereinträgen wirft ein Licht auf das »Handwerk« des leidenschaftlichen Lesens in der DDR: »Bücher leihen«, »Bücher bestellt«, »Bücher verlängert« und immer wieder der Bezug auf den Literaturanzeiger: »Nr. 26 gelesen«.

Auch die Musik ließ ihn nicht los: Klassik hört er so oft wie möglich live, außerdem besorgt er sich regelmäßig Kassetten über die Bibliotheken. Am tiefsten beeindruckt ihn Wagner, den er in der Werkstatt mit einem älteren Kollegen regelmäßig hört und von dem er in der Folge Platte um Platte, Kassette um Kassette besorgt. Seinen Rekorder, einen Sonnett, hegte und pflegte er, etwa wenn die Andruckrolle repariert werden musste, weil sich abgelöste Magnetbandpartikel daran gesammelt hatten. Die Andruckrolle führt das Band und sorgt für eine gleichmäßige Geschwindigkeit. Wenn sich zu viele Partikel an der Rolle festgesetzt haben, wird die Oberfläche der Rolle glatt, und das Band rutscht weg, was sich durch Jaulen und Tonhöheschwankungen bemerkbar macht.

[▫ ▫]

Seine Tage im Jahr 1988 waren klar strukturiert: morgens die Arbeit in der Stromversorgung, am Abend nach einem Zwischenstopp in der Bibliothek die Abendschule. Oft überbrückte er die Stunde

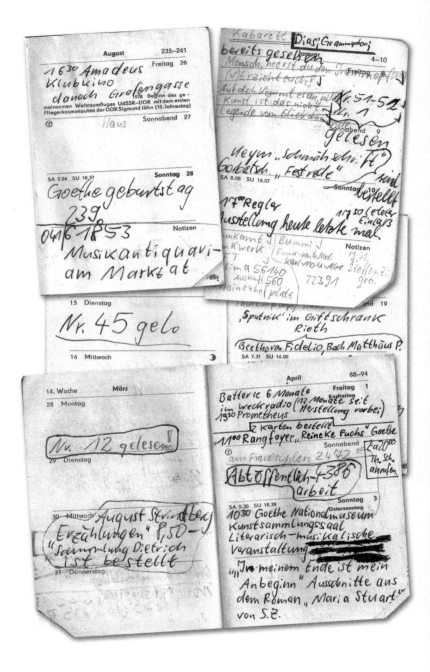

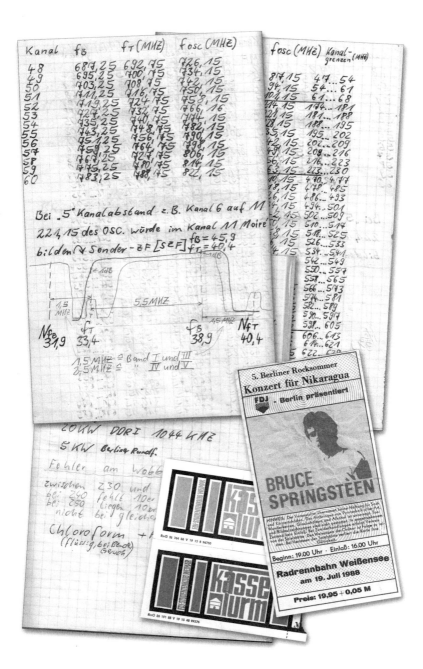

zwischen Arbeit und Schule auf den Stufen der stadtabgewandten Seite des Doms, den Blick in die Sonne, auf das Büromaschinenwerk Optima oder auf altes, geschichtsträchtiges Gemäuer gerichtet. Die Wege bewältigt er in dieser Zeit mit einem uralten Motorrad, das sein Vater wieder hergerichtet hatte.

Ab und an forderte die Arbeit bei der Post Sonderschichten in fremden Abteilungen: In der Vorweihnachtszeit etwa, wenn das Paketaufkommen besonders hoch war, wurde er in der Paketsortierung gebraucht. An kalten Dezembertagen half er, die Pakete von einem Güterwaggon in den anderen umzuladen, oder stand an einem Fließband in einer großen offenen Halle, in der die Pakete verteilt und sortiert wurden.

Auch wenn es zu diesem Zeitpunkt keine Überraschung mehr für ihn war, schockierte es ihn, den Raum zu sehen, in dem routiniert und sorgfältig Briefe geöffnet, gelesen und wieder verschlossen wurden: »Während ich mit der Abfertigung der Pakete zu tun hatte, sah ich, wie die Briefe aus dem Westen geöffnet wurden. Die haben die Briefe durchleuchtet, den Kleber gelöst, sie in Teilen oder ganz gelesen und dann wieder verklebt. Manchmal verschwand dabei auch Geld. Bei normalen Briefen sah man nicht, dass sie schon geöffnet waren, so professionell wurde gearbeitet, aber wer Siegellack verwendete oder bewusst ein Haar in die Klappe klebte, dem fiel es auf.«

Mitarbeiter, die von Ende der Siebziger- bis Mitte der Achtzigerjahre in der Postzensur gearbeitet hatten, beschrieben eindrücklich, dass der Umfang der Überwachung während dieser Jahre ständig zunahm.

Eine Kultur des Misstrauens lähmte das Land. Sein Arbeitgeber, die Post, war ebenso ein Zensor wie der Zoll. Beide Behörden waren Repräsentanten und Herrschaftsinstrumente der Staats- und Parteiführung.

[◻ ◻]

Wohin mit dem Frust? Wie den Staub abschütteln, der sich auf die Kleider legt wie ein erstickender Mantel, wenn jeder Schrei Gefahr bedeuten kann?

Man kann ihn sich von der Seele tanzen, etwa bei den seltenen Rockkonzerten in der DDR. Bruce Springsteen etwa spielte am 19. Juli 1988 in Ost-Berlin, undenkbar noch wenige Jahre zuvor und provoziert vom Westen, der mit internationalen Starauftritten am Reichstag die Ostjugendlichen auf der anderen Seite der Mauer auf die Barrikaden trieb. Als Pfingsten 1987 anlässlich der 750-Jahr-Feier Berlins David Bowie, die Eurythmics und Genesis in West-Berlin vor dem Reichstagsgebäude spielten, randalierten auf der anderen Seite der Mauer mehrere Tausend Jugendliche und protestierten gegen Mauer und Stacheldraht. *Weg mit der Mauer! Weg mit der Mauer!* Wenig später, am 12. Juni 1987, wird der US-Präsident Ronald Reagan seine legendäre Rede halten, die die deutsch-deutsche Frage zu einer Frage erklärt, die die ganze Welt betrifft: »General Secretary Gorbachev, if you seek peace, if you seek prosperity for the Sovjet Union and Eastern Europe, if you seek liberalization, come here to this gate. Mr. Gorbachev, open this gate! Mr. Gorbachev, tear down this wall!« *Die Mauer muss weg!* Um solche Rufe beim nächsten Mal zu unterbinden, spielten fortan im Osten zeitgleich Giganten des Rock und Pop. Kalter Krieg mit Musik.

Man kann sich den Frust auch von der Seele lesen, Buch für Buch, sich die Augen öffnen und Maßstäbe gerade rücken lassen. Wie aber funktioniert Lesekultur in einem Land, das Literatur ebenso zensiert wie Presse, Rundfunk und Fernsehen?

Die Rockkonzerte der Literatur waren die Buchmessen in Leipzig. Leipzig war insgesamt begehrter Messestandort, den er so oft wie möglich aufsuchte, um mit den Augen alles auszutrinken. Technik auf den regulären Messen, neueste deutschsprachige und internationale Literatur auf der Buchmesse.

»Für viele westliche Unternehmer war Leipzig das Tor zum Osten. Sie konnten über die Messe Produkte im gesamten Ostblock anbieten beziehungsweise die Kontakte zu den anderen Ostblockländern herstellen. Das war aber anders, als es heute auf Messen ist. Man konnte nichts ausprobieren, es war alles hinter Glas; nur ab und zu hatte man Gelegenheit, etwas aus der Nähe zu sehen. 1984 habe ich bei einer Leipziger Messe meine erste CD in der Hand gehalten. Es wurde westdeutsche Unterhaltungselektronik ausgestellt, das war großartig, unvergesslich. Eine Klassik-CD der Deutschen Grammophon zu einem Zeitpunkt zu sehen, zu dem der Normalsterbliche noch gar nicht wusste, dass es das gab. Ich hatte in populärwissenschaftlichen Zeitschriften gelesen, dass eine Schallplatte mit optischer Abtastung entwickelt werden sollte. Genaueres hab ich dann erst auf dieser Messe erfahren.«

Das Klima in Leipzig war zu Messezeiten besonders, vor allem international wie sonst nie und nirgendwo in der DDR. Der Staat präsentierte sich weltoffen, kannte plötzlich Straßenmusikanten und Blumenschmuck. Wenn er zu einer Messe reiste, trug er seine besten Klamotten – Westkleidung aus Ungarn. Er feierte jedes Mal einen kleinen Triumph, wenn ein Ostdeutscher ihn ansprach, ob er Unterkunft suche, weil er ihn für einen Messebesucher aus dem Westen hielt.

»Es waren immer Offizielle, die mich ansprachen. Sie wollten westlichen Touristen Hotelplätze vermitteln und mit Westgeld abrechnen. Auf diese inoffizielle Weise konnte man die Messegäste aus dem Westen etwas unter Kontrolle halten, und die DDR konnte dazu noch die Devisen kassieren. Normale Leipziger Bürger riskierten Ärger, wenn sie Kontakte zu Westdeutschen aufbauten. Ich kann mir nicht vorstellen, dass sich Privatleute getraut hätten, eine Übernachtung anzubieten, zumal in der DDR ja niemand übermäßig Platz hatte. Jedenfalls waren zur Messezeit immer zahlreiche Geschäftsleute aus dem Westen da, um mit dem Ostblock Geschäfte zu machen. Es war im Übrigen auch der Westen, der der Stasi die Aufnahmegeräte verkaufte, mit denen sie dann Telefongespräche und Wohnungen abhörte. Diese Geräte waren den östlichen überlegen, manche waren sogar für mehrere Aufzeichnungen gleichzeitig ausgelegt.«

Für Studentinnen und Studenten der technischen Disziplinen war die Leipziger Frühjahrsmesse ein Highlight im Studienalltag. Hier konnten sie die Maschinen, Mess- und Steuergeräte, von denen in den Vorlesungen die Rede war, kennenlernen, Ost- und Westprodukte vergleichen und Kataloge sammeln. Vor allem aber war es die verwandelte Stadt, die lockte.

Nicht nur für Technikinteressierte und Studierende, auch für ein breites Publikum waren die Industriemessen in der DDR gefragte Ausflugsziele, obwohl sie den DDR-Bürgern ihre Lage schmerzlich bewusst machten: »Besonders absurd war es, das Warenangebot auf den Messen in einer Vollständigkeit zu sehen, in der es uns im Handel nie begegnete. Viele in der DDR produzierte Produkte, Möbel etwa, wurden in der DDR gar nicht verkauft, sondern gingen ausschließlich als Exporte in den Westen – sie waren Devisenbringer für das System. Einmal hatten meine Eltern Glück und konnten eine Wohnzimmerschrankwand mit Fabrikationsfehler, die im Westen nicht verkäuflich war, kaufen, nachdem sie als Retoure zurückgekommen war. Das Skurrile dabei: Auch diese fehlerhafte Ware war in der DDR keineswegs ein Ladenhüter, sondern nur mit Beziehungen zu bekommen.«

[◻ ◻]

Am wichtigsten war ihm, bei aller Faszination für die Technik, die Buchmesse. Die Buchmesse Leipzig war über Jahrzehnte das herausragende literarische Ereignis der DDR, unangefochten, außer Konkurrenz. Nur hier konnten sich literaturinteressierte DDR-Bürger ein Bild über die im deutschen Sprachraum erscheinende Literatur machen, konnten sie die an den Messeständen ausgestellten Bücher anlesen, durchblättern oder sogar Passagen abschreiben und über die freigiebig verteilten Kataloge und Prospekte reichlich Stoff für lange Sehnsuchtslisten mit nach Hause nehmen. Denn den Weg in die Buchläden der DDR fand ein Großteil dieser Bücher nicht.

»Das war eine derart schizophrene Situation, das kann man sich heute nicht vorstellen: Diese Messehallen voller Bücher, so viele Bücher im Land. Und in den Buchläden konnte man sie nicht kaufen.« Wann immer er später davon erzählt, wird sein Ton die fassungslose Wut verraten.

Bücher zu stehlen war auf der Buchmesse prinzipiell illegal, wurde von den westlichen Verlagen aber großzügig toleriert. Manche Verlage, Ullstein etwa, sollen außerhalb des Geländes sogar freigiebig Bücher verschenkt haben. Literatur- und Buchwissenschaftler sprechen heute von »heimlichen Lesern« als einem Phänomen der DDR: Menschen, die alles versuchten, um auf manchmal abenteuerliche, gefährliche oder absurd kostspielige Weise an Literatur heranzukommen, die in der DDR schwer zu bekommen war.

Heimliche Leserinnen und Leser wie er. Die ihre ganze Contenance aufboten, um bei Zollkontrollen die Nerven zu behalten, nicht weil sie Drogen oder Schwarzgeld in den Sitzen ihrer Wohnmobile versteckt hatten, sondern Bücher. Die gierig waren auf die Bücher, die in den Giftschränken in Bibliotheken weggeschlossen waren, und vergeblich Leihschein um Leihschein für die immer gleichen Titel ausfüllten. Die einen Hunger nach Literatur verspürten, den man sich in Zeiten medialer Überfütterung kaum mehr vorstellen kann. »Heute hat man die Regale und Festplatten voll und kommt gar nicht mehr zum Lesen. Damals, auf der Leipziger Messe, hat man im Stehen ganze Seiten aus Büchern abgeschrieben, um nachher von den Exzerpten zu leben.«

Den meisten DDR-Bürgern allerdings fehlten Zeit und Geld für den Besuch der Messen. Die knappe Zahl von 18 Urlaubstagen pro Jahr ließ jeden einzelnen kostbar werden. »Mein Glück war der Schichtdienst, dadurch hatte ich immer wieder mehrere Tage am Stück frei, ohne meinen Jahresurlaub anzugreifen.« Er genoss die Freiheit bis ans Limit seiner Kräfte und ließ sich die Begegnung mit Gästen aus der Bundesrepublik, aus Österreich und der Schweiz, aber auch aus Japan und vielen anderen Nationen nicht entgehen. »Alles war so viel offener als sonst. Allerdings: Auch bei den Buchmessen war überall Stasi dabei. Man konnte zwar mit einer Lektorin von S. Fischer reden, aber man konnte auch sicher sein, dass zwei Meter daneben einer am Bücherregal steht und das belauscht.«

Zu den wichtigsten Buchhändlern in diesem abenteuerlich verqueren Leseland wurden schmuggelnde Rentner, die ab 1972 den innerdeutschen Reiseverkehr nutzen konnten, um im Westen Literatur zu kaufen oder von Westverwandten zu besorgen und ihren Kontakten zu schmuggeln.

Während der Leipziger Messe wurde die Bevölkerung eingeladen und die Türen zum Messegelände offen gehalten. Da viele Westdeutsche, darunter zahlreiche Journalisten, die Messe besuchten, hatte das ostdeutsche Publikum ungewöhnliche Freiheiten. Wer aber heute vom »Leseland DDR« spricht, verwendet eine zynische Floskel, die von SED-Kulturfunktionären geprägt wurde und vieles überdeckt: geringe Auflagen, die wegen Papierknappheit zustande kamen und dafür sorgten, dass in der DDR erschienene Literatur oft nur mit Beziehungen zugänglich wurde; Auflagenhöhen, die täuschten, weil große Teilauflagen nicht verkauft oder vertrieben werden durften; ein Zensurverfahren, das sich »Genehmigungsverfahren« nannte und Teil der herrschenden Erziehungs- und Informationsdiktatur war; Bibliotheken, die für Leserinnen und Leser nur in Teilen zugänglich waren, und »Giftschränke«, in denen Bücher weggesperrt und nur für streng eingegrenzte wissenschaftliche Zwecke zugänglich gemacht wurden.

Die ungeschriebene Liste der in der DDR verbotenen Bücher war lang. Niemand hatte einen genauen Überblick darüber. Die Bestimmungen schwankten. Manchmal war etwas an einem Tag zugänglich und am nächsten schon wieder weggesperrt. Ein Gefühl für das, was systemkritisch sein könnte, hatte jeder Leser. Und die allermeisten führten, wie er, eine Liste der Titel, die sie immer schon lesen, besitzen, durchdenken wollten. Die Kataloge, die die Westverlage auf den Messen verteilten, wurden zu ins Unendliche verlängerten Listen von Sehnsuchtsbüchern. Wann nur wird man sie endlich lesen können?

[◻ ◻]

Eine der Buchmessen sollte dann sein Leben verändern. *Wo gehen eigentlich all die zerlesenen Bücher hin?* Er stellte die Frage nebenbei, und die Mitarbeiterin des Verlags, an die er sie gerichtet hatte, verwies ihn auf die Deutsche Bücherei in Leipzig. Seit 1913 versammelte sie als Gesamtarchiv des deutschsprachigen Schrifttums die deutsche und fremdsprachige Literatur des Inlands wie die deutschsprachige Literatur des Auslands und stellte sie gegen eine geringe Gebühr zur Benutzung bereit. Während der DDR-Zeit erfüllte sie zusammen mit der Deutschen Staatsbibliothek Berlin die Funktion einer Nationalbibliothek.

Bei ihm zündete der Funke sofort: Auch wenn Zeit und Geld immer knapp waren, saß er so bald wie möglich wieder im Zug nach Leipzig, um sich »das schöne alte Haus der Bücher« anzusehen: »Ich habe sofort Bücher bestellt. Das ging über ein Lager- bzw. Magazinsystem. Bestellen konntest du alle, bekommen hast du die wenigsten Bücher.« Die Auswahl machte ihn schwindelig, vorbereiten musste er sich auf die Besuche nicht: Lange Listen mit den Büchern, die er immer schon lesen wollte, aber noch nicht hatte bekommen können, lagen jederzeit bereit. Bibliografien der Sehnsucht. »Ich habe versucht, alle Bücher zu bekommen, von denen ich gehört hatte und die ich anderswo nicht kriegen konnte – George Orwell zum Beispiel, über den wurde viel diskutiert.«

Er bestellte Buch um Buch, Schopenhauer und Zweig, vieles, was unpolitisch, und manches, was hochpolitisch war. »Goethes Gedichte in der Auswahl von Stefan Zweig – das konnte man da problemlos lesen, hätte man in der DDR aber nicht kaufen können. Ich bin in dieser Bibliothek an eine Unmenge von Literatur gekommen, die ich normal nie bekommen hätte. Davon wussten nicht viele in der DDR, in meinem Umfeld war das ein Geheimtipp.«

Doch längst nicht jedes Buch landete auf dem Tisch im Lesesaal. »Für die brisanten Texte musste man eine wissenschaftliche Verwendung nachweisen, das waren die Texte im Giftschrank, an die ich nicht rangekommen bin.« Seine Leihscheine erzählen auch diese Geschichte. X-fache abgeblitzte Versuche, etwa Orwells *1984* zu lesen. Wochen nach seinem letzten Versuch in der Deutschen Bücherei gelingt es ihm, eine in die DDR eingeschmuggelte Ausgabe zu ergattern: »Ich fand es sehr bedrückend in den Parallelen zu dem, was unser Staat tat, dazu spannend und sehr gut geschrieben. Mir war sofort klar, warum das Buch so erfolgreich war, und auch, warum es in der DDR verboten war.« Auf seinen Leihscheinen ging er so diskret wie möglich vor, kürzte die verlangte Berufsbezeichnung, Facharbeiter für Nachrichtentechnik, immer nur ab: FAFNT. »Ich fand, das ging niemanden etwas an.«

Nach dem ersten Besuch in Leipzig machte er sich regelmäßig auf den Weg dorthin. Immer allein, immer mit Listen, Füller und Arbeitsheft im Gepäck. Er las und exzerpierte wie besessen, bis die Bibliothek um 22 Uhr schloss. Dann übernachtete er meist im Jugendtouristenhaus, einer Jugendherberge der DDR; wenn dort kein Platz war, sogar im Hotel. Und las am nächsten Tag weiter, sobald die Deutsche Bücherei wieder geöffnet hatte.

[◻ ◻]

Die offiziellen Aufgaben der Deutschen Bücherei lasen sich so: »Erhaltung, Pflege und Erschließung der Originale, Förderung der sozialistischen Wissenschaft, Kultur, Wirtschaft und Technik, Erfüllung kulturell-erzieherischer Aufgaben und Pflege progressiver und humanistischer Traditionen.« In der Praxis propagierte man das, was in der DDR als sozialistische und humanistische Literatur verstanden wurde, und hielt das, was die herrschende Partei als ihren Zielen entgegenstehend ansah, unter Verschluss.

Da die Deutsche Bücherei dennoch den Auftrag einer lückenlosen Archivierung hatte, lag es in der Verantwortung der leitenden

Zweig, Friderike
Stefan Zweig, wie ich ihn erlebte

Von der Deutschen Bücherei
7010 Leipzig, Deutscher Platz
habe ich unter Anerkennung der Benutzungs-ordnung erhalten:

(Name und Vorname des Verfassers, Titel des Werkes, Erscheinungsort, Verlag und Jahr)

Zweig, Stefan "Die schlafl..."
Frankf/M, S.Fischer 1983

Name: Olaf Hintze
Beruf: FA f. NT
Wohnung: Eft, St.d.Völk
Benutzungskarte Nr. 2281...

- nicht vorhanden
- X verliehen 24.4.86 of o1
- nur für den Lesesaal
- wo so zitiert?

Signatur: Lg 10133
15.10.88

Aus der **Wissenschaftl. Allgemein-Bibliothek Erfurt**
5000 Erfurt, Domplatz 1

habe ich unter Anerkennung der Benutzungs-Ordnung erhalten:
Verfasser mit Vornamen: Zweig, Friderike
Titel: Stefan Zweig, wie ich ihn erlebte
Ort und Jahr: Berlin: Herbig 1948

Name u. Vorname: Olaf Hintze
Beruf/Fakultät: FA f. NT
Wohnort u. Straße: Eft St.d.Völk 30/05

Name u. Vorname: Hintze Olaf
Best.-Nr. 525 53 m. E.

---

bestelle ich unter Anerkennung der Benutzungsordnung:
Verfasser mit Vornamen: Zweig, Stefan
Titel: Goethes Gedichte
Ort und Jahr: 1969

Name, Vorname: Hintze, Olaf
Beruf/Sektion: FA f. NT
Anschrift: 5082 Eft, St.d.Völkerfr. 30/05

Name, Vorname: Hintze, Olaf

Von der Deutschen Bücherei
7010 Leipzig, Deutscher Platz
habe ich unter Anerkennung der Benutzungsordnung erhalten:

Zweig, Stefan
"Das Stefan Zweig-Buch"
Frankf/M, S.Fischer 1982

Beruf: FA f. NT
Wohnung: Eft St.d.Völk 30/05
Benutzungskarte Nr. 2281...

Zweig, Stefan "Die Hochzeit v. Lyon und andere Erzählungen", Tschb-Verlag
Frankf/M 1980

Name: O. Hintze
Beruf: FA f. NT
Wohnung: Erfurt St.d.Völk...

(Name und Vorname des Verfassers, Titel des Werkes, Erscheinungsort, Verlag und Jahr)

Zweig, Stefan "Legenden"
Frankf/M, S.Fischer 1979

Name: Olaf Hintze
Beruf: FA f. NT

Donald A. Prater
"Stefan Zweig: d. Leben e. Ungeduld"
Büchergilde Gutenberg 1984
Frankf./M

052

Name: Hintze

Bibliothekare, unerwünschte Literatur nicht in die normale Ausleihe geraten zu lassen. Das Leipziger Lexikon des Bibliothekswesens von 1969 formuliert die Aufgabe blumig als den Auftrag, »eine nach gesellschaftlichen und wissenschaftlichen Bedürfnissen differenzierte Ausleihpolitik vorzunehmen«, und verwehrt sich gegen einen Vergleich dieser »differenzierte(n) Behandlung der Literatur« mit »Zensurmaßnahmen der Vergangenheit«: »Gewiss wird in unseren Bibliotheken die Literatur nach ihrem gesellschaftlichen Nutzen gewertet, wenn auf der einen Seite demokratische und sozialistische Literatur so breit wie möglich erworben und eingesetzt wird und wenn auf der anderen Seite undemokratische Literatur entsprechend dem wissenschaftlichen Bedarf angeschafft und verliehen wird. Es gibt aber in den Bibliotheken der DDR keine ›banned books‹ im Sinne von autoritären Bücherverboten, sondern eine verantwortungsbewusste, individuelle und den tatsächlichen Bedürfnissen Rechnung tragende Ausleihe.« Er weiß noch heute nicht, wohin mit der Wut, wenn er solche Sätze liest.

[◻ ◻]

Die Literatur jedenfalls, die er Seite für Seite in seine Hefte exzerpierte, half ihm, die Dinge für sich zu klären, Risiken abzuwägen, Maßstäbe zurechtzurücken. Anlauf zu nehmen für den letzten Schritt. »Anfang 1989 stand mein Entschluss, dass ich raus will, definitiv fest. Ich wusste noch längst nicht, wie, habe lange darüber nachgedacht, was ich machen könnte, viele haben ja drüber nachgedacht, wie man eine mögliche Flucht machen könne. Handelsflotte wäre ein Weg gewesen.« Der erforderte viele Jahre Vorbereitung, schien ihm mit seinem technischen Talent aber eine realistische und halbwegs kalkulierbare Alternative. »Ich habe mich an der Hochschule für Seefahrt in Rostock in der Studienrichtung Funkbetriebsdienst beziehungsweise Nachrichtentechnik beworben. Auch dort haben sie mich abgelehnt, obwohl meine Ausbildung passte und ich das Morsealphabet perfekt beherrsche. Es war die Geschichte mit der Fahne und die fehlende Parteizugehörigkeit, weswegen ich keine Chance hatte.«

Da er inzwischen wusste, dass es an seiner Akte lag, versuchte er alles, wenigstens die Fahnengeschichte zu erklären. Er fuhr persönlich nach Rostock, um die Hintergründe darzulegen. Ein Dummer-Jungen-Streich sei das gewesen. Er sei doch wirklich niemand, der ...

Er hatte zu viel getrunken, und sein Freund war auch nicht nüchtern genug, um ihn aufzuhalten. Das hätte nicht passieren dürfen. Aber so was könne doch nicht ausschlaggebend sein für ...

Er versuchte zu retten, was zu retten war, und hatte keine Chance. Die Absage kam schriftlich. Mit einem Standardschreiben starb auch dieser Traum. »Handelsflotte wäre ein Weg gewesen, sich ins kapitalistische Ausland abzusetzen. Als der berufliche Plan mit der Handelsflotte scheiterte, wusste ich auch, dass wieder eine Möglichkeit weggefallen war, das Land zu verlassen. Ich begann, die nächste Alternative zu durchdenken.«

[◻ ◻]

Die nächste Alternative hieß: es im Sommerurlaub über die ungarische Grenze zu versuchen, auf eigene Faust. Dass Reisen nach Ungarn nicht mehr problemlos möglich waren, musste Gründe haben.

»Ich war der Einzige in meiner Familie, der auf dem Trip war. Meine Brüder hätten es schon deshalb nicht machen können, weil sie Familie hatten oder schon fest gebunden waren – auch wenn sie den Wunsch gehabt hätten.« Er machte alles mit sich aus. »Ich habe das niemandem erzählt. Auch meine Eltern und meine Brüder haben erst kurz vor knapp erfahren, dass ich ernsthaft darüber nachdachte, es bei diesem Urlaub zu versuchen. Sie machten sich natürlich Sorgen, rechneten aber auch nicht damit, dass es schon bei diesem Urlaub so weit sein würde. Meine Brüder haben es gar nicht geglaubt: ›Das macht er doch *nie*.‹«

7 – *Holding Out For A Hero*

▸ **BUDAPEST, UNGARN | 13. AUGUST 1989**

Daran könnte er gedacht haben, als er in den Morgenstunden des 13. August 1989 den Nachtzug am Budapester Bahnhof verließ: »Das macht er doch *nie*.« Er, der Stille, der Zurückhaltende. Der lieber nachgibt, als auf Konfrontation zu gehen.

Allen Naturgesetzen nach müsste er übernächtigt sein, zumindest erschöpft, verspannt und überfordert von der Großstadt. Aber man sieht ihm nichts an. Er ist einer unter vielen Touristen, die neu in die Stadt eintauchen. Er verstaut das Gepäck im Schließfach und geht leichten Schrittes durch die von früheren Aufenthalten fremd-vertrauten Straßen. Aus dem Brustbeutel hat er einen Adresszettel gezogen; er faltet ihn auseinander und lächelt, als er die Handschrift seiner Mutter erkennt. Die Wohnung gehört Freunden seiner Eltern, sie liegt in einer Gegend, die er zum Glück problemlos finden und erreichen kann. Er klingelt.

Schon längere Zeit sind sie mit einer Frau befreundet, die sich in einen Ungarn verliebt und ihn geheiratet hat – und ihm nach Ungarn gefolgt ist. Mit ihm, dem gebürtigen Ungarn, solle er reden und erfragen, wie er die Vorgänge an der Grenze einschätzt, von ihm will er erfahren, welche realistische Chance ein Fluchtversuch über Ungarn nach Österreich haben könnte.

Doch das Gegenüber reagiert zurückhaltend: Er wisse zu wenig Konkretes über die Grenze, um solche Fragen beantworten zu können, er könne nur dringend abraten, dieses Risiko einzugehen. Für einen, der schon so weit gegangen ist, bringt das Gespräch enttäuschend wenig. Vielmehr: neue Angst. In seinem Muster ähnelt es dem Gespräch mit der älteren Dame in Rumänien, die so vehement von der Gebirgswanderung abgeraten hatte.

Gut. Danke. Ich werde es mir noch mal überlegen.

Das Angebot, einige Zeit bei den beiden in der Budapester Wohnung zu bleiben, lehnt er ab. Jetzt oder nie.

Alles Gute dir. Ihr Abschiedswunsch klingt, als hätten sie verstanden, dass er sich längst entschieden hat.

Tut uns leid, dass wir nicht mehr für dich tun konnten.

Schon gut. Alles Gute euch.

[◻ ◻]

Noch in den Abendstunden des 13. August bricht er auf, per Anhalter in Richtung des ungarisch-österreichischen Grenzorts Sopron, den Satz seiner Brüder im Ohr.

»Das macht er doch *nie*.«

Er hat Glück. Mit nur zwei verschiedenen Fahrern kommt er bis Sopron. Im Autoradio des zweiten Wagens läuft eine Kassette mit Westmusik. Längst außerhalb Budapests rollen sie über fast leere Straßen. Sopron werden sie erst nach Mitternacht erreichen. Die rechte Hand des Fahrers tastet in der Jackentasche nach Zigaretten. Er bietet ihm, dem Nichtraucher, eine an. Stummes Nicken. Das Feuerzeug klackt zweimal. Der Fahrer lächelt. Sympathischer Typ. Nie war er für eine Sprachbarriere so dankbar. Kein Wort beherrschen sie in der Sprache des jeweils anderen. Er muss sich nicht erklären. Warum Sopron, woher, wie lange? Nur bruchstückhaftes Englisch bildet eine fragile Brücke.

Tourist?
Yes.

Er atmet blauen Rauch in die Nacht, ein ungewohntes Gefühl, obwohl es natürlich nicht seine erste Zigarette ist. Das Gedächtnis speichert den Moment. Bonnie Tylers »Holding Out For A Hero« brennt sich ihm ein. »I need a hero. I'm holding out for a hero 'til the end of the night. He's gotta be strong and he's gotta be fast and he's gotta be fresh from the fight.« Kann er das, sein eigener Held sein? Jetzt, auf die Minute? Seiner eigenen Sache so sicher sein?

Stark genug, das eigene Leben über die höchste Hürde zu stemmen: es zu verändern? Schnell genug, um sich nicht abhalten zu lassen: auch nicht von sich selbst? Mutig genug, es im entscheidenden Moment zu wagen: mit allen Konsequenzen?

[◻ ◻]

Wieder der Gedanke: Jetzt oder nie. Die Alternativen schnurren zusammen auf den einzig möglichen Plan: Es gibt nur noch diesen einen Ort, es gibt nur noch ihn, die Karte, den Kompass, das Fernglas. Die Zeit läuft, denn in wenigen Tagen werden seine Kollegen in der Firma ihn vermissen. Sein Urlaub reicht nur wenige Tage weiter als der von Ole, Rainer und Marc. Sobald sie wieder in der Firma sind, wird klar werden, dass er sich abgesetzt hat.

Sein Blick wandert auf die Rückbank des Autos – hat er die drei Gepäckstücke, die Kraxe mit dem Buch? Alles ist da.

[◻ ◻]

Die erste Nacht in Sopron verbringt er unter freiem Himmel in der Nähe des Neusiedlersees. Um sich bei einem Campingplatz anzumelden ist es viel zu spät. Auf der Wasseroberfläche tanzen Lichter, die er sich nicht erklären kann. Im Kopf immer noch Bonnie Tyler: »I could swear that there's someone somewhere watching me.« In den letzten Jahren hat er viele der Fluchtgeschichten verfolgt, die öffentlich wurden: spektakuläre Tunnelbauten, Ballonflüge, Einzelkämpfer, die ihren Weg durch das Wasser suchten. Könnte er das – in der beginnenden Morgendämmerung durch den Neusiedlersee schwimmen?

8 – *The Working Hour*

◄◄ FERNMELDEAMT ERFURT | 1984–1988

Er war noch jung, als er – vielleicht zum ersten Mal überhaupt, jedenfalls zum ersten Mal in dieser Konsequenz – eine Entscheidung getroffen hat, die ihm zum Muster für spätere Entscheidungen werden sollte: Man muss sich nicht an Erreichtes klammern, darf sich nicht von scheinbaren Vorteilen beschränken lassen, was die Freiheit zu eigenen Lebensentscheidungen betrifft.

Seine attraktive Stelle im Dreischichtbetrieb, auf die er nach der Lehre übernommen wurde und die er nach der NVA-Zeit wieder antreten konnte, gab er auf, um auf einer weniger attraktiven Stelle ohne Schichtdienst Abitur an der Abendschule nachmachen zu können. Mit zweifelhaftem Ausgang, da er um die Schwierigkeit, ohne Parteizugehörigkeit zum Studium zugelassen zu werden, schon vor der Entscheidung fürs Abitur wusste.

Von außen gesehen funktionierte alles tadellos: Man versetzte ihn in den Tagdienst und ermöglichte die Abendschule, nutzte aber jede Gelegenheit, ihn die damit verbundene Degradierung spüren zu lassen: finanzielle Einbußen, stupide Tätigkeiten, beschränkter Entscheidungsspielraum.»Ich musste das in Kauf nehmen, sonst hätte ich die Abendschule nicht machen können. In meiner alten Abteilung, wo mir die Arbeit weit besser gefiel, war man nicht zu Kompromissen bereit.« Auch aus fachlichen Gründen war der Dreischichtdienst in der Übertragungsstelle, wo Ferngespräche zwischen Großstädten übertragen wurden, interessanter: »Auf einem Kupferkabel, das wie ein Fernsehkabel aussieht, wurden mehrere Frequenzen übertragen. Das ist ähnlich wie Radiotechnik, nur über Kabel, nicht über die Luft. Rund um die Uhr haben wir auftretende Fehler beseitigt, Messungen gemacht und alles überprüft. Wir waren immer in Bereitschaft und konnten durch das Schichtsystem rund um die Uhr reagieren. Auf dieser Stelle habe ich in der ersten Zeit nach der Lehre gearbeitet.« Schon in der achten Klasse hatte er in seiner Freizeit an eigenen Sendern gebaut. Rundfunksender entstanden, die tatsächlich innerhalb des Wohnviertels senden konnten. Die abendliche und nächtliche Bastelei wirkte sich auf die Erfolge in der Schule aus: »Mein Zeugnis in der achten Klasse war nicht gut genug, weil ich oft die ganze Nacht gebastelt und experimentiert habe. Am nächsten Morgen war ich übernächtigt und müde – und in Gedanken immer noch bei meinen Versuchsaufbauten. Hausaufgaben hatten mich nicht interessiert, für jeden vorgesetzten Unterricht fehlte mir der Ehrgeiz.«

Dass das auch Konsequenzen für sein Spezialgebiet und den Traumberuf als Rundfunktechniker haben könnte, begriff der Vierzehnjährige noch nicht: »Als Rundfunktechniker haben sie mich wegen der Mathenote nicht genommen, das ging nur mit einer Eins. Deswegen habe ich mich dann für eine Lehre in der Übertragungstechnik entschieden, weil das in eine ähnliche Richtung ging. Von Anfang an wusste ich, dass ich das Abitur nachmachen und studieren wollte. Ich spürte, dass im Leben noch mehr passieren muss als dieser Dreischichtdienst, die permanente Aufmerksamkeit und dann die schnelle Reaktion, wenn diese oder jene Lampe leuchtet.« Schon damals hat er Zweig im Ohr: »*Bei allem, was ich unternahm, berede ich mich selbst, es sei doch nicht das Eigentliche, das richtige.*« Das Eigentliche, das Richtige. Das galt es zu finden.

Das Abendabitur lief über die Volkshochschule, für deren Kurse Parteizugehörigkeit kein Kriterium war: »Das hätte einen großen Aufwand für die Volkshochschule bedeutet, diese Kurse auch zu reglementieren. Außerdem waren es so wenige, die auf diesem Weg Abitur machten, dass das wahrscheinlich uninteressant für die Partei war.« Von der ersten Stunde an erweiterte die Abendschule seinen Alltag um eine neue Dimension: Viele neue Menschen betraten gleichzeitig sein Leben, viele von ihnen interessante Charaktere, die ihre je eigenen Gründe für den nebenberuflichen Weg zum Abitur hatten. »Es waren tatsächlich einige kritische Leute in der Klasse, die schon ziemlich haarige Sachen mit dem Staat und der Stasi erlebt hatten.«

Fachlich kam eine enorme Herausforderung auf ihn zu, die nach der Arbeit kaum zu schultern war. Trotzdem gelingt es ihm, die Kurse fast vollständig zu bestehen und abzuschließen. »Bis auf ein Fach, Russisch, hatte ich alles geschafft. Das hätte ich problemlos nachmachen können, man musste beim Abendabitur in der DDR nicht alle Fächer auf einmal abschließen.« Dass es nicht mehr dazu kam, ist eine andere Geschichte.

Da in der Übertragungsstelle ein Ausscheren aus dem Dreischichtsystem nicht möglich gewesen wäre, blieb nur die desillusionierende Tätigkeit in der Stromversorgung: »Ich war laufend außer Haus und musste in den Betrieben der ganzen Stadt die Batterien pflegen und warten. Große Batterien, oft ganze Räume voll. Das war eine dreckige, gesundheitsschädliche Tätigkeit, zwei sehr frustrierende Jahre.« Penibel verzeichnete er in einem Tagebuch für den technischen Außendienst seine Einsätze in Erfurt; Behörden zählten ebenso zu den weit über 200 regelmäßig besuchten Betrieben wie Industriebetriebe, von der Kondomfabrik bis zur Fleischproduktion war eine ganze Palette an Branchen vertreten. »Jede dieser Firmen hatte eine eigene Telefonzentrale, mit der sie autark operieren konnte – also dank der Batterien auch dann telefonieren konnte, wenn das Stromnetz ausfiel, was in der DDR oft der Fall war.« Die Batterien waren unterschiedlich groß. Manche

Batterien waren regelrechte Tanks von der Größe eines Zimmers, andere hatten die Größe moderner Heizkörper und stapelten sich in Reihen nebeneinander.»Jede Batterie war voller giftiger Säure. Es ist unbeschreiblich, wie intensiv ein Raum voller säuregefüllter Behälter stank. Jeden einzelnen musste ich prüfen, gegebenenfalls mit Wasser auffüllen und, was das Schlimmste war, reinigen.« Häufig hatten sich am Rand der Batterien bereits Kristalle gebildet, wie man sie von alten Autobatterien kennt.»Denen ähnelten sie auch, sie waren aber größer und schmutziger. Wir arbeiteten mit Handschuhen als einzigem Schutz, eigentlich hätten wir Atemschutz tragen müssen, denke ich heute, aber das gab es nicht. Die Batterien waren hochgiftig und enthielten noch Blei. Batterien, wie man sie schon in den Dreißiger-, Vierzigerjahren benutzte.«

So frustrierend die Tätigkeit war, sie hatte auf überraschende Weise auch ihr Gutes – er verdankte ihr einen neuen Blick auf sein Land. Weit über hundert Betriebe besuchte er jedes Jahr, sammelte Eindrücke, die anderen vorenthalten blieben, und entdeckte Räume, in die er ohne diesen Job niemals gekommen wäre.»Ich habe bei dieser Arbeit endgültig begriffen, wie fertig und kaputt dieses Land ist. Solange man fest in einer Firma arbeitet, merkt man zwar Entbehrungen, hat aber immer das Gefühl, als liefe es nur hier, in diesem Laden, so schlecht und wäre anderswo sicher besser. Es fehlt einem der Überblick über das Ganze.« In seinen zwei Jahren in der Stromversorgung lief er durch viele Fabriken, an Fließbändern vorbei, durch Metallgießereien, durch die Gummiproduktion, immer auf dem Weg zum Batterieraum.»Egal, was produziert wurde: Die Betriebe waren baufällig, die Maschinen überholt, die Arbeit stagnierte, weil Zulieferern die Ware fehlte, Arbeiter waren nicht ausgelastet, weil Produktionsmittel fehlten – es war überall das Gleiche.« Wenn Helmut Kohl später blühende Landschaften binnen weniger Jahre versprechen wird, wird er nur lachen können, unschlüssig, ob er es für verletzenden Zynismus oder bodenlose Dummheit halten soll.»Undenkbar, in jeder Hinsicht! Da war alles im Eimer, das gesamte Telefonnetz, die Kanalisation, das Straßennetz. Alles war hin, alles war fertig. Die DDR war am Ende: pleite und marode zur gleichen Zeit.«

Tatsächlich lag im Jahr 1989 die Produktivität in Ostdeutschland bei nur einem Drittel der Produktivität in Westdeutschland. Auch wenn sich der Vergleich für die SED eigentlich verbot, blieb die Bundesrepublik für die DDR-Bevölkerung immer der Maßstab, der nie erreicht werden konnte. Zu weit gingen die wirtschaftliche Leistungsfähigkeit der beiden Staaten und damit das, was die einzelnen Bürger konsumieren konnten, auseinander. Die Gründe waren vielfältig: Die Planwirtschaft der DDR, die zentrale Steuerung einer ganzen Volkswirtschaft, funktionierte nicht. Zu wenige Innovationen gingen aus dem streng und restriktiv gehandhabten System hervor. Dazu kam seit den Siebzigerjahren ein wachsender Druck von außen: Rohstoffe und Energie wurden auf dem Weltmarkt teurer und der Druck zu Innovationen immer größer, weil andere Länder ihr Tempo in diesem Bereich deutlich steigerten. Kein Wunder, dass die Wirtschaft der DDR in den Achtzigerjahren zunächst kaum merklich, dann drastisch und unaufhaltsam in die Knie ging. Mit Ausnahme von Mikroelektronik und PKW-Bau gab es kaum Investitionen. Jahrzehntelang wurden veraltete Anlagen benutzt, weil sie nicht ausgetauscht werden konnten. All das schlug nicht zuletzt auch auf die Motivation der Mitarbeiter. Das Private hatte Vorrang vor den Belangen des Betriebs. Hier wie dort aber hatten Verkäufer und Handwerker die Schlüsselpositionen inne. Schmiergelder waren üblich, im besten Fall zahlte man mit Westgeld, einer Gegenleistung oder sogenannten Forumschecks. Forumschecks waren in der DDR ein Zahlungsmittel, das vom Forum Außenhandelsgesellschaft ausgegeben wurde und mit dem DDR-Bürger in den Intershops einkaufen konnten. Eine Forumscheck-Mark entsprach einer D-Mark. Der Sektor »Reparatur und Instandhaltung« hatte eine enorme Bedeutung, die Menschen in der DDR waren Meister der Improvisation.

Alles stagnierte, nur eines wuchs: die Schulden der DDR. In der Folge mussten auch Importe aus den westlichen Staaten begrenzt werden. Es kam zu einem sogenannten Kaufkraftüberhang, der mit dem ernüchternden Gefühl verbunden war, dass man nichts für sein Geld bekam. »Das Gebäude der mittelalterlichen Universität in Erfurt war komplett zerstört, nur einen Torbogen hatten sie wiedererrichtet. Wenn ich das sah, diesen frei stehenden Torbogen, umwuchert von Gras, gab es mir jedes Mal einen Stich. Nur den einen Torbogen konnten sie sich leisten.« »Erst 1994 wurde die Universität Erfurt neu gegründet und der Universitätsbetrieb wieder aufgenommen.« Wenn später jemand den Alltag in der DDR nostalgisch verklärt, wird ihm dieses Beispiel in den Kopf kommen.

[▫ ▫]

Hatte er bisher nur für sich ganz persönlich das Gefühl, die Arbeit, der Alltag, das wäre nicht das Eigentliche, das Richtige, spürte er es ab jetzt auch ganz deutlich für sein Land. Sein privates Lebensgefühl der Vorläufigkeit scheint das ganze Land zu lähmen. *Das kann doch nicht alles sein.*

Ein unbefriedigendes Gefühl, das ihn lähmte, das ihm aber auch erst Kraft und Mut gab, Neues auszuprobieren, die gute Stelle aufzugeben für die ungewisse, fragile Brücke in die Zukunft, die das Abitur für ihn bedeutete. Noch stand nicht zu viel auf dem Spiel, noch trug er nicht zu viel Verantwortung, und auch die Leichtigkeit des schwebenden Dazwischen findet er bei Zweig beschrieben: »*Damit gab ich meiner Jugend das Gefühl des noch nicht zum Äußersten Verpflichtetseins und gleichzeitig auch das ›diletto‹ des unbeschwerten Kostens, Probens und Genießens. Schon in die Jahre gelangt, da andere längst verheiratet waren, Kinder und wichtige Positionen hatten und mit geschlossener Energie versuchen mußten, das Letzte aus sich herauszuholen, betrachtete ich mich noch immer als den jungen Menschen, als Anfänger, als Beginner, der unermeßlich viel Zeit vor sich hat, und zögerte, mich in irgendeinem Sinne auf ein Definitives festzulegen.*« (WVG, 189f.) Es schien sein Medium zu sein, das Fließende dazwischen. Mal litt er darunter, dass er die Vorläufigkeit nicht brechen konnte, meist aber war sie ihm willkommene Begleiterin, um in Bewegung zu bleiben. »*So, wie ich meine Arbeit nur als Vorarbeit zum ›Eigentlichen‹, als Visitenkarte betrachtete, … sollte meine Wohnung vorläufig nicht viel mehr als eine Adresse sein. Ich wählte sie absichtlich klein und in der Vorstadt, damit sie meine Freiheit nicht durch Kostspieligkeit belasten könnte. Ich kaufte mir keine sonderlich guten Möbel, denn ich wollte sie nicht ›schonen‹, … Bewußt wollte ich vermeiden, mich … festzuwohnen und dadurch sentimentalisch an einen bestimmten Ort gebunden zu sein.*«

Was er noch nicht ahnen konnte: wie wichtig ihm dieses Ruhen in sich selbst bei bewusstem Offenhalten aller Alternativen, dieser Mut, Bindungen zu kappen, wenn sie der eigenen Überzeugung widersprechen, in Zukunft werden wird. »*Lange Jahre schien mir dieses Mich-zum-Provisorischen-Erziehen ein Fehler, aber später, da ich immer von neuem gezwungen wurde, jedes Heim, das ich mir baute, zu verlassen, und alles um mich Gestaltete zerfallen sah, ist dies geheimnisvolle Lebensgefühl des Sich-nicht-Bindens mir hilfreich geworden. Früh erlernt, hat es mir jedes Verlieren und Abschiednehmen leichter gemacht.*« (WVG, 190) Ein Lebensgefühl der Vorläufigkeit, das Freiheit erst möglich macht. Ein Lebensgefühl der Vorläufigkeit, das schützt, indem es das Abschiednehmen erleichtert. Wie sehr er es brauchen wird, ahnte er damals noch nicht.

[◻ ◻]

Am 6. Mai 1986 unterzeichneten beide deutsche Staaten ein Abkommen zur kulturellen Zusammenarbeit. Selten hatte eine politische Entscheidung von scheinbar geringer Tragweite sein Leben so verändert. Es erleichterte die Präsentation von Westliteratur auf DDR-Buchmessen und verhinderte, dass das SED-Regime seinen Bürgern offiziell verbieten konnte, diese Messen zu besuchen. Ihm sowie dem Viermächte-Abkommen von 1971 verdankte er nicht nur eine Fülle von Leseerlebnissen auf der Leipziger Messe und die Entdeckung der Deutschen Bücherei, sondern auch die Ausstellung der *Bücher der Bundesrepublik Deutschland*, die, veranstaltet von den Buchhandelsorganisationen in Ost- und Westdeutschland, Neuerscheinungen aller Sparten ausstellte. »Vieles, was in der DDR auf dem Index stand, konnte man dort anlesen.« Er ging immer allein in die Ausstellung, manchmal mehrere Tage in Folge, schrieb Notizbuch um Notizbuch voll und erwarb den gleichnamigen Katalog, die längste aller Sehnsuchtslisten. »In der Ausstellung war es Ende Januar 1989 extrem voll. Die Leute standen vor jedem einzelnen Verlagsstand und dann vor jedem einzelnen Buch Schlange.«

[◻ ◻]

In den Vorjahren hatten sich seine Zitate-Hefte vor allem in der Deutschen Bücherei gefüllt, wo er natürlich Stefan Zweig las, den Lebensautor, dessen Bücher er alle kennen wollte. Seitenweise exzerpierte er dessen Gesamtwerk und ging vielen Spuren nach, die Zweig für ihn ausgelegt zu haben schien wie Fährten in ein unbetretenes Land.

Er wurde zum Experten in Sachen Zweig, und je mehr er es wurde, desto genauer fielen ihm Widersprüche auf, offenbar war auch ein Geist wie Zweig nicht frei von Wirrungen und Irrtümern. Es bleibt ihm unverständlich, wie der Pazifist deutsche Siege während des Ersten Weltkriegs bejubeln kann: »›Wie ich auf die Straße komme, der große deutsche Sieg bei Metz … Die deutschen Siege sind herrlich … Man erlebt Napoleons Zeiten … Wie neide ich Berlin seinen Jubel‹ – Als ich das im westdeutschen Rundfunk gehört habe, konnte ich es nicht glauben. Ich musste in die Deutsche Bücherei, um nachzurecherchieren, ob das stimmte. Niemand würde das heute mit Stefan Zweig in Verbindung bringen.« Dass Zweig seinen Irrtum später korrigiert hat, machte den Prozess für ihn noch außerordentlicher: »Wie er aufgrund seiner Erfahrung ein anderer geworden ist, wie er dann das Richtige verteidigte und konsequent dafür stand, das hat mich zutiefst beeindruckt. All das habe ich mir in Leipzig im Lesesaal erarbeitet, das hat damals kaum jemand gewusst in der DDR, und Zweigs Tagebücher konnte ich auch erst im zweiten oder dritten Versuch einsehen. Dass jemand derart mit der geistigen Welt verbunden war wie er, das gab es ja damals nicht. Solche Intellektuellen haben mir damals gefehlt. Ich habe mir dafür Zweig in mein Notizbuch exzerpiert.«

[◻ ◻]

Die Korrektur seines Russland-Bildes formulierte Zweig so eindeutig, dass kein Zweifel blieb: »›Ich sehe, daß ich zu nachsichtig war‹, gab Zweig zu, ›mit Rußland, das den geistigen Terror erfunden hat und die Propagandamaschine, Instrumente, die jetzt wie eine Dampfwalze über Deutschland hinweggehen ... Ich glaube nur, daß unsere Aufgabe ist, nicht wie die Journalisten, Polemiker, jede einzelne Erscheinung anzugreifen, sondern gegen die Ursachen vorzustoßen. Ich habe in diesem Sinn einiges versucht mit meinem *Erasmus*, der gegen jeden Fanatismus, gegen jeden Versuch, das Denken unter eine Norm zu bringen (ob faschistisch, ob kommunistisch, ob national-sozialistisch) sich entschlossen wehrt. Vielleicht ist es altmodisch, noch den Begriff der persönlichen Freiheit zu verteidigen, ich versuche es jedenfalls in meinem privaten Leben.‹ Der Satz ging mir unter die Haut.«

Zeilen, in denen er sich sofort wiederfand. Der Abstand der Jahre, die Generationen zwischen ihnen, schmolz noch im Moment des Lesens. Er, der immer nach dem Begriff für das suchte, was ihn nicht zur Ruhe kommen, nicht vor Anker gehen lässt, findet ihn hier: die persönliche Freiheit.

»Mir liegt das sogenannte Heldische nicht. Ich bin konziliant geboren und muß meiner Natur gemäß handeln ...« Er, der kein Held sein möchte und sich selbst nie so beschreiben würde, findet hier wieder, was ihn ausmacht: ohne beschreiben zu können, woher die Gewissheit kommt, wissend, dass er ihr folgen muss. Nicht mit dem Kopf durch die Wand. Nicht laut, nicht fordernd. Eher mit einer stillen Vehemenz, die ihre Kraft aus dem Wissen

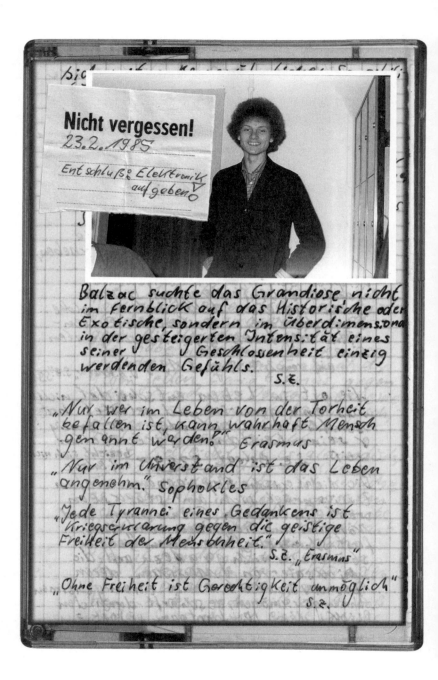

Nicht vergessen!
23.2.1985
Entschluß: Elektronik aufgeben

Balzac suchte das Grandiose nicht im Fernblick auf das Historische oder Exotische, sondern im Überdimensional in der gesteigerten Intensität eines seiner Geschlossenheit einzig werdenden Gefühls.
                                S.Z.

„Nur wer im Leben von der Torheit befallen ist, kann wahrhaft Mensch genannt werden." Erasmus

„Nur im Unverstand ist das Leben angenehm." Sophokles

„Jede Tyrannei eines Gedankens ist Kriegserklärung gegen die geistige Freiheit der Menschheit."
                        S.Z. „Erasmus"

„Ohne Freiheit ist Gerechtigkeit unmöglich"
                                S.Z.

um ihre Berechtigung nimmt. Atemlos tastete er sich an Zweigs Sätzen weiter:

»Ich kann nur vom verbindenden, vom erklärenden her wirken, aber weder kann ich Hammer sein, noch will ich Amboß werden. So sind wir einige wenige, die den undankbarsten und gefährlichsten Posten inne haben: in der Mitte zwischen den Schützengräben: die selber nicht schießen, sondern ackern.« Sieht sich selbst sitzen zwischen den Schützengräben und ahnt erstmals, dass es ein Wir geben könnte. Andere Menschen, die ebenso empfinden. »Unser Zusammenhalt ist ein unsichtbarer, aber darum vielleicht ein festerer als der der Parolen und Kongresse und ein geheimes Gefühl sagt mir, daß wir richtig handeln, wenn wir nur dem Menschlichen treu bleiben und dem Parteilichen entsagen. Nie ist es mir eingefallen, die Neutralität zu einem Axiom zu erheben, sondern ich wollte nur an einem Beispiel zeigen, welche ungeheure moralische Anforderung sie an einen Menschen stellt und in welche tragische Lage in Zeiten des Rottenwahns der unabhängige Mensch geraten muß.« Wenn es sie gibt, wird er sie finden. Er nahm sich vor, sich an den unsichtbaren Banden zu ihr vorzutasten.

Vor allem aber notierte er einen Satz in seinen Heften, der ihm der wichtigste werden sollte: »... ohne Freiheit ist Gerechtigkeit unmöglich.«

[▫ ▫]

Russland blieb ein Thema, auch für ihn. Nach seiner Armeezeit bei der NVA, im März 1987 reiste er mit zwei Freundinnen nach Moskau, Dschambul (das heute Taras heißt und in Kasachstan liegt) und Alma Ata. Selbstverständlich reisten die drei nicht alleine, sondern im Rahmen einer staatlich organisierten Reise. Etwas, was er sonst vermied. Hier wäre es nicht anders lösbar gewesen. »Es war Winter und unbeschreiblich kalt. Das Erste, was wir in Moskau gemacht haben, war, Fellmützen im alten Kaufhaus GUM zu kaufen, höchstens zwanzig Minuten nach der Ankunft.« Die Gruppe war vom

Flughafen Berlin-Schönefeld aus mit der Interflug geflogen, insgesamt etwa dreißig junge Menschen aus der ganzen DDR. Die Reise war, wie bei solchen Reisen üblich, über die Betriebe organisiert. »Die Hotels waren relativ spartanisch. Schon im ersten Hotel zog es teuflisch durch die Fenster, und das bei dieser Kälte ...«

Hier in der Sowjetunion spürte man den Graben zwischen wohlhabendem Westen und Ostbevölkerung ungeahnt deutlich, etwa wenn die drei bei ihren Spaziergängen ein Hotel entdecken, in dem Westtouristen absteigen. »Was für ein Unterschied!«

Was als Hotel der Westtouristen erkennbar war, wurde zum attraktiven Ausflugsziel der drei DDR-Touristen. Für ihn aus ganz besonderen Gründen: »In Moskau haben wir uns in eines der teureren Hotels geschlichen, eines mit Gepäckträgern und Personal in der Lobby, vergleichbar vielleicht mit einem heutigen Fünf-Sterne-Hotel. Für uns war diese Art Hotels völliges Neuland. Ich habe mich tierisch gefreut, als ich dort in der Lobby einige Drehständer mit Büchern entdeckte. Dort konnte ich meine ersten dtv-Ausgaben kaufen: Heinrich Bölls *Irisches Tagebuch, Ende einer Dienstfahrt* und *Wo warst du, Adam?*« Die Hotels hatten nicht nur wegen der Lobby und der kleinen Läden ihren Reiz für die drei: »In solche Hotels sind wir schon aus Neugier rein, immer. Sobald man wusste, dort sind Touristen aus dem anderen Teil Deutschlands, mit denen man in der DDR nie in Kontakt gekommen wäre, war das reizvoll.« Es half, dass man in Russland vergleichsweise problemlos miteinander in Kontakt kommen konnte, weil die Russen ja nicht unterscheiden konnten, wer west- und wer ostdeutsch war. »Zumal wir drei sehr gut gekleidet waren. Es war jedes Mal abenteuerlich: Wir haben uns die Treppenhäuser angeschaut, den Bar-Bereich, die Cafés. Wenn es ging, sind wir ein wenig sitzen geblieben, um zu gucken.«

In den Folgetagen erkundeten die drei in ihrer freien Zeit die Stadt weiter auf eigene Faust. Sein begehrtestes Ziel war eine internationale Buchhandlung im Diplomatenviertel in Moskau, wo er eine Reihe weiterer lang ersehnter Erwerbungen machen kann: »Es gab die Klassikerausgaben einer bekannten, wunderbar ausgestatteten Reihe, die bei fünf Mark pro Band lag, und es war fast alles da. In der DDR hast du die nie bekommen: Kaum waren sie da, waren sie auch schon ausverkauft. Das waren Bücher, die hat man schon wegen der Gestaltung und der Ausstattung gekauft, traumhaft schöne Bücher. Goethe, Fontane, Keller, Börne und viele andere.«

Die Mitreisenden staunten, wie viel begehrten Lesestoff er in der kurzen Zeit auftreiben konnte. Eine der beiden Freundinnen, selbst begeisterte Leserin, sah sofort, welche Raritäten das für DDR-Verhältnisse waren. »So einfach war es auch in Moskau nicht, an die Sachen ranzukommen. Da musste man einerseits einen Riecher haben, andererseits aber vorher schon ein wenig wissen, wo man hingehen kann.« Adressen von Buchhändlern und anderen Anlaufstellen hatte er auf einem kleinen Notizzettel bei sich. Zu wichtig war ihm die Mission, um im fremden Land etwas dem Zufall zu überlassen.

Die zweite wichtige Mission bestand, wie in jedem Urlaub, darin, auch die Tonspur aufzunehmen: Plattenläden und Plattenabteilungen der Kaufhäuser wurden systematisch gesichtet. Zu viel Schönes, zu viel lang Ersehntes, gab es da, als dass man alles hätte mitnehmen können.

Es war ein stetiges Abwägen, das ihn die erste Entscheidung für Dionne Warwick treffen ließ. Ihr Album, dessen russischer Titel wörtlich übersetzt *Freund* bzw. *Freundschaft* bedeutet, versammelte gleich mehrere großartige Titel. »That's What Friends Are For«, »Love At Second Sight«, »Moments Aren't Moments«, »Stranger Than Before«, »No One There«, »How Long?« und »Extravagent Gestures«. Dazu war es, jedenfalls für DDR-Verhältnisse, Musik abseits vom Mainstream. Es ist seine erste Platte vom russischen Label »Arista« und wird nicht die einzige bleiben. Die zweite Platte, die er erwischt, ist eine Originallizenz des westlichen Labels EMI für die UdSSR, die er aus Moskau mit in die DDR brachte; das Beatles-Album *A Taste of Honey*, dessen Auswahl ihn überzeugt. Songs wie »P.S. I Love You«, »Do You Want To Know A Secret«, »No

Reply«, »Eight Days A Week« und »Devil In Her Heart«. »Die Beatles mochte ich so sehr, dass ich alles von denen haben wollte.«

Als das persönliche Budget für die Leidenschaft Musik längst ausgeschöpft war, fiel ihm eine dritte Platte in die Hände, an der kein Weg vorbeiging, eine Herzensplatte, die ihn hier in Moskau gefunden hatte: *Stars on 45*. »Um keinen Preis der Welt hätte ich an dieser Platte vorbeigehen können, nie. *Stars on 45* war ganz zentral für mich.« Es ist nicht so, dass es auf der Platte ihm noch unbekannte Stücke gegeben hätte. X-fach hatte er die Songs auf seinen Kassetten, kannte sie in- und auswendig, hatte zudem zu diesem Zeitpunkt nicht einmal einen eigenen Plattenspieler, auf dem er sie hätte hören können. Rationale Gründe gab es nicht. Aber er musste die Platte haben.

»Ich sah die Platte und war im Kopf sofort wieder der Jugendliche in Ungarn, in Balaton-Szemens. Dort habe ich diesen Song, das ganze Album, von einer meiner Kassetten abgespielt und illegal über einen kleinen mitgebrachten Sender auf dem ganzen Campingplatz ausgestrahlt. Der laufende Kassettenrekorder stand im Wohnwagen, dazu der Sender, der eingeschaltet war. Mit der richtigen UKW-Frequenz konnten wir das Album direkt am Wasser mit unserem kleinen Radio hören. Und nicht nur wir: Nach und nach machten sich immer mehr Leute am Strand auf ihren Radios auf die Suche nach der Frequenz, die gerade derart gute Musik spielte. Das war ein tolles Gefühl!« Die Übertragung lief genau eine Kassettenlänge, dann hieß es zurück in den Wohnwagen sprinten und die Kassette umdrehen. »Am Kassettenrekorder gab es noch kein Autoreverse, deshalb musste die Kassette von Hand gewendet werden.«

Stars on 45 landeten in diesem Sommer mit ihrem Medley aus Discoklassikern und Beatlessongs den Sommerhit. »Das hat damals jeder gehört. Das Medley war so präsent, dass die anderen wahrscheinlich nicht einmal ahnten, dass sie einen Piratensender hörten.« *Stars on 45* wiederholten das Prinzip dann noch mit Klassik, vor einigen Jahren ist es auch noch mal mit Techno gecovert worden, hatte aber keine großen Erfolge mehr. »Diese erste Fassung aber, die hat wahnsinnig eingeschlagen!« Ihn faszinierte dabei von Anfang an auch der technische Aspekt: »On 45« steht für die Geschwindigkeit, mit der sich die Schallplatte dreht. 45 ist die Geschwindigkeit für eine Single, 33 ist die für Langspielplatten.« »Der Titel bezog sich darauf, dass es einzelne Singles sind, die hier zusammengekoppelt wurden. Ab Mitte der 1970er-Jahre erschien die Maxi-Single. Es gab sie mit 45 und 33 Umdrehungen pro Minute. Sie hatte die Größe einer LP, aber mit wesentlich breiteren Rillen, wodurch die Musikqualität deutlich verbessert wurde. Den Qualitätsunterschied hörte man auch auf unseren Kassettenrekordern.« Alles Dinge, an die er jahrelang nicht mehr gedacht hatte. Im Plattenladen in Moskau, die regenbogenfarben bedruckte Papphülle in der Hand, war plötzlich alles wieder da.

Bei manchen Einkäufen spielte die Vernunft keine Rolle mehr. Das letzte Buch, zu dem er in der Buchhandlung im Diplomatenviertel griff, war so ein Kauf: *Malerisches altes Europa*, ein Bildband, so sperrig und schwer, dass er jedes Reisegepäck sprengte. *Romantische Ansichten von Städten und Schlössern der guten alten Zeit*, eine Lizenzausgabe für Bertelsmann, Gütersloh 1979. Schwer zu beschreiben, warum er dieses Buch nach Hause schleppte. »Es war mir wichtig, etwas Europäisches zu haben, das war es wohl.« Und dann doch auch wieder leicht zu beschreiben: ein illustrierter Prachtband, mit dem man Reisen unternehmen kann. Reisen im Kopf. Paris und München, London und Stockholm. Städte und Sehenswürdigkeiten, deren Schönheit sich durch ihre Unerreichbarkeit ins Unermessliche steigerte. Eine bebilderte Sehnsuchtsliste, die den Buchlisten in nichts nachstand. Wohin ich reisen würde, wenn.

[▫ ▫]

Moskau fesselte die drei Freunde in vielerlei Hinsicht, faszinierte jeden Tag aufs Neue mit Größe, Fremdheit und Exotik. »Sogar die U-Bahn-Stationen waren interessant und faszinierend, die lagen

zum Teil hundert Meter unter der Erde. Angeblich sollte das für die Moskauer Bevölkerung eine Möglichkeit sein, sich bei einem Atomangriff des Klassenfeinds zu schützen. Absurd, aber doch besonders. Jede U-Bahn-Station war eine Augenweide. Einige waren mit Bildhauerei so aufwendig gestaltet, wie ich das im öffentlichen Raum noch nicht erlebt hatte, obwohl ich ja auch die U-Bahnen von Budapest, Berlin und anderen Großstädten kannte.« Auch die verschiedenen Architekturen, die sich in Moskau überschneiden, begeisterten ihn: Europäisch geprägte Stadtviertel liegen neben solchen, in denen der asiatische Einfluss zu spüren ist. Dazu die Menschen: »Wie Schwämme sind wir durch die Kaufhäuser und haben alles, wirklich alles aufgesaugt. Viele Leute sind dabei auf uns zugekommen, manche konnten ein bisschen Deutsch, und auch mit unserem Russisch sind wir vorangekommen. Frauen steckten mir ihre Visitenkarten zu, nach Gesprächen wünschten sich viele Passanten, dass man in Kontakt bleibt. So was ist mir vorher noch nirgendwo passiert. Ich hatte den Eindruck, dass wir wie Westler wirkten, was auch ein Grund war, weshalb wir problemlos in einem der teuren Hotels einkaufen konnten.«

Auch in den Fällen, wo sie sich im Gespräch als DDR-Bürger vorstellten, blieb der »Westvorteil«: »Die russische Bevölkerung wusste natürlich, dass die DDR zum Bruderbund der sozialistischen Staaten dazugehört, aber sie wurde als deutlich westlicher empfunden. Die wussten alle, dass wir durch die Westmedien, die in unserer eigenen Sprache reichlich verfügbar waren, einen Informationsvorteil und damit eine Art Brückenfunktion hatten.« Eigentlich ein Geschenk, das ihm hier zum ersten Mal bewusst wurde: über beide Welten Bescheid zu wissen.

[◽ ◽]

Nach drei Tagen Moskau flog die Reisegruppe über Dschambul, das schon in Asien liegt, nach Alma Ata. »Kurz zuvor gab es dort Studentenunruhen, das hatten wir auch über die Westmedien mitbekommen. Der Flughafen von Dschambul war in einem schlechteren Zustand als die Bahnhöfe bei uns. Beim Umstieg von Dschambul nach Alma Ata wurde mir bewusst, dass für die Russen der Flugverkehr in der Bedeutung für den Alltag unserem Zugverkehr entsprach, einfach wegen der Weite des Landes: Anders als auf dem internationalen Flug Berlin-Moskau saßen wir jetzt zwischen lauter Russen. Viele von ihnen hatten Tiere dabei und hielten ihre Hühner im Käfig auf dem Schoß, die sie mitgenommen hatten, um sie dann auf Märkten zu verkaufen. Ein so alltägliches Transportmittel war das für uns exotische Flugzeug dort. Mit dem ganzen Federvieh im Flugzeug, das war schon verrückt!«

Alma Ata traf die drei mit der Wucht einer überraschenden Entdeckung. Die Stadt war in vielerlei Hinsicht faszinierend: einerseits erdbebensicher gebaut, andererseits ein einziger Spagat zwischen extremem Reichtum und bitterster Armut, wie er ihn bisher nirgends erlebt hatte. »Die Bevölkerung war verarmt, aber wir haben Museen gesehen, die fast komplett aus Marmor waren, unvorstellbar prunkvoll. Ich war hin- und hergerissen zwischen Ehrfurcht und dem Entsetzen darüber, was dort für Gegensätze herrschten.«

Die Jugendtouristik, die die Reise organisiert hatte, hatte auch Treffen mit Studentinnen und Studenten der Universität von Alma Ata eingeplant. Die jungen Leute unterhielten sich, so gut es über die Sprachbarriere hinweg ging. »Für mich war faszinierend, wie viel sie Schach gespielt haben und wie wichtig insgesamt Bildung war. Natürlich wäre es hoch interessant gewesen, sich über Politik zu unterhalten, da die Studentenunruhen nicht lange zurücklagen, aber das war undenkbar, weil unser Treffen beobachtet und moderiert wurde. Wahrscheinlich hätte ein solches Gespräch auch wenig hergegeben, weil es vorsortierte, regimetreue Studierende waren, die wir getroffen hatten. Trotzdem war es interessant zu sehen, wie die ihre Freizeit verbrachten. Wie sie sich im Rahmen des Möglichen kleine Freiheiten nahmen.« Ein Ausflug führte die Gruppe in eine Diskothek in einem der Studentenviertel. Die Gruppe war überrascht von der Westmusik, die dort gespielt wurde: »Tatsächlich überwiegend Westmusik, aber vom Akzent her anders ausgewählt, auch längst nicht so aktuell wie in den Diskotheken der DDR und gemischt mit vielen russischen Sachen. In der DDR lief immer exakt das, was im Westradio lief. Hier eher Stücke, die bei uns vor zwei, drei Jahren gespielt wurden.«

Er, der DJ des Piratensenders im Viertel, überlegte sich sofort: Wovon die wohl aufgelegt haben? Wovon die ihre Mitschnitte machten? Von Kassettenaufnahmen, die nach und nach weiter nach Osten kamen? Von Originalplatten, die ins Land kamen? Von Originallizenzen bei russischen Labels, die dann natürlich entsprechend älter waren als die englischen oder amerikanischen Platten? Die Fragen blieben unbeantwortet, der offizielle Austausch war auf solche Fragen nicht ausgelegt, die Sprachkenntnisse reichten nicht aus, um so etwas auf eigene Faust zu klären. Blieben die Augen, die den Raum mit einem Zug leer tranken: Auch diese Disco ist bestuhlt, vergleichbar mit den Discos in der DDR, zurückhaltendes Discolicht, klassische Boxen. Gar nicht so anders als das, was einige Zeitzonen weiter westlich vertraute Heimat war.

[◻ ◻]

Eine traumatische Brückenfunktion zwischen den Staaten West- und Osteuropas hatte die Katastrophe, die zeigte, dass menschengemachtes Unheil in diesem Jahrhundert vor Grenzen nicht haltmacht: Tschernobyl.

In seiner Erinnerung ist das Wort, das am engsten damit verbunden ist, ein unschuldiges Wort: Vertrauen. »Wir wussten, dass wir diesem Staat nicht vertrauen können. Wie sich später zeigte, hatten wir auch dieses Mal leider recht.«

In den Frühlingstagen des Jahres 1986 erfuhren die Bürger der DDR über die Westmedien, dass in Tschernobyl etwas Schreckliches passiert sein musste. »Auch die Informationen der westlichen Medien waren zunächst sehr spärlich, weil die UdSSR – wie so oft – versuchte, den Vorgang geheim zu halten. Die westlichen

Staaten erfuhren erst davon, als man in Skandinavien beängstigend hohe Radioaktivität gemessen hatte. Daraufhin empfahlen die Westmedien dringend, sich nicht im Freien aufzuhalten, während die DDR-Medien das Ganze herunterspielten. Seit dieser Zeit ist in meinen Augen die Kernenergie keine Option mehr für eine zukunftsorientierte, saubere und fortschrittliche Energiegewinnung. Die Russen waren unglaublich begeistert von der Nutzung der Kernenergie. Für sie war es ein Symbol für die Bezwingung der Naturgewalten. Zusammen mit der Raumfahrt war die Kernenergie der Inbegriff von Hochtechnologie.« Das Wissen darum, dass ein Kernkraftwerk vom Typ Tschernobyl in Greifswald stand und die DDR die Information ihrer Bürgerinnen und Bürger dennoch nicht für nötig hielt, erschütterte wieder einmal das Vertrauen in die Staatsführung.

So, wie die Folgen von Tschernobyl der SED-Propaganda zufolge die DDR großräumig umfahren haben, galt auch ein Smogalarm, den West-Berlin 1987 auslösen musste, nicht für die DDR: Diesseits der Mauer, so die SED-Führung, sei die Luft sauber. Schließlich war es die DDR, die 1972 als Erstes ein Ministerium für Umwelt und Wasserwirtschaft eingerichtet hatte. Ein Feigenblatt für einen der größten Umweltsünder Europas. Die DDR verteidigte ihren Spitzenplatz bei den Schwefeldioxidemissionen Jahr für Jahr, nur drei Prozent der Fließgewässer und ein Prozent der stehenden Gewässer galten als ökologisch intakt. Am Ende ihres Bestehens entwickelte sich Ökologie zunehmend zum Politikum. Längst waren über 80 Prozent der Bürger unzufrieden mit der Umweltsituation; in Musik, Kunst und Literatur fand das Thema immer mehr Bedeutung. Christa Wolfs Erzählung *Störfall* stand längst in seinem Bücherregal, und auch in der Plattensammlung hinterließ die Frustration über den Umgang mit Ökologie und Umwelt ihre Spuren: Grobschnitts »Wir wollen leben« und Grauzones »Eisbär« wurden ihm zu Hymnen dieser Jahre. »Eisbären müssen nie weinen«. Wenn es so einfach wäre. Geier Sturzflugs Kult gewordene Zeile »Besuchen Sie Europa, solange es noch steht« klang durch diese Jahre, die Platte bekam ihren Platz im Regal, genauso wie der aus Moskau eingeflogene Bildband *Malerisches altes Europa*. Was sind wir dabei kaputt zu machen? Und warum?

[◻ ◻]

Einem warmen Sommerregen im August verdankte er einen lokalen Wachrüttler, der Erfurt selbst betraf. Als ihn auf dem Heimweg ein Sommerschauer überrascht, sucht er, schon nass bis auf die Knochen, Zuflucht in der Michaeliskirche und gerät in eine Ausstellung zur Architektur der historischen Erfurter Pergamentergasse, die bald vollständig abgerissen werden sollte. So zufällig er in dieser Ausstellung erfuhr, was der Staat mit der Pergamentergasse vorhatte, mit so viel Wucht zogen ihm die Bilder den Boden unter den Füßen weg. »Dass so etwas verschwinden sollte, das konnte nicht wahr sein.« Über zwei Stunden blieb er in der Kirche und beschloss, die Straße zu dokumentieren. Am 18. August 1987 zog er mit seiner Kamera los; die Bilder wird er später akribisch archivieren. Der sündhaft teure Farbfilm, den er ausnahmsweise benutzte, war der beste, den er bekommen konnte. Haus für Haus und als Gesamtensemble fotografierte er die Pergamentergasse so vollständig wie möglich.

»Zum Glück kam es später nicht zu dem Abriss, weil ihnen das Geld gefehlt hat, um die Häuser abzureißen und eine Schnellstraße zu bauen. Für die meisten Schandtaten hat in der DDR zum Glück das Geld gefehlt, Gott sei Dank!« Denn ansonsten galt für das Erfurter Stadtbild: »Was zwei Weltkriege nicht geschafft haben, das haben vierzig Jahre Sozialismus geschafft.« Im Zweiten Weltkrieg hatte Erfurt relatives Glück gehabt, die Zerstörungen waren längst nicht so katastrophal wie in Dresden. Zu DDR-Zeiten war die Krämerbrücke als touristisches Vorzeigeobjekt das Einzige, was halbwegs instand gehalten und gepflegt wurde. »Es ist schwer zu beschreiben«, wird er später zu erklären versuchen, »dieser graue Schleier über allem, auch wenn die Sonne schien.« Er wird zögern, sich hilflos dabei beobachten, wie jede Erinnerung sich in Klischees verfängt, wenn sie sich an Menschen wendet, die sie nicht teilen.»Dieses Gefühl einer Depression, das ich damals hatte, kann man heute schwer nachempfinden, weil damals in einem negativen Sinn alles zusammenkam.« Der Geruch, die Kohleheizung. Das immer gleiche Grau der Wände. Für sich genommen Banalitäten. Doch zusammengenommen und mit der Schwere im Innern zur Deckung gebracht, ein bleischwerer Mantel, der lähmt.

Kirchen wie die Michaeliskirche, wo man die Ausstellung zur Pergamentergasse auf die Beine gestellt hatte, blieben ihm wichtig, obwohl er selbst nicht in einem traditionellen Sinn gläubig war. Im November 1988 exzerpierte er auf 32 Seiten einen von der Kirche verbreiteten Kommentar zur Darstellung von Religion und Glaube im Staatsbürgerkunde-Lehrbuch *Einführung in die marxistisch-leninistische Philosophie* (Berlin 1984). Zu den Exzerpten, handschriftlich mit Füller angefertigt, klebte er jeweils die wörtlich zitierten Stellen aus dem Lehrbuch, die er ausgeschnitten hatte. Zurück blieb ein löchriges Skelett. Ideologie, ausgehöhlt, durchdacht und vorgeführt.

Im selben Monat hört er in der Reglerkirche den Vortrag einer Psychoanalytikerin aus München,»Das Leben riskieren, das Leben gewinnen«. Die Stimmung ist angespannt; zu viele Stasileute sitzen im Publikum.»Wenn jemand in den Veranstaltungen der Kirchen über die Stränge schlug, jemand aus dem Publikum etwa das Wort ergriff und gegen den Staat hetzte, wurde der schnell abgeführt, das habe ich erlebt. Aber an sich waren die Kirchen frei in ihren Programmen. Unbeobachtet allerdings nie.« Auch klassische Musik hörte er regelmäßig in den Kirchen, so jedes Jahr das Weihnachtsoratorium in der Thomaskirche. Mal mit einer Freundin, oft allein.

In vielen dieser Konzerte war er der einzige Jugendliche. Es störte ihn nie, zu weit trug ihn die Musik davon, um sich überhaupt um das weitere Publikum zu kümmern. Er brauchte Kultur mit jeder Faser seiner Seele, seines Körpers.

[▫ ▫]

Im Winter 1987 machte er mit seinen Kollegen Urlaub in Frauenwald, eine über die Firma beantragte Urlaubsreise, wie es viele gab in der DDR, der lange Arm des Staates ließ seine Bürger auch im Privaten, in der Freizeit, nie los.

Die wenigen Fotografien aus Frauenwald zeigen eine vereiste, statische Welt, einen Winter, der tief nach innen geht, wo viel passiert ist in diesen Tagen, ausgelöst von den Äußerungen Michail Gorbatschows: Am 28. Januar notiert er die Veröffentlichung einer Rede im *Neuen Deutschland*, »Über die Umgestaltung und die Kaderpolitik der Partei«. Die Rede war, wie er später erfuhr, um die Abschnitte gekürzt, in denen Gorbatschow scharfe Kritik an seinen Amtsvorgängern übte. Dennoch: »Diese Reden von Gorbatschow haben wir mit großem Interesse verfolgt. Es machte Hoffnung auf mögliche Veränderungen. Es war das erste Mal, dass jemand öffentlich in einem sozialistischen Land Kritik an den Zuständen übte. Das erste Mal, das war ein unglaubliches Ereignis! Und es war das erste Mal, dass ich freiwillig die Rede eines Politikers aus einem sozialistischen Land las. Ich glaube, hier lag der Keim für alles, was später geschah.«

[▫ ▫]

All die Auszeiten und kleinen Fluchten, ob Reisen, Musik, Kultur oder Literatur, führten freilich immer wieder in den Alltag zurück. Der Takt der Gespräche mit Vorgesetzten und Kaderabteilungen wurde kürzer, der Moment rückte näher, in dem er einsehen musste, dass es mit einem Studium, auch einem technischen, nichts werden wird in der DDR.

»Man musste von der Firma, bei der man gearbeitet hat, vorgeschlagen und delegiert werden«, und sein Personalchef machte ihm früh klar: »Ja, Ihre fachlichen Voraussetzungen sind sehr gut, und Ihre Arbeit ist sehr gut, und wir würden Sie sehr gern an die Hoch-

schule schicken, aber die politischen Voraussetzungen sind nicht gegeben.« Womit er meinte: nicht ohne den Eintritt in die SED. Der Ton machte deutlich, dass es keine Umwege, kein Vorbeimogeln gibt. Viele solcher Gespräche wurden geführt, oft haben Kolleginnen und Kollegen danach geweint. Untereinander besprochen hat man die Vorfälle trotzdem nie. Zu viel Angst. Zu undurchsichtig die Lügengebilde und unsichtbaren Strukturen von Erpressung und Denunziation. »Nach der Wende bin ich noch ein einziges Mal in das Haus, bin durch die Flure gegangen und habe mir vorgestellt, was dort alles passiert ist. Da stand das Haus längst leer. Ich habe alles bildlich vor mir gesehen: die typische Konstellation dieser Gespräche, die spießige Atmosphäre.«

Was im Film leicht wirken kann wie ein spießiges Kammerspiel, war in der Realität von Angst durchtränkt. Jedes Gespräch entschied über Leben. »All lies and secrets, put on, put on and on.« Lügen und Doppelleben waren im Büro und an der Werkbank an der Tagesordnung. »This is the working hour. We are paid by those who learn by our mistakes.« Die Finger trommelten den Takt des Songs von The Hours auf das Holz der Werkbank, während es galt, ein Gespräch zu verdauen. Der Kopf erklärte regelmäßig: *Die Angst hat Methode. Damit arbeiten sie. So kriegen sie dich dazu, dass du dir selber Grenzen setzt.* Die Seele blieb ihr trotzdem ausgeliefert. »And fear is such a vicious thing. It wraps me up in chains.« Zu eng getaktet der Arbeitsalltag, zu stark die Abhängigkeiten, zu perfide das System, das die Menschen gegeneinander ausspielte. »Find out, find out, what this fear is about.« Kein Ausweg aus der Misstrauenskultur, die das Land zersetzte.

[▫ ▫]

Während ihm die Studienpläne wegbrechen und das Engagement für das Abitur an der Abendschule in eine Sackgasse zu laufen scheint, fühlte er sich zum ersten Mal gefangen. Eingemauert bei lebendigem Leib. Er wälzte Fluchtgedanken. Träumte den naiven

Traum, einfach im Westen aufzuwachen. Er kannte die Geschichten von Menschen, die sich in Güterzügen in der Ware versteckten, was nicht mehr möglich war, seit sie die Oberfläche einer jeden Lieferung mit Farbe besprühten, um die Spuren von Eindringlingen, die sich unerlaubt in einer Fuhre versteckten, sichtbar zu machen. Es hatte Leute gegeben, die sich unter Einsatz ihres Lebens unten an die Triebwagen oder LKWs gehängt hatten – unmöglich, seit die Unterböden der Fahrzeuge verspiegelt wurden. Außerdem kamen Hunde zum Einsatz; es war aussichtslos. »Ich habe mit meinen Eltern oft hypothetisch diskutiert, was man machen könnte, was möglich wäre. Bei vielen Alternativen ging es hin und her, alles hatte Haken. Die Geschichte mit dem Ballon etwa war unglaublich riskant, anders als heute konnte man so etwas ja auch nicht üben. Es gab keine Flugschulen, du musstest perfekt Ballon fliegen können, bevor das Ding startete. Du musstest es heimlich bauen, konntest nichts, auch keine Einzelarbeiten, in Auftrag geben. Alles ein Ding der Unmöglichkeit. Wenn man nicht bereit war, zu mindestens 80 Prozent sein Leben zu riskieren, brauchte man es gar nicht erst zu versuchen.«

Wie oft stand er am Ostseestrand, die gegenüberliegende Küste in Blickweite. »Auch über diesen Weg habe ich nachgedacht, aber die Küste haben sie mit Infrarot überwacht und mit extrem hellen Scheinwerfern systematisch abgeleuchtet. Während das Land ansonsten total am Boden war, hatten sie hier die neueste Technik. Wenn du die Scheinwerfer nur von Weitem gesehen hast, warst du schon abgeschreckt.« Dazu kam die Kälte des Wassers. Selbst durchtrainierte Schwimmer gerieten hier an ihre Grenzen. Der Kampf richtete sich nicht nur gegen das Regime, sondern auch gegen die Natur.

9 – *Island Of Lost Souls*

▶ **SOPRON, UNGARN** | **13./14. AUGUST 1989**

Er wagt es nicht. Wirft am Morgen – seinem ersten Morgen allein in Sopron – einen letzten Blick auf die glatte Wasseroberfläche des Neusiedlersees und verabschiedet sich, wie er sich vorgestern vom Schwarzen Meer verabschiedet hat. Vorgestern. Kann das wirklich erst vorgestern gewesen sein? Der Abschied von Rainer, Ole und Marc, die nächtliche Zugfahrt, das desillusionierende Gespräch mit den ungarischen Freunden seiner Eltern, die erste Nacht in Sopron. Jedes der Ereignisse scheint eine eigene Welt um sich zu spannen. Unvorstellbar, dass sie einander in so dichter zeitlicher Nähe gefolgt sein sollen.

    Er dreht sich um, rollt das schon abgebaute Zelt ein und läuft außer Sichtweite des Sees, der ihm ein zu großer, zu unkalkulierbarer Gegner scheint. Selbst wenn er ihn bezwingen könnte, würden ihm die gefährlichen Sumpfgebiete, die ihn umgeben, zum Verhängnis werden.

[▫ ▫]

Der Morgenspaziergang in den Ort kommt ihm märchenhaft leicht vor. Er sucht einen Campingplatz und entscheidet sich für den größten am Ort. Anonymität scheint ihm der wichtigste Schutz. Die Gedanken an die anderen drückt er weg: Was sie wohl reden? Ob sie schon Kontakt zum Betrieb hatten? Unwahrscheinlich, aber möglich.

Er versucht, sich ganz und gar auf die Herausforderung zu konzentrieren, die vor ihm liegt. Noch hat sie kein Gesicht. Er kann sie sich nicht vorstellen. Doch er weiß auch, dass sie längst alternativlos geworden ist. Zeitgleich mit den anderen zurück in den Betrieb zu kommen, wäre schon erklärungsbedürftig. Nach ihnen zu kommen ginge gar nicht. In welchen Wahnsinn hat er sich da hineinmanövriert.

[◻ ◻]

Es hilft, den Tag zu strukturieren. Jeden Morgen erst mal das Geld zählen, nimmt er sich vor. Die wenigen Forint sind kostbar. Er kauft eine weitere, genauere Straßenkarte in Ergänzung zu denen, die er von zu Hause mitgebracht hat, das muss sein. Im Supermarkt tasten seine Augen die Preisschilder ab. Wovon lässt es sich am längsten leben? Brot und Fischkonserven landen weit oben auf der Liste. Er nimmt sich vor, einen zweiten Supermarkt aufzusuchen, bevor er sich entscheidet. Jeder Schritt will gut überlegt sein. Mit Brot und Fisch in der Tüte mit den Karten spaziert er in einem weiten Bogen zum Campingplatz zurück. Er hat jetzt einen guten Überblick über den Ort, dem ersten weiten Spaziergang in die Nähe der Grenze steht nichts im Weg, er muss sich nur noch überlegen, wo er es versuchen will.

Im Zelt wälzt er bäuchlings die Karten. Die neue ungarische und die beiden aus der DDR. Mit der Vorbereitung wächst die Angst. Der Grenzverlauf unterscheidet sich auf jeder der Karten. Es war eine Illusion zu glauben, eine allen verfügbare Karte könnte Auskunft über Fragen von Leben und Tod geben. Wie naiv! Die latente Wut, die er in den letzten Monaten und Jahren auf sein Land aufgebaut hat, richtet sich in diesem Moment gegen ihn selbst. Was hat er erwartet? Er könne einfach loslaufen mit Karte und Kompass wie früher bei der NVA und noch früher im Pionierlager, und alles fände sich?

Nichts wird sich finden. Das Neue ist nie auf alten Plänen verzeichnet, für die Zukunft gibt es keine Karten.

Er dreht sich auf den Rücken. Der Himmel über ihm ist sein geschlossenes Zelt. Wie verpuppt fühlt er sich. Ohne Zeitgefühl. Ohne eine Ahnung, wann der entscheidende Schritt zu tun ist. Und wann der richtige Zeitpunkt verpasst ist.

Er schiebt einen zweiten Himmel zwischen seine Augen und das Zeltdach. Bedruckte Seiten aus der *Welt von Gestern*, die er mit einem geschickten Griff nach hinten unter dem Schlafsack hervorgeangelt hat. »*Daß etwas Neues in der Kunst sich vorbereitete, etwas, das leidenschaftlicher, problematischer, versucherischer war, als unsere Eltern und unsere Umwelt befriedigt hätte, war das eigentliche Erlebnis unserer Jugendjahre.*« Das wirklich Neue ist nirgendwo verzeichnet, lässt sich nur ohne Rückversicherung betreten.

»*Aber fasziniert von diesem einen Ausschnitt des Lebens merkten wir nicht, daß die Verwandlungen im ästhetischen Raume nur Ausschwingungen und Vorboten viel weitreichenderer Veränderungen waren, welche die Welt unserer Väter, die Welt der Sicherheit erschüttern und schließlich vernichten sollten. Eine merkwürdige Umschichtung begann sich in unserem alten, schläfrigen Österreich vorzubereiten.*« (*WVG, 78f.*)

[◻ ◻]

Draußen, über den nachmittäglichen Campingplatz, schallt aus einem der Transistorradios Blondie: »In Babylon on the boulevard of broken dreams, my will power at the lowest.«

Gelöstes Lachen mischt sich mit dem Knirschen gemächlicher Schritte über die geschotterten Wege. An einem der kleinen Campingtische klirrt Besteck, als ließe jemand gerade alle Besteckteile gleichzeitig auf die zu deckende, improvisierte Kaffeetafel gleiten. Unerträgliche Leichtigkeit für einen, der allein mit sich im Kokon sein will. »Can ya help me put my truck in gear? Can ya take me far away from here?« Er bleibt im Zelt, eingesponnen im eigenen Nachdenken zwischen Kompass und Karten. Den ersten Spaziergang in Grenznähe schiebt er vor sich her, zu groß scheint allein die Hürde, den Campingplatz zu überqueren. Wie viele Zelte schon leer und verlassen stehen auf diesem Boulevard unerfüllter Träume, kann er nicht ahnen. Sein Bild im Kopf setzt sich allein aus Geräuschen zusammen, dominiert von einer immer noch unerträglich laut trällernden Blondie. »So come sit on the sands of the island. Island of lost souls.«

Wann hat er das zuletzt erlebt, diesen unerträglichen Spagat zwischen verordneter Fröhlichkeit und innerem Abgrund? Sofort trägt ihn eine Erinnerung zurück an jenen Moment.

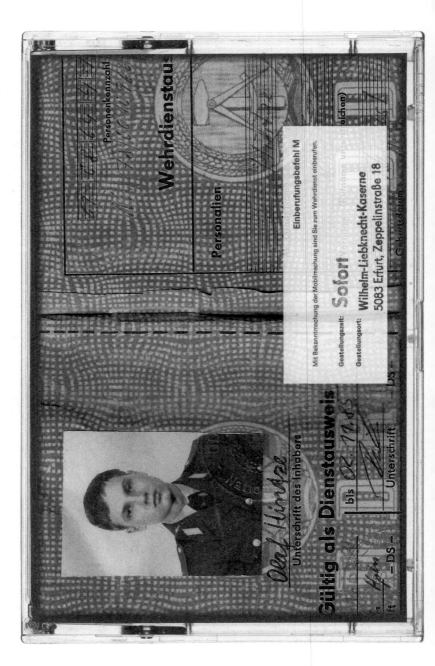

10 – *Another Brick In The Wall*

◂◂ ERFURT | 1984

Wieder so ein Vorabend zum alljährlichen 1. Mai, dem »Internationalen Kampf- und Feiertag der Werktätigen«, zu dem das ganze Land parat zu stehen hatte, die Fahne am besten doppelt geflaggt: im eigenen Arm und unterm eigenen Wohnzimmersims. Sein zwanzigster. Und der mindestens elfte 1. Mai, der ihm drohend bevorstand. Denn spätestens seit Ende der Grundschulzeit hatten die »Winkelemente« und das schnurgerade Stehen in Reihe ihren Reiz verloren.

In den letzten Jahren war alles endgültig unerträglich geworden. Verordnete Fröhlichkeit vor dem inneren Abgrund: »We don't need no education. We don't need no thought control.«

Dieses Jahr drohte der endgültige Kollaps. Mitte Februar 1984 hat er seine Lehre abgeschlossen, den Bescheid, dass er in Kürze seinen »Ehrendienst« bei der Nationalen Volksarmee wird antreten müssen, hatte er längst im Briefkasten. In drei Tagen, am 3. Mai, würde es losgehen. Achtzehn Monate würde er bei der NVA dienen müssen.

»I don't need no arms around me. And I don't need no drugs

to calm me.« Pink Floyd, 1984 mit *The Wall* erfolgreich, gab seiner Wut eine Stimme. Er hatte die Mauer nie so deutlich bemerkt wie in diesem Moment. Da ist er angestoßen. »All in all it's just another brick in the wall.« Seine größte Angst war es, an der Grenze eingesetzt zu werden. Vielleicht jemanden erschießen zu müssen.

Zumindest diese Befürchtung zerschlug sich mit dem Einsatz als Funker am Standort Tautenhain. Blieben achtzehn quälend lange Monate, in denen er das eigene Leben aus der Hand geben musste, und ihr zynischer Beginn mit ihrem Auftakt Anfang Mai.

[▫ ▫]

Natürlich gingen sie ein letztes Mal feiern. Nach langen Discojahren im »Stadtgarten«, der Erfurter Diskothek für die Teenies, tanzten sie inzwischen meist in der zweiten Diskothek der Stadt, die russisch »Druspa«, auf Deutsch »Freundschaft« hieß. Anders als im »Stadtgarten« mischten sich hier Lehrlinge, Berufstätige und Studenten, die meisten eine Stufe erwachsener als im »Stadtgarten«.

»An der Decke gab es die berühmte Discokugel. Man wurde durch das Licht wie high, an guten Abenden war es ein Traum, obwohl es längst nicht das Blitzlichtgewitter gab, das man heute aus Klubs kennt.« Ein einziges Mal hat er den Laden bei Tag gesehen: eine nüchterne, unbespielte, beinahe tote Bühne für das, was am Abend dort geschah. »Nachts war die ›Freundschaft‹ eine ganz andere Welt. Alles hat gebebt. Wir sind zu dieser Zeit oft weggegangen und haben uns sehr für Frauen interessiert. Was bei mir nicht so gut lief, weil ich sehr, sehr jung aussah. Einmal in der Kinoschlange hörte ich, wie sich Frauen über mich unterhielten und die eine zur anderen sagte: ›Ne, der ist mir zu jung.‹«

Neben »Stadtgarten« und »Freundschaft«, den beiden Diskotheken, gab es einen dritten Laden in der Stadt, in dem sich die jungen Leute die Nächte um die Ohren schlugen: die »Schoppenstube«, am Juri-Gagarin-Ring gelegen, in einem Gebäude, das weit älter sein musste als ihr Land. Drei Läden für damals 200 000 Einwohner.

»Die ›Schoppenstube‹ war damals legendär. Die meisten Veranstaltungen in der DDR haben gegen Mitternacht geendet, denn man sollte ja am nächsten Morgen ausgeschlafen in der Arbeit erscheinen. Hier war das anders.« Hier war manches anders: Das Gebäude war uralt, hatte aber einen besonderen Charme. »Es war so verfallen, dass bei Regen an der Wand der Toilette das Wasser runterlief. Wenn in der Stadt nichts mehr los war, ist man dorthin, da haben sich alle möglichen Gestalten versammelt.« Er und seine Freunde verbrachten viele Abende dort, sahen oft alte Schmalfilme, Super 8, die meist um Mitternacht gezeigt wurden. Der Laden war ein kleines, inoffizielles Exil in der Stadt. Irgendwann war Schluss damit. Das Haus wurde abgerissen, es entstand ein Neubau mit Wohnungen. »Es gab keinen offenen Widerstand dagegen, aber wir haben darum getrauert. War schon sehr schräg, was da ablief.«

Heute, am Vorabend zum 1. Mai, stand beides auf dem Programm: erst tanzen, danach ein Bier. Zum Abschied und gegen die Wut. »Ich wusste zu genau, was mit diesen achtzehn Monaten auf mich zukommen würde, und war total niedergeschlagen. Zur Fahne zu müssen war ein Albtraum. Einigen Kumpels ging es genauso. Wir haben uns die Kante gegeben.« Es wurde ein zum Teil lustiger, vor allem aber melancholischer Abend. »Ich hab viel zu viel getrunken, ohne es zu realisieren. Das war ziemlich übel: Ich konnte keine zwei Meter weit gucken, so betrunken war ich.« Als die Freunde weit nach Mitternacht durch die Innenstadt torkelten, provozierte ihn die Kulisse. »Die Fahnen hingen überall, als wir nach dem Discobesuch die Straße entlangtaumelten. Ich habe an der vor dem Schuhgeschäft herumgezogen. ›Scheißfahne!‹« Alles, worauf er wütend war, manifestierte sich plötzlich in dieser Fahne. Sie löste sich aus der Halterung. Der Mast brach. Das hatte er nicht gewollt.

»Was dann passierte, war typisch für die DDR: An ein unbemerktes Verschwinden, wie es in einer größeren westdeutschen Stadt sicher möglich gewesen wäre, war hier nicht zu denken. An jeder Straße stand die Polizei, die Stadt war voller Volkspolizisten, die

Patrouille gelaufen sind. Man konnte in der DDR nicht einmal eine Schaufensterscheibe einschlagen, ohne dass die Volkspolizei in unmittelbarer Nähe gewesen wäre. Deshalb ist in der DDR ja auch nie etwas passiert, deshalb gab es wenig Kriminalität.« Die Polizisten griffen sofort zu: »Die haben mich und meinen Freund gleich eingesackt und uns mit aufs Revier genommen.«

Was ihn dort erwartete, machte ihn sprachlos: »Ich hatte erwartet, mich in einer Art Ausnüchterungszelle wiederzufinden, war ja einfach nur ein Betrunkener, der eine Dummheit gemacht hatte.« Es lief anders. Während sein Freund nach dem Verhör wieder gehen konnte, erwartete ihn »volles Programm«: »Die haben mich behandelt wie einen Verbrecher. Sofort wurde eine Kartei mit Personalien angelegt, für die mir aufwendig die Fingerabdrücke, zuerst der Fingerspitzen, dann der Handballen, genommen wurden. Dann ging es in eine Art Station, auf der mir Blut abgenommen wurde. Ich habe mich beständig entschuldigt: Ich sei betrunken gewesen, sei es ja immer noch, und sei eben hängen geblieben an dieser Fahne. Ein Versehen, es tue mir leid.« Die Krankenschwester versuchte die Situation zu entschärfen und redete auf die Polizisten ein: »›Lassen Sie den doch gehen, das ist doch kein Asozialer‹, sagte sie. ›Schauen Sie sich den doch an, wie gut der angezogen ist.‹ Das stimmte, ich hatte mich für den Abend perfekt gekleidet. Alle Sachen waren entweder aus Ungarn oder aus dem Intershop. Alles mit Westgeld bezahlt.« Vielleicht war ihm das auf dem Revier auch alles andere als hilfreich. »Einmal hat mich eine Frau auf der Straße angesprochen, ich sähe aus wie aus dem Modeprospekt. Das war während der Lehrzeit, wo alle anderen meist schwarz und grau gekleidet herumliefen.«

Die Nacht verbrachte der bunte Vogel in einer Gefängniszelle, mit den Fingern ungläubig an den Stäben des Käfigs auf und ab streichend. »Ich hab's nicht fassen können, aber es war einfach so. Ich konnte das gar nicht glauben.«

Dann, als er die zeitliche Orientierung längst verloren hatte, folgten die Verhöre. »Sie haben auf die kumpelhafte Tour versucht, mich in die Pfanne zu hauen, wie ich das von warnenden Geschichten über die Stasi kannte: ›Hören Sie, es kann ja gut sein, dass das eine oder andere in unserem Staat noch nicht vollkommen ist. Wahrscheinlich haben Sie die Fahne heruntergerissen, weil Ihnen das eine oder andere in unserem Staat nicht gefällt. Das verstehe ich und werde es für mich behalten. Mir können Sie es doch sagen.‹ Ich habe wieder und wieder gesagt, ich sei so betrunken gewesen, ich hätte gar nicht gewusst, was ich tat. ›Alkohol trinken darf man in unserem Land. Betrunken sein auch. Aber das, was Sie getan haben, eine Fahne runterreißen, das verstößt gegen die Gesetze der Deutschen Demokratischen Republik.‹«

Das Gespräch drehte sich im Kreis. Die Strategie war ihm klar: Verständnisvolle Phrasen sollten ihn provozieren, sich staatsfeindlich zu äußern. Er bemühte sich, die immer gleichen Entschuldigungsfloskeln dagegenzusetzen. Über zwei Stunden dauerte das zentrale Verhör, ein Verhörprotokoll in drei Ausführungen dokumentierte es. Es wurde sofort weitergeleitet: »Die eine Ausführung haben sie bei der Kriminalpolizei gelassen, die andere ging sofort an meinen Betrieb, die dritte ging in meine Akte bei der Staatssicherheit.«

Für die Akten haben sie ihn zum Abschluss auch noch fotografiert, offenbar hatte der entsprechende Kollege erst zum Ende der Nacht seinen Dienst wieder aufgenommen. Obwohl noch im Schock des Verhörs, hat sich ihm dieser Moment am tiefsten eingebrannt: »Ich wurde in einen eigenen Raum mit einem altertümlich anmutenden Holzstuhl gesetzt, der mich irritiert hat. Ich musste mich setzen und verstand dann erst, wie das Ding funktioniert: Sie konnten Hebel umlegen, um den Stuhl zu drehen und zu kippen und mich von allen Seiten zu fotografieren.« Die Konstruktion funktionierte mechanisch, mit Seilen. Dreimal wurde der Hebel umgelegt, je dreimal klickte der Fotoapparat in den drei Positionen: frontal, linkes Profil, rechtes Profil. Wenn er heute von der Geschichte erzählt, kann er schwer beschreiben, wie entwürdigend das war.

»Als ich an diesem Morgen das Revier verließ – der Himmel war von einem perfekten Blau, die Sonne schien, das Wetter war schön wie selten –, da war mir klar, dass ich hier rausmuss. Wie beschissen dieser Staat ist.«

Jeder, der das Risiko einer Flucht auf sich genommen hat, hatte einen Schlüsselmoment, der den letzten Ausschlag gab. Für ihn war es dieser.

[◻ ◻]

In den Jahren nach dem »Ehrendienst« bei der NVA zahlte er den Preis für den ausgelassenen Abschied von der Freiheit: »Nach dem Vorfall mit der Fahne ging mit Bewerbungen um Studienplätze nichts mehr, obwohl ich in der Ausbildung sehr gute Noten hatte. Vorbei. Ich bin dann noch mal hochgefahren und hab dann versucht, denen klarzumachen, dass ich verzweifelt und betrunken war. Das wussten sie ja auch: Sie hatten meinen Alkoholpegel ja gemessen.«

Auch wenn er ahnte, dass nichts mehr zu machen war, nutzte er jede Möglichkeit, die sich vermeintlich auftat: »Ich bin dann sogar noch in die Stadt, zu einer offiziellen Beratungsstelle der Partei, an die man sich, wenn man Sorgen hatte, wenden konnte. Denen habe ich geschildert, dass dieser Beruf, auf den ich mich so lange vorbereitet hatte und den ich bei der NVA kennenlernen konnte, mein Traum ist: dass ich das machen will und perfekt beherrsche. Da war nichts zu machen, die Laufbahn als Funker war nicht mehr drin.« Perfekte Zeugnisse von Vorgesetzten, beeindruckende Hör- und Gebeleistungen bei der Aufnahme und Weitergabe von Funksprüchen – irrelevant, wenn die politischen Voraussetzungen nicht stimmten.

»Kader« war das Zauberwort in seiner Welt von gestern. Kaderabteilungen entschieden über Karrieren, Kaderleitungen gaben Empfehlungen ab, Kaderakten wurden gehegt und gepflegt, dokumentierten schon erste Berufswünsche aus der Grundschulzeit und jeden Entwicklungsschritt auf dem Arbeitsmarkt, der keiner war.

Wer sich auf das System einließ, begab sich in eine schwer kalkulierbare Abhängigkeit. Wer sich ihm entzog, musste auf Perspektiven verzichten. Der innere Kampf um eine Haltung begann. »*Es war das erste Mal, daß ich eine Prüfung mit Auszeichnung bestand und, wie ich hoffe, auch das letzte Mal. Nun war ich äußerlich frei, und alle die Jahre bis auf den heutigen Tag haben nur dem – in unseren Zeiten immer härter werdenden – Kampf gelten, innerlich ebenso frei zu bleiben.*« (WVG, 150) Er nahm ihn auf.

[◦ ◦]

Das hätten wir nicht gedacht, dass wir Sie so schnell wiedersehen. Obwohl er nach der Nacht im Revier sofort in den Betrieb gelaufen ist, war die Nachricht vor ihm da. Noch ehe er sich bei seinen Vorgesetzten und Kollegen für das morgendliche Zuspätkommen entschuldigen oder sich mit seiner Familie in Verbindung setzen konnte, wusste sein Vorgesetzter Bescheid.

»Es klang, als hätten sie erwartet, dass sie mich dort länger nicht wiedersehen, weil ich mehrere Tage auf dem Revier verbringen müsste.«

Es klang, als wären sie überrascht, ihm so schnell gegenübertreten und sich zu seiner Aktion verhalten zu müssen. Datenschutz gab es nicht. Vorgesetzte hatten immer einen unschätzbaren Informationsvorteil. Bisher war er im Betrieb sehr zurückhaltend gewesen, hatte seinen Unmut mit dem Regime nie offen kommuniziert. Ging bei neuen Kontakten immer auf Distanz und öffnete sich auch Kollegen nur mit großer Vorsicht. Was blieb, war der Rückzug ins Private. Und auch dort immer die Angst, das eigene Verhalten könnte Eltern und Brüder gefährden. Die Episode um die Fahne aber war ein Paukenschlag, das Ende aller Diskretion.

Fast war er froh, dass er sich mit diesem vorerst letzten Arbeitstag, der Feiertagsschicht am 1. Mai, für einhalb Jahre verabschieden konnte. Sollte das die Freiheit sein, die er für achtzehn Monate Militärdienst verlieren würde?

[◻ ◻]

Das perfekte Blau des Ausnahmetages wurde ihm zur quälenden Irritation. Wie sollte das alles zusammengehen: die Nacht im Verhör, ein bedrückender letzter Arbeitstag und die Aussicht auf achtzehn Monate Kaserne ab dem 3. Mai?
Als er nach der Arbeit nach Hause lief, blieb sein Blick auf den Boden gerichtet. Doch der Schmuck des 1. Mai holte ihn auch dort ein: Scharf gezogene Schatten der aufrechten Fahnen zogen sich in regelmäßigen Reihen über das Pflaster. Jedes majestätische Wehen im Wind vollzog sich zeitgleich im Schattenriss. Keine Fahne fehlte. Verordnete Fröhlichkeit vor dem inneren Abgrund.

11 – Go West

▸ SOPRON, UNGARN | 14. AUGUST 1989

Ähnlich könnte es gewesen sein, als ein weiteres Mal äußeres und inneres Wetter unerträglich weit auseinanderklafften.

Denn wie geht das zusammen: einer der schönsten Sommer, an den er sich erinnern konnte, und ein Leben im Ausnahmezustand?

Als er den Reißverschluss am Zelt löst und mit den schweren Bergschuhen hinaustritt auf den Schotterweg zum Ausgang des Campingplatzes, trägt er die Umhängetasche eng am Körper. Er ist bereit für einen ersten Spaziergang an den Ortsrand. Einige Zeltnachbarn sitzen lesend vor ihren Zelten, andere basteln an Angeln, eine Frau repariert ihr Fahrrad. Er spricht mit niemandem, vermeidet Grüße und Blicke.

An drei Seiten – im Norden, im Westen und im Süden – ist Sopron von österreichischem Gebiet umgeben. Lediglich die Südostseite des Ortes geht offen in ungarisches Gebiet über. Im Nordosten des Ortes liegt die Südspitze des Neusiedlersees.

Er entschließt sich, im Nordwesten anzufangen, es scheint ihm der direkteste Weg nach Westen. »*Jener Sommer 1914*«, schrieb Stefan Zweig, »*wäre auch ohne das Verhängnis, das er über die euro-*

päische Erde brachte, uns unvergeßlich geblieben. Denn selten habe ich einen erlebt, der üppiger, schöner, und fast möchte ich sagen, sommerlicher gewesen.« Die Zeilen gehen ihm wieder und wieder durch den Kopf, als er die erste große Runde dreht, auch wenn er das Buch im Zelt hat liegen lassen. »*Seidenblau der Himmel durch Tage und Tage, weich und schwül die Luft, duftig und warm die Wiesen, dunkel und füllig die Wälder mit ihrem jungen Grün* ...« (WVG, 246)

Wird er später, wenn er das Wort Sommer ausspricht, an jene strahlenden Augusttage denken, die er in Sopron verbrachte? Oder werden sie verloren gehen in einer einzigen atemlosen Erinnerung an den inneren Ausnahmezustand, in dem er sich längst verfangen hatte?

Vielleicht wird nur der primitive Ohrwurm bleiben, den ihm die Village People ins Ohr gesetzt haben: »Go West.« Mit der unerträglichen Naivität des Songs kann er sich nicht identifizieren. »*Together* we will go our way. *Together* we will leave someday. *Together* we will start life new. *Together* this is what we'll do.« Man kann alles teilen, aber manches muss man allein tun. »*Together* change our pace of life.« Es ist ein einziges Leben, das sich verändern wird: seines. Er ist nicht so naiv, dass er sich den Neuanfang himmelblau vorstellt. »Go West. Life is peaceful there. Go West. In the open air. Go West. Where the skies are blue.« Er hatte nie ein idealisiertes Bild vom Westen und ahnt die Herausforderung, die mit der Freiheit auf ihn zukommt. Dass er ehrlich zu sich selbst ist, macht den Schritt doppelt schwer. Er, der wie alle nur ein Leben hat, riskiert zwei, das alte und das neue.

Die Gedanken drehen leere Schleifen. Hier kommt er nicht weiter, also tut er das einzig Richtige: konzentriert sich ganz und gar auf Kompass, Karte und die Landschaft, die ihn umgibt. Längst hat er die äußersten Straßen des Ortes erreicht, marschiert durch Felder und Wiesen und folgt dem in der Ferne allmählich sich abzeichnenden Grenzverlauf mit den Augen.

Wo könnte er die Grenze am besten erreichen? Wo sind die Abstände zwischen den Kontrollposten am größten? Wo scheint das

Gelände am wenigsten einsichtig und doch begehbar? Sein Kopf speichert jede Information, alle Sinne stehen auf Empfang. Dazu die schwierigste aller Aufgaben: hoch konzentriert zu sein und doch zu wirken wie ein Tourist, der ziellos durch die Landschaft streift. Er geht bewusst langsam und erträgt die Langsamkeit kaum. Ein schnellerer Schritt würde ihn verdächtig machen, glaubt er. Und zügelt sich selbst.

Er läuft stundenlang, bis weit nach Sonnenuntergang, um das Gelände auch in unterschiedlicher Ausleuchtung beobachten zu können. Jede Information kann wichtig sein. Wie lange patrouillieren die Grenzer? Welche Wege legen sie zu Fuß, welche mit dem Wagen zurück? Wo werden Hunde eingesetzt?

In manchen Momenten fühlt er sich sicher und stolz, wie ein Profi, der seine Arbeit tut. Die Informationen fügen sich allmählich zu einem vollständigen Bild. So oder so könnte es klappen. Er spürt einen Ehrgeiz, der ihm Halt und Richtung gibt. *Das wäre doch gelacht.*

In anderen Momenten sieht er sich selbst von oben, eine lächerliche Gestalt, die ziellos ihre krummen Bahnen um den Ort zieht, der an drei Seiten von einer mächtigen Grenze gefangen ist. Die Draufsicht offenbart seine Ohnmacht gnadenlos. Eine regelmäßige Kette bewaffneter Grenzposten, deren Gebiete nahtlos aneinandergrenzen. Dahinter der Grenzzaun, dessen genauer Verlauf um den Ort seiner Fantasie überlassen bleibt; zu sehr weichen die drei Karten voneinander ab. Von der Beschaffenheit des Zauns hat er keinerlei Vorstellung, er rechnet mit zwei parallelen Zäunen. Dazwischen ein Grenzstreifen, der in diesen Momenten taghell ausgeleuchtet vor ihm liegt, von der eigenen Vorstellungskraft unüberwindlich imaginiert. *Das ist nicht zu schaffen.*

So sehr ausgeliefert hat er sich schon lange nicht gefühlt. Zuletzt am Beginn der NVA-Zeit.

mit dem Titel, der zur Zeit noch in der englischen Hitparade platziert ist aufnehmen soll!!!! Außerdem brauche ich noch die folgenden Titel, wenn er sie nicht sowieso schon aufgenommen hat: neue von Elten; John
<u>The Cars</u>
3'30" Rod Stewart, "Some guys have all the luck"
Stiv. Wonder
Ré Parke Junior Go spasters

Nun ... gut hierher gekommen. ... haben wir eine 3/4 Stunde ... et. Als wir gehen wollten ... ben wir uns noch verfranzt, aber nicht ...sdorfer Kreuz, sondern wir sind von Klosterlausnitz nach Eisenberg, anstatt Tautenhain gefahren. Da es stockdunkel war, habe ich es auch nicht gleich gesehen. Außerdem kenne ich die Strecke auch noch nicht so genau. Das ist mal wieder die letzte Schrift, aber ich habe jetzt keine Lust auf Schönschrift. Alles schläft, nur unsereins als Funker muß wachbleiben. Wenn Ihr irgendwelche wichtigen kurzfristigen Infos mir mitzuteilen habt, dann könnt Ihr unter Hermsdorf 2041 oder 2042 hier anrufen. Das solls nun erst einmal gewesen sein. Denkt bitte an das Beatlesbuch und die <u>Supertramp-Platte</u>, die neu bei uns rausgekommen ist. Jetzt läuft "Jol de Taiga". Solche Musik erinnert mich sehr an die Zeiten, als ich noch in der "Freiheit" war. Nun ist gleich das Papier zuende. Im Funknetz ist mittlerweile auch wieder Betrieb.

ist schon das 3. Mal
mit Jese Lou - das soll   Tschüß Olaf

12 – *Wired For Sound*

◂◂ TAUTENHAIN, THÜRINGEN, NVA
| 3. MAI 1984 BIS 2. NOVEMBER 1985

Das ist nicht mein Land. Der Satz hat sich ihm eingebrannt nach der Geschichte mit der Fahne, nach dem nächtlichen Verhör. Und doch sollte er diesem Land achtzehn lange Monate dienen. »Natürlich war es ein Glück, dass mir ein Einsatz an der Grenze erspart geblieben ist, aber dafür fehlte mir in diesem Moment jegliches Bewusstsein.«

In Jeans, T-Shirt und Turnschuhen erreichte er im Bus von Hermsdorf aus den NVA-Stützpunkt in Tautenhain im Osten Thüringens. Im Nirgendwo.

Halt die Ohren steif.
Ist ja nicht für lange.
Schreiben kannst du auch.

Die letzten Sätze seiner Eltern beim Abschied in Erfurt klangen lange nach.

Wir sind ja nicht weit weg.

Immerhin das stimmte, es gab Kasernen, die deutlich weiter weg lagen. Die Verzweiflung blieb.

»Da gab es nichts. Eine halbe Stunde ist man ins nächste Dorf gelaufen. Keine Kneipe, nichts. Für die achtzehn Monate gab es achtzehn Tage Urlaub, und während der Grundausbildung galt Urlaubssperre.«

Schwer zu beschreiben, wie sich das anfühlte, die Verfügungsgewalt über den eigenen Alltag ganz und gar abzugeben, während man die eigene Kleidung gegen eine Uniform tauschte. »Unsere Zivilkleidung mussten wir samt Reisetasche in der ersten Woche zurückschicken. Du warst ein anderer Mensch, sobald die Kaserne dich hatte.«

Nur selten hatte er vorher Mützen getragen, nun besaß er gleich mehrere: Eine Schirmmütze, zwei Feldmützen, eine Wintermütze und ein Kopfschützer wurden ihm ausgehändigt und schienen schon von dem langen Winter zu erzählen, der ihm bevorstand, und den beiden Sommern davor und danach. Die Zeitstrecke lag vor ihm und war, anders als alle bisherigen Lebensabschnitte, dem eigenen Gestaltungswillen entzogen: Eher kam sie ihm vor wie eine Garderobe, die er überzuziehen hatte, wie sie war. Vorgefertigt und vorbestimmt erzählte jedes Kleidungsstück von Episoden, die er damit zu durchleben hätte: ein Uniformmantel, zwei Uniformjacken, zwei silbergraue Oberhemden, eine lange Hose und zwei Stiefelhosen, die um den Oberschenkel Beulen warfen und den Unterschenkel abschnürten, vier zweiteilige Unterwäschegarnituren. Sportkleidung, Hosenträger, Strümpfe. Ausgabe und Rückgabe wurden exakt verzeichnet.

Ein Schal, ein Webpelzkragen, Handschuhe. Nicht einmal die Wetter gehörten ihm mehr, ebenso wenig der eigene Körper. Impfungen wurden vorgenommen, Kleidergrößen notiert, Körper vermessen. Zwischenstufen gab es nicht. An der Stiefelausgabe nahm ihn das neue Leben am heftigsten in seine Gewalt. Die Schlange wuchs, die ausgewählten Modelle wollten nicht passen. Fußlänge und Schaftweite waren schwer in Einklang zu bringen. Für ausgiebiges Probieren fehlte die Zeit.

Die tragen sich ein.

Ein Paar Stiefel für den Kampf, ein Paar Stiefel für Paraden.
Wann wird das neue Leben so gänzlich zur Routine werden, dass es nicht mehr schmerzt?
An der letzten Ausgabe: der Kampfanzug.
Nie.

[◻ ◻]

Der neuen Garderobe galt es gerecht zu werden. Erste Lektionen waren zu lernen: Ausrüstung putzen, Grundstellung einnehmen, Meldung machen. Durchhalten, egal, wie oft etwas Stupides zu wiederholen oder eine Demütigung zu ertragen ist. Auf ein Privatleben ganz und gar verzichten. Das Soldatsein vor alles andere setzen. Pausetaste für das eigene Ich. Die Briefe an seine Eltern zeichnete er ab jetzt mit
Soldat: Olaf Hintze
6531 Tautenhain
PF 19320
Im Feld würde er sich zur 13-stelligen Nummer verwandeln: 010864417755. »Die Nummer stand auf der ›Hundemarke‹, die wir immer bei uns trugen für den Fall, dass wir verbrannten oder auf andere Weise unkenntlich würden.«

Der Grundwehrdienst bei der Nationalen Volksarmee dauerte achtzehn Monate und war Pflicht für alle jungen Männer. Einen zivilen Wehrersatzdienst gab es nicht, aber seit 1964 die Möglichkeit, den Dienst an der Waffe zu verweigern und ein sogenannter Bausoldat zu werden. Das allerdings wagten nur die wenigsten, kam es doch einer Aufgabe aller erträumten beruflichen Perspektiven gleich.

Anders als in der Bundesrepublik fand in der DDR ab dem 9. Schuljahr eine gezielte Anwerbung der Schüler statt, um sie entweder für die 25-jährige Offizierslaufbahn zu gewinnen oder zumindest darauf zu verpflichten, statt des unausweichlichen 18-monatigen »Ehrendienstes« drei Jahre zu absolvieren.

Die Haare auf soldatische Kürze gestutzt, eingekleidet in eine Uniform, die restliche Garderobe in den Armen, ging es nach Ausgabe der Kleidung auf die Stube. In jedem der Gesichter stand das gleiche Erschrecken: Hier achtzehn Monate leben? Zu zehnt? Keines der Gesichter sprach es aus. Vorsicht war geboten, bis man die anderen kennengelernt hatte. Das Einräumen der gezeichneten Wäsche in die Spinde ließ die Gesichter vorerst in den Schränken verschwinden, es lenkte voneinander ab.

Zu seiner eigenen Überraschung wurde er Stubenältester, fortan verantwortlich für den abendlichen Satz: »Stube 82, Nachtruhe!« Als ginge das: einschlafen auf Befehl, während draußen noch Stechschritte über den Flur hallen und Stubenälteste anderer Stuben letzte Meldung machen: »Genosse Kommandeur, keine besonderen Vorkommnisse!«, förmlich dabei fühlen, wie in der anderen Stube die Soldaten sich »stilllegen zum Gruß« an den Kommandeur, die Augen nach links. Als könnte man sich je daran gewöhnen, die militärischen Rituale in die privateste Sphäre vorzulassen, ohne sie als entwürdigend zu empfinden. Er konnte es nicht.

Mit dem Druck blieb jeder von ihnen allein. Nur allmählich kam man einander näher, wobei politisches, weltanschauliches Terrain mit höchster Sorgfalt umschifft wurde.

Immerhin hatte seine gezielte Vorbereitung und Berufswahl den gewünschten Erfolg: Bei der anspruchsvollen Aufnahmeprüfung, der sich die Funker bei der Armee unterziehen mussten, war er als einer von dreien aus zahlreichen Bewerbern angenommen worden. Doch bevor seine Zeit im Bunker beginnen sollte – wo sich zehn Meter unter der Erde die Nachrichtenzentrale befand –, lagen sechs harte Wochen Grundausbildung vor ihm, von denen die Briefe erzählen, die er in der NVA-Zeit nach Hause schrieb.

»Ich bin gut angekommen«, beschrieb er seinen Eltern und seinem kleinen Bruder am 7. Mai 1984 die Ankunft in der Kaserne: »Wir haben eine Unmenge von Sachen bekommen, einen ganzen Sack voll, und unsere Spinde gleich nach strengen Regeln eingeräumt.« Zu zehnt in fünf Stockbetten in einer Stube; sie wird, vergleichbar nur mit dem Trupp, zum Mikrokosmos der Armeezeit: »Ich wurde heute als Stubenältester bestimmt (wahrscheinlich für immer).« Regelmäßig steht die große Stubenreinigung an, Stubendurchgänge mit Schrankkontrolle sind an der Tagesordnung. Bereits am nächsten Tag schrieb er den Eltern wieder, der enge Takt der Briefe trug ihn über die erste Zeit: »Fast eine Woche hier, jeder Tag ist fast gleich.« Es gilt, die Sturmbahn zu überwinden (eine Art Hindernisparcours, auf dem die Soldaten in einer Art Zirkeltraining Körperkraft, Ausdauer, Beweglichkeit und Schnelligkeit trainieren), auch bei Regen und kaltem Wind, als Frühsport drei Kilometer zu laufen und den Alltag in der Kaserne zu ertragen: »Manches läuft chaotisch. Man wartet ewig, bis man sich waschen kann.«

Der Abstand zwischen Frühstück um 6:45 Uhr und Mittagessen um 14:00 Uhr schien ihm unerträglich lang. Die Essenspausen hatten eine fest vorgeschriebene Länge: Je später man kam, desto ungünstiger war der Platz in der Schlange. Im Ergebnis blieb dann viel weniger Zeit zum Essen, da die Mahlzeiten konsequent abgepfiffen wurden. Umso mehr schätzte er nach Ablauf der Grundausbildung das Privileg, als Funker Tag- und Nachtschichten zu schieben und dadurch von den festen Essenszeiten befreit zu sein. Für die Zeit der Grundausbildung blieb das Essen eines der Hauptthemen seiner kindlich-vertrauten Briefe: »Von einer Tasse Bohnenkaffee kann man nur träumen. Das Erste, was ich mache, wenn ich hier rauskomme, ist, erst mal richtig essen, dabei sind erst zehn Tage um«, schrieb er ihnen, und: »Die Wurst war eine Delikatesse, ihr könnt zur Vereidigung noch eine mitbringen.« Die mitgebrachte Salami wurde jedes Mal in der hintersten Spindecke versteckt und wie ein Schatz gehütet.

Obwohl er mit an Sicherheit grenzender Wahrscheinlichkeit davon ausgehen musste, dass die Briefe gelesen wurden, blieben die Schilderungen an seine Eltern direkt: »Man hat keine Freizeit, ihr guckt bestimmt *Dallas*«, »Mir gibt dieser ganze Verein hier überhaupt nichts«. Als es um die Einladung zur Vereidigung ging, schrieb er: »Vergesst eure Personalausweise nicht ... das soll eine Sicherheitsmaßnahme sein, damit sich keine Tante aus dem Westen einschleust.« Die Vereidigung war ein großes Ereignis, zu der die Soldaten drei bis vier Personen einladen durften: »Personalausweis und Personenkennzahl müssen vorab eingereicht werden, über alles gibt es Geheimnispflicht.« Eltern und Brüder kamen vollzählig zum Fahneneid am 18. Mai 1984 auf dem Marktplatz in Eisenberg. Die Salami hatten sie nicht vergessen. Beim anschließenden Besucherempfang im Klubhaus der Kaserne blieb bis in die Abendstunden das seltsame Gefühl, ausgerechnet an diesem Ort wieder einmal als Familie zusammenzusitzen, nachdem man einander so lange nicht gesprochen hatte. Telefonate waren bis zur Vereidigung nicht möglich gewesen und waren auch danach nie ungestört möglich.

Vor allem aber die militärischen Übungen gerieten ihm zur Qual. Auch bei feuchtem Wetter, Kälte und Nieselregen galt es, bereits vor dem Frühstück in Turnhose und Turnhemd mehrere Runden auf dem Sportplatz zu drehen. An harten Tagen marschierten sie in Vollschutz, also Gummikleidung und Gasmasken, zehn Kilometer, auf dem Rücken das komplette Sturmgepäck, das unter anderem aus Zelt, Geschirr und Verpflegung bestand. »Auf vielen Teilen des Weges wurde bei diesem Lauf Reizgas eingesetzt. Einige von uns gerieten an den Rand der Belastbarkeit. Ich habe es zum Glück einigermaßen ausgehalten.« Einmal gab es so einen Marsch auch nachts.

Die Angst in seinem Kopf lief immer mit. Obenauf die Angst vor Scheitern und Versagen in der konkreten Situation, vor den Demütigungen, die daraus resultierten. Darunter verbarg sich die Angst, die langen Monate psychisch und physisch nicht zu überstehen. Weit dahinter lag die Verzweiflung, die nur in den seltenen Nächten fühlbar wurde, in denen die Kaserne gänzlich zur Ruhe kam, in Momenten kurz vor dem erschöpften Schlaf, in denen er sich von außen zu beobachten schien.

Was tue ich hier?

Verzweiflung über anderthalb gestohlene Jahre machte sich in

diesen Momenten breit, Verzweiflung darüber, nicht längst einen Strich gezogen zu haben.
Was tue ich noch in diesem Staat? Warum kämpfe ich für etwas, von dem ich weiß, dass es falsch ist?
Kurz bevor der Schlaf die Oberhand gewann, eine letzte Frage, vielleicht die schwierigste:
Wird uns unsere Enkelgeneration später auch fragen: Warum habt ihr mitgemacht?

[◌ ◌]

In der Kaserne war er mindestens zwei. Einer, der allein mit sich war, tief verloren in erwachsenen Gedanken, ein anderer in der kurzen Freizeit, in der er regelmäßig in kindliche Briefe an die Eltern und Brüder flüchtete, denen er am 2. Juni 1984 schrieb: »Liebe Eltern und Thomas, nun habe ich endlich ein paar Minuten Zeit, euch zu schreiben. Telefonzeit ist nur von 19 bis 21 Uhr, meistens ist eine Schlange, diese Zeit hat keiner von uns. Wir sind froh, wenn wir unsere Reinigungsarbeiten bis zur Bettzeit erledigt haben: 90 % der Arbeit sind Reinigungsarbeiten.«

Viele davon sind reine Schikane: In einer Nacht wird die Stube um halb zwei Uhr nachts aufgeweckt, um die Überbleibsel eines rauschenden Offiziersgelages fortzuräumen. »Der Verein ist das absolute Ende, ich habe nicht gedacht, dass es so etwas von Sinnlosigkeit gibt.« Nicht nur an solchen Tagen leidet er unter Kopfschmerzen und zu wenig Schlaf. Wer zum Wachdienst eingeteilt ist, schläft keine Nacht mehr als vier Stunden und wird während der Tage nicht weniger gefordert. »Hier ist alles eine Maßnahme, ich kann das Wort Maßnahme nicht mehr hören.«

Die Möglichkeiten, die Kaserne zu verlassen, waren strikt beschränkt, umso sehnlicher erwartete er Besuch – der vertrauten Gesichter und der dringenden Besorgungen wegen: »Wenn ihr mich Pfingsten besucht, müssen sie mich rauslassen. Sonntag und Montag kann ich von 9 bis 21 Uhr Besuch empfangen. Es wäre gut, wenn ihr Folgendes mitbringen könntet: Zellstoff, Seife, fünf Sicherheitsnadeln, zwei Meter Schlüpfergummi, Badelatschen, Brausepulver, eine Salami, vier weiße Schlüpfer, vier weiße Unterhemden und etwas Süßes.«

Später wird er sich vor allem an die Sehnsucht erinnern, die auch die Besuche der Eltern und des noch bei ihnen lebenden kleinen Bruders nicht stillen konnten. »Wenn man endlich für einen Tag aus der Kaserne kam, am Bahnsteig stand und nach so vielen Wochen wieder eine Frau sah, das war, als wäre man auf einem anderen Planeten und sähe dessen Lebewesen. Wow, es gibt noch Frauen, es gibt noch Leben – ein Gefühl!«

[◘ ◘]

Erst mit dem Ende der Grundausbildung änderte sich für den Technik- und Funkbegeisterten etwas zum Besseren. Den Eltern schrieb er am 26. Juni 1984: »Morgen Funkausbildung. Zum Glück brauche ich mich nicht anstrengen und kann die Sachen im Schlaf.« Ende August war er dann voll in den Dienstplan der Nachrichtenzentrale integriert.

Die gesamte Kommunikation der Kaserne lief über die in einem Bunker untergebrachte Nachrichtenzentrale. Eingehende wie ausgehende Ferngespräche wurden hier von Hand vermittelt. Die Kommunikation mit anderen Kasernen und mit der Kommandozentrale in Berlin lief über Kurzwellenfunk. Seine Aufgabe als Tastfunker bestand darin, die gehörten Morsezeichen in Buchstaben zu übersetzen und aufzuschreiben und umgekehrt, ihm vorliegende Buchstaben über eine Morsetaste an die entsprechenden Stellen zu funken. Die Buchstaben wurden immer in Gruppen mit jeweils fünf Buchstaben gesendet, danach gab es eine kleine Pause. Den Inhalt der Funksprüche wusste der Funker nie; sie waren verschlüsselt. Nach der Aufnahme eines Textes gab der diensthabende Funker den Text an die Dechiffrierabteilung weiter, wo der Text entschlüsselt und dann an den zuständigen Kommandeur weitergegeben wurde. Den Dechiffrierraum durften die Funker nie sehen oder betreten, obwohl auch er im Bunker untergebracht war.

Die Morsezeichen waren sehr gut für eine Übertragung unter schlechten Empfangsverhältnissen geeignet. Auch wenn die Funkfrequenzen durch andere Sender gestört wurden, das Signal sehr schwach war oder fast im Rauschen unterging, war es noch möglich, einen Funkspruch aufzunehmen. Heute ist das Morsealphabet Geschichte: Am 31. Januar 1999 wurden die im Jahr 1865 auf dem Internationalen Telegrafenkongress in Paris standardisierten Morsezeichen endgültig abgeschafft.

Endlich griffen Routinen, die körperliche Belastung ließ nach, und die abgekapselte Atmosphäre im Bunker schuf kleine Inseln des Rückzugs. Als die Stempel auf den Briefen seiner Eltern verrieten, dass sie zum ersten Mal ohne ihn im Urlaub in Balaton-Szemes waren, spürte er, was er verpasste: »Es war bestimmt noch schöner als beim letzten Mal.« Die Tonspur quer durch Osteuropa riss zum Glück auch während der NVA-Zeit nicht ab, die Eltern versorgten ihn mit Platten: »Habt ihr das Doppelalbum noch bekommen??? Auf jeden Fall freue ich mich sehr über die Platten, die ihr bekommen habt (Beatles, Trio, Eagles).«

Er arbeitete in Schichten rund um die Uhr. Briefe an seine Eltern entstanden nun häufig zwischen zwei und vier Uhr nachts: »Ich habe mir soeben einen starken Kaffee gemacht, um die Müdigkeit zu bekämpfen. Nun werde ich mir ein Nudossi-Brot schmieren. Da nachts etwas Ruhe im Funknetz ist, hatte ich etwas Zeit, schon die Löcher in die Leiterplatte (für meinen Melodietürgong) zu bohren.« Wie zuvor zu Hause, beschäftigte er sich auch hier immer mit Elektronikbasteleien, wobei hier wie dort immer irgendwelche Bauteile fehlten. Irgendwann war auch der erwähnte Türgong fertig und wurde ein Schmuckstück der eigenen Wohnung; die selbst gebaute Schaltung spielte eine Melodie, während in der DDR sonst meist ein schrilles Klingeln ertönte, wenn jemand zu Besuch kam. Einstweilen aber lagen die Einzelteile unvollständig und in Teilen lose in der Nacht, während im Bunker auf dem Mittelwellensender

RTL, der nach Sonnenuntergang in ganz Westeuropa zu hören war, durchgängig gute Musik lief.

»Die gute nächtliche Reichweite hatte technische Gründe: Nachts, wenn die Sonne untergegangen war, hat sich die Mittelwelle im oberen Frequenzbereich viel weiter ausgebreitet. RTL wurde in Luxemburg ausgestrahlt. Am Abend reichte der Sender sogar bis nach Polen und auch in der DDR in Täler, in denen die westlichen Sender auf der Ultrakurzwelle (UKW) nicht empfangen werden konnten, da die Ultrakurzwelle sich fast geradlinig, ähnlich wie Licht ausbreitet. Mittelwelle, das ist ihre herausragende Eigenschaft, wird in den Abend- und Nachtstunden an der Ionosphäre, die sich etwa in 300 Kilometer Höhe befindet, zurückreflektiert. Dadurch können sich Reichweiten von über Tausend Kilometer ergeben.« Für ihn ist der Sender ein Geschenk: »Der RTL-Sender, den man abends auf Mittelwelle empfangen konnte, war englisch und unwahrscheinlich populär. Der Sender brachte die neuesten Charts – selbst Sachen, die in der Bundesrepublik noch gar nicht so bekannt waren. Irre war, dass man ihn die ganze Nacht hören konnte. Normalerweise gibt es bei Mittel- und Kurzwelle sogenannte Schwundphänomene, Ausfälle. Aber unser Funkgerät verfügte über ein sehr hochwertiges Empfangsteil und war an eine gute Hochantenne angeschlossen, sodass die Schwundphänomene fast weg waren.« Tagsüber war das aus physikalischen Gründen nicht möglich; bei Sonneneinwirkung reflektiert die Ionosphäre die Mittelwelle nicht, Luxemburg konnte dann nur über Kurzwelle und meist nur mit Störgeräuschen empfangen werden. Außerdem waren tagsüber häufig Offiziere im Bunker, da wäre es viel zu gefährlich gewesen, Westradio zu hören.

Besser als Cliff Richard in »Wired For Sound« lässt sich das Lebensgefühl dieser Nächte kaum ausdrücken. Mit AM und FM besingt Richard die verschiedenen Übertragungsverfahren. AM (Amplitudenmodulation) steht für Langwelle, Mittelwelle und Kurzwelle, FM (Frequenzmodulation) steht für UKW: »›AM, FM, I feel so ecstatic now it's music I found.‹ Der Song steht für mich für all das, was Radiotechnik und Musik bewegen und ausdrücken können: ›Music is dynamite‹, ›amplify‹, ›overdrive‹. ›Wired For Sound‹, genau das waren wir.« Er stellte sich in diesem Augenblick vor, wie es sich anhören würde, solche Musik aus richtig guten Lautsprechern zu hören.

Diese Begeisterung für guten Klang trägt ihn wieder und wieder zurück in die erste Tanzstunde in Erfurt, wo er zum ersten Mal Musik aus großen Boxen erlebt hat. Ein gigantisches Erlebnis für die Jugendlichen, die das Erlebnis, zu Hause die Musik bis zum Anschlag aufzudrehen, nicht kannten: Zu dünnwandig waren die Wohnungen, zu schwach die Leistung der Geräte, deren Rauschen und Nebengeräusche sich beim Lauterstellen verstärkten. Dennoch waren auch sie heiß geliebt: Seine Begeisterung für Kofferradios und Autoradios als permanente Alltagsbegleiter, für die Momente, in denen man mit dem Kopf voller Musik eine Straße entlangläuft, für die Momente, in denen eine Drehbewegung und eine Plattennadel aus einer Vinylscheibe Gefühle, Atmosphäre, eine andere Welt entstehen lassen.»Power from the needle to the plastic. A.m.-F.m. I feel so ecstatic now. It's music I've found. And I'm wired for sound.«

In jeder Zeile des Songs erkannte er sich wieder. Kinderspielzeug hatte ihn wenig interessiert, erst technische Basteleien, Radiotechnik vor allem, faszinierte ihn, der vom ersten Moment an verrückt nach Musik war.

[◻ ◻]

»Alles schläft, nur unsereins als Funker muss wach bleiben«, schrieb er seinen Eltern und dachte längst: darf. Denn ab jetzt sammelt er Eindrücke unter der Erde, trinkt zwischen den Tageszeiten ständig Neues aus Literatur und Kunst. Saugt die Musik nachts aus der Luft, wenn das Radio die neuesten Stücke unter die Erde trägt. Und bittet immer wieder seine Eltern um Mitbringsel oder Besorgungen: »Denkt bitte an das Beatlesbuch und die Supertramp-Platte.«

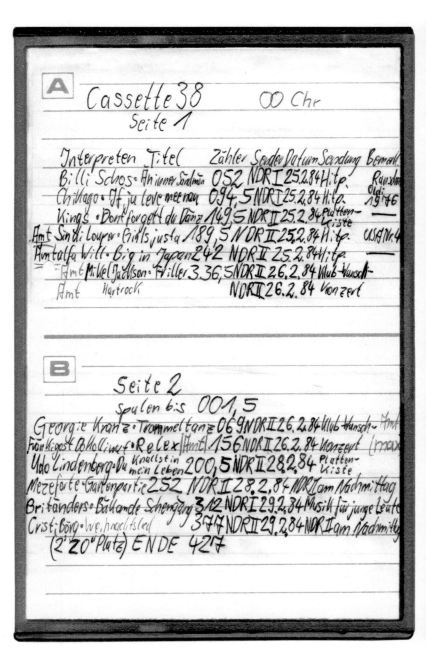

Wired for Sound. Mit der Tür zum Bunker hatte sich eine neue Welt geöffnet. Anfangs konnte er sie noch nicht sehen. Sie zeigte sich allmählich, blitzte in Zwischentönen und Halbsätzen auf, bis genug Vertrauen gewachsen war zwischen ihm und seinen Kollegen dort.

Veit Lehn, genannt Lenin, war deutlich älter als er und ihm natürlich in vielem voraus. »Er hatte Drähte in den Westen, hatte viel gelesen, noch mehr Musik gehört, hatte ein beeindruckendes technisches Verständnis. Sicher war unsere Freundschaft für mich prägender als für ihn, der so viel älter war und schon Familie hatte.« Dennoch: Sein großes Interesse, seine schnelle Auffassungsgabe imponierten Lenin. Er schien vom ersten Moment an neugierig zu sein auf den, den er da vor sich hatte. Und entdeckte unter den kindlichen Gewohnheiten, die er vielleicht belächelte, ein großes Potenzial.

»Er machte sich über meine Begeisterung für Michael Jackson lustig, nannte mich Popper, als würde er sich über alles Seichte nur amüsieren.« Dazu seine Begeisterung für die US-amerikanische Serie *Dallas*, die er vor der Armeezeit mit seinen Eltern regelmäßig sah. »Mit solchen Serien war man bei Lenin unten durch, das merkte ich schnell. Für meine Familie und mich war das damals ein Blick in eine andere Welt. Außerdem waren die Farben wunderbar, eine der ganz wenigen Sendungen damals mit echter Farbbrillanz. Dazu die Dramatik, die Cliffhanger.« Lenins Kritik stieß etwas an. Am Ende der NVA-Zeit hatte auch für ihn die triviale Serienästhetik ihren Reiz verloren. Andere Stoffe, Themen, Erzählweisen fingen sein Bewusstsein und entfachten seine Träume.

»Es war ein unvergesslicher Augenblick, als Lenin mit dem Walkman kam. Ein Dolby-Gerät mit einer Kassette von Tina Turner drin. Er hatte das Ding nagelneu aus dem Westen bekommen und war hin und weg.« So einen Klang hatten wir bisher noch nicht gehört. Die Aufnahmen der Sechziger- und Siebzigerjahre waren dem Gerät nicht gewachsen. Es mussten neue, technisch anspruchsvollere Aufnahmen der Achtzigerjahre sein. Pop, Jazz und Klassik vom Feinsten. Lenin philosophierte stundenlang über den Klang.

»Jetzt verstehe ich«, sagte er, »warum die Leute die gute Musik aus den Sechziger- und Siebzigerjahren nicht mehr hören.« Es sei eigentlich kein Wunder, die kleinen portablen Abspielgeräte bräuchten keine große Leistung mehr, um Musik hörbar zu machen. Das liege jetzt alles im Milliwatt-Bereich. »›Und dieser irre Sound wird nur über diese beiden kleinen Batterien erzeugt? Wahnsinn.‹ Lenin kannte alle westlichen Marken. Auch Revox, eine der teuersten Marken, die es damals gab, eine Schweizer Marke.« Das beeindruckte ihn, dem lediglich Marken wie Grundig, Braun, Blaupunkt, Loewe oder Telefunken vertraut waren, von denen er selbst Geräte besaß oder die er im Hintergrund von westdeutschen Fernsehserien als Requisiten stehen sah. »Das war das erste Mal, dass ich von High-End-Produkten gehört habe.« Der Funke zündete. High-End-Audio sollte eine seiner großen Leidenschaften werden.

Vor allem aber hatte Lenin ihm, dem Radiobastler seit Kindertagen, auch in der Radiotechnik einiges zu zeigen: »DDR-Radios hatten oft auf UKW Probleme, das Signal stabil zu halten. Lenin hatte ein Radio gebaut, das auf dem PLL-Prinzip basierte – auf dem Prinzip einer Phasenregelschleife, die die benötigten Taktfrequenzen im Radio konstant hält. Dieses Radio ermöglichte den Empfang von Sendern, die in herkömmlichen Radios im Rauschen untergingen, es holte also das Beste aus einem schwachen Empfangssignal heraus und hielt die Frequenz konstant.« Für die DDR war das absolutes Hightech und erforderte nicht nur Wissen in der Radio-, sondern auch in der Digitaltechnik. »Dass er das in Eigenregie gebaut hat, hat mich tief beeindruckt.« Ohne Gehäuse stand das Radio bei ihnen im Bunker. Nackte Faszination.

»Manche Soldaten haben auch öfter mal Schallplatten mitgebracht, die sie dann verklingelt haben. Die gingen weg für einen Kurs von 1:6.« Unvergessen sind ihm die Momente, in denen es ihm gelang, den älteren Lenin zu beeindrucken: »Ein paar Dinge gab's schon, wo der geguckt hat. Es gab einen Schallplattenmarkt in der Kaserne, auf dem die Leute entweder Westplatte gegen Westplatte getauscht oder Westplatten verkauft haben.« *Complete Madness* hat er damals einem Stubenkameraden abgekauft, Mike Oldfields *QE2* in der Armeebuchhandlung erstanden. »Einmal gab es *The Köln Concert* von Keith Jarrett, da habe ich sofort zugeschlagen. Er war sprachlos, dass ich, ohne mit der Wimper zu zucken, so viel Geld dafür hingelegt habe. Da hat er gestaunt: ›Was? Das gefällt dir? Das Album ist unglaublich schön?‹ Da hat ihn mein Geschmack beeindruckt.«

Auch das Buch seines Lebens erreichte ihn über die Zufallsbekanntschaft; Lenin erwies sich als unverhofftes Geschenk. »Das war ein Freak wie ich: Wir tickten gleich, bei allen Unterschieden.« Beide seit frühester Kindheit musik- und technikbegeistert, dazu Bücherfresser. Dieser Mensch war ein Glück für ihn. »*Menschen dieser seltenen Art waren ein großer Gewinn für einen Beginnenden; aber die entscheidende Lehre hatte ich noch zu empfangen, eine, die für das ganze Leben gelten sollte. Sie war ein Geschenk des Zufalls.*« (WVG, 173)

Lenin hatte Respekt vor dem jüngeren Kollegen und spürte, was ihm fehlte, was er brauchen könnte. Auch in der Literatur. »Zum Glück gab es Lenin und einige andere bei der NVA, die viel gelesen haben, und einen Buchladen auf dem NVA-Gelände, in dem uns die Buchhändlerin interessante Sachen zurückgelegt hat.« Dort einzukaufen war ihm nur möglich, weil er im Bunker arbeitete und damit nicht zur Kompanie gehörte. Durch die versetzten Dienstzeiten und Nachtschichten ging er oft allein essen und hatte mehr Bewegungsfreiheit in der Kaserne als die Soldaten der Kompanie, die immer geschlossen zum Essen marschierten. Ein unverhoffter Vorteil, mit dem er so nicht gerechnet hatte. »Viele von den Büchern habe ich heute noch in meinen Regalen.«

Der Funke zündete. Er folgte Lenins Empfehlungen, Perle für Perle an einer kostbaren Gedankenkette. »Der absolute Fang war dann Stefan Zweigs *Die Welt von Gestern*.« Er bekommt es in der Armeebuchhandlung in einer Ausgabe des Aufbau-Verlags: »Das hat die DDR nachgedruckt, mit dickem Kommentar, in dem ganz kleinschrittig versucht wird nachzuweisen, was das Buch aus der

Sicht der DDR-Kulturfunktionäre für Schwächen hat und was Zweig vermeintlich falsch einschätzte. Sie erklären einem, wie man das Buch zu lesen hat – schon verrückt.«

Dabei – er spürte es von der ersten Zeile an – ist das kein Buch, das man liest, sondern eines, in dem man sich selber liest. Zeile für Zeile, Mal für Mal. Eines, das Türen aufsperrt in die europäische Geistesgeschichte. Eine einzige lange Sehnsuchtsliste, die alles verzeichnet, was er lesen wird, sobald er die Möglichkeit dazu hat. Ohne Zweifel.

Er wird recht behalten: Das Buch wird ihn begleiten, ein Leben lang. In Jahren, in denen Lenin ihn vielleicht längst vergessen hat, weil sie nach der Wehrdienstzeit den Kontakt zueinander verloren haben, wird es ihn auf eine Reise schicken, die sein Leben verändert. Lenin wird er nicht mehr wiedersehen. Aber er wird öfter an ihn denken, wenn er die Passage streift, in der Zweig Rilke als »schwer zu erreichen« beschreibt: »*Er hatte kein Haus, keine Adresse, wo man ihn suchen konnte, kein Heim, keine ständige Wohnung, kein Amt. Immer war er am Wege durch die Welt, und niemand, nicht einmal er selbst, wußte im voraus, wohin er sich wenden würde. Für seine unermeßlich sensible und druckempfindliche Seele war jeder starre Entschluß, jedes Planen und jede Ankündigung schon Beschwerung. So ergab es sich immer nur durch Zufall, wenn man ihm begegnete.*« (WVG, 167)

War es Zufall, dass er Lenin getroffen hat? Dass er ihn hier getroffen hat, in einem Bunker unter der Erde, an einem Ort, an dem Radiowellen sich kreuzten?

»*Aber nur in ersten Jugendjahren scheint Zufall noch mit Schicksal identisch. Später weiß man, daß die eigentliche Bahn des Lebens von innen bestimmt war; wie kraus und sinnlos unser Weg von unseren Wünschen abzuweichen scheint, immer führt er uns doch schließlich zu unserem unsichtbaren Ziel.*« (WVG, 207)

Mensch von seltener Art. Großer Gewinn für einen Beginnenden. Geschenk des Zufalls. Unsichtbares Ziel. Er glaubte längst nicht mehr an Zufälle, zu konsequent rückten sich die Dinge im

Erwachsenwerden zurecht: »*Das Land um mich, die Welt um mich begannen allmählich in Ordnung zu kommen, so durfte auch ich nicht mehr zögern; vorbei war die Zeit, wo ich mir vortäuschen konnte, alles, was ich beginne, sei nur provisorisch.*« (WVG, 345f.) Vorbei die Zeit der Provisorien. Er spürte eine neue Verantwortung den eigenen Idealen gegenüber, ein Jetzt oder Nie. Wie besessen las er das Buch, atemlos auf der Suche nach sich selbst: »*... jetzt galt es, das Verheißene zu bekräftigen und sich selbst zu bewähren oder sich endgültig aufzugeben.*« (WVG, 345f.)

Damit stand die Lebensaufgabe: Festhalten an den eigenen Idealen. Den Zeilen, die von der Freiheit sprechen, der Tonspur folgen.

»In der Zeit bei der NVA habe ich einige Sachen gelesen, die mein Leben, mein Denken und mich verändert haben. Trotzdem war das eine schlimme Zeit, die schlimmste meines Lebens.« Schon zuvor hatte er nachgedacht, hin und wieder, welche Auswege es geben könnte aus seinem Land. »In der Kaserne entwickelte sich daraus ein regelrechtes Parallelleben: Nach außen habe ich die Aufgaben erfüllt, innen war ich permanent in Gedanken mit mir allein.« Sein Strohhalm blieb die Hoffnung, dass die Funkerausbildung und Funkpraxis bei der NVA ihn später zur Handelsmarine bringen könnte: »Wasser konnte keine Mauer zerteilen.« Wie viel realer, machbarer schien es ihm, im Ausland einfach von Bord zu gehen, als diesen Zaun zu übersteigen, der sein Land in nur etwa siebzig Kilometern Entfernung von seiner Heimatstadt Erfurt beinahe greifbar umgab.

[▫ ▫]

Im Oktober 1984 erlebte er die erste Verabschiedung, einige aus seiner Stube hatten ihre anderthalb Jahre hinter sich: »Die haben noch mal richtig Stimmung gemacht, sämtliche Rasenflächen waren mit Papierschnipseln übersät, waren weiß statt grün. Aus allen Fenstern sind Sektflaschen geflogen, alles voller Scherben. Fast kein Offizier hat sich in die Einheit getraut ... auch Feuerwerkskörper wurden losgelassen. Als die Busse weg waren, war innerhalb von Minuten die totale Ruhe. Reinigungskommandos haben ganz schnell alles wiederhergestellt.« Ein Jahr galt es noch durchzuhalten, bis er die eigene Verabschiedung erleben konnte, es schien ihm im Vergleich zu den bisher erlebten Jahren unvorstellbar lang. Zu allem Überfluss hatte auch sein Wutausbruch vor Antritt des Dienstes bei der NVA bittere Konsequenzen: »Während meiner Armeezeit erhielt ich irgendwann Post vom Gericht in Erfurt, die mir meine Eltern bei einem ihrer Besuche mit in die Kaserne brachten: die Urteilsverkündung wegen des Abbrechens der Fahnenstange in der Erfurter Fußgängerzone.« 700,- Mark Strafe hatte er zu zahlen, eine immense Summe für ihn, der während seiner Wehrdienstzeit monatlich nur etwa 100,- Mark verdiente. Am Ende verließ er die Kaserne, die er am 3. Mai 1984 als Soldat betreten hatte und in der er am 1. Mai 1985 zum Gefreiten geworden war, mit dem Klassifizierungsabzeichen Tastfunker, Leistungsklasse 3 am Sendeempfangsgerät SEG-100 D. Vor allem aber: mit dem Kopf voller Musik, mit einem Sack voller Bücher, ein einziges, *Die Welt von Gestern*, trug er in der Innentasche seiner Jacke aus der Kaserne wie einen kostbaren Schatz. Seinen Personalausweis erhielt er am 4. November 1985 zurück. Rückverwandlung abgeschlossen. Erst damit bestand wieder die Möglichkeit, ins sozialistische Ausland zu reisen oder einer zivilen Tätigkeit nachzugehen. Der Ausweis blieb der gleiche, obwohl er selbst ein anderer geworden war.

[▫ ▫]

Seine eigene Abschiedsfeier bedeutete freilich noch nicht ganz den Abschied aus der Kaserne: Da er während der NVA-Zeit zwei Tage im Arrest verbracht hatte, musste er mit vier anderen zwei Tage nachdienen. »Man hatte uns mit Alkohol erwischt, den zivile Angestellte in die Kaserne geschmuggelt hatten. Dafür gab es zwei Tage im Bau bei Wasser und Brot. Diese beiden Tage, die ich mitten in der Wehrdienstzeit verlor, musste ich am Ende länger in der Kaserne verbringen.« Es kam nicht mehr auf sie an. Doch das Bild seines gelöst feiernden Jahrgangs wird sich ihm ebenso einbrennen wie das Gefühl, zwei Tage später nicht im Pulk, sondern beinah allein die Kaserne zu verlassen. Er konnte aus der Ferne beobachten, wie sich die uniformierte Masse wieder in Einzelwesen auflöste, die sich plötzlich in Stil und Erscheinung markant unterschieden. Ein Makroblick auf das, was sich mit zwei Tagen Verspätung auch in ihm vollziehen würde, wenn er in Turnschuhen, T-Shirt und Jeans die Kaserne verließ. Scheinbar der alte, endlich wieder er selbst. Und doch ein anderer geworden. Einer, der es kaum erwarten kann, dass sein Leben wieder ihm selbst gehört, voller Pläne, als wäre er eine einzige ungeduldige Liste der Bücher, die er lesen, und der Ziele, die er erreichen will. Den ganzen Zweig. Abitur. Die kostbare Zeit besser nutzen.

[◻ ◻]

Am 9. März 1989, 10 Uhr, im Kopf längst anderswo, wird er ein weiteres Mal beim Wehrkreiskommando (WKK) in der Györer Straße vorstellig werden müssen: »Das WKK hat regelmäßig geprüft, wie die gesundheitlichen Voraussetzungen sind, denn sie konnten einen jederzeit wieder einziehen, wie sie es beispielsweise Mitte der Siebziger bei meinem Vater gemacht haben. Damals war meine Mutter dann etliche Monate alleine mit uns drei Kindern, was für die NVA keine Rolle spielte. Sie haben meinen Vater als Reservisten sogar weit weg von Erfurt, in Berlin, eingesetzt.« Auch ihn werden sie schon fest für den Reservistendienst einplanen.

Am 3. Oktober 1990 wird die Nationale Volksarmee aufgelöst und in das Bundeswehrkommando Ost verwandelt. Ihre etwa 2800 Offiziere und 5700 Unteroffiziere werden Angehörige der Bundeswehr. Damit rechnete im März 1989 niemand.

13 – *Once Upon A Long Ago*

▸ **SOPRON, UNGARN** | **15. AUGUST 1989**

Das könnte er durch die Strahlengänge seines Fernglases gesehen haben, während er auch an seinem zweiten vollen Tag in Sopron lange Runden im Norden des Ortes drehte: dichte Wälder, Baumkronen, die sich ineinanderflechten, sattes Sommergrün. Dazwischen, an wenigen durchlässigen Stellen, strahlend blauer Himmel.
Hier muss sie doch sein.

Dann entdeckt er sie, unscheinbar grau zwischen Nuancen von Grün und Blau: Spiralen und Linien aus Maschendraht, immer nur in winzigen Ausschnitten sichtbar. Sein Kopf ergänzt sie zum vollständigen Bild. Die Grenze. Wenn er lange konzentriert weitersucht, werden Details erkennbar. Scheinwerfer, bei Tag wirken sie wie Spielzeuge, die ihn an das Spielzeug seiner Kindheit erinnern, bei Nacht werden sie zur Gefahr, die ihn verraten könnte. Ein unüberwindbarer Zaun aus Licht, stärker als jeder Draht.

Mit allen Sinnen nähert er sich der Grenze an den Stellen, an denen die Füße ihn jetzt noch nicht weitertragen dürfen. Zwischen dem Rascheln des Laubs durch Wind und Waldtiere, den Lauten der Vögel hört er die Hunde. Und riecht seine eigene Angst. Sie werden anschlagen, wenn sie seine Nähe wittern. Schon heute ist ihr Bellen das Signal zum Rückzug. Wie wird er später damit umgehen? Wie mit dem Gefühl umgehen, das sich dahinter versteckt und das er nur in fremden Worten beschreiben kann, von dem er in seinem »*rührenden Liberalismus und Optimismus*« nur eine vage Ahnung hatte: »*daß jeder nächste Tag, der vor dem Fenster graut, unser Leben zerschmettern kann.*« *(WVG, 43f.)*

Er weiß um die Öffnung in Ungarn, darum ist er hier. Er weiß, dass die ungarische Regierung am 2. Mai 1989 beschlossen hat, den Grenzzaun zu Österreich für die ungarische Bevölkerung allmählich abzubauen, dass die Grenze damit nicht mehr so streng gesichert ist wie zuvor. Er ahnt, dass immer mehr DDR-Bürger versuchen werden, über Österreich in die Bundesrepublik zu fliehen, weil er weiß, wie Nachrichten mobilisieren können. Er spürt es an sich selbst. Dass er Teil einer großen Fluchtbewegung sein könnte, die den Eisernen Vorhang porös machen wird, ahnt er nicht.

Vielmehr weiß er, dass die Grenze nach wie vor scharf ist. Dass Ungarn längst die unliebsame Rolle einer Grenzpolizei des SED-Regimes übernehmen musste. Dass sie tagsüber Hunde im Einsatz haben, die beim Herannahen von Menschen anschlagen, dass sie nachts Leuchtraketen einsetzen, die Flüchtlinge verraten. Dass sie sie dann mit Militärjeeps einsammeln und ins alte Leben zurückbringen. Er weiß, dass diese Maßnahmen weiter bestehen. Er wusste es schon vor dem Gespräch mit den Bekannten seiner Eltern und hat seitdem kaum mehr die Hoffnung, die von den Westmedien beschworene Öffnung könnte tatsächlich so etwas sein wie ein Loch im Zaun. *Du bist so naiv.*

Er lässt das Fernglas für Momente sinken. Die Arme werden schwer in der Enttäuschung. Was die ungarische Regierung auf Drängen Westeuropas und der Bundesrepublik hat abbauen lassen, sind die elektronischen Selbstschussanlagen und Hochspannungszäune. Ungarn will in absehbarer Zeit in die EG. Vorher wäre eine Flucht über die Grenze mit ziemlicher Sicherheit tödlich gewesen; jetzt könnte er es wagen. Deshalb hatte er sich ab April so entschieden um den Urlaub in Rumänien und Bulgarien bemüht. Er setzt das Fernglas wieder an.

[▫ ▫]

Irgendwann merkt er, dass es spät geworden ist. Viel zu lange hat er heute die Grenze observiert. Als er endlich aus dem Unterholz auf die Straße tritt, ist die Nacht bedrohlich nah. Er muss per Anhalter zum Campingplatz zurück, allen Risiken zum Trotz. Manche von denen, die ihn in diesen Tagen mitnehmen, fragen, was ihn in die Gegend verschlägt. *Tourist*, antwortet er knapp und ergänzt bruchstückhaft das eine oder andere: *Mag die Gegend. Wandere gern. Liebe den See.* Sein Ton verrät, dass er auf Nachfragen keinen Wert legt. Aber der Zustand seiner Schuhe könnte darauf schließen lassen, dass er die festen Straßen und Wege nicht nur für wenige Schritte verlassen hat, sondern sich kilometerlang abseits der erschlossenen Pfade bewegt haben muss. Mit seinen Karten war er vorsichtig. Das neue Wissen über den Verlauf der Grenze, mögliche Schleichwege speichert er im Kopf.

Reisen Sie allein? Wie lange sind Sie noch hier?

Harmlose Fragen verlangen ihm alles ab, zu sehr ist sein Gehirn schon auf die Topografie der Grenze umgestellt. Kein Detail der gewonnenen Orientierung will er vergessen. Dennoch muss er antworten, eine parallele Geschichte erzählen.

Die anderen sind im Zelt geblieben. Er variiert je nach Mitfahrer. Keine Lüge überzeugt ihn selbst. *Bin mit einem Kollegen unterwegs. Fuß verstaucht. Die Freundin hat Kopfschmerzen. Das Kind ist krank.* Jetzt keinen Fehler machen. Dabei ist er Alltagsgespräche mit doppeltem Boden seit frühester Kindheit gewöhnt.

»*Wie liliputanisch waren alle diese Sorgen, wie windstill jene Zeit!*« Als es nur darum ging, beim Malen in fremden Kinderzimmern die richtigen Punkte an die Fernsehuhr zu zeichnen. Keinesfalls Striche. Als es nur darum ging, auf die Frage »Und was habt ihr gestern geguckt?« mit dem angelesenen Ostprogramm zu antworten. Als es nur darum ging zu verschweigen, dass auch Papa und Mama über Politik reden, wenn sie zu zweit sind. Später auch am Esstisch. Und was. Dass er bewundert, wie still sie werden können, wenn es an der Tür klingelt. Hätte er bleiben sollen, »*still, gerade und klar*« das Leben »*von einem bis zum anderen Ende*« leben? Statt hier, im Wagen eines Fremden, alles zu riskieren? Artistik ohne Training und ohne Netz, so fühlt sich das Gespräch an.

Er atmet tief durch, als er aussteigt und die Autotür zuschlägt. Wieder hat es funktioniert. Jedes Mal kostet es mehr von der Kraft, die er längst nicht mehr hat. Und doch kann er nicht mehr vorbeileben an den »*Krisen und Problemen, die das Herz zerdrücken, aber zugleich großartig erweitern!*«.

[◻ ◻]

Als er den Campingplatz betritt, hat der kleine Holzverschlag, wo man sich tagsüber anmelden kann, geschlossen. Darin der einzige Telefonanschluss weit und breit. Wie gerne er seine Eltern anrufen würde, um sich mit ihnen zu beraten. Drei Münzen, achtzehn Ziffern wären sie entfernt, und doch ist es unmöglich. Er ist sich sicher, dass ihr Gespräch abgehört und jede Anspielung auf Flucht oder Abschied verstanden würde, also Konsequenzen hätte. Er beginnt zu rennen. Der kurze Weg zum Zelt scheint ihm unerträglich lang. Weg hier! Weg von der Frage, worüber er sich mit ihnen überhaupt beraten sollte. Mit ihnen, die nicht ahnen können, wie es jenseits von Sicherheit, Besitz und Behaglichkeit ist, »*daß Leben auch Übermaß und Spannung sein kann, ein ewiges Überraschtsein und aus allen Angeln Gehobensein*«. Wie es sich anfühlt, den Schritt vollzogen zu haben.

Obwohl er um sein Leben läuft, sind die Tränen schneller da als der Moment, in dem er den Reißverschluss am Zelt ziehen kann. Der wehrt sich, und ihm, weinend und verkrampft in der Hocke, fehlt jede Geduld. Er rüttelt und reißt die vorderen Zeltstangen locker.

Verdammt. Egal. Die brauch ich nur noch eine Nacht.
Der Reißverschluss gibt unvermutet nach. Er torkelt ins Zelt.

[▫ ▫]

Das könnte er geschmeckt haben, als er nach einem wer weiß wie langen Schlaf neben seinem Schafsack aufwachte, mit angezogenen Beinen ungemütlich in der falschen Ecke des Zelts: Salz auf seinen Lippen. Der Geschmack weckt ihn, bevor er die unangenehm kalten Tränen auf den Wangen und in seinem Ohr fühlt. Sofort gibt er sich wieder geschlagen. Nichts lässt einen Ohnmacht deutlicher fühlen als Weinen im Liegen, hilflos den eigenen Tränen ausgeliefert, die sich ihre Wege nach überall suchen.

Neue und alte Verzweiflung mischen sich. Die Hilflosigkeit angesichts der Grenze schrumpft in dem Maß, in dem die Erinnerung wächst, die der Salzgeschmack wachgerufen hat.

[▫ ▫]

Er, höchstens acht, zum ersten Mal über Wochen getrennt von seinen Eltern, auf einem Kuraufenthalt im Erzgebirge. Die Sprachheilschule hat ihn zur Behandlung seines Sprachfehlers hingeschickt. Er sieht sich in einem kleinen, fast unmöblierten Raum auf einer Matratze sitzen und die Hände lecken, die von der Flüssigseife mit Desinfektionsmittel ausgetrocknet sind. Er leckt und leckt und schmeckt und schluckt seine eigene Spucke. Leckt immer weiter gegen das unerträgliche Gefühl der Trockenheit an. Das Zimmer ist abgeschlossen. Gerade erst hat ihn die Erzieherin beim Toilettengang erwischt, bei dem er nur ans Waschbecken wollte. Nun ist er eingeschlossen. Wasser gibt es im Zimmer nicht.

Mit Wucht wirft ihn die Erinnerung zurück in die Kurklinik in Thalheim. Jahrelang war sein Kopf nicht mehr dort. Alles kommt zurück. Es muss Anfang der Siebzigerjahre gewesen sein. Die Kurklinik, 1968 gegründet, war nagelneu. Seinen Eltern wurde sie als

Errungenschaft des Sozialismus gepriesen. Hier würde man ihrem Sohn helfen können. Ihre Begleitung war nicht erwünscht. Zum ersten Mal getrennt. Die zwölf Wochen sind für das Kind eine unvorstellbare Ewigkeit. Der Trost der Erzieherinnen ein lapidarer Scherz:
Eltern sind jetzt mehr als flüssig. Sie sind überflüssig.
Anders als zu Hause bewegte er sich hier in einer rein regimetreuen Öffentlichkeit, auch das irritierte das Kind. Kein Westfernsehen und keine Telefonate. Ihm fällt ein, wie er sich ein Telefonat erschleichen wollte. In einem unbeobachteten Moment todesmutig den Hörer eines Apparats abhob, um die Nummer zu wählen, die er auswendig konnte. Stolz erwartete er das Freizeichen, doch es kam nicht. Stattdessen war sofort eine der Erzieherinnen bei ihm. Später wird er begreifen, dass das ein interner Apparat war, mit dem man nicht nach außen telefonieren konnte. Für das Kind war die Enttäuschung bodenlos. Das nah geglaubte Gespräch, das nicht zustande kam, dazu die Strafe, die folgte, als wäre die Enttäuschung nicht Strafe genug. Immer wieder fühlt er, wie die Erzieherinnen mit seiner Verlassenheit und seinen Schwächen spielen. Wann immer ihm etwas misslingt, hört er:
Du willst doch, dass deine Eltern sich freuen.
Wenn sich beim Wiegen wieder herausstellt, dass es mit dem Zunehmen nicht geklappt hat, hört er:
Wie siehst du denn aus, wie ein Kind aus Afrika.
Dass dahinter nicht mehr steckte als die Pädagogik der Sechziger- und frühen Siebzigerjahre, die eine befremdlich kalte Vorstellung von Kindheit hatte und dem, was für Kinder gut sein soll, konnte er nicht wissen. Jede Schuld zog er sich an. Seinetwegen war er von seinen Eltern getrennt. Und konnte doch nicht anders, als immer wieder zu rebellieren. Nur ein einziges Mal, zur Halbzeit des Kuraufenthalts, durften seine Eltern ihn besuchen. Alle Eltern kamen gleichzeitig, ein öffentliches Gespräch wurde inszeniert. Eines der Kinder galt als nicht tragbar. Renitent. Man bat seine Eltern, es mit nach Hause zu nehmen. Ihn.

Eine Fahrt, die sich ihm für immer einbrennt: nach Hause, auf dem Rücksitz des Trabis, vorne die Eltern, die mit so etwas nicht gerechnet hatten. Ihn, den Siebenjährigen, zerreißt es fast. Er empfand es nicht als Sieg, die Klinik vorzeitig verlassen zu dürfen, sondern als Niederlage. Als sein ureigenes Versagen. Als könnte der Sprachfehler nach Abbruch dieser Behandlung nie wieder geheilt werden. Für seine Eltern wird die Episode zum geflügelten Wort.
Thalheim, das sagt ja schon alles!
Wann immer es in den nächsten Jahren Probleme mit ihm gab, zitierten sie die Episode liebevoll im Scherz, fiel dieses eine Wort. *Thalheim.* Mehr brauchte man nicht zu sagen.

[▫ ▫]

Das könnte ihm eingefallen sein, bevor er sich aufsetzte, um sich mit dem T-Shirt die Tränen abzuwischen: »*Selbst in ihren schwärzesten Nächten vermochten sie sich nicht auszuträumen, wie gefährlich der Mensch werden kann, aber ebensowenig auch, wieviel Kraft er hat, Gefahren zu überstehen und Prüfungen zu überwinden.*« (WVG, 43f.)

Sein kindliches Ich nötigt ihm Respekt ab. Er hat es damals geschafft, sich nach dem Apparat zu strecken, obwohl es verboten war. Danach mit der Enttäuschung umzugehen, die Demütigung des Ertapptwerdens zu dulden. Durchzuhalten, bis alles ein Ende nimmt. Er kann es auch diesmal schaffen. Er weiß, warum. Seit Jahren ist sein Blick nach außen gerichtet, besonders oft auf Gorbatschow. Am 6. März 1989 auch auf den ungarischen Ministerpräsidenten Miklós Németh, der in Moskau an Gorbatschow appellierte: »Wir müssen zur äußeren Welt nicht nur die Fenster, sondern auch die Türen öffnen.« Der stimmte zu, mittelfristig sollten die Grenzanlagen zwischen Ungarn und Österreich, die früher fast so undurchdringlich wie die an der deutsch-deutschen Grenze waren, durchlässiger werden. Durch eine Tür aus Worten muss man durchgehen, damit sie entsteht. Er wird es tun.

»*Wir, gejagt durch alle Stromschnellen des Lebens, wir, gerissen aus allen Wurzeln unseres Verbundenseins, wir, immer neu beginnend, wo wir an ein Ende getrieben werden, ... wir, für die Behaglichkeit eine Sage geworden ist und Sicherheit ein kindlicher Traum, – wir haben die Spannung von Pol zu Pol und den Schauer des ewig Neuen bis in jede Faser unseres Leibes gefühlt.« (WVG, 43f.)*

Ohne dass er es bemerken oder beobachten könnte, machen sich in diesen Wochen Hunderte, in den Folgemonaten Tausende auf den Weg zu den Botschaften der Bundesrepublik in Osteuropa und zur Grenze. Weder Ungarn noch die Sowjetunion noch die Weltöffentlichkeit rechnen mit der Welle. Die Regierung der DDR überrascht sie wie ein Tsunami.

»Jede Stunde unserer Jahre war dem Weltgeschick verbunden. Leidend und lustvoll haben wir weit über unsere kleine Existenz hinaus Zeit und Geschichte gelebt.« (WVG, 43f.)

Ungarn lässt schon seit etwa drei Jahren Westprodukte einführen, und westliche Medien sind erlaubt. Weil man der Bevölkerung kleine Freiheiten gewährt, wächst der Druck nicht so immens wie in der DDR. Hinzu kommt, dass im Osten des geteilten Deutschlands eine viel größere Sehnsucht besteht, das Land zu verlassen. Es gab familiäre Bindungen, die gemeinsame deutsche Sprache und Geschichte, kurz: eine Nähe zwischen den beiden deutschen Staaten, wie sie nirgendwo sonst an der Nahtstelle zwischen Ost und West existierte. Dass jeder Bürger der DDR nach dem Grundgesetz Bundesbürger ist, erleichtert die Entscheidung außerdem.

»Aber nichts war uns geschenkt; wir haben voll und gültig den Preis dafür gezahlt.« (WVG, 43)

Noch immer zittert sein ganzer Körper. Die Fahrt per Anhalter, das Gespräch, die Erinnerung an Thalheim haben ihn nachhaltiger erschüttert als selbst das Verhör 1984 nach der Episode um die Fahne, den gebrochenen Mast. Der Geschmack von Salz. Und das Knattern, was ist das für ein Knattern? »Making up moons in a minor key. What have those tunes got to do with me.« McCartneys sanfte Stimme trägt ihn zurück. »Once upon a long ago children searched for treasure.«

14 − *Daydream Believer*

◂◂ ERFURT, LENINSTRASSE | 1964–1970

Wenn er später von seinen frühesten Erinnerungen erzählen wird, wird es ein Knattern und Klappern und Knarren sein, das die ersten sechs Lebensjahre hindurch den Takt vorgibt: »In unserer ersten Wohnung in der Altstadt war das so: Wenn eine Straßenbahn am Haus vorbeigefahren ist, hat alles gewackelt. Die Möbel haben vibriert, und meine Spielsachen sind aus dem Regal gekullert.«

Am 1. August 1964 wurde er in Erfurt geboren, drei Jahre nachdem sein Land eingemauert worden war. Später wird er seinen Eltern vorwerfen, die DDR nicht rechtzeitig verlassen zu haben; zu einfach wird ihm, dem Pubertierenden, diese Entscheidung erscheinen, wiegt er sie auf gegen die Unmöglichkeit, das eingemauerte Land zu verlassen.

Zwei Jahre vor seiner Geburt kamen an der Berliner Mauer mindestens 24 Menschen bei Fluchtversuchen ums Leben. Einer von ihnen, Peter Fechter, verblutete vor laufender Fernsehkamera in unmittelbarer Nähe des Grenzübergangs Friedrichstraße.

Wenn er später über die Fernsehbilder sprechen wird, werden ihm die Vorgänge den Atem nehmen. Die Kälte in den Gesichtern der DDR-Grenzposten, die Versuche abwehren, den Verletzten zu bergen. Auf der Ost-Seite hatten sich in kürzester Zeit etwa 100, auf der West-Seite etwa 250 Menschen versammelt. Die amerikanischen Grenzsoldaten folgten dem Befehl, Konfrontationen zu vermeiden, und verweigerten daher jede Hilfe. Erst nach einer halben Stunde leisteten NVA-Soldaten Erste Hilfe, zu spät. Peter Fechter verblutete und wurde zu einer der Symbolfiguren der Mauer.

[◻ ◻]

Von alldem bekam das Kleinkind noch nichts mit, während es spielerisch immer mehr Alltagsterrain eroberte. Je mehr er konnte, desto mehr wurde ihm verboten. Eine Lektion: *Trink kein Wasser direkt aus dem Wasserhahn!* Dass das daran lag, dass das Wasser wegen der Bakterien stark gechlort wurde, konnte er noch nicht begreifen.

Eine andere, noch wichtigere: *Bleib weg von den Steckdosen!*

Er lernte sie schließlich durch Erfahrung. »Irgendwann habe ich mal in einer Zimmerecke gespielt und bin an eine Steckdose gekommen. Ich habe einen wahnsinnigen Schlag bekommen. Das hat einen Hieb getan, als wenn jemand mit dem Messer direkt zum Muskel vordringt.«

Eine dritte Lektion, die wichtigste: *Sei leiser!* Denn die Wände schienen aus Papier zu sein. Jedes Geräusch, jedes lautere Gespräch der Nachbarn konnten sie hören.

Nur langsam gewinnt er ein Verständnis dafür, dass es auch umgekehrt so sein könnte. Er verliebte sich in den Gedanken einer Geheimsprache, die das Flüstern überflüssig machte. Mit Blechdreiecken, die Knacklaute von sich gaben, wenn man sie bog und drückte, machte er die ersten Morsespiele. Diese Faszination wird ihn nicht mehr loslassen.

Später kam eine vierte Lektion dazu: *Alles kostet Geld, manches kann man tauschen.* 5 bis 10 Pfennig ein Lutscher, 20 Pfennig ein Telefonat. Währungen der frühen Kindheit.

Die Verhältnisse in der Leninstraße waren einfach, was die Kleinkinder nicht störte, die die Zeit in der liebevollen Familie genossen: »Einmal in der Woche kam heißes Wasser in die Zinkbadewanne in der Küche, da konnte man ein Bad nehmen, einer nach dem anderen oder auch zusammen, nachdem meine Eltern das Wasser im selbst installierten Gasboiler warm gemacht hatten. Eine Dusche gab es nicht.«

[▫ ▫]

Seine Mutter arbeitete als Handelskauffrau, sein Vater als KFZ-Mechaniker. Der große Bruder, erstes Vorbild, war wenige Jahre älter. Fünf Jahre sollte es dauern, bis er selbst ein großer Bruder werden würde. Die Zeit im evangelischen Kindergarten, in dem seine Oma Erzieherin war, genoss er. Mittags klapperten Aluminiumgabeln und Plastiktassen stumpf um die Wette. Dazwischen las die Oma aus der Bibel vor. Was »Erziehung zur sozialistischen Persönlichkeit« genannt wurde, erfasste den Kleinen im Kindergartenalter noch nicht. Dafür geht ein erstes Bewusstsein für das Ost-West-Problem auf die Zeit im evangelischen Kindergarten zurück: Die Erzieherinnen erzählten einander Erlebnisse von Freunden und Bekannten, die noch vor 1961 in den Westen gegangen waren oder denen das nach 1961 noch irgendwie gelang. »Da spürte ich zum ersten Mal, dass wir in der DDR uns nicht frei bewegen konnten und dass es diese andere Welt gab, die für uns unerreichbar war.« *Den Westen.*

Das Kind merkt sich den Begriff, obwohl es noch nichts mit ihm anfangen kann. Später, in der vierten Klasse, kommt ein deutliches Bewusstsein für die Notwendigkeit dazu, jeden Bekannten, jeden Freund erst mal auf Abstand zu halten, bis man sicher weiß, wo er politisch steht. »Einmal, nach dem Nachhausekommen, erzählte ich begeistert von einem Kinderfilm, den wir bei einem Freund geschaut hatten.« Die Eltern erkannten die Serie aus dem DDR-Fernsehprogramm sofort, wurden misstrauisch und fragten nach:

»Für mich als Kind war alles, was ich erlebt hatte, wertfrei. Ich beantwortete die Fragen meiner Eltern genau, und ohne dass ich selbst die Schlüsse hätte ziehen können, schlossen sie aus dem, was ich erzählte, dass das parteitreue rote Socken waren. Die Mutter meines Freundes fuhr regelmäßig nach Berlin, wo sie in der Volkskammer, dem DDR-Parlament, saß.«

Familie war ein Schutzraum in der DDR, den es zu bewahren galt. Hier konnte man offen reden. Umso wichtiger war es, den Kindern früh zu vermitteln, dass ein Unterschied zwischen drinnen und draußen bestand und dass ein einziger Gast in der eigenen Wohnung das Drinnen in ein Draußen verwandeln konnte. Einmal gelernt, vergisst er die Lektion nie wieder.

»Meine Eltern haben mir schon von frühester Kindheit an eingebläut, dass man bestimmte Dinge nicht öffentlich sagen kann – und ›öffentlich‹ bedeutete in diesem Fall schon ›im Freundeskreis‹.« Groß ist die Angst vor dem MfS, dem Ministerium für Staatssicherheit, das in den Gesprächen der Erwachsenen »Horch und Guck«, »Stasi« oder »die Firma« hieß, und vor denen, die ein »Bonbon« hatten oder gar trugen – das Abzeichen der SED. Von seinen Überlegungen, das Land zu verlassen, wird er auch kurz vor seiner Flucht niemandem erzählen. »Manchmal, wenn man unter engen Freunden war und reichlich getrunken hatte, hat man schon gefragt, was das für einen Sinn haben soll, ein Volk von 16 Millionen Menschen einzusperren, aber auch dann blieb es bei pauschaler Kritik. Niemals wurde über persönliche Ansichten oder Pläne gesprochen.« Auch seine Eltern und Brüder wird er nur vage einweihen, als es so weit ist.

Einstweilen genoss der Kleine die Freiheiten und das Vertrauen, die die Familie ihm gewährten. Es gab Eltern, die ihren Kindern ängstlich das Westfernsehen verboten und in ihrer Abwesenheit die Wohnzimmer gar abschlossen; bei ihnen zu Hause war das nicht so. Die Mauer war traurige Realität, aber Fernsehen und Rundfunk ermöglichten den Blick in den Westen. Man war damit ja auch nicht allein. »Ferngesehen hat jeder, kaum jemand guckte

Ostsachen. Wer vom Westfernsehen ausgeschlossen war, wurde schnell zum Außenseiter.« Das muss auch den Lehrerinnen und Lehrern klar gewesen sein, die ebenso wie die Erzieherinnen in den Kindergärten, von denen einige mit detektivischem Spürsinn herauszufinden suchten, wie es um die politische Einstellung der Familien bestellt war.

Die Brüder schauten im DDR-Fernsehen nur das *Sandmännchen* und Kinderspielfilme, die in der *Flimmerstunde* liefen, und auch für die Erwachsenen waren nur wenige Sendungen des DDR-Fernsehens von Interesse. *Prisma* brachte die wenigen in Ansätzen kritischen Beiträge zu Alltagsproblemen in der DDR, *Ein Kessel Buntes* wartete mit internationalen Unterhaltungskünstlern auf. In der Hauptsache sahen seine Eltern Westfernsehen und entzogen sich den Ostmedien, die für die SED als »schärfste Waffen der Partei« galten und gezielt zur Desinformation eingesetzt wurden. Über die Verhältnisse in der DDR erfuhr man nur durch Westmedien, die tatsächlich beinahe die gesamte DDR-Bevölkerung erreichten. Längst sind die Zeiten vorbei, in denen FDJ-Trupps angeheuert wurden, auf Westempfang ausgerichtete Antennen abzumontieren, wie es 1961 noch der Fall war. Aus technischen Gründen ausgeschlossen waren nur wenige Regionen im Nordosten und Südosten des Landes, die bald als »Tal der Ahnungslosen« bezeichnet wurden, bis in den Achtzigerjahren und meist illegal kostspielige Gemeinschaftsantennen angeschafft wurden. Die Medien hielt keine Mauer auf, und wer mit seinem Körper da war, konnte mit dem Kopf dennoch drüben sein. Später wird das einer der Gründe sein, weshalb er sich für Rundfunk- und Fernsehtechnik begeistert.

[▫ ▫]

Wenn er sich später an die Atmosphäre seiner Kindheit außerhalb der Familie erinnern wird, wird er sie mit immer demselben Adjektiv beschreiben: grau. An bunten Tagen diente das Grau als Kulisse für die politischen Farben: Schwarzrotgold um den 1. Mai, wenn allüberall die Staatsflaggen gehisst wurden, blau bei den Aufmärschen und Jugendfestivals der FDJ, wenn ein Meer von blauen Hemden ihn umgab.

An den Wochenenden, wenn die Eltern freihatten, schien die Welt dagegen in ein nuancenreiches Grün getaucht. Dann ging es mit dem Wartburg ins Jonastal, in eine urwüchsige Landschaft, in der die DEFA, die Deutsche Film AG in Potsdam-Babelsberg, ihre Western drehte. Regelmäßig machte die Familie kleine Ausflüge mit Picknickkorb und Luftmatratze, meist in die Nähe von Georgenthal. Die Freiheit, die das Auto gab, war ein Luxus. Bis zu 17 Jahre warteten die Menschen auf einen Neuwagen. Damit bekamen Autoanmeldungen den Reiz von Wertanlagen, ein Phänomen der DDR: Je näher der Kauftermin rückte, desto teurer konnte man die Papiere dafür verkaufen. Wer bereit war, auf den Kauf eines Autos zu verzichten, konnte damit etliche Tausend Mark verdienen. Auch die Wertentwicklung eines Autos verlief vollkommen anders als in der Bundesrepublik. Bereits am Tag des Kaufs verdoppelte sich der Wert eines Neuwagens, und auch ein über zwölf Jahre alter, gut erhaltener Trabant konnte für den ursprünglichen Neupreis weiterverkauft werden. Entsprechend hoch war in der DDR der Reparaturbedarf und damit der Bedarf an Ersatzteilen. Sein Vater hatte als KFZ-Mechaniker einen Traumberuf, nicht nur vom Prestige, sondern auch von Einkommen und Nachfrage her gesehen.

Trotzdem gab es gute Gründe für den Vater, den geliebten Beruf aufzugeben: »Im Winter stapelten wir Decken an den Fenstern unserer kleinen Wohnung, weil es überall zog. Oft hatten die Fenster sogar Eisblumen. Die Wohnung war schrecklich, klein und schlecht ausgestattet, die Wohnungsnot in der DDR war aber zu der Zeit so groß, dass es keine Alternativen gab.« Dann aber tat sich seinen Eltern eine Gelegenheit auf, in eine Neubauwohnung zu ziehen, sie mussten dafür nur ihr bisheriges Leben und ihre Berufe als Handelskauffrau und KFZ-Mechaniker aufgeben. »Wir saßen am Küchentisch, als meine Eltern uns Kindern den Plan der neuen Wohnung präsentierten: Sie erklärten uns den Grundriss, dann beschrieb mein Vater jedes einzelne Detail. Warmes Wasser direkt aus der Wand sollte es geben, während wir bisher mit Kohle heizten und das Wasser, auch das für die Zinkbadewanne in der Küche, in einem Gasboiler erwärmen mussten. Ein unvorstellbarer Luxus!«

Ein Luxus, für den sein Vater und seine Mutter Hausmeister der Wohnscheibe in der Erfurter Neubausiedlung Rieth wurden. »Diese Wohnung zu bekommen war mit großem Prestigegewinn verbunden.« Allerdings begann er mühsam: »Das erste Jahr sollten wir auf einer Großbaustelle leben: Wir konnten einziehen, bevor das Viertel komplett erschlossen und die ganze Infrastruktur vorhanden war.« Anfangs war das Rieth nur über eine einzige Bushaltestelle angebunden, später kam auch die Straßenbahn dazu. Die lange Bauzeit war nicht unüblich: »Wir hatten Verwandtschaft in Gera, sehr linientreu, die hatten die Möglichkeit, ein Haus zu bauen. Von dieser Baustelle war gefühlt jahrzehntelang die Rede. Ich weiß nicht, wie lange die gebraucht haben: In der DDR ein Haus zu bauen, das war ein Jahrhundertprojekt.«

[▫ ▫]

Mit dem Umzug ins Rieth begann für ihn ein erstes neues Leben. *»So verschieden ist mein Heute von jedem meiner Gestern, meine Aufstiege und Abstürze, daß mich manchmal dünkt, ich hätte nicht bloß eine, sondern mehrere völlig voneinander verschiedene Existenzen gelebt. Denn es geschieht mir oft, daß, wenn ich achtlos erwähne: ›Mein Leben‹, ich mich unwillkürlich frage: ›Welches Leben?‹«* (WVG, 8f.) Heizung im Winter, Wasser direkt aus der Wand – das reichte, um glücklich zu sein. Dass irgendwann auch die Wohnscheibe zum Gefängnis werden würde, konnte sich der Drittklässler in den Wochen des Umzugs nicht vorstellen.

»Cheer up, sleepy Jean. Oh, what can it mean to a daydream believer and a homecoming queen.« Es fühlte sich an wie nach Hause zu kommen.

15 – No Milk Today

▸ SOPRON, UNGARN | 16. AUGUST 1989

So könnte es gewesen sein, als ihm an einem anderen einsamen Tag in Sopron der schützende Mantel der Fremdsprache von den Schultern rutschte: Sein Zeitgefühl spielt ihm Streiche. Ist es der dritte oder der vierte Tag in Folge, an dem er mit Kompass und Karte seine Runden dreht? Manchmal denkt er, er hätte es längst versuchen müssen, manchmal, es ist noch nicht so weit.

Der Wechsel von Tag und Nacht verläuft zuverlässig nach Plan. Nur er vergisst die Zeit. Wieder holen ihn am Abend Dämmerung und Erschöpfung ein, wieder entschließt er sich, per Anhalter zum Campingplatz zurückzufahren. Diesmal hält ein Wagen mit österreichischem Kennzeichen.

Möchten Sie mit?

Die Frage in der Muttersprache überrascht ihn, so fremd die Färbung auch klingt.

Ja. Danke.

Er steigt ein, schließt den Gurt. Der Wagen überrascht ihn mit purem Luxus: Das Auto ist innen mit Mahagoniholz verkleidet.

Wo kommen Sie her?

Die von so vielen Fahrten vertraute Frage bringt ihn in seiner Muttersprache in Zugzwang.
Ich bin aus der DDR.
Ah – sind Sie hier, um …
Ich bin Tourist.
Wieder heißt es schauspielern. Entspannt und gelassen wirken, obwohl sich die Gedanken überschlagen. Einige Zeit sitzen sie schweigend nebeneinander.
Ja, wollen Sie nicht abhauen? Wollen Sie es nicht probieren?
Jeder Muskel seines Körpers spannt sich an. Jede Antwort wäre verkehrt.
Er weiß, dass die Stasi auch im Westen ihre Leute hat, die sie mit den Devisen bezahlt, die dem eigenen Land fehlen. Zu oft hatte er von Flüchtlingen gehört, die mit Gewalt zurückgeholt wurden. Wie sollte er dem Mann vertrauen? Anstatt zu antworten, zuckt er die Schultern.
Ich könnte verstehen, wenn Sie es probieren würden.
Er schweigt weiter, entzieht sich jeder fassbaren Reaktion.
Wissen Sie, ich habe vor zwei Tagen jemanden im Kofferraum mitgenommen. Die kontrollieren nicht mehr so genau, das kann funktionieren. Der ist jetzt frei. Drüben, in der freien Welt.
Er schließt die Augen. Es wäre so einfach. In den Kofferraum klettern und dann draußen wieder aussteigen. Soll er ihn fragen, ob er das ein zweites Mal wagen würde? Was, wenn er doch für die Stasi arbeitet? Was passiert der Familie? Auf den geschlossenen Lidern zeichnen sich die Gesichter seiner Eltern und Brüder ab. Er öffnet die Augen.
Oh. So einfach.
Er lässt es sein.

[▫ ▫]

Und bereut es, sobald er aus dem Wagen ist. Und bereut es wieder nicht, weil es zu riskant gewesen wäre. Im Zelt macht er das Radio an und packt die Zeitung aus, die er heute an einem Kiosk bekommen hat.

Die Alternativen zerrinnen zwischen den Fingern, eine nach der anderen. Er liest Zeitung. Im Radio läuft Musik. »But all that's left is a place dark and lonely.« Er wird es in der Dämmerung versuchen. Tagsüber scheint ihm die Gefahr, bemerkt zu werden, wegen der Hunde viel zu groß. Nachts wiederum, in vollkommener Dunkelheit, wenn die Hunde nicht mehr im Einsatz sind, könnte er das unwegsame Gelände nicht durchqueren.

Wieder einmal entfaltet er den herausgerissenen Artikel aus der *Süddeutschen* und streicht ihn glatt. Eine Hilfe ist er nicht, viel zu grob ist der Grenzverlauf auf der kleinen Skizze abgebildet. Aber jede Zeile des Artikels sagt ihm: Es könnte gelingen. Wieder fühlt er deutlich, dass er es riskieren muss. Es gibt kein Zurück mehr, auch wenn der Weg noch nicht klar vor ihm liegt, »*er wollte kein anderes Beispiel geben als dieses eine: wie man frei bleiben kann und getreu seiner eigenen Überzeugungen auch gegen die ganze Welt*«. (WVG, 304)

So viel scheint ihm in die Hände zu spielen. Immer wieder erzählen die Zeitungen davon, dass dieses Jahr Zehntausende DDR-Bürger ihre Urlaube nutzen, um Fluchtmöglichkeiten zu erkunden. Längst nicht jeder würde es wagen, aber viele hätten mehr zu gewinnen, als zu verlieren.

Zu verlieren gebe es dennoch einiges, denn noch galten die Abkommen zwischen Ungarn und der DDR, nach denen Ungarn DDR-Flüchtlinge ausliefern musste. Jeden Moment war er sich dessen bewusst. »How could they know just what this message means. The end of my hopes, the end of all my dreams.« Und doch, es gab auch die andere Entwicklung in der internationalen Politik: Seit Ungarns Beitritt zur Genfer Flüchtlingskonvention im Juni 1989 stand das Auslieferungsabkommen mit der DDR in massiver Kritik. Längst, so heißt es, werde nicht mehr jeder Flüchtling ausgeliefert, es gebe Fälle – zu diesem Zeitpunkt noch von keiner Statistik erfasst –, wo Menschen nach gescheiterten Fluchtversuchen nicht festgehalten wurden, sondern ihren Urlaub mit der Rückreise nach Hause beenden konnten, als hätten sie nie einen Fluchtversuch unternommen.

Er ist hin- und hergerissen zwischen den Nachrichten. Denn immer noch gibt es Auslieferungen, Festnahmen, Tote sogar. Auch in diesen Wochen, in denen bereits seit einem Monat die ersten DDR-Bürger in die Ständige Vertretung in Ost-Berlin und die Botschaften in Prag, Warschau und Budapest geflohen sind. Zuerst muss die Ständige Vertretung in Ost-Berlin schließen, dann die Botschaft in Prag, Mitte August auch die in Budapest, in der über hundert Flüchtlinge auf ihre Ausreise warten.

Diese letzte Nachricht könnte ihn in Sopron, im Zelt erreicht haben. Budapest. Wie konnte ihm das entgangen sein? Die Stadt ein einziges Flüchtlingslager, schreiben die Zeitungen. Tausende Menschen. Zelte am Straßenrand und in Vorgärten.

16 – Downtown

◂◂ ERFURT | 1971–1974

Vorgärten gab es an der neu gebauten Wohnscheibe im Rieth nicht, dafür war alles, was man täglich brauchte, zum Greifen nah: Kaufhalle, Bibliothek, Schwimmbad und die Polytechnische Oberschule *POS 40 M.I. Kalinin*, auch die Arbeit der Eltern. Sein Vater hatte sein Büro als Hausmeister nur ein paar Türen weiter. Wochenlang fieberte die Familie dem Umzug in die neue Wohnung entgegen. In bester Stimmung halfen die beiden älteren Jungen, Spielzeug und Kleidung in Kisten und Taschen zu packen, während die Eltern die sperrigen Geräte verstauten und Möbel demontierten. »When you're alone and life is making you lonely you can always go – downtown«, schmetterten sie gut gelaunt Petula Clarks »Downtown«, das im Wohnzimmer auf einem der kleinen Transistorradios lief. Westsender. Etwas anderes kam gar nicht aufs Gerät. »Just listen to the music of the traffic in the city. Linger on the sidewalk where the neon signs are pretty.« Als hätten sie verteilte Rollen abgesprochen, gab jeder von ihnen die Passagen zum Besten, von denen er den Text halbwegs erinnerte. »How can you lose?« Zu verlieren gab es wirklich nichts, zu verführerisch hatte

schon der Plan der neuen Wohnung ausgesehen, den der Vater ihnen zeigte. Seitdem war ihnen die Altbauwohnung in der Leninstraße noch schäbiger vorgekommen; sogar die Straßenbahn war plötzlich noch lauter am Haus vorbeigerattert. Und nun endlich war es so weit. Eine Zeile konnten alle, selbst er, der kleine Drittklässler, der mit Englisch noch gar nichts am Hut hatte: »Don't wait a minute for Downtown. Everything's waiting for you.«

Die letzte Nacht in der alten, die erste Nacht in der neuen Wohnung hatten ihren ganz eigenen Zauber, auch für ihn, das Kind, das zum ersten Mal den Schwebezustand zwischen »nicht mehr« und »noch nicht« erlebte. Später, im Sperrgebiet zwischen zwei Welten, wird es dieses Gefühl sein, an das er sich deutlicher erinnert als an jedes andere Ereignis aus dieser Zeit. Zumal für ihn das »Noch nicht« auf längere Dauer gesetzt schien als für den Rest der Familie: Während sich für die Eltern von jetzt an das ganze Leben im Rieth abspielte, musste er noch ein Schuljahr ans andere Ende der Stadt in die Sprachheilschule pendeln. Eine Stunde war er morgens zur Schule unterwegs. Die drei Umstiege ließen ihn den Schulweg anfangs wie eine Weltreise empfinden.

Auch das Rieth entpuppte sich länger als gedacht als Provisorium: »Die ersten Jahre sind wir weite Wege durch den Matsch gestiefelt.« Manchmal ging lange nichts voran, dann wieder liefen die Bauarbeiten in der Plattenbausiedlung derart auf Hochtouren, dass sich seine kleine Welt zwischen Frühstück und Schulschluss dramatisch verändert hatte: »Einmal kam ich nach Hause, und die provisorische Treppe, die nach einiger Zeit ersetzt werden sollte, war weg. Ich fand nicht mehr nach Hause, da ich unseren Eingang nicht benutzen und mich von den anderen Eingängen des riesigen Gebäudes aus schlecht orientieren konnte.« Er irrte über die Baustelle und durch die langen Flure des Gebäudes, in dem alles zum Verwechseln ähnlich aussah, fand die Wohnung der Familie mehr zufällig zwischen Nuancen von Grau.

»Die Wohnung war tatsächlich komfortabel – das Beste, was man damals haben konnte, und sobald ich ab der vierten Klasse an der

POS war, war auch der Schulweg unschlagbar kurz. Meine ganze Klasse wohnte um die Ecke, immer war jemand zum Spielen da.«

Für die Kinder waren die Baustelle und das nur halb bebaute Neubaugebiet ein einziger Abenteuerspielplatz: »Es gab eine Kiesgrube in der Nähe, in der wir durch den Sand gerutscht sind, ein Stück weiter konnte man Fußball spielen.«

Vor allem hatten die Eltern neue Freiräume für die Familie gewonnen, da Arbeit und Familienleben jetzt eng nebeneinander herliefen. »Außerdem hatten sie im Wechsel mit dem zweiten Hausmeisterpaar Bereitschaftsdienste, etwa für den Fall, dass Leute im Aufzug stecken blieben, weil der Strom ausfiel, was in der DDR regelmäßig passierte, oder für seltene Notfälle wie Polizeieinsätze, Suizidversuche oder Probleme mit der Wasserversorgung. Und durch die Bereitschaftsdienste hatte mein Vater alle zwei Wochen einen oder zwei Tage unter der Woche frei.« An solchen Tagen konnte die Familie nach Schulschluss ins Grüne fahren, während andere Eltern noch arbeiten mussten. »Und wir konnten mittags immer zusammen essen, das war auch ein Privileg. Meine Eltern haben ihre ursprünglichen Berufe geliebt, hatten sich dann aber bewusst für die Hausmeistertätigkeit entschieden, damit es uns Kindern besser geht und wir mehr Zeit miteinander haben.«

Wohnscheiben wie die, für die sie jetzt zuständig waren, nannten seine Eltern sarkastisch »Arbeiterschließfächer«; ihre war zehn Etagen hoch, umfasste fünf Hauseingänge und 500 Wohnungen für etwa 1500 Menschen. Etwa 70 Quadratmeter bewohnte die Familie nach der Geburt des kleinen Bruders zu fünft, Schlafzimmer und eines der Kinderzimmer waren nur durch eine Pappwand getrennt, das Wohnzimmer und das andere Kinderzimmer auch. »Man hörte jedes einzelne Wort.«

Die Wohnungen in den Häusern ähnelten sich alle. Es gab feste Typen von Wohnungen, die immer gleich geschnitten waren: »Wenn man in eine Wohnung reingekommen ist, wusste man gleich, wo Bad und Küche sind – egal in welcher Stadt, die Typen galten für die ganze DDR.« Alternativ gab es sogenannte Punkt-Hochhäuser, sechzehnstöckige Wohnhäuser. Auch ein Punkt-Hochhaus konnten sie von der neuen Wohnung aus sehen.

[◻ ◻]

Schon zwei Jahre vor dem Umzug in die Wohnscheibe hatte für ihn ein anderer großer Neuanfang angestanden: sein erster Schultag am 4.9.1971.

Die Schule war alles andere als ein Ort für Träumer. Es galt, bei der Sache zu sein – oder zumindest so zu tun, als ob. Verantwortung zu übernehmen – oder zumindest so zu tun, als ob. Überzeugungen zu entwickeln – oder zumindest so zu tun, als ob. Es dauerte, bis der Kleine die Regeln verstand, die niemand so explizit formulierte. Vielmehr kamen sie leicht und luftig daher, wie im Lied der Jungen Pioniere, das ihn durch die Grundschuljahre begleitete: »Nimm die Hände aus der Tasche. Sei kein Frosch und keine Flasche. Zieh nicht Leine, das ist deine Sache hier.«

Schüler zu sein bedeutete, Ämter zu haben und Mitglied zu sein. Der eine putzte die Treppe, die andere die Turnhalle, einige sammelten regelmäßig Müll aus dem Gebüsch am Rand des Schulhofs, und zum 1. Mai hieß es rote Nelken basteln. Schülerinnen und Schüler der 1. bis 3. Klasse waren Jungpioniere, die der 4. bis 7./8. Klasse Thälmannpioniere. Ab der 8. Klasse wurden die Jugendlichen Mitglieder der Freien Deutschen Jugend (FDJ). Die Mitgliedschaft in beiden Organisationen war zwar offiziell freiwillig, tatsächlich aber waren 98 Prozent aller Kinder und Jugendlichen Mitglieder. Eltern, die damit nicht einverstanden waren, mussten von sich aus Schritte unternehmen, um die Kinder von den Organisationen abzumelden; Eltern und Kinder hatten dann mit großen Nachteilen zu kämpfen.

Die Grenzen zwischen den Jugendorganisationen und der Schule waren fließend: Wenn an den Pioniernachmittagen die Tische im Klassenzimmer zu kleinen Gruppen zusammengeschoben wurden, war die Lehrerin dabei und bewertete auch das Engagement bei den Pionieren; umgekehrt fanden auch im Schulbetrieb Fahnenappelle mit Halstuch und Käppi statt. Alles war eins für den Erstklässler.

Als Erwachsener wird er durchschauen, wie gezielt das System schon den Erstklässlern eine Menge ideologische Verantwortung auflud: Jede und jeder Einzelne, hieß es, diente dem Sozialismus und trug Verantwortung für alles, was schiefging. Es schien, als könnte man die Welt verändern, wenn man nur beherzt genug anpackte und mittels einer Wandzeitung seine Solidarität mit Kindern in Chile zeigte: »Keiner ist zu klein, ein Helfer für kämpfende Freunde zu sein.« Hausaufgabe heute: Weltfrieden herstellen.

Am Anfang jedes Schuljahrs wählten die Pioniergruppen der einzelnen Schulklassen ihre Vertreter, den Gruppenrat und seinen Gruppenratsvorsitzenden, eine Art Klassensprecher. Dreißig verlegene Augenpaare wanderten über Wände, Zimmerdecke und die Fenster hinaus. Begründete Vorschläge für Kandidatinnen und Kandidaten zu machen war in etwa so beliebt, wie selbst unverhofft kandidieren zu müssen; die meisten Vorschläge kamen dann auch von der Lehrerin. Der Freundschaftsrat, der ungefähr so funktionierte wie eine Schülervertretung, war das Leitungsgremium der *Pionierfreundschaft*, das hieß aller Jung- und Thälmannpioniere an einer Polytechnischen Oberschule. Alle zwei Jahre wählten die Klassen ihre Vertreter im Freundschaftsrat. Zum Glück gelang es ihm meistens, nicht in der ersten Reihe zu landen; in die Pionierrepublik »Wilhelm Pieck«, das größte Pionierlager der DDR, zu dem die Gruppenratsvorsitzenden der Pioniere reisen durften, wurde er zum Glück nie delegiert.

»Für die allermeisten Kinder war das eine lästige Pflichtübung: Gemeinsame Ausflüge haben Spaß gemacht, aber all die Diskussionen, Wandzeitungen und die politische Unterweisung war sterbenslangweilig.« Gesungen wurde viel bei den Pionieren, und zwar eigene Pionierlieder wie »Der kleine Trompeter« (»Von all unsern Kameraden ...«), das »Thälmann-Lied« (»Heimatland, reck deine Glieder ...«), der »Pioniermarsch« (»Wir tragen die blaue

Fahne ...«), »Blaue Wimpel im Sommerwind« oder »Mein blaues Halstuch« (»Mein Schmuck ist mein Halstuch ...«).

Blaue Halstücher waren das Zeichen der Jungpioniere, rote seit 1973 das Erkennungszeichen der Thälmannpioniere; der Wechsel der Halstuchfarbe wurde feierlich begangen. Vor dem ersten Schultag kauften ihm seine Eltern die Pionierkleidung – ein weißes Hemd mit dem auf dem Ärmel aufgenähten Emblem der Jungen Pioniere und ein blaues Halstuch. Je nach Stand in der Pioniergruppe kamen dann noch Rangabzeichen mit Streifen in der Farbe des Halstuchs dazu (drei für Freundschaftsratsvorsitzende, zwei für Gruppenratsvorsitzende und Freundschaftsratsmitglieder und einer für alle weiteren Gruppenratsmitglieder), dazu eine dunkelblaue Hose und ein dunkelblaues Käppi. »Bei Fahnenappellen, Gedenktagen und Schulveranstaltungen mussten wir die Pionierkleidung tragen.«

Für den Erstklässler bedeutete die Kleidung: zu den Großen gehören. Wie uniformiert sie damit wirkten, wird ihm später bewusst werden, ebenso die Politisierung und Militarisierung der Pionierlieder. Häufig singen sie »Der Volkspolizist« (»Ich stehe am Fahrdamm ...«), »Gute Freunde« (»Soldaten sind vorbeimarschiert ...«) oder »Wenn ich groß bin, gehe ich zur Volksarmee«. Später wird er wissen, was das bedeutet. Das Spektrum der Pionierlieder ist breit: Manche wünschen sich nicht weniger als »Friede auf unserer Erde«, andere heißen schlicht »Fernsehturmlied« oder fragen »Ham' Se nicht noch Altpapier?«, während die kleinen Sänger für die SERO-Läden sekundäre Rohstoffe sammeln, zum Beispiel Altpapier oder Blechdosen. »Sobald ich ein politisches Bewusstsein hatte, war mir zuwider, wie dieser Staat Musik und Literatur – oft wurde bei Pionierveranstaltungen auch rezitiert – benutzt hat, um seine Macht zu sichern.«

Die große Mehrheit der Kinder hielt den Pionierkram für nervig und unnötig. Schon die Kinder spürten, dass sie ein Doppelspiel spielen mussten.

Erste Regel: *So tun, als ob.*

Sprachheilschule Erfurt

Ort: _____

Klasse: 1a

1. Halbjahr 19 __ / __ — Schuljahr 19 71 / 72 *)

Deutsch __ Mathematik 3 __ Tage __

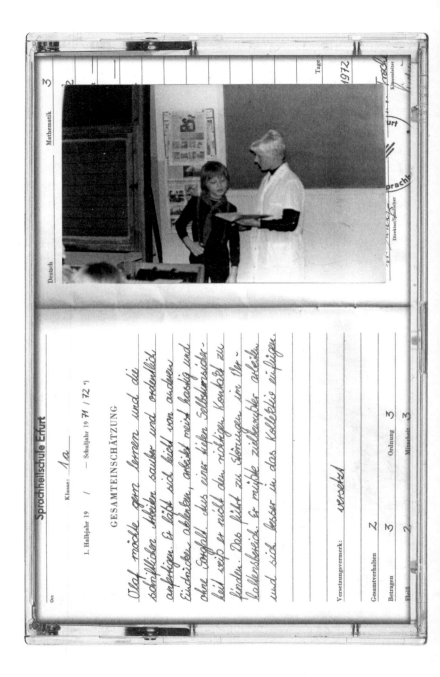

GESAMTEINSCHÄTZUNG

Olaf möchte gern lernen und die schriftlichen Arbeiten sauber und ordentlich anfertigen. Er läßt sich viel von äußeren Eindrücken ablenken, arbeitet meist hastig und ohne Sorgfalt. Aus einer tiefen Selbstunsicherheit weiß er nicht den richtigen Kontakt zu finden. Das führt zu Störungen im Kollektivbereich. Er müßte zielbewußter arbeiten und sich besser in das Kollektiv einfügen.

Versetzungsvermerk: versetzt

Gesamtverhalten	2		
Betragen	3	Ordnung	3
Fleiß	2	Mitarbeit	3

1972

Zweite Regel: *Wenn Kinder in Afrika hungern, verkauf dein Spielzeug und sammle das Geld.*
Dritte Regel: *Wenn du dein Spielzeug vermisst, kauf es heimlich von deinem eigenen Geld zurück.*

Im Doppelspiel nicht zu versagen war wichtig. Fehler zogen eine lebenslange Spur durch die graublauen Hefte, in die Lehrerinnen und Lehrer die Zeugnisse notierten. Schnell machte er die Erfahrung, was das bedeutet: bewertet zu werden. Er verband es mit einem unguten Gefühl.

In den Heften standen die Zeugnisse blau auf weiß für eine gefühlte Ewigkeit. Anders als bei einem einzelnen Zeugnis, gedruckt auf einem Blatt Papier, das im Lauf der Sommerferien in der Schublade der Eltern verschwindet und vom nächsten und übernächsten abgelöst wird, wurden in der DDR alle Zeugnisse in dasselbe graublaue Zeugnisheft geschrieben. Die ganze Schulzeit lang blieben die Bemerkungen erhalten, auch nach dem Wechsel von der Sprachheilschule zur POS.

Man unterschied zwischen Leistungsnoten in den einzelnen Fächern, die auf der rechten Seite verzeichnet waren, und sozialen Noten, die auf der linken Seite ausführlich begründet wurden. Die links entschieden über die Zulassung zum Abitur und zu den Berufen.

Schon in der ersten Klasse, am Ende des Schuljahrs 1971/72, spielte sein Engagement in der Pioniergruppe eine Rolle: »Er müßte zielbewußter arbeiten und sich besser in das Kollektiv einfügen.« Am Ende des Schuljahrs 1973/74 heißt es im Zeugnis der dritten Klasse: »... er vermag logisch zu denken und erfasst Zusammenhänge. Er unterliegt starken Schwankungen im Leistungs- und Verhaltensbereich, die vorwiegend von seinem Willen abhängig sind. In Lernsituationen, die seinem Interessengebiet entsprechen, ist er fleißig und aufmerksam. Dagegen stört er bewußt den Unterricht, wenn ihm der Stoff nicht angenehm ist. Sein trotziges aggressives Verhalten Lehrern und Mitschülern gegenüber muß Olaf unbedingt ändern.« Trotz und Aggressivität. »Wenn ich an meine ersten Schuljahre zurückdenke, kann ich mir kaum vorstellen, dass das angemessene Vokabeln waren.« Das Klima, an das er sich erinnert, ist überwiegend eines der freundlichen Langeweile und unterschwellig eines der Angst. »Letztlich hat auch der ganze Ämterzirkus in der Schule schon so funktioniert, dass sich die Schüler bei ihren Diensten abwechselten und sich gegenseitig überwachten.«

Wir waren das nicht. Pionierehrenwort! Je älter die Kinder wurden, desto gelangweilter spulten sie das Pflichtprogramm ab und desto ironischer benutzten sie die vorgefertigten Sprachbausteine. *Nächste Woche bestimmt, großes Pionierehrenwort!*

Der lange Arm der Jugendorganisationen reichte auch in die private Lektüre der Kinder: Die Kinderzeitschrift *Bummi* kannte er noch aus der Vorschulzeit, da hatte er schon viel über die Jungen Pioniere erfahren. Mit der *ABC-Zeitung* gab es eine eigene Zeitung für Jungpioniere der 1. bis 3. Schulklasse. *FRÖSI*, benannt nach der Pionierhymne »Fröhlich sein und singen«, war das Pioniermagazin für Jungen und Mädchen der DDR, das wegen seiner Beilagen zum Experimentieren und Basteln durchaus einen Reiz für ihn hatte. Mehr jedenfalls als die *Trommel – Zeitung für Thälmannpioniere und Schüler*, die die offizielle Zeitschrift der Zentralleitung der Pionierorganisation »Ernst Thälmann« war.

[◻ ◻]

An den Abenden und Wochenenden vergisst er die Welt der Schule, spielt mit ferngesteuerten Autos und lässt sie durch die Wohnung oder über den geteerten Platz vor der Wohnscheibe sausen. Es ist tatsächlich ein Wechsel der Welten, denn während das Auto unter dem Sofatisch seine Runden dreht, sprechen die Eltern offen – zum Beispiel über gescheiterte Fluchtversuche, von denen sie aus den Westmedien oder über Dritte erfahren haben. »Meine Eltern waren DDR-kritisch eingestellt. Seit ich mich erinnern kann, haben sie auch mit uns Kindern diskutiert und Witze gemacht. Wenn in den

Nachrichten der Palast der Republik mit allen Funktionären gezeigt wurde, sagte mein Vater: ›Jetzt müsste man da eine Bombe reinwerfen, dann wären die alle weg.‹ Er meinte das natürlich nicht ernst, aber sein Ton verriet seine Frustration. Wenn wir Ausflüge aufs Land machten, zeigte er uns Kindern den Bus auf der Autobahn, mit dem freigekaufte Häftlinge rübergefahren wurden.«

Noch erschloss sich dem Kleinen nicht, was genau hinter dem System des Häftlingsfreikaufs steckte und wie sich der Staat durch diese inoffiziellen Transaktionen zwischen der DDR und der Bundesrepublik Deutschland finanzierte. Die Bundesrepublik kaufte gegen eine bestimmte Summe Devisen oder Waren politische Gefangene frei, die dann direkt aus der Haft in die Bundesrepublik ausgebürgert wurden. Als Erwachsener wird er erfahren, dass seit Mitte der Sechzigerjahre bis 1989 33 755 politische Häftlinge für insgesamt etwa 3,5 Milliarden D-Mark freigekauft wurden, außerdem gab es etwa 250 000 Ausreisewillige, also DDR-Bürger, die einen Ausreiseantrag gestellt hatten. Das Geld stabilisierte die marode DDR. »Die Zusammenhänge habe ich natürlich erst später verstanden, aber schon damals haben meine Eltern sehr offen gesprochen. Auch der Name des Rechtsanwalts Wolfgang Vogel fiel, der diese Freikäufe seitens der DDR organisierte.« Für das Kind ist es spannend, beinahe wie im Krimi, die Busse mit den freigekauften Häftlingen auf der Autobahn zu sehen. Später werden ihn die Zusammenhänge anwidern. *Ein Staat, der seine Menschen verkauft, um zu überleben.*

Nicht nur wegen der eskortierten Busse mit den freigekauften Häftlingen, die sie manchmal sahen, bleiben ihm die Ausflüge und Urlaube seiner Kindheit unvergesslich. »*Immer wieder überkam mich Sehnsucht nach den Reisen meiner Jugend, wo niemand einen erwartete und durch die Abgeschiedenheit alles geheimnisvoller erschien; so wollte ich von der alten Art des Wanderns auch nicht lassen.*« (WVG, 372) Die Urlaube führten die Familie meist in die ČSSR oder nach Ungarn, Tagesausflüge in die Natur des Thüringer Waldes. »Auch was die Natur anging, zeigten uns meine Eltern vieles, was sie kritisch sahen: Umweltverschmutzung war in der DDR kein Thema, dafür traurige Realität. Über Erfurt hing oft eine Dunstglocke, die konnte man deutlich sehen.«

Zu Hause warnten die Eltern die Kinder regelmäßig, das Wasser nicht direkt aus dem Hahn zu trinken:»Keine Gefahr! Das Wasser stank so sehr nach Chlor, davon haben wir gerne die Finger gelassen.« Wenn sie warmes Wasser aus den Hähnen laufen ließen, kam oft zunächst braunes Wasser. Sie mussten es auch in der neuen Wohnung lange laufen lassen, bis es klar wurde, weil die Rohre, die aus einfachem Metall und innen nicht veredelt waren, sehr viel Rost abgaben. »Mein Vater zeigte uns ab und zu die riesigen Boilerräume, die das gesamte heiße Wasser für die Wohnscheibe zur Verfügung stellten. Als wir schon länger dort wohnten, musste einmal ein Behälter geöffnet werden. Da sah man, dass die Heizspiralen inzwischen komplett durchgerostet waren. Eine verrückte Vorstellung, dass dieser ganze Rost in unserem Wasser und damit ja auch in unserem Essen war.«

Die Heizspiralen der Boiler wurden durch heißen Dampf erhitzt, der über Fernwärme bereitgestellt wurde. Die DDR gewann Fernwärme und Strom überwiegend aus der Verbrennung von Braunkohle. Ganze Gebiete wurden zugunsten des Braunkohleabbaus geopfert, und vieles von dem, was er als idyllisch erinnert, etwa die kilometerlangen Alleen, war nur ein Ergebnis der schlechten wirtschaftlichen Lage. »Der Staat hatte kein Geld für neue Straßen, und nur wenige Leute konnten sich Autos leisten, entsprechend sah es im Straßenbau aus.« Wenn die Mutter dem Kleinen die Nase putzte, zeigte sie ihm danach das Taschentuch: »Das war schwarz. Da sah man, was man tagsüber alles eingesammelt hatte.«

Das berüchtigtste Gebiet, das ihm schon in der Kindheit ein Begriff war, war Bitterfeld. »Wenn wir da mit dem Zug durchgefahren sind, waren die Scheiben gelb.«

Ökologische Erwägungen spielten in der DDR generell kaum eine Rolle, auch dann nicht, wenn sie wirtschaftliche Vorteile gehabt hätten:»Es war absurd, dass sie das Neubaugebiet in einer

Gegend hochgezogen haben, wo ganz fruchtbarer Boden war. Im Rieth hätte man Anbau machen müssen – Wohnungsbau anderswo. Die Heizung in der Wohnscheibe lief im Winter Tag und Nacht, damit es warm war, ein Thermostat zur Regelung der Temperatur und damit des Verbrauchs an Heizenergie gab es nicht. Wenn es zu warm war, wurde das Fenster geöffnet. Isoliert war das Haus gar nicht. Die haben so viel Energie rausgeschmissen.«

[◻ ◻]

Doch es blieb nur ein Gefühl der Ohnmacht: Zu vieles hätte sich ändern müssen. »Es gab jeden Tag etwas, worüber man sich im Rieth geärgert hat. Man konnte am Wochenende nicht essen gehen, weil man stundenlang anstand und erst zur Kaffeezeit in eins der beiden Lokale reinkam. Auch als normaler Mitläufer, der nicht politisch anecken wollte, geriet man ständig an seine Grenzen und war unzufrieden, sehr unzufrieden. Es ist eben nicht so, dass man zufrieden war, nur weil man es nicht besser kannte; man hat die Entbehrungen schon gespürt und andererseits ständig die Propagandablätter lesen müssen, die alles in den höchsten Tönen lobten. Wir haben zu Hause, wie gesagt, fast ausschließlich Westfernsehen geguckt, DDR-Fernsehen nur ab und zu, und mehr, um uns zu amüsieren. Das ging so weit, dass man die zweite und dritte Reihe der Politiker der DDR weniger kannte als die der Bundesrepublik.« *Als wäre man schon drüben.*

Westfernsehen war für die DDR-Bürger längst zum Ersatz für eine eigene kritische Öffentlichkeit im Land und zum wichtigen Übersetzer des *Neuen Deutschland*, der Zeitung der Sozialistischen Einheitspartei Deutschlands (SED), geworden. Auch die spätere Fluchtbewegung hätte ohne die Berichterstattung der Westmedien sicher nicht diese Wucht entfalten können.

[◻ ◻]

Ab und zu schickte die Tante des Vaters aus dem Westen Pakete. Sie hatte einen Dienst beauftragt, der die Pakete anlassbezogen packte, mit Milka-Schokolade, Kaffee, Kaugummi und Mon Chéri. »Ich denke oft an die Vorfreude, wenn in der Vorweihnachtszeit ein Päckchen kam. Mein Vater war konsequent und hat es immer bis Weihnachten zugelassen – erst dann wurde geöffnet.« Kennengelernt haben sie die Tante aus dem Westen nie. »Sie war schon älter, und bei den wenigen Gelegenheiten, zu denen mein Vater sie besuchen konnte, mussten wir anderen als Sicherheit in der DDR bleiben, damit er auch wieder zurückkam.« Immerhin konnte der Vater, wenn es vorher gelang, genug Westgeld zu tauschen, Originalschallplatten aus München mitbringen, einmal sogar ein Kassettendeck. Er war überglücklich. Dass er später selbst versuchen würde, der Tonspur nach München zu folgen, konnte er damals nicht einmal ahnen.

In der DDR waren Einkäufe aller Art eine logistische Meisterleistung, die die ganze Familie forderte: »Freitags, wenn fürs Wochenende eingekauft wurde, haben wir drei Geschwister uns alle abwechselnd am Wurststand angestellt. Mehr als eine Sorte gab es von kaum einem Produkt, alles wurde in grauem hässlichen Papier eingepackt – und obwohl am Kopf der Schlange nichts Besonderes wartete, waren die Schlangen unvorstellbar lang. Wir Kinder wechselten uns im 45-Minuten-Takt ab, zwei konnten spielen, einer musste stehen. Und nach etwa drei Stunden hatten wir unsere Wurst, während die Eltern anderswo anstanden.«

Verkäuferinnen, KFZ-Mechaniker und Kellner zählten zu den angesehensten Berufen. »Ohne Beziehungen bekam man keinen Tisch im Lokal, kein ausgefallenes Produkt und erst recht keine Ersatzteile fürs Auto.« Es flossen Schmiergelder und liefen Tauschgeschäfte. »Man musste Beziehungen haben, sonst kam man zu gar nichts.«

»Ham wa nich«, lautete die häufigste Antwort, wenn er in Kaufhäusern nach bestimmten Waren fragte, die auf seiner Einkaufsliste standen. Schnell verstand er den Witz, den die Erwachsenen regelmäßig erzählten: »Fragt einer im Kaufhaus: ›Haben Sie Bettwäsche?‹ Und bekommt die Antwort: ›Wir haben keine Handtücher, keine Bettwäsche gibt es nebenan.‹«

Viel wichtiger, als Karriere zu machen und Geld zu verdienen, war es, die richtigen Beziehungen zu Verkäuferinnen, Geschäften und Menschen zu haben, die vielleicht etwas tauschen wollten: »Man hat nicht so diszipliniert gearbeitet wie hier, denn man wusste ja, dass man ganz wenig für sein Geld bekommt – im Inland gab es nichts, und im Ausland war das Geld nichts wert. Da hat man sich irgendwann auch gesagt: ›Dafür mach ich mich nicht tot.‹«

Umso wichtiger war es, zur richtigen Zeit am richtigen Ort zu sein. »Als ich etwas älter war, bin ich mit Freunden immer gleich um neun, wenn das Centrum-Warenhaus öffnete, die vier Stockwerke hoch in die Schallplattenabteilung gelaufen, um zu sehen, ob es neue Platten gab. Meistens gab es keine, dann sind wir sofort wieder raus, aber wenn doch, dann musste man schnell sein, denn binnen weniger Minuten konnten alle guten Sachen weg sein.« Auf diese Weise ergatterte er einige Platten des DDR-Labels AMIGA, das etwa Elvis, das Electric Light Orchestra oder BAP in Originallizenzen vertrieb.

Das Prinzip kannte er von Kindheit an: »An einer Schlange hat man sich am besten erst mal angestellt, auch wenn noch nicht absehbar war, was es vorne gibt. Sobald wir einen Platz sicher hatten, ist einer von uns zum Kopfende und hat nachgeschaut, ob es sich lohnt. Immer erst mal anstellen, das war wichtig.«

Als später zusätzlich ein großes Intershop-Kaufhaus in Erfurt eröffnet wurde, rätselten die Menschen lange, was in die fünfte Etage kommen sollte: »Es kursierte ein Witz: Man sagte, da käme ein Augenarzt rein. ›Der setzt den Leuten die Augen dann wieder ein, die ihnen rausgefallen sind, während sie durch die ersten vier Etagen des neuen Kaufhauses gingen.‹«

Irgendwann in dieser Zeit musste es dann angefangen haben: Die kindliche Begeisterung an den Einkaufsnachmittagen verflog, und er, der Pubertierende, der Sechstklässler, empfand sie als läs-

tige Pflichtübung, die ihn vom gefühlt Eigentlichen abhielt. Was war das, das Eigentliche? Seine Eltern sahen ihn immer weniger, seit er während der Wochenenden und an langen Abenden in seinem Zimmer abtauchte, um zu basteln. Wann immer sie zum Essen riefen: Er saß am Schreibtisch.
Der bastelt immer noch.
Was spielerisch begann, schien zur Obsession zu werden. Er sammelte Draht, den er zu Spulen wickeln konnte, brauchte Wachs und Motoröl. Hob auf, was irgendwann vielleicht ein gutes Gehäuse abgeben könnte. *Radiobasteln leicht gemacht* wurde zur täglichen Lektüre. Und die Obsession zur Profession: »Radiotechnik hat mich von Kindheit an fasziniert. Die Radiowellen waren unsichtbar, sie konnten Grenzen überwinden und waren der einzige Weg, an Informationen aus dem Westen ranzukommen. Bücher, Zeitschriften, Magazine, das gab es ja nicht. Wie funktionierte Radio?«
Die Frage ließ ihn nicht los, weil dahinter eine zweite, größere stand: *Kann man das selber machen?*

17 – *These Boots Are Made For Walking*

▸ **SOPRON, UNGARN, GRENZGEBIET** | **17./18. AUGUST 1989**

So könnte man Abschied nehmen, wenn man längst Abschied genommen hat: Vier volle Tage hat er inzwischen seine Runden um Sopron gedreht und vor allem den Nordwesten des Orts erkundet. Jede Nacht ist er ins Zelt zurückgekehrt, wo ihn nur sein Gepäck erwartete, das Buch, einige wenige persönliche Dinge. Woran merkt man, dass man bereit zum Absprung ist? Wie nimmt man Abschied, wenn einem jedes Gegenüber fehlt?

Am Abend des 17. August entschließt er sich aufzubrechen. Packt die drei letzten Saftpäckchen und eine zweite Garderobe in eine Umhängetasche. Im Brustbeutel verstaut er Ausweis und Bargeld.

Während er die schweren Bergstiefel schnürt, fällt ihm die Zeile aus Nancy Sinatras Song ein: »Are you ready, boots?« Er lächelt und schlägt die fertig geknoteten Schuhe aneinander: »Start walkin'!«

Das kleine Transistorradio, den Führerschein, etliche Kleidungsstücke, Urlaubsmitbringsel, die Kraxe und das Zelt lässt er zurück. Im Zelt auch: das Buch. Das letzte, das ihm geblieben ist aus den mühsam gefüllten Regalen.« *Eine kleine Bibliothek hatte sich in den Jahren seit der Schule angehäuft, Bilder und Andenken; ... man konnte diese willkommene Last schließlich nicht ständig in Koffern durch die Welt schleppen.*« (WVG, 189) Im Schmerz, *Die Welt von Gestern* zurückzulassen, steckt der größere Schmerz um all die Bücher, Platten und Kassetten, die er in Erfurt bereits zurückgelassen hat. Sein Leben. Jetzt trägt er es nur noch im Kopf. Er verschließt das Zelt gewissenhaft, was ihn irritiert – und doch wüsste er nicht, wie er sonst abschließen sollte mit seinem Zwischenreich.

Aus einigen Schritten Abstand dreht er sich um. Kurz genug, um keinen Verdacht zu erwecken. Lang genug, um einen kurzen Augenblick die Wucht aller bisherigen Abschiede potenziert zu spüren. Er denkt an den Abschied von Ole, Rainer und Marc auf dem Bahnhof von Varna, an den Abschied von seinen Eltern, bevor er zur Reise aufbrach. An den Abschied von achtzehn langen Monaten NVA, bei dem die Wut jedes andere Gefühl überdeckte. An den Abschied in Thalheim, als seine Eltern ihn im Kindersanatorium zurücklassen mussten. Empfindungen überlagern sich und reichen doch nicht aus, um dem, was dieser Abschied ihm abverlangt, ein Gegengewicht entgegenzusetzen. Ein weiterer Abschied fällt ihm ein, einer, der ihm vorenthalten wurde und der gerade deswegen so weh getan hat. Der Tag, an dem ihr Platz im Klassenzimmer leer geblieben ist. Für immer. Ihre Eltern hatten einen Ausreiseantrag gestellt, der nach jahrelangem Warten genehmigt worden war. Wie meistens hieß es daraufhin, über Nacht die DDR zu verlassen. Lange hat es ihn beschäftigt, dass er sich nicht verabschieden konnte. Wie ging es ihr? Wie viel musste sie zurücklassen? Mit einem Koffer ihr neues Leben beginnen? Mit zwei oder dreien? Was war ihr stabiler Punkt, »*von dem aus man wandert, und zu dem man immer wieder zurückkehrt*«, und was wird seiner sein? Wem wird der leere Platz auffallen, den er zurücklassen wird? Er schiebt die Fragen weg. Zu groß. Und zwecklos.

Fernglas und Taschenlampe wie Waffen am Körper versteckt marschiert er los. Es ist schon dunkel genug, dass die Hunde nicht mehr im Einsatz sein dürften, aber noch hell genug, um die etwa dreißig Zentimeter über dem Boden gespannten Drähte zu entdecken, die Leuchtraketen auslösen und auf unerlaubte Grenzübertritte aufmerksam machen.

Von dem Zeitpunkt an, als er die Straße verlässt, gibt es keine Wege mehr, die ihn tragen. Wiesen, dann Wald, dann dichtes Unterholz, das sich mehr und mehr zu einem dichten Gestrüpp verwächst, das es zu durchdringen gilt. Manche der Zweige, die er zur Seite biegt, während er sich Schritt für Schritt weiterarbeitet, schnellen zurück. Der Schmerz fühlt sich scharf an; er wird Striemen auf Stirn und Wangen davontragen. Den Zaun aus Maschendraht und die Schilder, die er bei Tag durch das Fernglas ausgemacht hatte, kann er in der Dämmerung nicht einmal erahnen. Sein Gegner scheint nicht die Grenze, sondern die Natur.

Dann steht er schneller als erwartet vor einer mehr als drei Meter hohen Wand aus Maschendraht, die in der Dunkelheit erst in letzter Sekunde zu erkennen war. Dahinter lässt sich eine Schneise erahnen, dreieinhalb bis vier Meter breit. Dort patrouillieren sie. In einiger Entfernung, aber noch in Sichtweite, steht ein Wachhaus.

Er sinkt zu Boden, trinkt einen Schluck Saft, überlegt. Sein Herz rast. Soll er abbrechen? Er beobachtet die Schneise, lange. Sie scheint nicht besetzt. Das Wachhaus ist weit genug entfernt, die Dämmerung fortgeschritten genug, um ihn zu verbergen, falls es ihm gelingen sollte, den Zaun zu überwinden. Sein schweißnasser Körper erholt sich, das dichte Gestrüpp, das ihn umgibt, schützt ihn vor der gnadenlosen Hitze des Augusts.

Plötzlich scheint machbar, was eben noch undenkbar schien.

Er knöpft die Jeansjacke weiter zu, bis zum alleroberen Knopf. Die Umhängetasche trägt er schräg über Brust und Rücken, zieht den Tragegurt so eng wie möglich. Fernglas und Kompass sind sicher verstaut. Dann zieht er die Handschuhe an und macht einen ersten Schritt auf den Zaun zu. »Well, these boots are made for walking, and that's just what they'll do. One of these days these boots are gonna walk all over you.«

Mit dem schweren Handschuh greift er in den Draht. Seltsam fühlt sich das an, als wäre es nicht er, der handelt. Zum Denken bleibt keine Zeit. Er greift mit dem zweiten Arm ein Stück höher und drückt sich mit dem Fuß nach oben ab. Es funktioniert. Es gelingt ihm tatsächlich, den Zaun zu übersteigen, obwohl der sich am oberen Ende in zwei Zäune aufzuspalten scheint, beide mit Stacheldraht umwickelt, jeweils auf ihre Seite der Grenze geneigt. Woher kommt diese Kraft? Auf der anderen Seite finden die Handschuhhände nur anfangs Halt, dann rutscht er ab. Fast erleichtert ist er, als er sich mit den Händen am Boden abfängt. Flink springt er auf. Der unfreiwillig schnelle Abstieg auf der anderen Seite hat ihm jeden Zweifel genommen: Jetzt gibt es kein Zurück mehr.

Er sieht sich um. Die Schneise, die menschenleer vor ihm liegt, ist plötzlich von grellen Scheinwerfern ausgeleuchtet. Er kauert sich zurück ins Gebüsch; der Zaun ist auf dieser Seite dicht bewachsen. Das Licht löst Panik aus und nimmt ihm jedes Zeitgefühl. Wie lange bleibt er in der Hocke und lässt den Blick die Schneise entlanggleiten, hin und her? Minuten? Stunden? Gebannt fixiert er den Turm. Stiert auf die kleinen Sichtluken und wartet, ob irgendeine Bewegung, die Reflexion eines Fernglases oder was auch immer ihm verrät, ob der Turm besetzt ist oder nicht. Nichts bewegt sich, aber das muss nicht heißen, dass dort niemand ist, der ihn beim Überqueren der Schneise entdeckt, ihn auffordert, sofort stehen zu bleiben, vielleicht sogar ohne Vorwarnung schießt. Angespannt überquert er die menschenleere Schneise, die Knie so weich, dass seine Beine immer wieder nachzugeben scheinen, den Blick konzentriert auf den Boden gerichtet. Dann legt er die Hände an den zweiten Zaun und überklettert auch ihn. Soll sie das gewesen sein, die Grenze? Von seinen Touren wusste er, dass sie in Wellenlinien verlief, dass hohem Maschendraht nach einer einsehbaren Schneise wieder hoher Maschendraht folgte.

Aber dann? Er bleibt einige Zeit gebückt in der Hocke sitzen und atmet tief durch.

18 – Portable Radio

◂◂ ERFURT | 1974–1978

Nach der dritten Klasse konnte er endlich an die 40. Polytechnische Oberschule im Viertel wechseln. Nur noch ein paar Schritte waren es jetzt zur Schule. Er sieht sie vom Fenster aus: zuerst die Kaufhalle, davor der Springbrunnen mit den zwölf Figuren, links von der Kaufhalle die Schwimmhalle, rechts das Ambulatorium mit Apotheke, dann die Schülergaststätte und dahinter die Schule. Die Welt der Schule rückte näher an seinen persönlichen Alltag heran und ließ ihm doch mehr Freiheiten. Mittags konnte er ab jetzt mit der Familie zu Hause essen, die Schulfreunde waren zugleich die Spielkameraden der Nachmittage und Abende, und der Schulweg, der zur Sprachheilschule jedes Mal Überwindung kostete, verlor seinen Schrecken. Der Wechsel zwischen den Welten war leichter geworden und vollzog sich oft mehrmals am Tag. Nur so wurden die Schultage erträglich, die ihm, dem Träumer und Bastler, oft wie ein einziges Warten auf die Nachmittage und Abende an der Werkbank im Kinderzimmer schienen.

    Die verordnete Sprache der Diktatur machte die Sätze zu leeren Labyrinthen. Später wird ihm sein Lebensbuch die Augen dafür öffnen, dass auch die Grenzen der Lehrerinnen und Lehrer eng gesteckt waren. »*Auch unsere Lehrer hatten an der Trostlosigkeit jenes Betriebes keine Schuld. Sie waren weder gut noch böse, keine Tyrannen und andererseits keine hilfreichen Kameraden, sondern arme Teufel, die sklavisch an das Schema, an den behördlich vorgeschriebenen Lehrplan gebunden, ihr ›Pensum‹ zu erledigen hatten wie wir das unsere ...*« (WVG, 48)

Ihm blieb der Eindruck, dass die Kinder den Lehrern nicht als Individuen erkennbar waren, sondern als uniformiertes Meer aus blauen Hemden und Halstüchern, die in den Farben der FDJ zu erscheinen hatten. »Wehe, du hast dein Hemd nicht getragen, dann konntest du dir was anhören, obwohl die uniformierte Kleidung für diese Nachmittage im Klassenzimmer eigentlich gar keinen Sinn hatte. Das war stinklangweilig. Jemand las etwas über die Taten der Partei, ein anderer musste erklären, was er letzte Woche gemacht hat. Und alle wären lieber anderswo gewesen.«

Die tintenblaue Spur im Zeugnisheft setzte sich ungebrochen fort, Beschreibungen seiner Persönlichkeit, die mit seinen schulischen Leistungen meist wenig zu tun hatten. »Er lässt sich sehr leicht beeinflussen, deshalb sollte er bei der Auswahl seiner Freunde kritischer sein«, heißt es am Ende des Schuljahres 1975/76 im Zeugnis der fünften Klasse. »Für die Pionierarbeit muß er mehr Einsatzbereitschaft zeigen.« Im Zeugnis der sechsten Klasse erntet er zwar großes Lob für schulische Verbesserungen, verärgert seine Lehrerin aber durch Beratungsresistenz: »Auf Kritik reagiert Olaf noch ungehalten und disziplinlos. Bei den Pioniernachmittagen muß er regelmäßig anwesend sein.« Zeit schien dem Zwölfjährigen immer noch viel zu kostbar, um sie bei Pioniernachmittagen zu verbringen; zu Hause warteten die Elektronikbasteleien. Immerhin zahlen sich die übernommenen Reinigungsarbeiten in der Schule aus: »Olaf ist bei der Reinigung der Schule verläßlich, aber die Pionierzirkel der Klasse besucht er unregelmäßig.«

Die Regeln des Doppelspiels hatte er erst in der achten Klasse ganz begriffen: Wenn er später professionell in der Radiotechnik arbeiten wollte, brauchte er einen guten Schulabschluss.«Und den gab es nicht, wenn der Physiklehrer zufrieden war, weil man auch in der Freizeit bastelte, sondern nur, wenn man auch den politischen Kram auf die Reihe bekam.« Im Zeugnis der achten Klasse las sich das dann so:»In seiner außerschulischen Tätigkeit drückt sich seine positive Arbeitseinstellung aus. Die Jugendstunden besucht Olaf regelmäßig mit Interesse.« *Pionierehrenwort!*

Am Ende des Schuljahres 1979/80 schließlich attestierte die Lehrerin dem Neuntklässler:»Im Klassenkollektiv hat sich Olaf einen festen Platz gesichert; durch seine ruhige und ausgeglichene Art gab er auch den Lehrern nie zu Tadel Anlaß.« Zufrieden mit ihm waren sie erst, als er aufhörte, ehrlich zu sein, und das Doppelspiel mitspielte. In Wirklichkeit wuchs der Abstand zum Regime. Mit denen hatte er nichts zu tun. Entsprechend wenig persönliche Erinnerungen blieben an die Schulzeit. *»Nichts ist mir charakteristischer für die totale Zusammenhanglosigkeit, die geistig und seelisch zwischen uns und unseren Lehrern bestand, als daß ich alle ihre Namen und Gesichter vergessen habe.«* (WVG, 49)

Im Gedächtnis blieb ihm sein Physiklehrer, der als Einziger von seinen Basteleien begeistert war und dem er einen Versuch aufbauen half, der die Eigenschaften elektromagnetischer Wellen anschaulich machte. Andere waren gebrochene Persönlichkeiten, ein Geografielehrer etwa, der vom Militär entlassen worden war und als Lehrer mit seinem Kasernenton völlig ungeeignet war. Mehr als an Lehrerpersönlichkeiten erinnert er sich bis heute an die Schulgebäude.»Die Turnhalle war damals auf dem absolut neuesten Stand. Uns wurde immer wieder gepredigt, was für ein Glück es sei, dass wir in einer solchen Halle trainieren können, und dass der Staat dafür viel Geld ausgegeben habe. Sie war sogar für Fernsehübertragungen eingerichtet. Umso erstaunter war ich, als ich nach der Wende erfuhr, dass sie wegen großer baulicher Mängel abgerissen werden musste.«

Und wozu all die Nachmittage bei der FDJ? Er spürte, natürlich, die damit verbundene Ideologisierung, der er sich manchmal entzog, aber sicher nicht immer entziehen konnte. Mehr noch diente die Nachmittage füllende Beschäftigung aber einer umfassenden sozialen Kontrolle.

»*Die Welt vor uns oder über uns, die alle ihre Gedanken einzig auf den Fetisch der Sicherheit einstellte, liebte die Jugend nicht oder vielmehr: sie hatte ein ständiges Mißtrauen gegen sie.*« (WVG, 50)

»In meiner ganzen Schulklasse gab es niemanden, der bei der FDJ mit Herzblut mitgezogen hätte. Die meisten waren Mitläufer wie ich, der ich zwar öfter anwesend war, aber versuchte, mich weitgehend zurückzuhalten. Weswegen sich auch die Bemerkungen in den Zeugnissen häuften: ›Fachlich gut, aber tritt politisch zu wenig in Erscheinung‹.« Schon im Schulalter merkten die Jugendlichen, wo die unsichtbaren Schlingen des Staates ausgelegt waren und wo man gegen gläserne Wände lief: »Eine Schulfreundin von mir machte einige Zeit Segelflug; das durfte sie nicht mehr machen, als herauskam, dass sie Westverwandtschaft hatte – da war sie höchstens fünfzehn.« Ein seltsames Gefühl, noch im Kindes- und Jugendalter zu merken: *Dieser Staat hat Angst vor uns. Angst, dass wir alles, was wir lernen, gegen ihn verwenden könnten. Deshalb schränkt er uns ein.*

Der Mechanismus greift früh auch in umgekehrter Richtung: »Am Anfang der POS-Zeit hatte ich einen Freund, mit dem ich mich sehr gut verstanden habe, bei dem ich aber irgendwann gemerkt habe, dass die Eltern bei der Stasi waren. Obwohl ich da noch relativ unpolitisch war, wusste ich, dass das gefährlich werden konnte. Es ist mir schwergefallen, aber ich habe nach und nach Vorwände gefunden, den Kontakt ganz abzubrechen.« Liest man seine Zeugnisse gegen den Strich, klingt an, dass er eigentlich schon früh genau das tut, was sie ihm empfehlen: Er sucht seine Freunde kritisch aus. Gleich neben der POS stand eine »Russischschule« für die Kaderausbildung, benannt nach A. S. Makarenko, einem sowjetischen Pädagogen und Schriftsteller, die sie nur »Leninschule« nannten; zu den Jugendlichen dort knüpfte er vorsichtshalber erst gar keine engeren Bande.

»Von uns hat keiner Abitur gemacht, einfach, weil es nicht üblich war; anders als heute, wo es jeder macht, der es von den Leistungen her auch nur irgendwie hinkriegen kann. In der DDR war das anders: Dort haben ganz, ganz wenige Abitur gemacht. Um infrage zu kommen, mussten nicht nur die schulischen, sondern vor allem auch die politischen Voraussetzungen gegeben sein. Wenn die Eltern in der Partei waren, hat es geklappt. Selbst wenn das Kind nachweislich hochbegabt war, musste das Elternhaus politisch auf Linie sein oder durfte sich zumindest nicht gegenteilig engagieren.« Auf den »Russischschulen« machte ein Großteil Abitur – etwa die Hälfte der Schülerinnen und Schüler.

Eine Russischschule war eine Polytechnische Oberschule (POS) oder Erweiterte Oberschule (EOS), an der ein Schwerpunkt auf russischem Sprachunterricht lag. Der Lehrplan entsprach wahlweise dem einer POS oder EOS; die Noten wurden allerdings eine Notenstufe strenger vergeben. An einer normalen POS oder EOS lag der Anteil derer, die Abitur machten, bei etwa fünf Prozent. Russischschulen galten als Spezialschulen und gehörten zu den Einrichtungen der Begabtenförderung der DDR. Kaderkinder, deren Eltern in der SED einflussreich und engagiert waren, hatten ungleich größere Chancen.

Die Partei war das Zentrum von allem, das lernte er früh. »Wer Karriere machen wollte, der musste in der Partei sein.« Und zur Not auch gegen seine Überzeugungen handeln. Freundschaften mit Leuten von der Leninschule wären kompliziert geworden. Er hielt sich zurück. »Dazu kam auch, dass meine Eltern nicht unbedingt wollten, dass ich an die Uni gehe. Sie wollten, dass ich einen soliden Beruf ergreife.«

Wo andere Jugendliche lange nach der einen Sache suchen, die sie so interessiert und fesselt, dass sie einen Beruf daraus machen wollen, ist es bei ihm vom ersten Moment an klar: »Elektronik, Akustik und Musik – das faszinierte mich!« Mit dem ersten Baukasten, den er geschenkt bekam, legte er los und las sich über das schulische Wissen hinaus Kenntnisse an.

Anfangs gemeinsam mit seinem Vater, später allein, baute er Dinge, die anders nicht zu haben waren: eine Lichtorgel, mehrere Sender, besagten Türgong und andere Kleinigkeiten für den Alltag. Sein Großprojekt aber wurden die Sender. Während der Jahre an der POS perfektionierte er die Geräte immer weiter. »Es machte riesigen Spaß, die Zusammenhänge nach und nach zu erschließen.« In der fünften und sechsten Klasse kaufte er zwei Kurzwellenradios, das brachte ihn auf die entscheidende Idee: »Mit dem Hören kam der Wunsch, selbst einen Sender zu betreiben. Das musste doch gehen!«

Nach mehreren provisorischen Versuchsaufbauten kam der Durchbruch: Er schaffte es, zwei UKW-Sender zu bauen, über die zwei Personen über eine Entfernung von ein bis zwei Kilometern im Wechsel miteinander sprechen konnten. »Einen der beiden Sender baute ich so, dass es möglich war, über ein Diodenkabel Musik von einem Kassettenrekorder direkt über den Sender zu senden. Dieser Sender verfügt über ein Potenziometer, das ist ein Regler, der es ermöglicht, die optimale Lautstärke am Sender einzustellen.«

Die beiden Sender hatten jeweils drei Transistoren. Der erste Transistor war ein sogenannter Niederfrequenztransistor, der das gesprochene Wort vom Mikrofon oder die Musik vom Kassettenrekorder verstärkte. Der zweite war ein Hochfrequenztransistor, der mithilfe eines Schwingkreises eine hochfrequente Schwingung erzeugte, die in einem Frequenzbereich lag, der mit herkömmlichen UKW-Radios empfangen werden konnte. Gleichzeitig wirkte dieser zweite Transistor als Modulator, das heißt, er verknüpfte die Niederfrequenzschwingung, also Sprache oder Musik, mit der erzeugten Hochfrequenz.

»Bei dieser Verknüpfung der beiden Signale, die man auch Modulation nennt, handelt es sich um Frequenzmodulation (FM), wie sie im UKW-Bereich üblich ist. Das bedeutet, die Frequenz ändert sich geringfügig im Takt der Musik. Dadurch wird die drahtlose Übertragung der Sprache und Musik erst möglich.«

Der dritte Transistor verstärkte das Signal des zweiten Transistors, das dann über eine Antenne ausgestrahlt wurde. »Die Sendefrequenz (MHZ) konnte man verändern, indem man die Spule des Schwingkreises des ersten Hochfrequenztransistors, der die Frequenz erzeugte, zusammendrückte oder auseinanderzog.«

Um die Sender zu bauen, brauchte er nicht nur technisches Wissen, sondern auch den nötigen Spürsinn, um die einzelnen Bauteile zu organisieren. Als Mikrofone verwendete er die Kapseln ausgemusterter Hörgeräte, die er vom Vater einer Klassenkameradin bekam. Die Spulen der Schwingkreise wickelte er selbst. »Einen Teil der Spule fixierte ich mit Wachs, das half bei der Frequenzstabilisierung. In der Hauptsache stabilisierten Dioden die Spannung und hielten die Frequenz relativ konstant.«

Dass Sender und Sprechfunkgeräte in der DDR privat nicht benutzt werden durften, spielte für ihn keine Rolle. »*Von frühester Jugend an war nichts in mir stärker gewesen als der instinktive Wunsch, frei und unabhängig zu bleiben.*« (WVG, 369)

Die Freiheit, Unabhängigkeit und zugleich Macht eines unsichtbaren Sendesignals übten große Faszination auf ihn aus.

Was für ein Hochgefühl, in der achten Klasse zum ersten Mal ein selbst zusammengestelltes Programm aus Westmusik über den eigenen Sender zu schicken und zu wissen, dass viele Freunde im Rieth es hörten. Zur selben Zeit besucht er mit Mitschülerinnen und Mitschülern den in der Achten üblichen Tanzkurs und macht dabei zum ersten Mal eine Musikerfahrung, die weit über das hinausgeht, was er zu Hause an Radio und Plattenspieler erlebt: »Mull of Kintyre« von Paul McCartney and the Wings aus großen Boxen, von denen die Musik direkt in den Körper überzugehen scheint. Pochende Akustik. Sein ganzer Körper, Herzschlag, Puls, Atmung scheinen sich mit dem Takt der Musik zu synchronisieren.

Das ist es. Hier bin ich am Leben.

Auf der Tanzfläche fühlte er sich so viel lebendiger als bei all den blutleeren ritualisierten Diskussionen in der Schule, wo sich die Zeit zog wie das Wachs, das er vorsichtig auf ein Stück Pappe trop-

fen ließ, bevor er es in kleiner Menge dazu benutzte, die Spulen am Sender zu fixieren. Das schlimmste Ritual stand ihm ausgerechnet im selben Jahr 1978 bevor: die Jugendweihe. Seit Ende 1954 gab es die in der DDR. Damals waren alle Eltern und Erzieher von einem »Zentralen Ausschuss für Jugendweihe« nachdrücklich dazu aufgefordert worden, sie in ihren Familien und Einrichtungen einzuführen. Mit Erfolg. Kaum ein Jugendlicher konnte sich der Jugendweihe entziehen; von der Teilnahme hingen die späteren Bildungschancen maßgeblich ab. Schon wer eine höhere Schule besuchen wollte, kam nicht um sie herum. Mit der Jugendweihe wurde der kurz zuvor erfolgte Eintritt in die FDJ feierlich vollzogen. Jeder Wechsel der Jugendorganisationen wurde als neuer Lebensabschnitt inszeniert und gefeiert. Für ihn war jeder dieser verordneten Neuanfänge aber kein Beginn, sondern nur eine nächste Schublade, die man aufzog und in die er wieder nicht passte.

In dem Fall trug die Schublade die Aufschrift: Kreis der Erwachsenen. In den sollte aufgenommen werden, wer das staatlich organisierte, gegen die religiösen Traditionen Konfirmation und Firmung gerichtete Ritual absolvierte. Damit es nicht in Vergessenheit geriet, gab es das Jugendweihe-Gelöbnis als zweiseitige Urkunde zum Abheften mit nach Hause. Es war ein Fest der übervollen Mehrzweckhallen oder festlich geschmückten Theater und eines, das seinen bürokratischen Charakter trotz des feierlichen Gelöbnisses nie verlor. Zu viele vertraute und fremde Gesichter standen neben ihm auf der Bühne, als der Text verlesen wurde, dem sie in Schwüren strophenweise zustimmten.

Liebe junge Freunde!

Seid ihr bereit, als junge Bürger unsere Deutsche Demokratische Republik mit uns gemeinsam, getreu der Verfassung, für die große und die edle Sache des Sozialismus zu arbeiten und zu kämpfen und das revolutionäre Erbe des Volkes in Ehren zu halten, so antwortet:

Ja, das geloben wir!

Nahezu alle Vierzehnjährigen nahmen an der Jugendweihe teil. 1983 etwa waren es 98 Prozent. So groß der Anteil war, so unterschiedlich und oberflächlich war die Motivation der meisten, sich, wie es das Gelöbnis verlangte, zum Staat, zur Freundschaft mit der Sowjetunion und zum Kampf für den Frieden zu bekennen.

Seid ihr bereit, als treue Söhne und Töchter unseres Arbeiter-und-Bauern-Staates nach hoher Bildung und Kultur zu streben, Meister eures Fachs zu werden, unentwegt zu lernen und all euer Wissen und Können für die Verwirklichung unserer großen humanistischen Ideale einzusetzen, so antwortet:

Ja, das geloben wir!

Seine Blicke glitten unkonzentriert ins Publikum. *So viele Leute. Und alle so schick.*

Immerhin hatte die Vorbereitung auf die Jugendweihe ein wenig Schwung in das Programm der langen Gruppennachmittage gebracht. Statt über die Partei und das eigene Engagement für die Sache des Sozialismus zu reden, wurden jetzt in sogenannten Jugendstunden Betriebe besichtigt und der Tanzkurs absolviert.

Seid ihr bereit, als würdige Mitglieder der sozialistischen Gemeinschaft stets in kameradschaftlicher Zusammenarbeit, gegenseitiger Achtung und Hilfe zu handeln und euren Weg zum persönlichen Glück immer mit dem Kampf für das Glück des Volkes zu vereinen, so antwortet:

Ja, das geloben wir!

Auch die Discoatmosphäre, das Neonlicht und die DDR-Rockbands, die der DJ nach und nach auflegte, retteten die Feier nicht mehr. »Kaum jemand in meiner Clique kannte diese Bands, weil wir alle nur Westmusik hörten.«

Seid ihr bereit, als wahre Patrioten die feste Freundschaft mit der Sowjetunion weiter zu vertiefen, den Bruderbund mit den sozialistischen Ländern zu stärken, im Geiste des proletarischen Internationalismus zu kämpfen, den Frieden zu schützen und den Sozialismus gegen jeden imperialistischen Angriff zu verteidigen, so antwortet:

Ja, das geloben wir!

Wie lange das wohl gedauert hat? Die Jugendweihe liegt für ihn unter einem dunklen Schleier; nur an eines erinnert er sich überdeutlich: »Alle Jahrgänge vor uns bekamen zur Jugendweihe das Buch *Weltall Erde Mensch* geschenkt, das kannte ich von Älteren. Ein spannendes und interessantes Buch, auf den Moment der Übergabe freute ich mich richtig und war perplex, als man mir, als ich an der Reihe war, ein ganz anderes Buch in die Hand drückte: *Sozialismus – Meine Welt*. Das konnte nicht wahr sein!« Dafür der feierliche Rahmen, dafür Sakko und Stoffhose?! Er konnte es kaum erwarten, bis der Festakt zu Ende ging und man zu Hause in ungezwungenerem Rahmen weiterfeiern konnte.

Wir haben euer Gelöbnis vernommen. Ihr habt euch ein hohes und edles Ziel gesetzt. Feierlich nehmen wir euch auf in die große Gemeinschaft des werktätigen Volkes, das unter Führung der Arbeiterklasse und ihrer revolutionären Partei, einig im Willen und im Handeln, die entwickelte sozialistische Gesellschaft in der Deutschen Demokratischen Republik errichtet.

»Ich weiß kaum mehr etwas von diesem Nachmittag, und was ich weiß, weiß ich aus den Geschichten anderer. Das Gedächtnis speichert das, was wichtig ist – das war für mich eine von vielen Veranstaltungen, die zu absolvieren war, nicht mehr.«

Wir übertragen euch eine hohe Verantwortung. Jederzeit werden wir euch mit Rat und Tat helfen, die sozialistische Zukunft schöpferisch zu gestalten.

Die Augen wanderten zur Decke. Zu Hause wartete ein großes Paket, und er hatte schon eine Ahnung, um was es sich handelte: den ersten eigenen Kassettenrekorder, der nicht nur abspielen, sondern auch aufnehmen konnte. »Der war natürlich nur mono, nicht stereo. Der Klang war nicht zu vergleichen mit westlichen Stereorekordern, aber man konnte damit Musik aufnehmen. Es war mein erstes eigenes Gerät, darüber freute ich mich riesig! Alles andere hatte ich bisher immer von meinen Eltern geliehen.« Mit dem Kassettenrekorder, den er zur Jugendweihe bekam, konnte er jetzt die Musik aufzeichnen, die er auf dem Mono-Röhrenradio hörte, und eine Sammlung von Westmusik anlegen, mit der er die Programme seines eigenen Senders bestreiten würde.

Die Titel verzeichnete er Kassette für Kassette auf Listen, die er mit Füller auf kariertem Papier handschriftlich führte. Sorgfältig sind jeweils auch die Westsender und Sendungen verzeichnet, von denen er die Lieder aufgenommen hatte. Der Verschriftlichung der englischen Songtitel merkt man an, dass ihm nichts vorlag, wovon er die Titel hätte abschreiben können.

»Auf der Basis meiner Songauswahl habe ich dann Hitparaden gemacht. Ich habe unter den Jugendlichen meiner Klasse und anderen, die ich im Rieth kannte, Zettel verteilt, auf die sie ihre Lieblingstitel notieren und unter einer Auswahl von Titeln Stimmen vergeben konnten. Die Songs, die die meisten Stimmen bekamen, wurden dann in aufsteigender Reihenfolge gespielt, der Nummereins-Hit zum Schluss.« Seine Moderationen sprach er ins Mikrofon, über seinen Kassettenrekorder von der Jugendweihe lief die Musik. »Und jeder, dem ich die Frequenz verraten habe, konnte in dem kleinen Sendegebiet mithören. Das war gigantisch!«

Und natürlich verboten, denn prinzipiell hätte man mit einem solchen Sender auch »antikommunistische Hetze« verbreiten können – von der illegal genutzten Westmusik ganz abgesehen. »Wenn es jemand mitbekommen hätte, hätte es bestimmt Ärger gegeben.« Er hatte Glück oder war einfach noch jung genug, dass alle Erwachsenen es für eine harmlose Spielerei hielten. »Ich habe Sendung für Sendung sowohl an den Geräten als auch am Programm weitergearbeitet und meine Freunde gefragt, wie sie's fanden und wie der Empfang war. So konnte ich Musik und Technik verbinden.« Im Rückblick erscheint ihm das als der Moment in seinem Leben, in dem er merkte, dass er beides braucht, um ein ganzer Mensch zu sein. »Nächtelang habe ich an den Sendern gebastelt und in der achten Klasse viele schlechte Zensuren dafür in Kauf genommen. Ich wollte löten, experimentieren und ausprobieren und fühlte mich im Kinderzimmer und der Werkstatt meines Vaters wie im Labor. Damals hab ich mich immer als Wissenschaftler gesehen, der den ganzen Tag im Labor verbringen konnte. So stellte ich mir meine Zukunft vor, das wollte ich werden.«

»Portable Radio« von Clout war eine der Hymnen, die er über den Sender schickte. Was die Erwachsenen, die seine Basteleien nur aus dem Augenwinkel beobachteten, verkannten, war die Dynamik, die das Radio mit sich brachte, indem es das Lebensgefühl von Rock, Pop und Jazz ins Land transportierte. Eine einzelne Liedzeile von Clout brachte es auf den Punkt und ging ihm immer wieder unter die Haut: »There's a power in a million stations you can't ignore.« Radios konnten winzig sein, tragbar und mobil – »made for lying on the beach or dancin' in the streets« – und transportierten aktuellste Informationen (keine Zeitung konnte mit ihnen konkurrieren) und Lebensgefühl via Musik. »Portable radio – turn up the power all night.« Jede durchgebastelte Nacht war es ihm wert.

Als die Sender erst einmal funktionierten, verschob sich der Schwerpunkt Richtung Programm – und damit zum Ausbau der Musiksammlung. Immer neue Titel und Musiksendungen lernte er in langen Nächten kennen und tauschte Aufnahmen mit anderen Musikfreaks aus der Klasse. Obwohl er noch keinen eigenen Plattenspieler hatte, kam schnell der Wunsch, die schönsten Titel auch auf Originalschallplatte zu besitzen. Er begann zu sammeln und nutzte auch die Ungarn-Urlaube mit der Familie (und später Freunden) für seine Fischzüge. »Für manches habe ich mich total verausgabt und verschuldet, weil ich es einfach haben musste. Suzanne Vegas ›Luka‹ ist so ein Beispiel, daran konnte ich nicht vorbei. Ihre Songs kannte ich aus dem Radio. Bevor ich so eine Platte in Ungarn stehen ließ, habe ich lieber den ganzen Urlaub am Essen gespart. Es hat Jahre gedauert, bis ich die Platte dann auf einem eigenen Plattenspieler hören konnte. Gehört habe ich weiterhin nur auf Kassetten, auch Suzanne Vega.«

Die ersten Kassetten, mit denen er aufzeichnete, hatten zweimal 45 Minuten Laufzeit und waren von relativ einfacher Machart – gut genug jedenfalls für sein Monogerät von der Jugendweihe. »Dann waren irgendwann Chromdioxid-Kassetten in der DDR erhältlich, die auch die hohen Töne gut aufgezeichnet haben. Das war ein toller Klang, von dem ich aber nur über den Stereo-Kassettenre-

Cassette 29 Seite 1   ∞ Chr

- Kraftwerk • Model 036,5 ⎱ am 8.3.84 von Olaf
- Flok of Siegel • Wisching 081 ⎰ Rekov überspielt
- Rod Stewart • What I am gou nado 130 (Platte)
- Mike Bet • love makes you grazy 173
- Audrey Landers • Manuel goodbye 220 (Platte)
- Nickerbocker + Biene • Hallo Klaus 273,5
- Mike Oldfield + Maggie Whrily • Moonlight shodow 329

Seite 2

- Depeche Mode • every think count's 039,5
- Air Supply • Making love out of nothing at all 070
- David Bowie • modern love 113
- Kanu • another live 158,5
- Frank Stallone • far from over 200
- Masquorate • garden in angel 259,5
- Elefant • I don't wonna loose you now 314
- Rod Stewart • sweet surrender 384,5 (Platte)

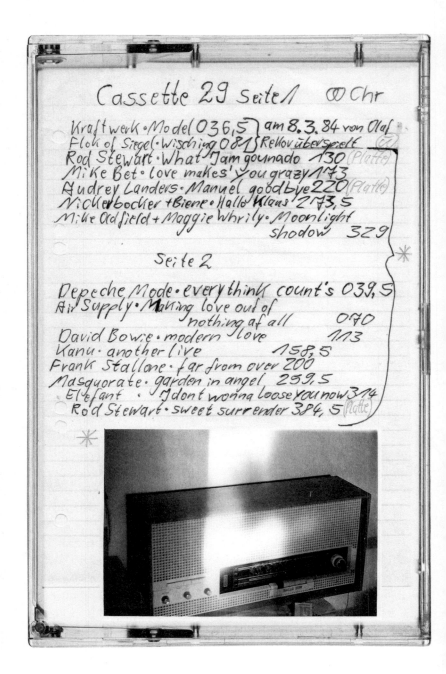

korder meiner Eltern etwas hatte. In der Schule war ich trotzdem ein Held, als ich erzählte, dass wir zu Hause ein Stereogerät hatten, wollten viele kommen und mithören.«

Mulmig wurde ihm allerdings, als er hörte, wie die Eltern den Kassettenrekorder finanziert hatten. »Ohne dass ich davon wusste, haben sie einen Säbel meines Urgroßvaters verkauft, den er als Hofkapellmeister am Hof von Kaiser Wilhelm verliehen bekommen hatte. Er hat komponiert und bekam den mit Edelsteinen besetzten Säbel bei einer festlichen Gelegenheit für seine Kompositionen verliehen. Mein Vater hat ihn vertingelt, um damit den Stereorekorder zu finanzieren – ein Gerät aus dem Westen. Für mich war das ein echtes Dilemma: Obwohl ich selbst den Rekorder über alles liebte und von ihm profitiert habe, passte das für mich nicht zusammen.«

Die Welt seines Urgroßvaters ist für den Vierzehnjährigen weit weg, trotzdem fühlt er sich ihm nah. »Er war Musiker und – ebenso wie mein Großvater, den ich auch nicht mehr bewusst erlebt habe – sehr an den Künsten interessiert. Unter meinen Eltern und Geschwistern gab es niemanden, der diese Leidenschaft mit mir teilte.« Ludwig Hintze hatte vor allem Märsche komponiert, darunter einen für den Krieg gegen Frankreich 1871. Einige Partituren mit prächtig gestalteten Titelblättern kannte er schon als Kind, ebenso die Sammlung von Grammofonplatten des Urgroßvaters. *Das hätte dem Opa auch gefallen.* Oder: *Du bist ja wie der Opa.* Solche Sätze fielen öfter, wenn seine Eltern, die selbst ganz andere Interessen hatten, sich wunderten, wie viel Zeit er auf den technischen Feinschliff seiner beiden Sender verwendete. Ähnlich reagierten sie später auf seine Wagner-Leidenschaft.

1906 hatte Ludwig Hintze das Haus der Familie am Stadtrand von Erfurt gebaut, wo damals viele solche »Gründerzeithäuser« entstanden. Heute liegt es nur wenige Gehminuten von der Altstadt entfernt. »Als Kind hat mich immer die Geschichte berührt, dass die Straßenbahn, die damals noch von Pferden gezogen wurde, extra vor dem Haus unseres Urgroßvaters anhielt, obwohl dort keine offizielle Haltestelle war. Er muss eine echte Persönlichkeit gewesen sein.«

Als Urgroßvater und Großvater schon verstorben waren, machte er manchmal ein paar Ferientage bei der Großmutter. »Diese eindrucksvolle bürgerliche Wohnung, die so ganz anders war als die Neubauten in der DDR, sehe ich immer noch plastisch vor mir: In dem Zimmer, in dem ich schlafen durfte, stand eine alte Orgel, die über ein Fußpedal mit Luft gespeist wurde. Gegenüber der Orgel war ein geschwungener alter Kachelofen mit reich verzierten blauen Keramikkacheln, ein Schmuckstück. Die Zimmer waren groß und hoch, es gab ein eigenes Bad mit Badewanne und Boiler und sogar eine abgetrennte Toilette. Von den hinteren Zimmern aus konnte man über die ganze Stadt sehen.«

Das Zimmer, das ihn am meisten faszinierte, war die Bibliothek. Die Großmutter legte auf die Bücher wenig Wert, aber der Großvater hatte die Bibliothek bis zuletzt gepflegt, sich oft dorthin zurückgezogen und kaum jemanden in sein Reich vorgelassen. »Es ist schade, dass ich meinen Großvater nicht mehr kennenlernen konnte. Ich war noch ein Kind, als er starb. Er liebte Literatur und Musik, war Wagner-Fan und soll sich in die Kunst zurückgezogen haben wie in eine Parallelwelt.«

Das Bibliothekszimmer war dunkel und groß, alle Wände mit tiefen Regalen verkleidet, in denen Partituren von Wagner und vielen anderen Komponisten standen, jeweils Originalpartituren aus dem beginnenden 20. Jahrhundert, dazu das Grammofon und die Grammofonplatten, viele davon Erbstücke vom Urgroßvater.

[◻ ◻]

Als die Großmutter nach dem Tod des Großvaters zur jungen Familie in die Wohnscheibe zog, wurde die Bibliothek aufgelöst. Nur wenige Stücke konnten seine Eltern retten. Für die Großmutter glich ein Buch dem anderen, sie hatte in ihrer neuen Einraumwohnung keinen Platz mehr für die große Bibliothek, die Bücher waren ihr eine Last. Sie ließ sie von einem Antiquariat abholen. Seine Eltern ahnten, dass die Bücher für ihren mittleren Sohn wichtig werden könnten, und hoben das eine oder andere Schmuckstück auf: »Meine Eltern sahen die Verbindung zwischen mir und meinem Urgroßvater und Großvater und haben mich oft darauf angesprochen.«

Vor allem aber haben sie ihn immer in seiner Leidenschaft unterstützt: Als der Vater zur inzwischen sehr kranken Tante nach München reisen durfte, brachte er ihm auf Bestellung drei ganz besondere Platten mit: Jean Michel Jarres *Oxygène*, *Equinoxe* und *Magnetic Fields*. »Jarre war der Urvater der elektronischen Musik, der Elektronikpapst! Seine Musik war für mich der Inbegriff von technischem Fortschritt.« Der französische Musiker, Komponist und Produzent komponierte seit Anfang der 1970er-Jahre als erster Musiker für den Synthesizer. *Magnetic Fields*, sein drittes Album, war das erste, das mit dem Sampling-Verfahren experimentierte. Jarre war nach dem Tod von Mao Zedong 1981 der erste westliche Musiker, der in der Volksrepublik China Konzerte geben durfte, zwei davon in Peking, drei in Shanghai, die dann 1982 als *The Concerts in China* erschienen. *Magnetic Fields* waren technisch genau sein Thema, da die Radiowelle nichts anderes ist als ein elektromagnetisches Feld. Längst bewegte er sich selbst in radiomagnetischen Feldern, die ihn magisch in den Bann zogen.

19 – Magnetic Fields

▸ SOPRON, UNGARN | 19. AUGUST 1989

So könnte es gewesen sein, als er sich aus der Hocke jenseits des zweiten Zauns, aus der Deckung einer kleinen Hecke, wieder hochgestemmt und die Handschuhe in die Umhängetasche verstaut hatte: vorsichtige Blicke nach links und rechts, dann schnelle Schritte, möglichst geradeaus. Ein abgelegenes Gebäude, an einem Weg gelegen, irritiert ihn. Ist er wirklich jenseits des Grenzstreifens? Ein Blick durchs Fernglas enttäuscht ihn abgrundtief: Das Gebäude trägt eine ungarische Aufschrift. Sofort hat er das Gefühl, in der Falle zu sitzen, nicht vor und zurück zu wissen. Wo könnte es weiter Richtung Westen gehen?

Bevor er eine Antwort auf die Frage findet, erübrigt sie sich. Er hört den vertrauten Ton eines langsamer werdenden, dann anhaltenden Fahrzeugs. Ein ungarisches Militärfahrzeug, ein Jeep mit offener Ladefläche. Der Soldat am Steuer kurbelt die Scheibe herunter. Er verspürt den Drang loszulaufen, doch sein Kopf hält ihn auf: Du hättest keine Chance. Er sucht Blickkontakt und hebt die Hände.

Tourist ...

Ein zweiter Soldat steigt aus. Als er ihm direkt gegenübersteht, fragt er, auf sich selbst zeigend, wie ein Verirrter, der um Rat bittet: *Tourist ... Sopron ... Where?*

Jetzt ist alles vorbei. Zu oft hatte er vom sogenannten Walter-Ulbricht-Express gehört, der die DDR-Flüchtlinge an den Grenzen sammelte, sie zurück in die DDR und dort in die Gefängnisse brachte, wo sie als Republikflüchtlinge harte Strafen zu erwarten hatten. Er packt eine seiner Karten aus, zeigt immer wieder auf den Ort und wiederholt, als hätte er sich tatsächlich verlaufen:

Sopron, where? Sopron?

Es kommt ihm selbst unerträglich naiv vor und scheint doch noch der schlaueste Plan. Die Soldaten suchen kurz Blickkontakt miteinander, dann bedeutet ihm der eine, auf die Ladefläche zu klettern, und setzt sich selbst wieder auf den Beifahrersitz.

Die Angst bleibt. Wohin wird die Fahrt führen? In ein Militärgebäude? Zu einer Art Verhör? Ein Schlagbaum öffnet sich, der Grenzübergang. Er erkennt die Strecke in den Ort wieder. Wo bringen sie ihn hin? Zum Verhör in ein Verwaltungsgebäude im Innern Soprons? Dass sie ihm die Geschichte vom verirrten Touristen abnehmen, kann er nicht mehr glauben. Dass sie wenigstens so tun könnten, als ob, ist seine einzige Hoffnung. Er presst die Augen fest zusammen und sieht hinter geschlossenen Lidern Wörter in Großbuchstaben: *REPUBLIKFLUCHT. POLITISCHE HAFT.* Sie zittern in dem Takt, mit dem der Jeep über die unebenen Straßen rattert.

Als der Jeep am Straßenrand hält und man ihn auffordert, von der Ladefläche zu springen, tut er es irritiert: Kein offizielles Gebäude, kein Stützpunkt ist in der Nähe. Er begreift erst, als der Soldat, der kurz ausgestiegen ist, sich abwendet und die Tür des Jeeps hinter sich schließt.

Thank you! Sie hören und sehen ihn nicht mehr. *Thank you!*

Er winkt. Als der Jeep außer Sichtweite ist, knicken ihm die Beine ein. Er bleibt am Straßenrand sitzen. Er zittert, selig und verzweifelt zugleich.

Das schaffst du nie.

[▫ ▫]

Im Zelt schläft er tief und fest, allein mit sich und der großen Frage, ob die Kraft für einen zweiten Versuch reichen wird. *Das kannst du vergessen.*

Ein Schockzustand, anders wird er den Rest der Nacht und den Folgetag allein im Zelt später nicht beschreiben können. Die Striemen auf Stirn und Wangen erzählen von seinem Abenteuer. Er selbst schweigt beharrlicher als zuvor. Im Waschraum, bei den Duschen und Toiletten, meidet er jeden Kontakt, geht jetzt nicht nur Gesprächen aus dem Weg, sondern auch Blicken.

Nichts soll seine Konzentration stören, niemand soll ihn in ein Gespräch verwickeln, in dem er die Maske vielleicht nicht würde aufrechterhalten können. Zu viele auf dem Campingplatz kommen aus der DDR und würden in der richtigen Sprache die richtigen Fragen stellen. Er wäre ihnen hilflos ausgeliefert. Also bleibt er lange in der Dusche. Wartet, auch wenn ihm die Münzen für das fließende Wasser längst ausgegangen sind, so lange in der Kabine, bis er draußen keine Schritte, kein fließendes Wasser, keine Stimmen mehr hört. Erst dann verlässt er den Waschraum und geht mit schnellen, zielstrebigen Schritten Richtung Zelt.

Er hat keine Augen für die Flugblätter, die unter den Scheibenwischern der PKWs und Wohnwägen stecken: *Paneuropäisches Picknick in Sopron am Ort des »Eisernen Vorhangs«! Am 19. Aug. 1989 von 15 Uhr.* Würde er sie sehen, er wäre elektrisiert, verraten die Begriffe »paneuropäisch« und »Eiserner Vorhang« doch schon die politische Stoßrichtung. Dazu der Schauplatz des Festes – es wäre eine Gelegenheit, sich die Grenzanlagen anzusehen, ohne Verdacht zu erregen. Aber er sieht die Flugblätter nicht.

Erst später wird er erfahren, was das Fest für den Ort und für viele Hundert Menschen bedeutete. Etwa 600 DDR-Bürger besuchten das von Österreich und Ungarn gemeinsam organisierte paneuropäische Picknick, bei dem an einem Grenztor an der Pressburger Landstraße der österreichische und der ungarische Außenminister den der Grenze vorgelagerten Signalzaun symbolisch durchtrennten. Die ungarischen Grenzbeamten reagierten besonnen, als Festgäste das offene Grenztor nutzten, um auf die andere Seite zu spazieren, und griffen auch nicht ein, als sich eine Fluchtbewegung von einigen Hundert Menschen abzeichnete, die nicht vorhatten, auf die andere Seite zurückzukommen, obwohl ihre Zelte, Autos und Wohnwägen noch in Sopron standen. Ein erst spät hinzugekommener Vorgesetzter versuchte, ein paar der Flüchtlinge persönlich aufzuhalten, stand der Bewegung aber hilflos gegenüber. Zu viele waren bereit, ohne Gepäck, Taschen, Koffer, Hab und Gut zu Fuß das Land zu verlassen. Später wird er selbst sich diesen Mut, von einem Moment auf den anderen alles aufzugeben, mit Sätzen von Zweig erklären: »*Jeder einzelne erlebte eine Steigerung seines Ichs, er war nicht mehr der isolierte Mensch von früher, er war eingetan in eine Masse, er war Volk, und seine Person, seine sonst unbeachtete Person hatte einen Sinn bekommen.*« *(WVG, 256f.)* Was zuvor so oft im negativen Sinn funktioniert hatte, über Uniformen, die Zugehörigkeit versprachen, es konnte auch im positiven Sinn funktionieren, über den Glauben an dieselbe Idee: Freiheit.

[◻ ◻]

Er ist bei Weitem nicht der Einzige, der von dieser Möglichkeit der Flucht nichts mitbekommt. Hunderten von DDR-Bürgern in Sopron geht es ähnlich. In direkter Umgebung des Festes sollen etwa tausend Menschen gewartet haben, die, im Gegensatz zu ihm, die Flugblätter kannten, aber nicht glauben konnten, dass die Grenze tatsächlich für kurze Zeit geöffnet werden sollte. Sie waren misstrauisch aus Angst vor einer Falle, trauten dem Frieden nicht, waren womöglich mit ihren eigenen Fluchtvorbereitungen beschäftigt, in die sie größeres Vertrauen setzten.

Noch bis zum 10. September wird es dauern, bis Ungarn der DDR die Grenzbewachung endgültig aufkündigt und seine Grenze allen Ausreisewilligen öffnet – auf massiven wirtschaftlichen Druck der

Bundesrepublik. Für die DDR-Bürger werden damit Ausreisen nach Ungarn unmöglich.

»Die Zeit ist geschrumpft in diesen Tagen«, wird er später sagen. Hätte er die Flugblätter gesehen, hätte er das Fest besucht, er wäre sicher einer derjenigen gewesen, die einfach über die Grenze spazierten. Hätten er und seine Kollegen den Urlaub sechs Wochen später geplant, hätten sie gar nicht mehr nach Ungarn reisen können. Konjunktive, die erst im Rückblick einen Sinn ergeben.

[◻ ◻]

Er liegt wieder im Zelt. Es ist die letzte Nacht vor seinem zweiten Versuch. Seine größten Gegner: Resignation, Mutlosigkeit, Todesangst.

Wenn sie dich ein zweites Mal erwischen, ist es gelaufen.

Seine stärksten Verbündeten: Freiheitsdrang, Ideale.

In der DDR hast du keine Zukunft. Du musst es riskieren. Du hast ein Recht darauf.

20 – Stars On 45

◂◂ ERFURT | 1978–1981

Während der letzten Jahre an der POS verwandelte sich das Jugendzimmer in eine zweite Welt, war Labor und Schaltzentrale, Werkstatt und Elektroniklager. Mit seinem Schaltpult, das eigentlich für Modelleisenbahnen gedacht war, konnte der Vierzehnjährige auch andere Stromkreise schalten. Einen ersten Niederfrequenzverstärker hatte er aus einer Pappschachtel gebaut; damit konnte er per Mikrofon Aufgenommenes verstärken oder, über nicht zu große Entfernungen hinweg, über Lautsprecher hörbar machen. Nach demselben Muster baute er eine Gegensprechanlage, über die er sich mit seinem kleinen Bruder unterhalten konnte. Der hätte dem großen in diesen Jahren stundenlang zuhören können und wollte vor dem Einschlafen lange Geschichten hören.

Zwei kleine Transistorempfänger zählten zu seinen wichtigsten Instrumenten: »Einer war ein richtig schönes Gerät, das nur zwei kleine Batterien brauchte, darauf habe ich meine ersten Hitparaden gehört, noch bevor ich Musik aufnehmen konnte; damals hat Werner Reinke vom Hessischen Rundfunk die Hitparade moderiert.«

Er beschaffte sich sogar Prüfgeräte, mit denen er elektronische Bauteile prüfen und die Qualität von Transistoren messen konnte. »Es war wichtig, sie zu messen, weil es sein konnte, dass man beim mehrmaligen Ein- und Auslöten die Platine kaputt macht.« Mit einem russischen Messgerät konnte er sehr genau Ströme und Spannung, Widerstände und Kapazitäten messen.

Im Fernsehen verfolgte die Familie Ende August / Anfang September 1978 den Weltraumflug des ersten deutschen Kosmonauten Sigmund Jähn. »Mich hat das technisch brennend interessiert, wie alle Raumfahrtaktivitäten, über die wir etwas mitbekommen konnten, auch die der NASA. Aber ich kann nicht sagen, dass ich in irgendeiner Form stolz darauf war, weil nun jemand aus der DDR bei den Russen mitfliegen durfte. Wir wussten genau, welch hohen Preis die russische Bevölkerung für die Raumfahrtprogramme zahlen musste. Das Volk war sehr arm, wichtige medizinische Geräte und Medikamente waren nicht ausreichend vorhanden. Die russischen Raumfahrtprogramme dienten – wie der Sport – einzig dem Prestigegewinn vor dem nicht sozialistischen Ausland.« Wem nutzte solches Prestige? Er glaubte nicht daran, dass sich auf diese Weise tatsächlich die Überlegenheit eines Systems erweisen konnte. »In meinen Augen war das System überlegen, welches den Menschen Freiheit, Mitbestimmung, Entfaltungsmöglichkeiten und einen besseren Lebensstandard bieten konnte.«

Für seine Elektronikeinkäufe fuhr er regelmäßig nach Weimar, zum Ladengeschäft Franz A. Steinhaus. Es war einer der ganz wenigen Elektronikläden, die privat betrieben wurden. »Das war eine echte Entdeckung, das beste Elektronikgeschäft der DDR! Der hatte oft Sachen, die man anderswo ganz schwer bekam. Dort das richtige Bauteil zu finden war wie Weihnachten. In meiner Geldbörse hatte ich immer zwei Wunschlisten: eine aktuelle für die Dinge, die ich für das Gerät, an dem ich gerade bastelte, unbedingt brauchte, und eine zweite mit Dingen, die ich schon jahrelang suchte.« In vielen Läden schüttelten die Verkäufer nur die Köpfe, wenn er ihnen die Listen vorlegte. »Bei Steinhaus, wo ich selten und nur mit dem Zug hinkommen konnte, habe ich oft feine Sachen bekommen. Fast jede Fahrt hat sich gelohnt.« Im Mai 1979 machte er ein Foto, auf dessen Rückseite er notierte: »Guter Elektronikladen«. Neben Elektronik führte Steinhaus auch Klassik. Hier kaufte er Beethovens *Symphonie Nr. 5*, die er zuerst im Musikunterricht gehört hatte. »Steinhaus war meine Entdeckung, meine Eltern oder Freunde kannten den Laden vorher nicht.« Später entdeckte er in einer der Hüllen der Grammofonplatten des Großvaters einen Suchfix-Zettel, ein Formular, mit dem man die Lieder auf den Grammofonplatten verzeichnen konnte, bedruckt mit dem Logo des Geschäfts, bei dem die Platte gekauft worden war: Schon sein Großvater war Kunde bei Steinhaus gewesen.

Er selbst kaufte bei Steinhaus aber nur selten Schallplatten, sondern meist Leerkassetten, die er für den eigenen Sender brauchte. Damit nahm er Westmusik auf, überspielte Kassetten aus der Bibliothek und stellte seine eigenen Mixtapes zusammen. »Ich versuchte, das Beste an Kassetten zu kaufen, was ich damals kriegen konnte. Es gab besonders leichtläufige, bei denen es kaum zu Schwankungen der Tonhöhe kam.« Die bekam man leider nicht bei Steinhaus, sondern nur gegen Westgeld im Intershop. Bei Steinhaus führte man DDR-Chromdioxid-Kassetten, die zwar auch besser als normale Kassetten klangen, aber starken Bandabrieb hatten, der mit der Zeit die Abspielqualität verschlechterte. Außerdem liefen sie schwergängig, weswegen es sie nur mit zweimal 30 Minuten Spielzeit gab. »Durch die neue Chromdioxid-Beschichtung der Bänder bei den Westkassetten war der Klang unglaublich gut. Das war ein Quantensprung! Auf einmal machte es Spaß, den Stereorekorder ganz nah vor den Kopf zu halten und über die beiden eingebauten Lautsprecher die Tiefe des klanglichen Raumes zu genießen. Man hörte jedes einzelne Becken des Schlagzeugs, also auch sehr hohe Frequenzen, und die Stimmen waren kristallklar.« Mit einem Mal war er ganz nah am musikalischen Geschehen, das räumlich und zeitlich so weit weg und unerreichbar war. Es blieb ein Faszinosum, das ihn nicht mehr losließ.

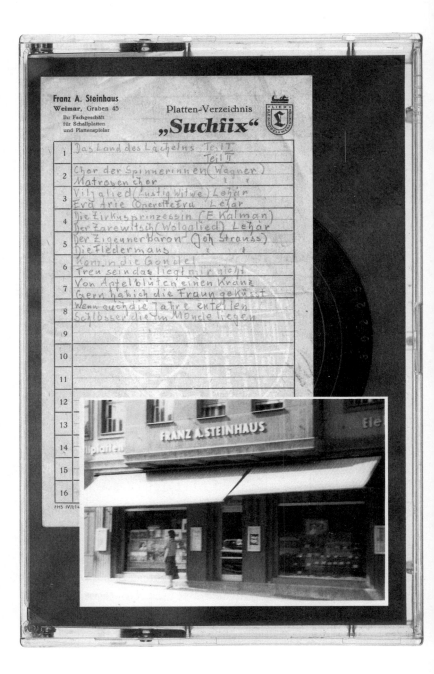

Das Überspielen an sich aber war damals die Technik schlechthin, kein Steckenpferd von Musikfreaks, sondern etwas, das jeder tat: »Einer hatte die Platte, und alle haben überspielt. Und natürlich vom Radio aufgenommen, wann immer ihnen etwas gefiel. Mit Platten ging man um, als wären sie unendlich kostbar.« Musikgeschmack verband auch Fremde; mit Menschen, die das Gleiche mochten, war man schnell bereit zu tauschen.

[◌ ◌]

Im Katastrophenwinter 1978/79 hatte ein überraschend heftiger Temperatursturz die Energieversorgung der DDR lahmgelegt. »Der Winter war bitterkalt. Die Situation eskalierte: Irgendwann gab es weder Wasser noch Strom. Die DDR hat dann Steinkohle vom Westen bekommen. Wenn wir damals nichts vom Westen bekommen hätten, wären wir buchstäblich erfroren.« Wenn er sich heute daran erinnert, steckt er in einer Zwickmühle: Sollen westliche Staaten Diktaturen stützen, indem sie der Bevölkerung helfen? Oder sollen sie diese Länder ausbluten lassen? Immer wieder stellt sich diese Frage, auf der ganzen Welt. »Man kann spekulieren, was passiert wäre, wenn man es hätte darauf ankommen lassen. Ob es früher zu Aufständen gekommen wäre. Aber alle hatten noch in Erinnerung, wie blutig der Aufstand vom 17. Juni niedergeschlagen wurde.«

Die Oberleitungen vereisten; Lichter und Heizungen gingen aus. Weil die Oberleitungen auch im Tagebau vereist waren, standen die Kohlenzüge still. Je länger sie standen, desto mehr vereiste die Kohle, und die Reserven reichten nur für wenige Stunden. Auch die Kohle, die im Braunkohle-Tagebau abgebaut wurde, vereiste, es konnte also gar keine neue Kohle mehr gewonnen werden. Die NVA setzte Tausende Soldaten ein, um gefrorene Kohle aus den Waggons zu brechen, doch es fehlten geeignete Werkzeuge und Bohrhämmer. »Das war wieder eine Situation, in der wir vom Westen abhängig waren: Jetzt wurden in der Bundesrepublik

Bohrhämmer angefragt.« Wenige Stunden später standen mehrere LKW-Ladungen Werkzeug in Helmstedt an der Grenze. Der Zugverkehr musste wieder anlaufen, damit die Versorgung gesichert war. Insgesamt dauerte es gute zwei Wochen, bis die Kraftwerke wieder arbeiteten.

»Über die Katastrophe wurde im *Neuen Deutschland* zwar gesprochen, und es sprach auch jeder vom ›Katastrophenwinter‹, aber die eigentlichen Ursachen wurden unter dem Deckel gehalten: dass es nämlich keinerlei Vorräte gab, dass die Lager viel zu klein waren, dass es keine Notfallpläne gab und die Ausrüstung veraltet war.« Vor allem eines wird nicht angesprochen: die verhängnisvolle Abhängigkeit der Energieversorgung von der Braunkohle. Für die gesamte Wirtschaft brachte der Winter massive Einbußen.

[◻ ◻]

Es hatte etwas Irreales, nach diesem Winter, dem letzten seiner Schulzeit, wieder einen Sommer zu erleben, in dem das Licht über dem Asphalt flirrte. Die Familie verbrachte ihn dieses Jahr in Prag: »Schon das Eintauchen in die fremde Sprache bedeutete Freiheit. Man musste nicht so sehr aufpassen, was man redet, und man hatte deutlich bessere Einkaufsmöglichkeiten, obwohl auch die ČSSR ein kommunistischer Staat war.«

Im darauffolgenden Sommer, 1980, als er die Schulzeit schon hinter sich hatte, konnte die Familie in Ahlbeck Urlaub machen und erlebte mit eigenen Augen, was als »Polnischer August« in die Geschichtsbücher eingehen sollte.

»Die Sonne ging unter, und am Horizont sah man die Lichter der Schiffe, die nicht in die Häfen einlaufen konnten, weil die Solidarnosc streikte. Im buchstäblich letzten Moment haben wir Polen besucht und gesehen, wie sie die polnische Grenze dichtgemacht haben. Für die polnische Regierung war der Streik ein Ding der Unmöglichkeit, etwas, was ihrem Regime komplett widersprach. Der Funke sollte nicht auf uns überspringen.«

Und doch hat er ab diesem Zeitpunkt geahnt, dass auch in der DDR die Dinge in Bewegung geraten könnten – allerdings nicht in Richtung Reform. »Dass sich dieses System reformieren könnte, daran glaubte ich nicht. Zu oft war uns erzählt worden, dass der Übergang vom Kapitalismus zum Sozialismus so gesetzmäßig ist wie die Schwerkraft, die den Stein zu Boden fallen lässt. Es wies auch alles in die andere Richtung: Die polnische Grenze hatten sie geschlossen, Ungarn war nur noch über Visum zu erreichen. Die ČSSR konnte man bereisen, man durfte aber nur für 14 Tage je dreißig DDR-Mark umtauschen. Umgerechnet war das lächerlich wenig, denn die anderen Länder waren nicht scharf auf unser Geld.« Wenn er Urlaub mit der Familie oder mit Freunden machte, machten sie Campingurlaub und nahmen so viele Lebensmittel wie möglich selbst mit, damit sie im Ausland nur noch für Sehenswürdigkeiten und Benzin bezahlen mussten. »Ich bin davon ausgegangen, dass sie komplett alles dichtmachen, nach dem, was wir in Polen gesehen hatten.«

[◌ ◌]

So wie sein Piratensender während der Schuljahre an den Nachmittagen und Abenden stundenweise das Viertel beschallte, nahm er in den Urlauben auch die ungarischen Strände in Besitz. Anfangs hatte er nicht damit gerechnet, dass am ungarischen Balaton auch andere ihre Transistorradios auf seine Frequenz einstellen könnten, wenn er drinnen im Wohnwagen den Sender einrichtete, damit er draußen im Transistorradio die eigene Musik hören konnte. »Als ich dann merkte, wie mehrere Leute meine Musik bemerkten und sich auf ihren Radios auf die Suche nach der Frequenz machten, war das ein gigantisches Gefühl. Sie blieben bei dem Sender.« Tatsächlich klang das Medley *Stars On 45* inzwischen mehrstimmig auf mehreren Geräten: »The stars on 45 keep on turning in your mind.« Wenn eine 45-Minuten-Seite einer seiner Kassetten zu Ende ging, lief er in den Wohnwagen, um die Kassette umzudrehen.

»Während der Campingurlaube hat mein Vater viel beobachtet und manchmal erkannt, dass sich Leute auf den Zeltplätzen mit Westverwandtschaft getroffen haben.« Die Fühler Richtung Westen waren immer ausgestreckt. Mit dem einen oder anderen kam er auch ins Gespräch, doch irritierend oft endeten die neu geknüpften Beziehungen, sobald die anderen Wohnwagen und Auto der Familie inspiziert hatten. »Es hat lange gedauert, bis wir dahintergekommen sind, woran es lag: In unserem Auto lag vorne ein Telefonhörer, mit dem man vom Auto zum Wohnwagen telefonieren konnte. Das hatte mein Vater zusammen mit einem Freund eingebaut, der Fernmeldetechniker war und uns auch zu Hause eine Anlage gebaut hat, mit der wir über Haustelefon zwischen der Wohnung meiner Eltern, später meiner eigenen und der Werkstatt bzw. dem Hausmeisterbüro meines Vaters telefonieren konnten. Für die Urlauber war ein Telefon im Auto das Stasi-Kennzeichen schlechthin. Uns, die wir keinerlei Kontakte zur Stasi hatten, hat das sehr amüsiert.« Der gleiche Freund war es auch, der dem Vater riet, den mittleren Sohn bei der Post in die Lehre zu geben.

[◻ ◻]

Schon ein knappes Jahr vor dem politisch bewegten Ausnahmesommer 1980 in Polen war es für ihn im Herbst 1979 ins neue Leben gegangen. Er hatte Lust auf die praktische Tätigkeit, auch wenn er noch wenig Vorstellung davon hatte, was bei der Post auf ihn zukommen würde. Die Urlaubserinnerungen aus Ahlbeck und Prag – Miniaturbücher mit Stadtansichten – wanderten zu Hause in das kleine Schränkchen mit persönlichen Gegenständen. Prallvoll war es mit Dingen, die ihm entweder persönlich viel bedeuteten oder schwer zu bekommen waren, weil es Westprodukte waren: Kaugummi und Kakaopulver standen neben unbespielten 90-Minuten-Kassetten, Briefe seiner russischen Brieffreundin neben Tictacs aus dem Intershop, dazwischen steckten ein Geha-Füller und ein Portemonnaie zum Kleingeld-Sortieren, das er jahrzehntelang auf-

heben wird, weil man es so schwer bekam. Die größten Schätze, Briefe seiner ersten Liebe und zwei kleine Transistorradios, fanden Platz neben kleinen Flaschen mit Motor- und Nähmaschinenöl und einer Filmrolle eines längst entwickelten Films. – Geliebte Gegenstände, die auch deswegen einen festen Platz in seiner Erinnerung behalten sollten, weil er sie auf einem damals in der DDR kostbaren und seltenen Farbfoto festgehalten hat, hinten gezeichnet mit dem 20. März 1979. Ein ganzes Schülerleben auf vierzig mal sechzig mal zwanzig Zentimetern sicher im Schränkchen verwahrt. »Dieses Farbfoto trug ich tatsächlich immer in meiner Brieftasche. Einmal beim Zahlen an einer Kasse fiel es dem Verkäufer ins Auge, der mich sofort darauf ansprach: ›Oh, das sind ja alles Westsachen! Und ein Farbfoto! Kann ich das mal sehen?‹«

[▫ ▫]

Als wäre die Kindheit und Jugend im Schränkchen abgeschlossen und für immer bewahrt, kann jetzt mit der Lehre bei der Deutschen Post das Erwachsenenleben beginnen. Wie in der DDR üblich startet sie am 1. September 1979 mit einem Kurs der Gesellschaft für Sport und Technik (GST), einer paramilitärischen Organisation, die seit 1951 bestand. Schon hier setzt er den Schwerpunkt aufs Funken und arbeitet hart für eine gute Hör- und Gebeleistung. Im Hinterkopf ist der Gedanke schon da, seit die NVA an den Schulen um den militärischen Nachwuchs geworben hat: *Vielleicht bringt mich das später zu den Funkern. Alles, bloß nicht an die Grenze. Und Praxis als Funker könnte danach vielleicht die Tür zur Handelsmarine öffnen.*

Schon nach wenigen Wochen in der Lehre ist er erleichtert, dass sich die Arbeit als spannend und die Kollegen als nett erweisen. Und dass in der Lehre eigentlich mehr als in der Schule Platz für sein größtes Hobby war, das längst viel mehr war als ein Hobby. Denn auch während der Lehre spielte Musik die Hauptrolle in seinem Leben, sogar im Pausenraum war ein Kofferradio mit dabei. »Peter Schillings ›Major Tom‹ und Ulla Meinecke habe ich während der Lehrzeit entdeckt. Das Album von Meinecke zu bekommen war gar nicht so schwer, weil die Platte nicht so bekannt war – zu Unrecht.« Einer der Meister seiner Lehrausbildung schwärmte von ihrem Lied »Tänzerin«: »Das hat mich umgehauen, als ich es gehört habe, es ist ein ganz besonderes Stück, und die Aufnahme ist technisch und vom Klang her einfach fantastisch.«

»Die Tänzerin« wird noch zehn Jahre später ein Referenzstück zum Testen von High-End-Anlagen und ein Beispiel für exzellente Musik sein. Dann wird er es in der Goldpressung von 1993 hören, einer CD, die statt mit einer Silber- bzw. Aluminiumschicht mit Gold beschichtet ist, damit das Licht besser reflektiert und es zu weniger Fehlerbits kommt. »Mir zeigt das heute, was das für tolle Musik war, die wir damals schon entdeckt haben. Die Leistung dieses Aufnahmeleiters war außerordentlich: Er muss ein gutes Gehör gehabt haben, ein Gefühl dafür, wie er so abmischen kann, dass der Klang authentisch rüberkommt. Natürlich mussten auch die technischen Voraussetzungen gut sein, aber das war damals noch Analogtechnik, keine Digitaltechnik, da kam es auf künstlerischer und technischer Ebene auf menschliche Brillanz an. Alles musste zusammenstimmen!«

Auf inzwischen Dutzenden Kassetten mit Tausenden von Liedern, die er für seinen Senderbetrieb aufgenommen hat, finden sich insgesamt nur drei Ost-Songs von DDR-Bands: Citys »Am Fenster« (1978), Sillys »Der letzte Kunde« (1982) und Karats »Jede Stunde« (1982). Citys »Am Fenster« war ein überragender Erfolg, der über 10 Millionen Mal verkauft wurde, der bis heute größte Erfolg eines DDR-Songs in der Bundesrepublik. Im September 1989 setzten sich die Bandmitglieder von City gemeinsam mit anderen Musikern für mehr Freiheit in der DDR ein.

Silly sollte erst 1989 zur kritischen Stimme werden, »Der letzte Kunde« war ein melancholischer Song, der dem Lebensgefühl des *Zu Spät* Ausdruck verlieh: »Der Barkeeper räumt die Gläser zusammen. Die Klofrau hat mächtig zu tun im Revier. Die böse Uhr hat die Gäste vertrieben. Die Gäste sind fort außer mir.« Oder: »Ich bin

der letzte Kunde, ich komm' nicht los vom Hahn. Vor einer Viertelstunde fuhr meine letzte Bahn. Vor einer Viertelstunde ging meine letzte Frau. Ich bin der letzte Kunde und immer noch nicht blau.«

Karats »Jede Stunde« gefiel ihm wegen der Poesie, die der Song transportierte – »Jeder Tag zeigt mir sein Gesicht. Es ist mir gleich, wie er zu mir spricht. Ich liebe jede Stunde.« – wegen des Bewusstseins, dass nicht immer alles bestmöglich läuft, aber sich doch aus allem das Beste machen lässt: »Wenn ich frier' und wenn ich naß bin, genieß' ich das Im-Regen-Stehn. Ich liebe jede Stunde.« Karat hatte 1978 den Grand Prix beim Internationalen Schlagerfestival gewonnen, mit den Titeln »König der Welt« und »Über sieben Brücken mußt du gehn« gelang ihrer mit klassischen Elementen durchsetzten Rockmusik der endgültige Durchbruch; 1979 spielte sie in Berlin und als erste und einzige DDR-Band auch einen Song in der ZDF-Sendung *Wetten, dass ...?*.

[▫ ▫]

In der Lehrzeit zahlte sich aus, was er sich während der Schulzeit beim Basteln an Fertigkeiten angeeignet hatte: »Die anderen haben zum Teil große Probleme beim Löten gehabt, und ich hatte nur Einsen, ohne Aufwand, das war schon klasse. Alle kamen zu mir, wenn sie was wissen wollten.« Eines der Fächer, »Schalten-Prüfen-Messen«, galt als kompliziert und theoretisch. »Die meisten hatten furchtbare Angst davor, mir fiel das so leicht. Es spielte sich schnell ein, dass die Lehrerin immer mich fragte, wenn keiner Antworten wusste.«

Doch auch er musste mit Startschwierigkeiten kämpfen. »Die Ausbildung bei der Deutschen Post kannte mehrere Richtungen. Mein Vater, der mit dem Bereich vorher noch nie zu tun hatte, hatte mich zuerst für die angemeldet, bei der man nachher im Beruf mit Steigeisen die Hochleitungen repariert. Wenn man da die Beinhaltung nicht richtig machte, dann konnte man sich sehr verletzen. Das ist damals gelegentlich passiert.«

Gleich zu Anfang stellte er fest, dass das, was ihn eigentlich interessierte, das Fach Elektronik, in diesem Ausbildungsgang stiefmütterlich behandelt wurde. »Wir hatten nur vier Stunden Elektronik, die anderen acht. Da mir das Fach sehr lag, hat mir bald eine Lehrerin geraten, in die andere Klasse zu wechseln, wo es Hauptfach war – in die Übertragungstechnik. Ich habe dann meine Eltern betäubt, dass ich unbedingt wechseln müsse. Als ich sie überzeugt hatte, sind wir wieder zu dem Kaderleiter, der mich damals eingestellt hatte, haben einen Antrag gestellt, und ich konnte die Fachrichtung wechseln. Das war klasse – genau mein Ding!«

Zweieinhalb Jahre später wird er als einer der Jahrgangsbesten abschließen. Am Ende der Lehre, nach der er, wie damals selbstverständlich, übernommen wurde, fing er in der Übertragungsstelle an, in der die Ferngespräche in andere Städte vermittelt wurden: »Das ging schon auf Hochfrequenz, was im Funk auch passiert, nur eben über Kabel. Allerdings konnte ich nur wenige Monate in dem Beruf arbeiten, dann bin ich zur Fahne eingezogen worden. Eigentlich wollte ich ja immer in den Bereich Funk gehen; das hat damals nicht gleich geklappt, aber später, nach der Armeezeit konnte ich dorthin wechseln.«

Vorläufig machte er das Beste aus der Stelle im Dreischichtdienst der Übertragungsstelle, die ihm immerhin alle fünf Wochen eine freie Woche sicherte – ideal für Konzerte außerhalb der Stadt und später für die Fahrten zur Buchmesse und zur Deutschen Bücherei nach Leipzig.

Die Fluchten in Musik und Literatur wurden während der Lehrzeit nötiger denn je: »Es kam zu ersten Durchsuchungen bei Freunden, bei denen die Staatssicherheit, wie das üblich war, manchmal deutliche Spuren hinterließ. Wenn sie nach Hause kamen, standen die Türen dann sperrangelweit offen, die Betten waren durchwühlt, oder es waren sichtbare Spuren in der Wohnung hinterlassen.« Durchsuchungen wie Warnschüsse. Den innerlichen Schritt weg von dem Staat, der seine Bürger auf diese Weise überwachte, hatte er längst getan.

Musik hörte er entweder allein oder mit Freunden auf einer der zahlreichen kleinen Privatpartys, auf denen nicht mehr Leute waren, als eine kleine Wohnung gemütlich fassen konnte. Selten waren es mehr als zehn. Und wer eine Datsche hatte, lud zur Gartenparty. »Als ich dann das Glück hatte, früh eine eigene Wohnung in der Wohnscheibe zu bekommen, habe ich auch oft Partys gegeben: Alkohol für Feiern zu kaufen war nicht schwer. Schwieriger als Bier, Schnaps und Bowle waren Chips, Erdnussflips und Erdnüsse zu organisieren. Wenn man da im Laden welche fand, hat man zugeschlagen und ging gleich zu mehreren in den Laden, da die Stückzahlen pro Person rationiert waren.«

Die Freunde tanzten die Nächte durch. Je länger die Party, je besser die Stimmung. Alle kannten sich gut und konnten im Gespräch bleiben und offen diskutieren. »Partys, auf denen man alleine herumstand und versuchen musste, jemanden kennenzulernen – das kannte ich gar nicht.« Und natürlich präsentierte man sich an diesen Abenden gegenseitig die neuesten Musikschätze: Zwei außergewöhnlich gute Schallplatten vom DDR-Label Amiga, die er kaufen konnte, ohne Schlange zu stehen, weil niemand sie kannte, waren Albert Mangelsdorffs *Jazz* und *Pergamon* von Tangerine Dream. Mangelsdorff, ein deutscher Jazzposaunist, gilt bis heute als einer der innovativsten und virtuosesten Musiker an seinem Instrument. Sein mehrstimmiges Spiel, bei dem er einen Ton normal anblies und gleichzeitig einen zweiten durch das Mundstück sang, war unverwechselbar: Durch die Differenztonbildung zwischen dem gespielten und dem hineingesungenen Ton entstanden Obertöne, sogenannte Multiphonics, die hörbar waren und Akkorde erklingen lassen konnten. Kein anderer Jazzmusiker war in dieser Hinsicht so virtuos wie Mangelsdorff. »Der Freejazz faszinierte mich. Das scheinbare Chaos dieser Musik kam mir vor wie ein Spiegel der widersprüchlichen Realitäten im Alltag. Diese Musik regte meine Fantasie an und war sicher auch eine Art emotionales Ventil.« *Pergamon* war eine Live-Aufzeichnung aus dem Palast der Republik. »Ein absoluter Geheimtipp! Die drei Musiker

Franke, Froese, Schmoelling haben das auf der Bühne im Palast improvisiert. Es sind nur zwei Stücke, von denen jedes eine LP-Seite, rund 23 Minuten, lang ist, ›Quichotte Part I‹ und ›Quichotte Part II‹. Rainer und ich waren verrückt danach!« Die sperrige Konzeptmusik war für die beiden alles andere als leicht zugänglich, aber wenn man sie sich erschlossen hatte, führte der Grenzgang zwischen Klassik und Elektronik in eine ungekannte Tiefe: »Zeitweise hatte man den Eindruck, man wäre auf einem Weltraumbahnhof oder mit dem Taxi auf dem Weg in eine andere Galaxie.«

21 – It's A Heartache

▸ SOPRON, UNGARISCH-ÖSTERREICHISCHES
GRENZGEBIET | 20./21. AUGUST 1989

So könnte es gewesen sein, als er am Abend des 20. August tatsächlich einen zweiten Versuch wagte: Es gibt keine Alternative. Keine Alternative dazu, die Bergschuhe ein zweites Mal zu schnüren, das Buch und seine Habseligkeiten ein zweites Mal zurückzulassen, ein zweites Mal loszumarschieren, die Jeansjacke bis oben zuzuknöpfen, sobald er sich ins Unterholz schlägt.

Diesmal wählt er eine andere Stelle, um sich nicht zusätzlich verdächtig zu machen. Im Südwesten des Orts. Auch sie war ihm bei seinen Touren aufgefallen. Sie wirkte in der Dämmerung regelmäßig verlassen, nur in großem zeitlichen Abstand schienen hier Militärfahrzeuge Patrouille zu fahren. Wieder schützt ihn die Dämmerung.

Die Handschuhe greifen diesmal routinierter in den Draht. Das Schwanken des Drahtzauns wirkt kalkulierbarer, nicht mehr so, als geriete die Welt aus den Fugen. Die Krone aus Stacheldraht überrascht seinen Körper nicht mehr, auch der Abstieg auf der anderen Seite des Zauns gelingt.

Wieder sichtet er in wenigen Sekunden konzentriert, was in der einsehbaren Schneise vor sich geht. Einer von zwei sichtbaren Wachtürmen scheint beleuchtet. Er wartet ab, überquert dann die Schneise in einem Moment, in dem er sich unbeobachtet glaubt. Jenseits aller Rationalität. Auch den zweiten Zaun überwindet er. Die Handschuhe greifen die rostigen Maschen. Nicht alle geben genug Halt, einige brechen. Jahrzehntelang war der Zaun unter freiem Himmel allen Wettern ausgesetzt. Auf der Rückseite des Zauns gibt eine der Maschen nach. Er kugelt ungelenk zu Boden und steht schnell wieder auf. Dass er das geschafft hat, er, der sich immer für unsportlich hielt! So schnell er kann, huscht er weiter, bis ein Waldstück Deckung gibt.

Das muss der Moment sein.

Ich bin im Westen.

Er lässt sich in die Hocke fallen, sucht Halt an einem Stamm. *Endlich im Westen.* Die Erschöpfung nimmt jeder Freude die Kraft, macht aber, ganz allmählich, einer Erleichterung Platz. Das Schlimmste ist geschafft. Jetzt heißt es, weiter Kurs halten nach Südwesten. Mit aller Kraft, die noch übrig ist, Wege durch das österreichische Grenzgebiet finden.

Er macht sich auf den Weg, wissend, dass er vor dem völligen Einbruch der Dunkelheit weitere Orientierung braucht. Doch das Gelände gibt ihn längst nicht frei. Das Wäldchen, von dem er hofft, dass es bald an einer Straße oder zumindest einem größeren Feldweg endet, wird dichter und dichter. Bis er an ein unsichtbares Ende stößt.

[▫ ▫]

Er kann nicht begreifen, was seine Hände in der Dunkelheit ertasten. Maschendraht hinter Ästen und Zweigen. Er geht zwei, drei Meter zur Seite. Maschendraht hinter Ästen und Zweigen. Er geht zehn, zwanzig, dreißig Meter zur Seite. Maschendraht hinter Ästen und Zweigen.»It's a fool's game. Nothing but a fool's game. Standing in the cold rain. Feeling like a clown.« Es ist, als sähe er sich selbst in Vergrößerung auf der überbreiten Leinwand eines Schwarz-Weiß-Films. Er geht vierzig, fünfzig, sechzig Meter zur Seite. Maschendraht hinter Ästen und Zweigen. Die Kraft reicht kaum mehr, aufrecht zu stehen.

Wer sagt, dass dieser Zaun – höher als alle bisherigen – der letzte sein wird? Er ruht sich aus. Solange sein Körper reglos im Unterholz kauert, ist er auf der Leinwand seines Bewusstseins unsichtbar. Nie hat er die Verzweiflung über die Ohnmacht der Kunst, die in der *Welt von Gestern* anklingt, so verstanden, wie in diesem Moment. »›*Sie (die Kunst) kann uns trösten, uns, die Einzelnen*‹, *antwortete er mir*, ›*aber sie vermag nichts gegen die Wirklichkeit.*‹« (*WVG*, 235f.) Musik und Literatur haben ihn hierhergeführt. Über den Zaun, rüber zu ihr, die er ohne Abschied an den Westen verloren hat, helfen sie ihm nicht.

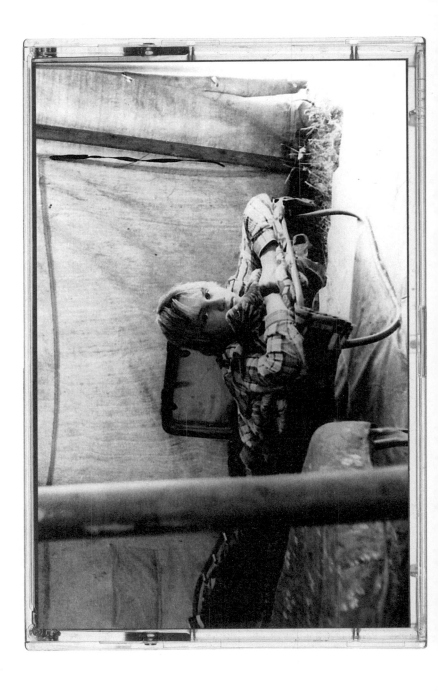

22 – Schickeria

◂◂ ERFURT | 1981–1984

Wann fing es an, dieses Erwachen? Beim Anstehen am Wurststand? Oder damals, als der Platz des Mädchens, in das er verliebt war, eines Morgens ohne Vorwarnung und ohne Abschied leer blieb, nachdem der Ausreiseantrag ihrer Familie in den Westen genehmigt worden war?»Mädchen drüben«. 1984 sang die Spider Murphy Gang das heute relativ unbekannte Lied, in dem sich die Band an ihre Erlebnisse bei einem DDR-Konzert im Jahr zuvor erinnert. Als er es hört, wird er beim Refrain in umgekehrter Richtung denken: *Mädchen drüben*, im Westen. »Mädchen drüben, wenn du dieses Lied mal hörst, Mädchen drüben, weißt du, daß ich an dich denk?«

Sie war längst weg, als nach dem Erwachen auch das Erwachsenwerden begann – und damit die Discojahre im »Stadtgarten«, der für DDR-Verhältnisse riesigen Diskothek mit ihren großen Lautsprechern und ihrer guten Akustik, oder in der »Urne«, der dritten Erfurter Diskothek, im Neubauviertel Roter Berg. Discjockeys gab es in der DDR offiziell nicht. Die Behörden nannten sie Schallplattenunterhalter und verpaßten ihnen strenge Auflagen. Nach Vorschrift sollten 60 Prozent der aufgelegten Titel aus dem Osten kommen.»Aber wo immer ich tanzte, wurde ausschließlich Westmusik gespielt.« Auf privaten Partys machten die Jugendlichen sowieso, was sie wollten, überlegten sich aber auch genau, wen sie einluden und wem sie vertrauen konnten. Steckten sie früher während der Gruppennachmittage alle in den gleichen Blauhemden, bot die Musik jetzt Gelegenheit, sich in Szene zu setzen, sich auszudrücken, eine Individualität auszubilden und zu zeigen, wer oder was man war: Punk, Grufti, Metal-Fan oder Blueser. Sichtbar wurden solche Jugendkulturen vor allem in Ost-Berlin, wo auch ein Netz aus Underground-Bands existierte. In der Erfurter Provinz stellten sich die Szenen nicht so fein ausdifferenziert dar.

[▫ ▫]

Im Sommer 1983 ging es für zwei Wochen nach Puttgarden an die Ostsee. Bis tief in die Nacht hören sie Westradio, und als Punkt Mitternacht die Nationalhymne der Bundesrepublik über den Sender läuft, schmettern Rainer und er die Deutschlandhymne textsicher ins überraschte Publikum, als hätten sie dafür geprobt.»Wir waren angetrunken und übermütig, aber – ja – im Innersten war das kein Blödsinn: Wir haben uns die deutsche Einheit dabei gewünscht.«

Tagsüber, während sie gemütlich auf den Liegestühlen lümmelten und lasen oder sich unterhielten, lief regelmäßig Ina Deters »Neue Männer braucht das Land«, das sich zum Hit dieses Urlaubs entwickelte: »Ich sprühs auf jede Häuserwand: ›Ich such den schönsten Mann im Land.‹ Ein Zettel an das schwarze Brett: ›Er muß nett sein, auch im Bett.‹« Deters Songs, die soziale Themen um Liebe, Partnerschaft, Rollen und Alltag zwischen Pop und Rock behandelten, hatten oft die Leichtigkeit von Songs der Neuen Deutschen Welle und trafen einen Nerv bei den Jugendlichen, die selbst dabei waren, ihre Rollen zu finden.»Male es auf jede U-Bahn: ›Ruf mich unter 318 an.‹ Drucke mir Demo-Flugblätter mit dem Bild von dem Erretter.« Lange halten sie den Song für Ostrock, bis die Schlussstrophe Klarheit schafft: »Und verteile sie vor Karstadt: ›Hab die Männer noch nicht ganz satt.‹ Setz es fett in die BILD-Zeitung: ›E-MAN-ZE sucht 'ne Begleitung.‹« Ein Jahr später wird er Herbert Grönemeyers Hit »Männer« auf einer seiner Kassetten aufnehmen.

Zu Hause bewohnte er inzwischen die erste eigene Wohnung, im Wohnblock der Eltern – ein Luxus, der im Wohnungsplan der DDR nicht vorgesehen war, ein Privileg. »Normalerweise hat man lang auf eine freie Wohnung gewartet und hatte als junger Mensch schlechte Karten, wenn man noch keine Familie hatte. Doch mein Vater hatte gute Kontakte und ein Drucktastentelefon, das er gerne bereit war abzugeben.« In einer Zeit, in der Telefone eigentlich nur mit Wählscheibe erhältlich waren, ein unerhörter Luxus. »Wir haben uns damals mit der Wählscheibe die Finger wund gewählt, zumal im überlasteten Telefonnetz ein Belegtzeichen eher die Regel als die Ausnahme war. Danach hieß es dann, von vorn zu wählen. Es hat mich gerührt, dass mein Vater das Drucktastentelefon nicht für sich behalten, sondern für den kleinen Deal mit der Wohnung hergegeben hat.« Nüchtern betrachtet war es Bestechung, wie sie in der DDR an der Tagesordnung war.

»Ich war weit und breit der Einzige, der mit achtzehn schon eine Wohnung hatte, obwohl ich keine Kinder hatte. Natürlich haben alle spekuliert, wie das ging. Das war ja mit ein Grund, warum viele DDR-Bürger so früh Kinder bekommen haben, neben dem Rückzug ins Private und dem Netz an Kinderbetreuung.« Als der Deal geklappt hatte, legte der Vater eine Aufnahme von Rainhard Fendrichs »Tango Korrupti« ein und die ganze Familie stimmte gutgelaunt ein.

[▫ ▫]

Die eigene Wohnung machte das Erwachsenwerden leichter. Die Clique ging viel weg, wobei die Kneipen für ihr Gefühl viel zu früh schlossen. Auch die drei Diskotheken der Stadt schlossen um Mitternacht, in Ausnahmefällen um ein Uhr nachts. »Vor den Discos hast du lange angestanden; am besten, man kannte einen der Türsteher. Hier im Westen kommt es eher auf die richtigen Klamotten an, ob du in einen Klub reinkommst oder nicht. Damals war das anders, wir sahen ja sowieso alle mehr oder weniger gleich aus. Man konnte sich damals nicht über Kleidung definieren, es gab eine kleine Auswahl, aus der man sich bedienen musste. Bei den Diskotheken waren es schlicht Platzgründe: Das waren kleine Dinger, die schnell voll waren. Um ein bestimmtes Image ging es da nicht.« In der Schlange stehend oder auch wenn er und seine Freunde schulterzuckend aufgaben, um eine Runde durch die Stadt zu drehen, kam ihm oft ein Satz in den Sinn: *Wir leben im Zeitalter der Türsteher und Kellner.* »Die Formulierung traf unsere Zeit: Du warst abhängig von Türstehern und Kellnern. Entweder du bist reingekommen, oder der Abend war gelaufen. Andere Alternativen in der Stadt gab es nicht.«

Im »Stadtgarten« bildeten vollbesetzte Tische und Stühle einen lebendigen Rand um die Tanzfläche – Publikum und Kulisse zugleich für die Tanzenden. Anders als heute, wo in den Diskotheken oder Klubs, wie man inzwischen sagt, in aller Regel allein getanzt wird, gab es formalisierte Regeln: »Man hat als Mann die Frau aufgefordert, und entweder ging sie mit auf die Tanzfläche oder eben nicht. Es war trotzdem kein klassischer Paartanz, sondern Disco, aber allein wäre man nie auf die Tanzfläche gegangen.«

Darf ich bitten? Möchtest du tanzen? Wollen wir tanzen?

Sie müssen sich erst an die Formeln gewöhnen, ein Gespür dafür entwickeln, wann Flapsigkeit und wann Förmlichkeit angebracht ist und wie man damit umgeht, wenn Dutzende Augenpaare zu beobachten scheinen, wie man allein auf einen der Tische zugeht. Man hört die Frauen denken: *Wen er wohl fragen wird? Und was sage ich, wenn ich es bin?* Und die Männer: *Ob der einen Korb kriegt?* »So freizügig die DDR-Gesellschaft in anderen Punkten war, so spießig war sie hier. Man ist in Diskotheken sogar bedient worden, Bars, an denen man sich die Getränke holt, waren nicht die Regel.«

Dass er so viel jünger aussah, als er tatsächlich war, machte die Sache nicht einfacher. »Ich empfand es als ein Handicap, mit sechzehn wie dreizehn auszusehen, obwohl zum Glück nur in den Nachtbars kontrolliert wurde, die erst ab achtzehn waren.«

Schon wenn er seiner Mutter Zigaretten kaufen sollte, musste er regelmäßig seinen Ausweis zeigen, erst recht später beim Bierholen in den USA, wo Alkohol erst ab 21 erlaubt ist. »Da glaubten sie mir mit 27 nicht, dass ich schon volljährig bin.«

[◻ ◻]

Doch neben durchtanzten Nächten und der Freiheit einer eigenen Wohnung hat das Erwachsenwerden auch Schattenseiten: Die Frustrationen häufen sich. Sie heißen Ehrendienst, erste Sackgassen bei der Berufswahl, politische Frustration.

»Es gab eine Kneipe, das ›U Fleků‹ in Prag, heute noch ein bekanntes Brauereirestaurant, wo wir uns mehrmals ziemlich betrunken haben, als sich die beruflichen und privaten Frustrationen häuften. Wir waren uns einig, das tat gut, aber richtig helfen tat es auch nicht.« Gemeinsam trinken ließ die Probleme nur für den Abend verschwinden. »Es gab schon Zeiten, wo ich dachte, dass ich abhängig bin.« Er war es nie, aber er bekam ein Bewusstsein dafür, dass und weshalb sein Staat ein Alkoholproblem hatte. »Später, im Westen, brauchte ich keinen Alkohol mehr. Die Zeit der Alkoholexzesse war komplett vorbei. Dann hatte ich Ziele, wusste, was ich alles machen wollte, was ich als Nächstes vorhatte.«

Ein Drogenproblem kannte die DDR offiziell nicht, da Drogen höchstens über Ärzte erhältlich waren. Die häufigste Droge der DDR hieß Alkohol – sie stürzte überdurchschnittlich viele in die Abhängigkeit. Zwischen Mitte der Siebziger- und Ende der Achtzigerjahre stieg der Alkoholverbrauch rasant an, und das vergleichsweise kleine Land belegte Spitzenplätze in den Statistiken, die den Konsum von Bier und Spirituosen erfassten. Ein Problembewusstsein und geeignete Therapieangebote gab es kaum, obwohl gerade der Partei- und Staatsapparat selbst große Probleme mit Alkoholabhängigkeit hatte. Im September 1989 wurde das sogar im SED-

Politbüro als »besorgniserregend« diskutiert – ein großes Wort in einem Staat, der sich qua Ideologie als frei von Kriminalität, also auch von Drogenmissbrauch, bezeichnete und dieses Phänomen als genuin kapitalistisch beschrieb. Die Realität war eine andere. Gerade dort, wo den Menschen mehr Opportunismus und Anpassung abverlangt wurde, als sie gegen ihre eigene Überzeugung ertragen konnten, gerieten sie leicht in eine Alkoholabhängigkeit, zumal in einer Gesellschaft, in der Alkohol zum öffentlichen und beruflichen Leben gehörte.

»Ich war zu DDR-Zeiten oft depressiv, machte Spaziergänge durch die Stadt, die zu jeder Tageszeit grau, düster und schmutzig und an vielen Stellen verfallen schien. Die Kohleöfen verpesteten die Luft, eine Dunstglocke lag bleiern über der Stadt, die ja in einem Talkessel liegt. Je mehr mich die mangelnden Perspektiven und die politische Situation frustrierten, umso weniger konnte ich diese Wirklichkeit um mich herum ausblenden.«

Heute fällt es ihm schwer, dieses Gefühl jemandem zu vermitteln, dem er das herausgeputzte, fast ein wenig puppenstubenhafte Erfurt zeigt: »Ich kann niemandem mehr die Stadt zeigen, in der ich aufgewachsen bin – es gibt sie nicht mehr. Alles umgebaut und modernisiert. Ich erwische mich heute dabei, wie ich Fotografien von Stellen mache, an denen es heute noch so aussieht wie früher.« Es gibt nicht mehr viele davon. Die Bilder sind Raritäten von dem Moment an, in dem er sie schießt.

[▫ ▫]

Erwachsenwerden bedeutete für ihn und die meisten seiner Freunde mehr als nur pubertäre Rebellion gegen Autoritäten und eine Auseinandersetzung mit den Werten der Elterngeneration. Es bedeutete eine wachsende Enttäuschung über die politischen Realitäten, eine Desillusionierung, die schwer zu begreifen war, wenn man mittendrin steckte. Es sollte noch einige Jahre dauern, bis er das, was er in dieser Zeit erlebte, in Worte gefasst fand:

»... wir wurden aus zehnjährigen Kindern allmählich sechzehnjährige, siebzehnjährige, achtzehnjährige mannbare junge Menschen, und die Natur begann ihre Rechte anzumelden. Dieses Erwachen der Pubertät scheint nun ein durchaus privates Problem, das jeder heranwachsende Mensch auf seine eigene Weise mit sich auszukämpfen hat, und für den ersten Blick keineswegs zu öffentlicher Erörterung geeignet. Für unsere Generation aber wuchs jene Krise über ihre eigentliche Sphäre hinaus. Sie zeigte zugleich ein Erwachen in einem anderen Sinne, denn sie lehrte uns zum erstenmal jene gesellschaftliche Welt, in der wir aufgewachsen waren, und ihre Konventionen mit kritischerem Sinn zu beobachten.« (WVG, 86)

Besonders frustrierend sind in dieser Zeit Momente, in denen die Desillusionierung dort lauert, wo Euphorie sie überstrahlt. Im Jahr 1983 gab es einen solchen Moment, der mit einer überwältigenden Nachricht im Radio begann: »Es war zu der Zeit, als wir am laufenden Band die Münchner Spider Murphy Gang hörten. Irgendwann bekam man im Westradio mit, dass die Band in der DDR ein Konzert geben sollte. Das waren unglaubliche Neuigkeiten: Die erste westdeutsche Band, die in der DDR ein Konzert geben würde! In der DDR hatte es für das Konzert natürlich keinerlei Werbung oder Vorankündigung gegeben.« Der Großteil der Karten wurde über offizielle Stellen vergeben, wie auch die Einladung der Band über offizielle Stellen erfolgt war. So war sichergestellt, dass im Publikum eher regimetreue junge Menschen saßen. Das Konzert sollte die Offenheit der DDR im kulturellen Bereich beweisen, aber man wollte keinesfalls riskieren, dass über Randale oder kritische Zwischenrufe gegen das Regime ein negativer Eindruck von den Zuständen in der DDR entstand. »Dadurch, dass ich damals in der Übertragungsstelle gearbeitet habe, konnte ich tagsüber herumtelefonieren und fand heraus, wann und wo der möglichst geheim gehaltene Kartenvorverkauf für das Konzert der Spider Murphy Gang stattfinden sollte – in Gera, wie das Konzert selbst.«

Mit drei seiner Arbeitskollegen machte er sich an einem Freitagabend mit dem Zug auf den Weg nach Gera, wo am nächsten

Morgen um 9 Uhr der Vorverkauf beginnen sollte.»Es war ein ziemlich kühler Winterabend. Sobald wir angekommen waren, haben wir uns vom Bahnhof aus zum Kulturzentrum durchgefragt. Wir waren noch nie in Gera, aber das Kulturzentrum war nicht zu verfehlen, denn der Platz davor war am Vorabend des Kartenvorverkaufs schon fast voll.« Männer, Frauen und sogar Kinder standen eng beieinander in Gruppen oder saßen auf Campingstühlen.»Es hatte höchstens fünf Grad, die Menschen haben sich mit Bier und Schnaps eingeheizt und die ganze Nacht über gewartet. Wir stellten und setzten uns dazu, ein bisschen Ausrüstung hatten wir auch dabei, und verbrachten die ganze Nacht auf dem Platz.«

Anfangs ging es, doch gegen drei Uhr morgens wurden es immer mehr Menschen, obwohl es ja überhaupt keine Ankündigung innerhalb der DDR gab, nur Berichterstattung über die Westmedien, die weniger der konkreten Konzertankündigung als der historischen Dimension des Ereignisses galt.

»Es gab keinerlei Absperrungen oder Hinweise zur Organisation, wie der Kartenverkauf abgewickelt werden würde, und man konnte angesichts der Masse an Menschen sicher sein, dass nur ein Bruchteil der Wartenden an Karten kommen würde. Ein Großteil der Karten wurde ja auch gar nicht verkauft.« Wie sich herausstellte, waren es genau 300 Karten, während sich auf dem Platz längst mehrere Tausend Menschen drängten.

»Nach einiger Zeit ist die Situation eskaliert: Erste Campingstühle gingen zu Bruch, so sehr wurde gedrängelt. Eine ohnmächtige Frau wurde an mir vorbeigetragen, und ich hatte in dem Trubel längst die anderen verloren. Nur mit einem Kollegen, der in der Nähe stand, hatte ich noch Blickkontakt. Ich war froh, dass ich so groß war, denn die Luft wurde weniger, und in der kalten Winternacht zogen dichte Rauchschwaden über die Menschen.« Er versuchte, sich mit den Ellbogen den Oberkörper freizuhalten, um atmen zu können. Zum Glück war er relativ gut positioniert, während zwei der anderen Kollegen inzwischen weit nach hinten abgedrängt waren.

»Als die Situation immer unerträglicher wurde, habe ich – nachdem ich lang mit mir gerungen hatte – trotzdem irgendwann meinen Platz aufgegeben und von einer Telefonzelle aus die Polizei angerufen. Ich fragte sie, ob sie eigentlich wüssten, was hier los sei, wie viele Leute hier auf engstem Raum ständen, dass es schon Verletzte gebe und die Situation dabei sei zu eskalieren. Die Reaktion machte mich unendlich wütend. Man sagte mir, ein Polizeieinsatz sei nicht geplant – wer sich hier befinde, sei selbst schuld. Zu solchen Veranstaltungen gehe man auch nicht.«

Nach dem Anruf bei der Polizei versuchte er, sich wieder vorzuarbeiten, Stück für Stück. Bis Sonnenaufgang sollte tatsächlich nur ein einziger Wagen der Volkspolizei die Lage sondieren, das Gelände aber bald wieder verlassen. Auch die eigentlichen Veranstalter waren nicht vor Ort, sondern machten erst zur vereinbarten Zeit am Morgen die Türen zum Vorverkauf auf. Viele Menschen hatten bis dahin aufgegeben, andere stürzten sich mit großer Aggressivität ins Gebäude. Von den vier Kollegen schafften es immerhin zwei, an Karten zu kommen. »Wir beide, die wir Karten bekamen, bekamen zum Glück jeweils zwei, sodass wir alle hingehen konnten. Die meisten auf dem Platz aber hatten diese Nacht umsonst gewartet und umsonst Kopf und Kragen riskiert.«

Das Konzert in Gera war von der Stimmung her dann tatsächlich außergewöhnlich gut. »Die immerhin 300 echten Fans, die sich die Nacht für die Karte um die Ohren schlugen, haben unter der großen Masse der offiziell Eingeladenen, zwischen der ganzen DDR-Schickeria, für gute Stimmung gesorgt. Die Band klang mehr nach Studio als nach Live-Band. Vor allem hat man gemerkt, wie wenig sich die Band im Osten auskannte. Einmal, als einer der Musiker rief: ›Ich finde die Frauen in Sachsen schön‹, skandierte das Publikum: ›Thüringen, Thüringen!‹ Meinen Lieblingssong ›Schickeria‹ gab es zum Glück auch, und zum Schluss, als Höhepunkt, ›Skandal im Sperrbezirk‹, von dem man lange nicht wusste, ob sie es spielen würden.« Auch so ein Stück, dessen Tonspur ihn nach München führte.

[◻ ◻]

Auch in diesen Jahren blieb es dabei, Ostmusik war keine Alternative für ihn: »Für mich war Ost-Rockmusik, die abgeschottet hinter einer Mauer entsteht, tote, blutleere Musik. Genauso war es ja bei einigen Schriftstellern: Literatur, die in einem toten Raum entstand und der man anmerkt, dass sie künstlerisch leblos ist. Auch in der Lehrklasse hat, wie schon in der Schule, niemand Ostmusik gehört. Keiner hörte die DDR-Rockband Puhdys, wir hörten Herbert Grönemeyer und BAP.«

Ein Jahr nach der Spider Murphy Gang, im Januar 1984, sollte auch die Kölschrockband BAP in der DDR auftreten. Nach zähen Verhandlungen mit der staatlichen Künstleragentur war sogar eine ganze Tournee mit 14 Konzerten in 13 Städten der DDR angekündigt, und das DDR-Fernsehen wollte zur Ankündigung in der Fernsehsendung *Rund* ein Interview mit Sänger und Bandleader Wolfgang Niedecken samt dreier BAP-Songs in Playback-Versionen aufzeichnen. Das vereinbarte Interview zwischen den einzelnen Stücken fand jedoch nicht statt, zur Verblüffung der Band erschien kein Interviewer auf der Bühne. Der Aufzeichnung vorausgegangen war die Weigerung Wolfgang Niedeckens, einige Fragen im Sinne der Interviewer zu beantworten, etwa dass die SS-20 eine Friedens- und die Pershing eine Kriegsrakete sei. So spielte BAP die drei Songs hintereinander. Die Band, wieder zurück in Köln, wehrte sich gegen ein solches Verhalten mit Musik: Niedecken schrieb den Song »Deshalv spill' mer he«, den er auf dem letzten Konzert in der Bundesrepublik vor dem Aufbruch zur Tour durch die DDR in Wolfsburg spielte. Kurz vor dem ersten Konzert der DDR-Tour – die Band wohnte bereits im Ost-Berliner Hotel *Unter den Linden* – kam es zu einer heftigen Auseinandersetzung um den Song. Die Vertreter der DDR bestanden darauf, dass BAP den Song auf der Tournee nicht spielen sollte, die Band weigerte sich, auf das Lied zu verzichten. »Die Tour wurde abgesagt, bevor das erste der Konzerte überhaupt anfangen konnte. Im DDR-Fernsehen wurde als Grund genannt, dass BAP nicht unter dem Symbol der weißen Taube auf blauem Grund auftreten wollten. Jeder wusste, dass das Quatsch war. Eine Scheißlüge. Wir konnten den Song, der Kapitalismus und Kommunismus in gleicher Weise kritisierte, ja im Westradio hören.«

Wolfgang Niedecken sagte den Song bei einem Konzert in der Frankfurter Festhalle 1984 mit einem Kommentar zum geplatzten Interview im DDR-Fernsehen und den Eingriffen in das Programm der Tour an: »Das war dann etwas, woran wir erkennen konnten, dass wir wahrscheinlich eine total kastrierte Tournee gemacht hätten ... Das wäre nicht das gewesen, was wir gewollt hätten. Wir wären damit den Leuten von der inoffiziellen Friedensbewegung in den Rücken gefallen, mit denen wir sehr viel am Hut haben. Viele haben hier das nicht verstanden, was wir gemacht haben, weil eben überall immer nur davon die Rede war, daß wir dieses ›böse‹ Lied geschrieben haben, und das war's gar nicht. Dieses ›böse‹ Lied war zuerst mal nur ›heile, heile, Gänschen‹ und ›Friede, Freude, Eierkuchen‹, von wegen, daß wir uns freuen, da zu spielen, und nachdem die Sache mit dem Vertrag gelaufen war und die Sache mit dieser Fernsehsendung, haben wir uns gesagt: Leute, wir müssen uns in einem Stück definieren, sonst kriegen wir das hier nie hin!« Im Text des Liedes wird klar, worum es geht: »Warum wir hier sind, ist womöglich nicht ganz klar, so wie es sicher ist, daß ein Lied nicht genügt, um all die Vorurteile abzubauen, die seit dreißig Jahren von Kalten Kriegern hoch geschätzt in Ost und West.« Und weiter: »Weil es ist schön simpel, wenn auch grausam, wenn man alles wie bisher in ein ›Schwarz-weiß‹ und ›Gut und böse‹-Schema preßt. Wie oft schon haben sie euch und uns belogen, die Angst geschürt in Bundeswehr und Volksarmee, uns wo es nur ging um jede Gemeinsamkeit betrogen?« Die Motivation der Band war glasklar: »Damit das anfängt aufzuhören, spielen wir hier.«

Allein diese auf Versöhnung gerichtete Passage war für die DDR Anlass genug, vor den Augen der Weltöffentlichkeit den Abbruch der Tour zu provozieren – obwohl BAP in ihrem Song ebenso offen-

30.12.83 gekauft

Cassette 33 Seite 1 00 Uhr

Interpret Titel Zähler Sender Datum Sendung Besonderheit

- Paul Jang • cambok insday 043 NDR I 31.12.83 Jahreshitparade
- Hans Hartz • nur noch 95 Tage 083,5 NDR II 31.12.83 Schlagerjahresrückblick
- Madnis • auer Hans 117,5
- Edi Grant • Electri: u Evenju 152
- Kaja Go Go • Tu scher 193
- Mikel Schalison • Billi Meen 251
- David Bowie • letz Tanz 301,5
- Flöez • Päxchen 350
- Eurotixs • sweet Dreams 399
- Mikel Schalison • Bieder 464,5
- Spandau Balle • Tru 562
- ENDE 602

Seite 2

- Panje 005
- Robbin Gibb • Juliett 049,5
- Paul Jang • betz mei home 088,5
- Police • If ju brach ju tater 128
- Rod Stewart • Baby Shan 179
- Bob Marley • Baffelo Soljer 210
- Reyra • Balmo ala Bleia 253
- Rhein Rock • Deutschmusik 288,5
- Mikel Sambello • Memak 344
- Elten John • a still standing 382,5
- Peter Schilling • Die Wüste lebt 444
- Kennie Rogers + Dolli faten •
  Eileus in de Street 516
- Pink Floyt • ? 595,5 NDR II 6.1.84 Plattenkiste
- ENDE 602,5

NDR II
31.12.83
Jahreshit-
parade
„Hits des Jahres
1983"

NDR II
6.1.84
NDR II am Vormittag

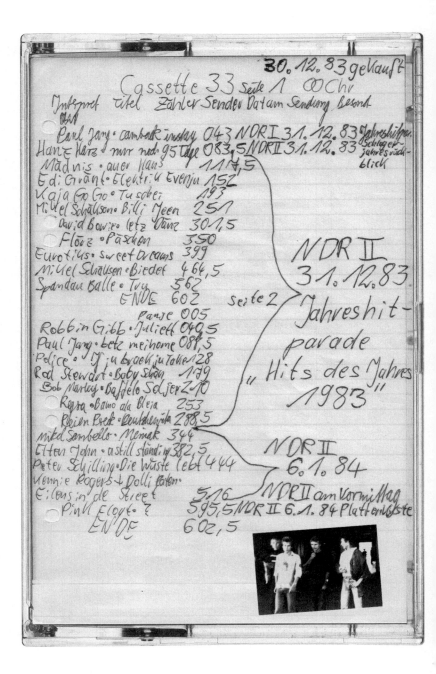

siv die Bundesrepublik kritisierten: »Wo wir herkommen, wird es kälter Tag für Tag. Es sind Pharisäer, die sich Christen nennen, dran. Doch wer sich wie nennt, ist bekanntlich ja so eine Sache.«

Es wird noch vier bis sechs Jahre dauern, bis auch die ersten bekannteren DDR-Bands offen Kritik an der DDR üben, wie City, die 1987 »vom halben Land und der zerschnittenen Stadt« singen, »halbwegs zufrieden mit dem, was man hat. Halb und Halb.« Oder Pankow, die 1988 ihren Überdruss sehr deutlich formulieren: »zu lange das gleiche Land gesehen« und »zu lange die alten Männer gehört«. Von Silly ist 1989 zu hören: »Auf der Brücke steht der Kapitän und keiner darf beim Kompass stehn« und »Wir haben nur die Schlüssel zur Waffenkammer noch nicht«. *Noch nicht.*

Die Abriegelung der innerdeutschen Grenze durch die Mauer hatte die DDR zur viel zitierten »geschlossenen Gesellschaft« gemacht, doch auf die Dauer ließ sich der Wunsch nach Freiheit, Mitbestimmung und freier Meinungsäußerung nicht unterdrücken, der Wunsch, dem immer wieder auch Pop- und Rockmusiker eine Stimme gaben, die keine Grenze aufhalten konnte. Je hermetischer und technisch perfekter die Sperranlagen wurden, desto brüchiger wurde die politische Mauer – mit welchem Recht konnte ein Staat seine Menschen einsperren?

Noch gab es keine Demonstrationen, doch der »Prager Frühling« blieb eine wichtige Referenz für die DDR-Opposition, die die Erinnerung daran wachhielt.

[▫ ▫]

Für ihn, der selbst nicht kirchlich engagiert ist, ist es dennoch vor allem die Kirche, bei deren Veranstaltungen er erste Formen offener Opposition und kritischer Öffentlichkeit erfahren kann. »Ich war in einer Erfurter Kirche zu einem Vortrag des Physikers Carl Friedrich von Weizsäcker, vor dem es eine Art Vorprogramm gab. Ein einzelner Musiker, der zunächst harmlos begonnen hat, dann aber immer aggressiver wurde und offen Lieder gegen die DDR gesungen hat.« Die Atmosphäre im Kirchenraum war zum Zerreißen gespannt. »Mir ist bei der Veranstaltung wieder klar geworden, wie viele Stasi-Leute bei solchen Veranstaltungen im Publikum saßen. Es hat keine drei Lieder gedauert, da hatten sie den schon rausgezogen und ihm das Mikro genommen.« Weizsäcker selbst sprach sehr allgemein zu gesellschaftspolitischen Fragen. »Er hat jedes Wort gewogen und sich zurückgehalten, das hat man gemerkt. Das eigentlich Spannende für mich war die Diskussion danach, wo eine Frau etwas kritisiert hat, was mich auch umtrieb: wie schlimm es wäre, dass man in diesem Land keine Bücher bekomme. Er, der ja auch wusste, dass er in dieser Situation unter Beobachtung steht, sagte höflich, aber deutlich: Er hoffe, dass sich das bessere.«

Später, als er an der Abendschule Abitur machte, gab es Mitschülerinnen und Mitschüler, die in der kirchlichen Bewegung engagiert waren, deren Veranstaltungen auch er besuchte. Oft war dort weniger der Vortrag entscheidend als die Diskussion danach, weil sie ein Forum bot, das es so in der DDR nicht gab – jedenfalls so lange, bis die Diskussionen am spannendsten Punkt abgebrochen wurden, was nicht selten, sondern regelmäßig vorkam.

»Einmal las Günter Wallraff im Kino Alhambra aus seinem Buch *Ganz unten* – das war so eine Veranstaltung, bei der man die Diskussion schnell abgewürgt hat. Ich wollte ihn unbedingt hören, bin aber mit meinen Freunden nicht reingekommen. Ähnlich ging es einer Vielzahl potenzieller Zuhörer. Der Raum war – wie so oft absichtlich – viel zu klein bemessen. Bei der Gelegenheit gab es Randale, fast hätten wir die Tür eingetreten, so groß war die Wut.«

Wie das nicht angekündigte Konzert der Spider Murphy Gang zeigt auch die Wallraff-Lesung, wie in der DDR mit Scheinöffentlichkeiten ein liberaler Anschein erweckt wurde. Veranstaltungen wurden zwar erlaubt, aber durch fehlende Ankündigungen oder eine zu kleine Zahl dazu noch vorab vergebener Plätze doch limitiert und nur für ausgewählte Kreise zugänglich gemacht. Die DDR erfüllte so einerseits den in der Schlussakte von Helsinki vereinbarten Kulturaustausch und unterlief ihn zugleich.

Dabei war es nicht ungefährlich, sich bei solchen Veranstaltungen zu Wort zu melden und offen seine Meinung zu äußern oder gar Veranstaltungen selbst zu organisieren: »Reisefreiheiten konnten auch partiell eingeschränkt werden, und ich kannte Leute, die wegen oppositioneller und kirchlicher Aktivitäten zum Beispiel nicht mehr nach Ost-Berlin durften, darunter auch ein Freund von mir. Andere gab es, die durften sogar ihre Heimatstadt nicht verlassen. Mein direkter Freundeskreis war überwiegend gegen die DDR, aber passiv – ein ganz normaler Querschnitt der Bevölkerung. Viele waren Mitläufer, Westmusik hörten wir alle, und einen kannte ich, dessen Vater war in der Partei und hat in einer Behörde gearbeitet, die es ihm ermöglicht hat, ins westliche Ausland zu reisen. Mit seinem Sohn habe ich gern Musik gehört, an Lichtorgeln und Radios gebaut – wir hatten ähnliche Interessen. Erst jetzt habe ich erfahren, dass man mehrfach versucht hat, ihn für die Stasi anzuwerben, weil das familiäre Umfeld ja gepasst hätte. Der hat denen einfach frech geantwortet: ›Mein Musikgeschmack passt nicht dazu.‹ Klasse Antwort und unfassbar für die, weil er sich damit indirekt zu seiner politischen Einstellung geäußert hat. Mich haben sie nie gefragt, wahrscheinlich weil das vom familiären Umfeld her nicht gepasst hätte.« Er war erleichtert, dass es nicht zu Anfragen kam, wusste er doch, wie schwer es war, aus diesen Gesprächen wieder herauszukommen. »Sie haben oft Leute erpresst, um sie in die Stasi reinzubekommen, und subtile Druckmittel angewandt. Die meisten Leute, die ich kannte, waren zwar nicht staatsfeindlich, hatten aber mit dem Staat nichts am Hut. Die haben ihr Ding gemacht und sich bedeckt gehalten.«

23 – A Whiter Shade Of Pale

▸ ÖSTERREICHISCH-UNGARISCHES GRENZGEBIET
| 20. AUGUST 1989

So könnte das Ende der Welt aussehen: eine dichte grüne Hecke aus Draht, Stahl und Eisen. Bei Nacht eine monströse Wand, die zu beiden Seiten ohne Horizont mit der Nacht verschmilzt. Jahrzehntelang scheint hier kein Mensch gewesen zu sein.

Aus der Schwärze der Nacht löst sich sein Schatten. Er steht auf, läuft die Wand entlang, um eine Stelle zu finden, an der sie den Zaun freigibt. Es scheint keine zu geben.

Er wählt eine Stelle, an der Stangen, Äste und Maschendraht festen Tritt versprechen und beginnt zu klettern. Kein erhebendes Gefühl, als er die Beine über den Zaun schwingt. War das der dritte und letzte Zaun? Er ist sich nicht sicher. Zu groß ist die Gefahr, sich bei Nacht im unübersichtlichen Gelände zu verirren und immer noch innerhalb des Grenzstreifens zu klettern. Seine Hände suchen Halt an der Rückseite des Zauns. Er hangelt sich nach unten, auch diese Seite ist dicht bewachsen.

Sobald er festen Boden unter den Füßen hat, läuft er wenige Schritte und dreht sich erst in der Deckung eines kleinen Wäldchens um. Schon aus dieser geringen Entfernung ist der Zaun kaum mehr zu erkennen. Die riesige Hecke verschmilzt mit der Nacht.

Er tastet nach Taschenlampe und Kompass, um sich zu orientieren. Er hat den Ort im Südwesten verlassen. Jetzt heißt es weitergehen nach Südwesten, quer durch den nächtlichen Wald, der keine Wege kennt. Fängt hier das neue Leben an? Eines, für das es noch keine Karte gibt und dessen Topografie noch gänzlich unerforscht ist? Er kann es nicht glauben. Zu groß ist die Angst, sich im Unterholz zu verirren und zurück ins Grenzgebiet zu laufen.

Er geht weiter, allein mit den Zweifeln im Kopf und dem Knacken der Zweige in der nächtlichen Stille, mehr als eine Stunde lang. Er merkt, wie seine körperlichen Kräfte schwinden. Längst ist sein Getränkevorrat aufgebraucht, das Durstgefühl lässt sich nicht mehr ausblenden, auch weil die Nacht die Hitze des Tages noch nicht vergessen hat. Wann endet dieser Wald, wann endet diese Nacht? Sein Laufen wird zum Stolpern. Immer schwerer wird es, wieder aufzustehen, wenn Wurzeln oder zurückschlagende Zweige ihn zu Fall bringen. Ab und an setzt er sich, atmet tief und leuchtet die Gegend mit der Taschenlampe ab. Dichtes Unterholz zu allen Seiten. Nur der Kompass verrät die Richtung. So wie sein innerer Kompass ihn hierhergeführt hat, Schritte in eine Zukunft, in die kein vorgegebener Weg führt. Woran wird er erkennen, dass er angekommen ist?

[◻ ◻]

Als er das Ende des dichten Waldstücks erreicht, löst eine dämmerige Abendstimmung die Dunkelheit des Waldes ab. Wenn er später beschreiben will, was er in diesem Moment empfunden hat, werden die Worte niemals ausreichen. Er steht am Rand einer Lichtung, die er durchquert wie einen surrealen Traum. Nur ein Lied wird ihm immer wieder dazu einfallen, eine Zeile aus »A Whiter Shade Of Pale« von Procol Harum: »There is no reason and the truth is plain to see.«

Ein riesiges Gelände liegt frei und abschüssig vor ihm. Weinberge, so weit der Blick in den späten Abendstunden reicht. Über ihnen das letzte Glühen der im Südwesten untergehenden Sonne. Er setzt sich und tastet das Bild, das sich ihm bietet, in allen Nuancen ab.

Das ist kein Grenzgebiet mehr. Das muss der Westen sein.

Die Gefühle so überwältigend, dass er sie mit nichts vergleichen kann. »I was feeling kinda seasick ... as the ceiling flew away.« Die Todesangst weicht einer unkontrollierbaren Euphorie und einer Rührung, deren Tiefe er nicht ermessen kann. Beide ringen um die Vorherrschaft, und die Spannung zwischen ihnen, zwischen Lachen und Weinen, trägt ihn über die Leere, in der seine unmittelbare Zukunft vor ihm liegt. Ein Zurück gibt es nicht mehr. *»Wir aber lebten alles ohne Wiederkehr, nichts blieb vom Früheren, nichts kam zurück.« (WVG, 10)*

Wann wird er den nächsten Ort erreichen? Wie wird es weitergehen in den nächsten Tagen und Wochen? Wird er im neuen Leben Fuß fassen?

Er verbietet sich die Fragen und macht sich auf den Weg. Einen Schritt nach dem anderen, zügelt er sich und steigt, vorsichtig Fuß vor Fuß setzend, in der Dunkelheit den Weinberg hinab. Die Weinstöcke wirken wie an einer Schnur aufgereiht, akribisch gesetzt und mustergültig gepflegt, die Reben dicht und voller Trauben. Sogar bei Dunkelheit erkennt er, wie sorgfältig die Wege angelegt sind.

Das kann nicht mehr Ungarn sein.

Am Ende des Weinbergs, nimmt er sich vor, wird er nach einem Platz zum Schlafen Ausschau halten. Es kommt nicht dazu. Noch bevor er das Ende der Reihen erreicht, blenden ihn die Lichter eines nahenden Autos.

24 – Irgendwie, Irgendwo, Irgendwann

■ ENDLOSKASSETTE

Zu viel Licht lässt einen ebenso erblinden wie völlige Dunkelheit. Der Blick wird frei für die eigenen Bilder im Kopf. Diese Bilder könnten wie ein Film über seine Netzhaut gelaufen sein, als das Scheinwerferlicht des Autos direkt in seine Pupillen traf:

Ein leeres Zelt, darin ein Buch. Verlassen auf einem Campingplatz in Sopron.

Die Zeitung am Kiosk in Varna.

Ein Regal prall gefüllt mit Langspielplatten. *Wie konntest du gehen, bevor du ein einziges Mal deine Platten auf einem eigenen Plattenspieler abgespielt hast?*

Der Fernseher. *Was wird aus dem Fernseher? Wir dürfen den Fernseher nicht vergessen, wenn ich drüben bin.*

Ein Säbel, diamantenbesetzt.

Ein Radio ohne Gehäuse.

Die Überraschung in Lenins Augen, als er bewundernd sagt: *Das gefällt dir?*

Er auf einem monströsen Holzstuhl, der ihn mit dumpfem Klacken bewegt, ohne dass er sich wehren könnte. *Das ist nicht mein Land.*

Ein Nachmittag am See, *Stars On 45* im Ohr, an dem immer mehr Transistorradios fremder Urlauber sein Programm wiedergeben.

Sein Vater am Küchentisch, die Ärmel hochgekrempelt. *In unserer Familie war keiner in der Partei.*

Ein zarter Junge, eingesperrt in einem kaum möblierten Raum, glaubt sich unbeobachtet, greift nach dem Telefonhörer und wählt die Nummer seiner Eltern. Keine Verbindung kommt zustande.

Ein Junge leckt sich die Hände.

Vibrierende Regale, aus denen ihm sein Spielzeug entgegengleitet.

»*Ist die Zeit damals schneller gegangen als heute, da sie überfüllt ist mit Geschehnissen, die unsere Welt für Jahrhunderte von der Haut bis in die Eingeweide verändern werden?*« (WVG, 208)

Er steht vollkommen still auf dem abschüssigen Hang, während die Welt im Kopf vorbeirast. »Im Sturz durch Raum und Zeit, Richtung Unendlichkeit, fliegen Motten in das Licht, genau wie du und ich.« Jede Reise nach vorn ist eine Reise nach hinten. Er vergewissert sich seiner Gründe, seiner selbst. Er erinnert sich an das, was er sein wird.

»Irgendwie fängt irgendwann irgendwo die Zukunft an. Ich warte nicht mehr lang.« Er wendet sich ab. Mit dem Blick Richtung Nacht finden die Augen zurück in die Wirklichkeit.

Was will der Wagen von ihm? Er verwirft den Gedanken, in den Weinberg zu fliehen. Ab jetzt wird nicht mehr geflohen. »... denk nicht lange nach, wir fahren auf Feuerrädern Richtung Zukunft durch die Nacht.«

25 – Blue Night Shadow

> ÖSTERREICHISCH-UNGARISCHES GRENZGEBIET
> | 21. AUGUST 1989

So könnte ihn das neue Leben in Empfang genommen haben, als er auf seinem Weg den Weinberg hinab nach einem Platz zum Schlafen Ausschau hielt: Noch bevor er das Ende der Reihen erreicht, blenden ihn die Lichter eines nahenden Autos. Im ersten Impuls dreht er sich weg und sieht den übermenschlich großen Schatten, den er auf den steilen Weg hinter ihm wirft. Er will weglaufen, direkt in den Weinberg. »Blue night shadow on the run.«

Im selben Moment begreift er, wie unsinnig das wäre. Der Wagen ist längst zu nah, die Nacht zu weit fortgeschritten. Das Licht blendet so stark, dass er das österreichische Kennzeichen erst entziffern kann, als der Wagen längst zum Stehen gekommen und der Beifahrer ausgestiegen ist, um auf ihn zuzugehen. Sein Ton ist ruppig.

Was machen Sie hier?

Wieder die Angst, dass auch Österreicher mit der Stasi kooperieren könnten. Was bleibt ihm? Er setzt alles auf eine Karte.

Ich bin ... Ich bin eben über die Grenze gekommen, aus Sopron. Ich komme – aus der DDR.

Die Karte sticht. Er merkt den beiden Männern sofort die Erleichterung darüber an, dass sie es nicht mit einem Dieb zu tun haben. Der Weinberg scheint ihnen zu gehören.

Na dann, kommen Sie mal mit in den Ort!

Die Autofahrt bis Neckenmarkt-Horitschon mag eine Viertelstunde gedauert haben – für ihn ist sie Wimpernschlag und Ewigkeit zugleich. Nach Tagen körperlicher Anstrengung in großer Hitze, pausenloser Anspannung und Todesangst ein Gleiten durch die Nacht, das ihm nach den mühsamen Wanderungen durch das Unterholz der ungarisch-österreichischen Grenze nur übernatürlich vorkommen kann. Sein Zeitgefühl hat jeden Maßstab verloren.

Die Weinbauern lassen ihn in der Nähe der Polizeiwache aussteigen und wenden. Offensichtlich wollen sie zurück zum Weinberg. Auf der kurzen Strecke zur Wache staunt er über eigens mit roten Steinen gefasste Radwege und gelbe Straßenmarkierungen. Ein Bilderbuchstädtchen im Schein von Laternen. *Surreal* ist das Wort, das er am häufigsten denkt, dicht gefolgt von: *Wahnsinn!*, dem Wort, das in den nächsten Wochen so oft zu hören sein wird.

Das kann doch nicht wahr sein.

Er zittert, als er die Polizeiwache betritt. Ist das der folgerichtige nächste Schritt? Offiziell, so hörte er oft, hatte Österreich bisher keine DDR-Flüchtlinge ausgeliefert, aber ein Auslieferungsabkommen sei im Gespräch; allzu oft hatte das Land Honecker den roten Teppich ausgerollt. Gerüchte und Wahrheiten sind für ihn nicht zu trennen. Die Angst hält sich die Waage mit der Hoffnung, dass man ihm hier wird weiterhelfen können.

Die Beamten sind freundlich, nehmen gewissenhaft seine Daten auf und skizzieren die nächsten Schritte: Er wird zum Bahnhof laufen; den Weg beschreiben sie ihm detailliert. Er wird noch den letzten Zug nach Wien erreichen; Abfahrts- und Ankunftszeit notieren sie ihm. Dort wird er die Botschaft der Bundesrepublik aufsuchen; deren Adresse geben sie ihm mit. In der Botschaft wird er mit allen notwendigen Unterlagen ausgestattet werden, um dann legal in die Bundesrepublik Deutschland einreisen zu können; für

Unterkunft in den ersten Tagen wird in Aufnahmelagern gesorgt sein. Zukunft gewinnt Kontur. *»Alles lag eben und hell vor meinem Blick in diesem meinem zweiunddreißigsten Jahr; schön und sinnvoll wie eine köstliche Frucht bot sich in diesem strahlenden Sommer die Welt. Und ich liebte sie um ihrer Gegenwart und ihrer noch größeren Zukunft willen.« (WVG, 245)*

[¤ ¤]

Bis alles zu bersten droht. Einer der Beamten greift nach seinem Funkgerät.

Ich werde meinen Kollegen jetzt Ihre Daten durchgeben.

Er kann das nicht glauben. Er, der als Funker sehr genau weiß, dass und wie die DDR diese Netze abhört. Er, der seinen Namen in den letzten Tagen so konsequent gehütet hat, dass er sich fast selbst vergessen hätte, hört seine Daten jetzt durch ein fragiles, so oft missbrauchtes Funknetz gesprochen.

Olaf Hintze, geboren am 1. August 1964 in Erfurt. Hat am 20. August 1989 österreichisches Staatsgebiet erreicht.

Das darf nicht wahr sein. Die Routineaktion, der die Beamten keine weitere Bedeutung beimessen, erschüttert ihn zutiefst.

Die Angst ist zurück.

26 – I Want To Break Free

▸ ZUGFAHRT VON NECKENMARKT-HORITSCHON NACH WIEN
| 21. AUGUST 1989, NACHTS

Wenn er sich später an seinen nächtlichen Spaziergang zum Bahnhof von Neckenmarkt-Horitschon und die kurze Wartezeit an den Gleisen erinnert, wird es dieser Moment sein, der sich ihm eingebrannt hat: »Während ich auf den Zug gewartet habe, konnte ich eine Mutter im Gespräch mit ihrer Tochter beobachten. Das Mädchen hat mich genau gemustert. ›Was ist denn das für ein armer Mann?‹ Darauf erklärte ihr die Mutter: ›Das ist ein Flüchtling.‹ Bis dahin hatte ich mich selbst nie so genannt. Aber – ja, es stimmte.«

Der Satz löste nicht nur in ihm, sondern auch bei den anderen Wartenden einiges aus: Eine Frau kam auf ihn zu, um ihm ihr Getränk und eine Banane abzugeben; andere Passanten hatten Schokoriegel für ihn. Eine Kioskbesitzerin reichte Obst und weitere Getränke. Die Hilfsbereitschaft rührte ihn, zugleich war er zutiefst beschämt, den Blick immer auf seine zerrissene Kleidung, die verdreckten Schuhe und die – trotz der Handschuhe – blutigen Stellen an Händen und Armen gerichtet. An sein Gesicht wagte er gar nicht zu denken. Erleichtert machte er sich fertig zum Einsteigen, als der

Zug in den Bahnhof einfuhr. Das Ticket hatte er zuvor von seinem Westgeld gekauft; die fünfzig Westmark, die er – in Silberpapier gewickelt und im Salat versteckt – über alle Ostgrenzen geschmuggelt hatte, waren damit fast aufgebraucht. Devisenvergehen. Wäre er erwischt worden, hätte ihn das in große Schwierigkeiten gebracht. Es war gut gegangen.

»Wahrscheinlich hätte ich ohne Fahrkarte nach Wien fahren können, wenn ich dem Schaffner gesagt hätte, dass ich Flüchtling bin. Damals wollte ich alles korrekt machen, ich wollte keinen Ärger und keinerlei Aufmerksamkeit. Ich wollte nicht noch mehr auffallen, als ich mit meinen zerrissenen Klamotten, den dreckigen Schuhen und den Kratzern im Gesicht, am Hals und an den Händen ohnehin aufgefallen bin.«

Der österreichische Fernzug beeindruckte ihn: »Ein ungeheuer feiner Zug, der nach meiner Vorstellung im Komfort eher einem Flugzeug entsprach. Als der Zug anfuhr, war das wie Science-Fiction für mich, ein unbeschreibliches Gefühl. Man hat gar nicht gemerkt, dass der Zug fuhr, während man in den DDR-Zügen jede einzelne Schnittstelle zwischen den Schienen gespürt hat. Ich konnte das gar nicht fassen, es fühlte sich an wie ein Gleitflug. Dazu die sanfte Lautsprecherstimme, die die Stationen ansagte, die weichen Polster, der glänzende Kunststoff, all die Materialien ... Ich war mit allen Sinnen beschäftigt, diese Situation aufzunehmen. Selbst die Hochglanzprospekte, die auslagen, haben mich fasziniert.«

Umso härter traf ihn der Schock, als er begriff, was die sanfte Lautsprecherstimme verkündete:

Unser nächster Halt: Sopron.

Panik ergriff ihn, als er verstand, dass dieser Zug über einen Zwischenhalt im ungarischen Sopron nach Wien fahren würde. »Ich lief zum Schaffner, sagte ihm, das gehe nicht, ich würde mein Leben riskieren. Da käme ich gerade her, und wenn man mich erwischen würde, hieße das Knast, politischer Knast. Ich könne nicht mitfahren. Ich müsse einen anderen Weg finden. Ich war außer mir.«

Der Schaffner beruhigte ihn: Der Zug sei durchgehend österreichisches Hoheitsgebiet; er solle sich nur nicht am Fenster sehen lassen und den Zug nicht verlassen, dann werde ihm nichts passieren. Tatsächlich liegt das Gebiet um Sopron wie eine ungarische Landzunge in Österreich – eine Landzunge, die die Bahnlinie geradlinig durchquert. An einen anderen Ausweg war ohne PKW nicht zu denken. »I've got to break free.«

Tatsächlich standen in Sopron die Grenzer mit Hunden und mit Maschinengewehren bewaffnet am Gleis, schließlich war es ein Zug, der nach Österreich fuhr – er passierte eine Grenze, und die Kontrollen waren nach wie vor streng. »In Sopron sind Ungarn zugestiegen, die mit Tagesvisa nach Österreich gereist sind. Vielleicht haben sie die Reisen gemacht, die wir auf Plakaten beworben sahen. Für mich war es unglaublich.« Die Entfernung nach Wien war kurz, und doch bedeutete die Fahrt mit dem Fernzug für ihn einen weiteren Wechsel der Welten.

»Es kam mir wie eine Ewigkeit vor, bis der Zug weiterfuhr.« Dann brachte er ihn, mit wenigen Zwischenhalten, nach Wien, wo das neue Leben seinen Anfang nehmen sollte. »Ich brauchte einen Pass, ich brauchte Geld und wusste nicht, wie ich überleben sollte. Es ist schwer zu beschreiben: Ich war auf einem unbekannten Planeten, hatte noch nichts von einer Bahnhofsmission oder anderen Einrichtungen gehört und kannte den Westen nur aus den Westmedien und über die Propaganda der SED.«

Natürlich wusste er, dass vieles Propaganda war, dennoch war es nicht immer leicht, die Grenzen zwischen Wahrheit und Lüge abzustecken: »Ich hatte Ängste, von denen ich nicht wusste, wie berechtigt sie waren. Arbeitslosigkeit. Drogenproblematik. Organhandel. Wie oft wurde uns erzählt, dass sie im Westen die jungen, gut aussehenden Leute von der Straße wegfangen, um Organhandel zu betreiben.« Ideologische Kriegsführung, die an Urängste appellierte. »Immer wieder wurde uns gesagt, man könne im Westen nur studieren oder eine Ausbildung machen, wenn man aus einer sehr reichen Familie komme, da man alles selbst bezahlen müsse.«

Was würde das neue Leben für ihn bedeuten? Die Gedanken kreisen immer schneller, während der Zug lautlos durch die Nacht schwebt, an kleinen beleuchteten Inseln vorbei, Dörfern und Kleinstädten, wie er sie sich malerischer nicht hätte vorstellen können. »*Zu Recht schien mir dies Land mit Schönheit gesegnet, mit Reichtum bedacht. Nein, hier war man nicht fremd; ein freier, unabhängiger Mensch fühlte sich in dieser tragischen Weltstunde hier mehr zu Hause als in seinem eigenen Vaterland.*« Ab und zu riss ihn der mitleidige Blick eines neu zusteigenden Fahrgasts aus seinen Gedanken. Seine Geschichte behielt er, soweit es ging, für sich.

Kurz bevor der Zug den Bahnhof Wien erreicht, zählte er die Schillinge, die er beim Kauf der Zugkarte als Wechselgeld gegen die fünfzig Mark erhalten hat. Es waren reichlich Münzen. Er wusste genau, wofür er sie verwenden würde, und konnte es nicht erwarten, Wien zu erreichen.

27 – *Vienna Calling*

▸ WIEN | 21. AUGUST 1989

So eilig könnte er es gehabt haben, als er am 21. August 1989 weit nach Mitternacht auf dem Wiener Südbahnhof ankam: Die Füße suchen ihren Weg wie von selbst, als wäre er schon oft hier entlanggelaufen, obwohl er zum ersten Mal Wiener Boden betritt. Die Münzen aus dem Zug hält er fest in der Hand, er will keine Sekunde verlieren. Den Satz, den er sagen will, wenn jemand abhebt, hat er schon im Kopf. Da er nicht mehr bei sich hat als das, was er am Körper tragen kann – alle Lebensmittel, die er auf dem Bahnhof in Neckenheim-Horitschon geschenkt bekam, hat er längst verzehrt –, läuft er leichten Schrittes und mit freien Händen zielstrebig auf die Wand mit den öffentlichen Münzfernsprechern zu. Kaum sind sie in Sichtweite, steigert er sein Tempo weiter, rennt, so schnell er kann, obwohl er keine Eile mehr hat, obwohl jetzt, mitten in der Nacht, alle Geräte frei sind. Er wählt eines in der Mitte, greift den Hörer. Seine Hand gibt die Schillinge frei. Eine Münze nach der anderen lässt sie in den Schlitz fallen.

Er tippt die vertraute Nummer mit internationaler und nationaler Vorwahl und ist überrascht, wie schnell das Freizeichen einsetzt.

Es klingelt. Er kann kaum begreifen, wie leicht mit einem Mal alles ist. Es ist die Stimme seiner Mutter. Als er sie hört, ist der vorbereitete Satz verloren. Was sagt man in einem solchen Augenblick? Er weiß es nicht und hört sich selbst stammeln:
Ich bin's, Mama. Ich hab's geschafft, ich bin im Westen!
Ja, echt.
In Wien.
Ja, es geht mir gut, und wie!
Zu Fuß über die Grenze. In Sopron, Ungarn. Und dann mit dem Zug.
Später wird es ihm schwerfallen, das Gefühl von Triumph zu beschreiben, das er zu Beginn dieses Telefonats fühlt: es geschafft zu haben einerseits, das Regime ausgetrickst zu haben andererseits. Ein gigantisches Glücksgefühl, das ihn berauscht. Er braucht diesen Rausch, der ihn die Unsicherheit, die ihn erwartet, vergessen lässt. Später wird es ihm schwerfallen zu beschreiben, wie sich neben dieses gigantische Gefühl, neben dem nichts Platz zu haben scheint, ein zweites stellt, mindestens ebenso mächtig, das keinen Namen hat und zwischen Rührung und Dankbarkeit changiert. Die tiefe Erleichterung in der Stimme seiner Mutter löst es aus.
Ja, Mama, in Wien. Es ist tatsächlich vorbei.
Ich gehe als Nächstes zur Botschaft.
Ja, ich denke, die nehmen einen auch nachts in Empfang.
Alles wird sich finden.
Eine Erleichterung, die tief und grenzenlos ist, auch wenn klar ist, was sein Schritt in letzter Konsequenz bedeuten wird. Beide, Mutter und Sohn, wissen um den restriktiven Kurs im Land: »Die Mauer wird auch noch in fünfzig und auch in hundert Jahren noch bestehen bleiben«, hatte Honecker im Januar desselben Jahres verkündet.
Er sagt nicht: *Und irgendwann werden wir uns wiedersehen.*
Sie sagt nicht: *Und irgendwann werden wir uns wiedersehen.*
Er sagt: *Räumt sofort alles raus aus der Wohnung, bevor die Stasi es nimmt. Bevor sie die Wohnung plombieren.*
Sie sagt: *Machen wir. Pass auf dich auf!*

[◻ ◻]

So hilflos könnte er sich gefühlt haben, als er auch den dritten Passanten, den er mitten in der Nacht nach der Botschaft der Bundesrepublik Deutschland fragen kann, nicht versteht: hilflos dem Wienerischen ausgeliefert. Der eine kennt nur die Botschaft der DDR, nicht aber der Bundesrepublik, der andere ist selbst Tourist und mit der Frage überfordert, den dritten versteht er schlicht gar nicht. Er muss noch etliche Nachtgestalten fragen, bis er begreift, wie er die Gegend um das Botschaftsgebäude auch in den späteren Nachtstunden erreichen kann.

Knapp, bürokratisch-freundlich und gleichzeitig professionell-distanziert nimmt man dort seine Personalien auf und reicht ihm ein Formular, mit dem er sich bei einem bestimmten Hotel melden soll. Man habe dort ein Zimmerkontingent für Fälle wie ihn und sei auch nachts erreichbar.

Die nächtliche Odyssee geht weiter, mit der Straßenbahn Richtung Hotel – Falco im Ohr. »Do the freestyle Rock and we never gonna stop. Herr Präsident, wir kennen eine Sprache, diese Sprache, die heißt Musik.«

[◻ ◻]

So könnte es im Hotel gewesen sein, das ein durchschnittliches war, aber für ihn der pure Luxus: Nach zwanzig Tagen im Zelt und den Strapazen der letzten Tage weiß er nicht, ob er sich zuerst aufs Bett oder in ein warmes Bad fallen lassen will, ob er je wieder aufwachen und morgen pünktlich die Botschaft erreichen wird, wenn er jetzt noch einschläft. Hilflos steht er zwischen den Möglichkeiten wie zwischen übergroßen Möbeln, die zu hoch sind, als dass er sie benutzen könnte.

Er entschließt sich, erst auszupacken und dann ins Bad zu gehen. Allein das Toilettenpapier wird er später als paradiesisch beschreiben. Die zweite Garnitur (Hose, Oberteil, leichte Schuhe, seine Lieblingsjacke und Unterwäsche) war in der inzwischen zerrissenen Umhängetasche gut genug in Plastiktüten verpackt, um die Flucht heil zu überstehen. Er breitet alles sorgfältig über einen Stuhl.

Die zerschlissene Jeans lässt er auf die verdreckten Bergschuhe gleiten, Jeansjacke und T-Shirt legt er obenauf. Ein dreckiger, steifer Berg altes Leben, der ihm aus der Zimmerecke zusieht, wie er das Bad betritt und später, in ein weiches Frotteehandtuch gewickelt, in großen Schritten wieder verlässt, um sich aufs Bett fallen zu lassen. Die Füße hinterlassen wenige nasse Abdrücke auf dem Teppich. Er schläft sofort ein. Der matte Lichtschein aus dem Badezimmer begleitet ihn durch die Nacht.

[◻ ◻]

So könnte er ausgesehen haben, als er sich am nächsten Morgen im Spiegel sah: die Haare frisch gewaschen und geföhnt, die Kleidung hell und strahlend sauber. Nach den Tagen in den viel zu warmen, aber schützenden Klamotten fühlt sich die neue Kleidung wie die pure Freiheit an: die Hose weiß, das T-Shirt hell, an den Füßen leichte, weiße Stoffschuhe. Dazu die Stoffjacke, die er noch Jahrzehnte besitzen wird. Bündchen auf Taille, der letzte Schrei, modischer Inbegriff der Achtzigerjahre. Für unvorstellbare 500 Mark hatte er sie im Exquisit gekauft, den er nur den Wucher-Laden nannte. Damit hatten ihn sogar die Stasi-Leute auf den Messen in Leipzig regelmäßig für einen Westler gehalten, wenn er sich an den Messevitrinen die Nase platt drückte. Seine Augen sagen in einer Mischung aus Stolz und Verwunderung: *Gut siehst du aus. Verwandlung perfekt.*

Dann fällt sein Blick auf den Haufen altes Leben in der Zimmerecke. Er berührt jedes Teil ein letztes Mal. Stellt die Bergschuhe aufs Fensterbrett, legt Jeans, Jeansjacke und T-Shirt zu einem ordentlichen Stapel. Drapiert die Reste der zerrissenen Umhängetasche ordentlich dahinter. Dann verlässt er den Raum. Falco fällt ihm

wieder ein: »Du kannst auf mich verzichten, nur auf Luxus nicht.«
Er lächelt. Es ist ein symbolischer Akt. Ein Abschied vom alten
Leben. Im Frühstücksraum beginnt das neue, für das es noch keine
Routinen gibt. Hilflos steht er zwischen den Alternativen am Büfett.
Das Bild wird zu seinem Symbol für die nächsten Wochen. Womit
beginnt man, wenn man alles nehmen kann?

[▫ ▫]

So könnte es in den Räumen der Botschaft der Bundesrepublik
gewesen sein: Wieder begegnen ihm die Türsteher zu seinem
neuen Leben freundlich-nüchtern und bürokratisch-distanziert.
Vorgänge werden eröffnet, Daten ausgetauscht, Formulare sind
auszufüllen. Dann streikt die EDV.

Es tut uns leid, Sie werden drei bis vier Tage in der Stadt bleiben müssen, bis wir Ihnen Ihre vorläufigen Einreisepapiere für die Bundesrepublik Deutschland werden aushändigen können. Selbstverständlich auf unsere Kosten.

Was andere als eine lästige Panne oder irritierende Verzögerung im geplanten Ablauf empfunden hätten, wird ihm zum unverhofften Geschenk.

Wir stellen Verpflegungsgeld und eine Unterkunft.

Vier Tage in einer der Städte seiner Träume, von der er nicht wissen kann, wann er sie wieder wird besuchen können. Wenn er später von diesem Aufenthalt erzählt, wird er ohne Zögern von den glücklichsten Tagen seines Lebens sprechen. Eine einzige Begeisterung und Gelöstheit, die alle seine Sinne fordert: »*Was streifte ich damals durch die Straßen, wieviel sah, wieviel suchte ich in meiner Ungeduld!*« (WVG, 159)

[▫ ▫]

Gleich am ersten Vormittag macht er sich schlau und rechnet aus, was er mit dem Geld alles wird machen können, wenn er am Essen spart.

Das Programm ist dicht: Albertina, Belvedere, Hofburg mit Schatzkammer und Schweizerhof, Burgkapelle, Heldenplatz, Spanische Hofreitschule, Waffenkammer, Josefsplatz, Nationalbibliothek, Prater, Staatsoper, Burgtheater, Schloss Schönbrunn, Stephansdom, Neptunbrunnen, Palmenhaus, Zentralfriedhof. Mit einer Stadtrundfahrt verschafft er sich einen ersten Überblick, sogar eine Schlössertour kann er sich leisten, wenn er nicht mehr als einmal täglich isst. Viel zu groß ist der Hunger nach Kultur, die Erinnerung an die Ungarn-Urlaube, als er so wenige Kilometer von Wien entfernt war und ihn doch eine ganze Welt von der Stadt zu trennen schien.

[¤ ¤]

Dazwischen lange Spaziergänge, die nichts kosten außer Aufmerksamkeit und Hingabe. Er erkundet die Stadt auf ganz eigenen Wegen, geht auf den Spuren Stefan Zweigs und hält sich lange in der Nähe des Schottenrings 14 auf, wo Zweig 1881 als Sohn einer reichen Industriellenfamilie geboren wurde, ebenso in der Frankengasse 9, wo er während seines Studiums der Philosophie und Romanistik lebte. Auch Spuren Rilkes entdeckt er im 4. Bezirk, wo der Lyriker während seines Wienaufenthalts in der Viktorgasse 5a und der Gußhausstraße 9 lebte und seine Wiener Freunde regelmäßig traf, darunter auch Stefan Zweig und Hugo von Hoffmannsthal. Er spaziert auf den Spuren von Wolfgang Amadeus Mozart und Franz Kafka. Besessen von dem, was die Stadt ihm zu bieten hat, kennt er keine Müdigkeit. Es ist nicht nur die Fülle der Eindrücke, die ihn durchhalten lässt; es ist, als könnte er zum ersten Mal seit Langem wieder frei atmen. Er fühlt sich unbeobachtet, gänzlich frei, ohne Zwänge im Denken und Reden, ohne Termine und Pläne, ohne Gepäck. Überall in der alten europäischen Stadt riecht es nach Geschichte.

Begierig nimmt er die Großstadt mit allen Sinnen wahr. Die Schaufenster der Läden der Inneren Stadt, an Kärntner Straße,

Graben und Kohlmarkt, schaut er sich intensiv und mit großer Gelassenheit und Konzentration an wie Gemälde, die von einer anderen Zeit erzählen. Von der Zukunft.

Er weiß, dass er sich irgendwann all das wird kaufen können. Noch ist nicht die Zeit, sich mit dem Druck der Entscheidung zu belasten, sondern die Zeit, Erwartung und Gewissheit zu genießen. Der Kapitalismus umgibt ihn, aber er hat ihn noch nicht erfasst. In einem der Fenster ist eine komplette Freud-Werkausgabe ausgestellt. Er liest die Rücken von vorn nach hinten und von hinten nach vorn. Alle Bände. Und ist sich sicher: *Bald wirst du das alles lesen können.* Den Drang, die Bände zu besitzen, spürt er noch nicht. Aber er weiß: Der Tag wird kommen.

Was er hofft: dass seine Lesevergangenheit, seine Bücher und Notizen ebenso wenig wie seine in vielen osteuropäischen Ländern zusammengetragene Musiksammlung nicht verloren geht. Dass er die *Welt von Gestern* nicht ganz verliert: »*Kein Exemplar meiner Bücher, keine Aufzeichnungen, keine Freundesbriefe sind mir in meinem Hotelzimmer zur Hand. Nirgends kann ich mir Auskunft holen, denn in der ganzen Welt ist die Post von Land zu Land abgerissen oder durch Zensur gehemmt.*« (WVG, 12f.)

[▫ ▫]

Dann der Moment, als ihn zum ersten Mal ein Bettler anspricht. Aus der DDR kennt er das nicht. Die Situation rührt ihn zutiefst: ein Kompliment. Er, der selbst keinen Schilling übrig hat und nicht weiß, ob er je wieder zu Geld kommen wird, sieht offenbar aus wie jeder andere Passant dieser Stadt.

Zugleich schockiert ihn die Situation: Offensichtliche Armut umgeben von Reichtum, das gab es also wirklich, nicht nur in der SED-Propaganda. Die Begegnung irritiert ihn nachhaltig und wird zum Schlüsselmoment. Eine Existenz, die schiefgegangen ist, muss jemanden irritieren, der selbst noch nicht weiß, wo sein Platz in der Gesellschaft sein wird. Mit einem Mal ist nicht mehr selbstverständlich, dass alles gelingen wird.«»Wien, nur Wien, du kennst mich up, kennst mich down. Du kennst mich. Nur Wien, nur Wien, du nur allein.«

[▫ ▫]

Dann schließlich ist die Botschaft der Bundesrepublik Deutschland wieder handlungsfähig. Man händigt ihm die vorläufigen Einreisepapiere aus, dazu ein Zugticket für die Fahrt in das Sammellager nach Gießen. Als die Passagiere des Zuges an der Grenze zur Bundesrepublik kontrolliert werden, liest der österreichische Grenzbeamte seine Einreisepapiere aufmerksam, um sich dann zu entschuldigen, dass er nach Deutschland weiterreisen müsse und nicht in seinem Land ein freies Leben beginnen könne.

Die Entschuldigung überrascht ihn, der von vornherein nach Westdeutschland wollte, aus vielen Gründen. In diesem Moment macht sie ihm wieder klar, wie wichtig die Zusage der Bundesrepublik Deutschland für ihn ist, jeden DDR-Bürger ohne weiteres Verfahren als Bürger der Bunderepublik Deutschland anzuerkennen. Was wird das für ihn bedeuten?

28 – Stay On These Roads

▸▸ **SAMMELLAGER GIESSEN, HESSEN** | **25./26. AUGUST 1989**

Die Zugfahrt von Wien nach Gießen dauerte gute acht Stunden. Er erinnert sich an sie wie an einen schwebenden Übergang zwischen den Welten. Ohne Gepäck, nicht mehr bei sich als die Unterlagen im Brustbeutel, war er ganz auf sich zurückgeworfen. Auch das Buch fehlte ihm, das im Zelt in Sopron zurückgeblieben war. Das Einzige, was ihn an die Welt von gestern erinnerte, war ein kleiner, harter Gegenstand in seiner linken Hosentasche, der ihn fest in die Leiste drückte, wenn er die Beine übereinanderschlug. Er tastete mit der Hand nach ihm – dem Schlüssel, zu dem es kein Schlüsselloch mehr gab.

Während draußen fremde Orte einander abwechselten – Linz, Passau, Regensburg, Nürnberg, Würzburg –, nahmen die Fragen einen immer größeren Raum ein: Wann wird er den nächsten eigenen Schlüssel in Händen halten, welche Türen zu welcher Zukunft wird er aufsperren? Wo wird das eigene Leben weitergehen?

Er erinnert sich – zum ersten Mal seit Jahren – an das Mädchen, das während seiner Schulzeit das Land Richtung Westen verließ, nachdem der Ausreiseantrag der Eltern genehmigt worden war.

Wo würde sie jetzt leben? Vor den Fenstern zogen breite asphaltierte Straßen voller bunter Autos ihre Bahnen, und für einen Moment sah es tatsächlich aus, als bewegten sich die Straßen, nicht die Autos, die daran aufgereiht schienen wie an einer Schnur. Ein Song fiel ihm ein, der regelmäßig auf den Listen stand, die die Freunde ihm für die Hitparaden im Viertel als Wunschsong eingereicht hatten. »Stay on these roads. We shall meet, I know.« Fing ihr neues Leben im gleichen Aufnahmelager an? Wo lebte sie jetzt, inzwischen erwachsen geworden? Würde er sie wiedersehen? Der Gedanke war absurd, hatte er doch schon damals, zu Schulzeiten, kaum Kontakt zu ihr. Was hätten sie einander jetzt zu sagen? Und doch war sie die Einzige, die er im Westen kannte. »You feel so weak, be strong. Stay on, stay on. We shall meet, I know. I know.«

Schneller als erwartet überraschte ihn der Umsteigebahnhof Frankfurt am Main, ein erster Zwischenhalt im bundesrepublikanischen Leben. Zum ersten Mal hatte er westdeutschen Boden unter den Füßen. Es blieb nicht viel Zeit, sich auf den Moment einzulassen, denn es hieß, schnell das Gleis zu wechseln, um den Anschlusszug nach Gießen zu erreichen.

[◻ ◻]

Die Zentrale Aufnahmestelle im Meisenbornweg war für ihn wie für viele DDR-Bürger ein Synonym für Freiheit. Hier begann das neue Leben, hier wurden Personalien aufgenommen, Ausweise ausgestellt und DDR-Flüchtlinge auf das gesamte Bundesgebiet verteilt. Bis zum Mauerfall werden hier 900 000 Flüchtlinge und Übersiedler die ersten Nächte in der neuen Welt verbracht haben, allein 1989 waren es 120 000. »Notaufnahmeverfahren« hieß das Prozedere für die rechtliche und soziale Eingliederung der Flüchtlinge aus der DDR in die Bundesrepublik in nüchternem Amtsdeutsch. In dem Moment, in dem er, der Einzelkämpfer, der alleine geflüchtet war und auch die Tage in Wien ganz für sich verbracht hatte, mit den Papieren der deutschen Botschaft in Wien das Gelände des Auf-

nahmelagers betrat, hörte er auf, allein zu sein, und begriff zum ersten Mal die Dimension der Flüchtlingsbewegung, deren Teil er war. Quer über das Grundstück und an der Außenmauer des Gebäudes entlang standen die Menschen Schlange, alles Flüchtlinge aus der DDR. Männer und Frauen, die alleine gekommen waren, Paare, Freunde, wenige Familien. »Das war alles nicht angenehm, aber sehr gut organisiert. Das Personal war sehr zuvorkommend, was sicher auch an dem öffentlichen Interesse lag – das hätten sie sich gar nicht anders erlauben können.«

Tatsächlich sind die Flüchtlinge in Gießen belagert von Fernseh- und Hörfunkteams. »Überall waren Journalisten, 300 Mark gab es für ein Fernsehinterview. Es gab Aushänge, auf denen Personen gesucht wurden, die bereit waren, für Reportagen und Interviews über ihre Flucht zu sprechen. Die knapp zwei Tage in Gießen bedeuteten Ausnahmezustand für mich.«

Doch nicht nur Journalisten tummelten sich im und um das Aufnahmelager in Gießen; die kleine westdeutsche Stadt war durch das Lager seit Jahren ein zentraler Ort für die DDR-Auslandsspionage. Acht Mitarbeiter der Staatssicherheit sollen nach Auskunft der Berliner Stasiunterlagenbehörde 1988 in Gießen gelebt und gearbeitet haben. Damit waren in der kleinen Stadt mehr Spione des Ministeriums für Staatssicherheit der DDR aktiv als in mancher westdeutschen Großstadt. Genau wusste er darüber nicht Bescheid, ahnte es aber, lag es doch in der grausamen Logik des Systems, gerade dort besonders aufmerksam zu sein, wo sich Widerstand regte und Menschen sich verletzlich machten, indem sie ihre Haltung offenlegten. In Sopron, dem Grenzort, hatte er bereits deutlich gefühlt: *Schon hier zu sein war ein Bekenntnis.* Hier, im Aufnahmelager, nach geglückter Flucht, galt der Satz umso mehr.

Vorsichtig tasten sich die Flüchtlinge vor, wenn sie einander ihre Geschichten erzählen. Eine erste Nähe entsteht sofort: Sie alle haben Risiken in Kauf genommen, Besitz zurückgelassen und sich auf eine unsichere Zukunft in neuer Umgebung eingelassen, haben der Repression die Stirn gezeigt.

Umso fremder wirkten die anderen auf ihn, sobald sich die Unterschiede offenbarten: Viele, die geflohen waren, hatten enge Verwandtschaft oder gute Freunde im Westen, hatten Adressen in den Geldbörsen, wo man sie empfangen würde, oder wurden in Audis, Golfs oder VWs abgeholt, nachdem sie auf dem Gelände des Lagers herzlich umarmt und in Empfang genommen worden waren. »Ich hatte keine Sicherheit in Aussicht – keinen Hafen, den ich anfahren konnte.«

Er beobachtete, wie Westverwandte mitgebrachtes Gepäck in die geräumigen Kofferräume ihrer Kombis stapelten und besaß selbst nichts. »Ich hatte noch keine neuen Klamotten und kann mich kaum erinnern, wie die weiße Hose nach dem Aufenthalt in Wien aussah.« Man fragt sich nicht, wie etwas aussieht, wenn man es sowieso nicht wechseln kann. »Es war komisch, keinerlei Besitz zu haben, echt komisch, aber ich hatte diese unglaubliche Zuversicht, dass alles gut wird. Ich hatte ein unerklärliches Vertrauen in die Zukunft, ich wusste einfach, dass ich mir bald alles kaufen kann. Ich wusste, das klappt auf jeden Fall, das Schlimmste habe ich hinter mir.«

So beengt die räumlichen Verhältnisse im Aufnahmelager auch waren, so befreiend war das Gefühl, unter Menschen zu sein, die auf unterschiedlichsten Wegen den gleichen Schritt getan hatten. So zurückhaltend er sich gegenüber Journalisten verhielt, so sehr genoss er die vollkommen neue Situation, Fluchtgeschichten zu hören und mit der eigenen in Relation zu setzen. *»Aber das schönste Glück in diesem Glück erscheint mir, daß sie nicht lügen muß vor den andern, sondern ehrlich sein darf zu sich selbst ...«* Er erlebte zum ersten Mal, was ihm in den nächsten Jahren zur Selbstverständlichkeit werden sollte. Noch hielt er sich zurück mit der eigenen Geschichte, erzählte immer als Zweiter und längst nicht immer vollständig von dem, was er in den letzten Wochen erlebt hatte. Mit den wesentlichen Erinnerungen und Herausforderungen blieb er weiter allein, schob Fragen und Pläne in seinem Kopf hin und her und war überrascht, dass die zweite Stimme immer noch zu hören war, auch wenn er das Buch in Sopron zurückgelassen hat: »*Mag sein, daß durch die Unbekümmertheit, mit der die jungen Menschen von heute durch das Leben gehen, ihnen etwas von jener Ehrfurcht vor den geistigen Dingen fehlt, die unsere Jugend beseelte. ... Vielleicht sogar, daß sie gar nicht ahnen, wie gerade der Schauer des Verbotenen und Versagten den Genuß geheimnisvoll steigert. Aber all dies scheint mir gering gegenüber der einen und erlösenden Wandlung, daß die Jugend von heute frei ist von Angst und Gedrücktheit und voll genießt, was uns in jenen Jahren versagt war: das Gefühl der Unbefangenheit und Selbstsicherheit.*« (WVG, 112f.)

Der Moment, in dem sich die Freiheit im Gespräch öffnete, dazu die in ganz anderem Zusammenhang verfasste Passage von Zweig werden ihn immer wieder mit höchster Sensibilität reagieren lassen, wenn er oberflächlich-verklärende Ostalgie auch nur erahnt. »Natürlich ist man sich heute der Freiheit und der großen Bedeutung der Demokratie nicht mehr bewusst, aber natürlich hat man sie. Ziel wäre also, sich deren Bedeutung wieder bewusst zu werden, sie zu leben und zu bewahren, nicht, es wieder wegzuwünschen einer falschen Idylle wegen.«

Die Zentrale Aufnahmestelle in Gießen war für die DDR-Flüchtlinge dieser Tage das eine obligatorische Nadelöhr auf dem Weg in die Bundesrepublik. Doch schon nach wenigen Tagen verteilt sie die Flüchtlinge über das ganze Bundesgebiet. »Es hieß, man könnte sich aussuchen, in welches Bundesland man kommt. Manche wollten nach West-Berlin und wurden dort hingeflogen. Das hätte ich mir niemals vorstellen können: nach West-Berlin gehen und wieder mit der Mauer leben.« Wünsche konnten geäußert werden, nicht alle wurden erfüllt.

Er selbst musste nicht lang überlegen, sein Traum vom Westen hieß von Kindheit an: *München.* »Ich wollte immer schon nach München, wo mein Vater als Kind öfter bei einer Tante Ferien machen durfte. Er hat oft von diesen Aufenthalten geschwärmt. Außerdem kannte ich München als bedeutenden Technik-Standort, an dem zum Beispiel SIEMENS ansässig war. Ich wusste, dass die Oper sehr gut ist, wusste, dass viele von den Werken, die ich mit Begeisterung gehört hatte, Aufnahmen von Münchner Inszenierungen waren. Dann die Natur, die Berge, die Seen!« Es war eine Liebe, die lang vor dem ersten Blick begann.

Dass es unter allen Umständen eine Großstadt werden sollte, wusste er: Er sehnte sich nach unbegrenzten Möglichkeiten, nach einem Kulturangebot, das Kopf und Seele taumeln lässt. München, Frankfurt oder Hamburg kamen infrage. »Aus heutiger Sicht hätte die Nähe zu meiner Heimatstadt für Frankfurt gesprochen, aber damals bin ich davon ausgegangen, dass ich niemals nach Erfurt würde zurückreisen können.« Als er München als Ort seiner Wahl angab, folgte die Enttäuschung sofort: Nach Bayern konnten DDR-Flüchtlinge in diesen Tagen nicht mehr reisen, da das Bundesland sein Soll für die Aufnahme erfüllt hatte. Ratlos stand er vor den Alternativen, die für ihn – eine wie die andere – austauschbare Notlösungen waren. Ein Durchgangslager im nordrhein-westfälischen Schöppingen sollte seine nächste Station werden.

29 – See You

▸▸ DURCHGANGSLAGER SCHÖPPINGEN UND
AUFNAHMELAGER ST. WENDEL | 27.–31. AUGUST 1989

Anders als die nächtliche Zugfahrt nach Wien und die lange IC-Fahrt von Wien nach Gießen verbrachte er die Busfahrt nach Schöppingen nicht mehr allein. Im Gegenteil: Mehrere Busladungen voller Flüchtlinge wurden von Gießen aus nach Schöppingen gefahren, wo erst im selben Monat in der ehemaligen NATO-Kaserne im Kreis Coesfeld ein Übergangslager für Flüchtlinge eingerichtet worden war.

Noch hatte er das eigene Leben nicht selbst in der Hand, sondern folgte den Anweisungen der Behörden mit der Ruhe und dem Vertrauen eines Kindes. Von einer der hinteren Busreihen aus ließ er den Blick im Gang durch die Reihen langsam nach vorne wandern, Mensch für Mensch. So viel Zukunft auf so engem Raum. Noch hatten sie einige gemeinsame Tage im Durchgangslager vor sich, bevor jeder von ihnen seinen ganz persönlichen Neuanfang wagen würde. Lauter Geschichten, die noch darauf warteten, geschrieben zu werden. Rechts und links vor dem Fenster flogen Schilder mit immer neuen Namen von Städten und Autobahnabfahrten vorbei.

Westdeutsche Provinz. Nur wenige Namen sagten ihm etwas, München schien in immer weitere Ferne zu rücken.

Auch das neue Durchgangslager war schwerer als gedacht zu erreichen: Durch eine Lautsprecherdurchsage erfuhr die Gruppe, dass sie die erste Nacht noch ein bis zwei Fahrtstunden vor Schöppingen in einem internationalen Asylbewerberheim verbringen müssten, bevor sie am 28. August ihre Schlafsäle im Übergangslager für DDR-Flüchtlinge beziehen könnten. Die Kaserne in Schöppingen, die gerade erst als Aufnahmelager für DDR-Flüchtlinge eröffnet worden war, hatte bei der nächtlichen Ankunft des Busses schon geschlossen, eine Aufnahme nach dem üblichen Prozedere konnte erst am Folgetag stattfinden. Er nahm die Nachricht positiv auf, bedeutete sie doch politisch nichts anderes, als dass die Fluchtbewegung eine ungeahnte Größe erreicht haben musste. Wo er die Nächte verbringen sollte, war für ihn nicht wesentlich.

Was er dann erlebte, schockierte ihn allerdings und nährte erste Zweifel an der Bundesrepublik. Im internationalen Asylbewerberheim lebten Flüchtlinge verschiedenster Nationen, Männer, Frauen und ganze Familien, viele von ihnen, anders als er, für längere Zeit.»Ich war geschockt, als ich sah, unter welchen Bedingungen sie in diesem reichen Land leben mussten: Es liefen Ratten herum, im Flur rann die Pisse an einigen Stellen die Wand und den etwas abschüssigen Boden entlang. Das kann doch nicht sein, dachte ich, im Westen. Es war ein Kulturschock für mich, denn was ich sah, stimmte nicht überein mit dem, was ich von diesem Staat dachte.« So schlimm hatte selbst die SED-Propaganda die Zustände nicht ausgemalt. Er konnte es nicht begreifen und sprach einen der Hausmeister an, der auf seine Frage, wie das denn sein könne und was dagegen unternommen werde, eine Antwort gab, die ihm den Atem nahm:»Der sagte ganz nüchtern, das sei Absicht: ›Wenn wir hier reparieren und alles sauber halten, dann kommt ja noch mehr von dem Gesocks rein.‹ Was für ein Idiot! Klar das lag nicht in der Verantwortung eines einzelnen Hausmeisters, der eine rechte Einstellung hatte, sondern im System. Das hat mir Angst gemacht.«

Es war ein erster Eindruck unter vielen. Ein Streifzug in den benachbarten ALDI katapultierte ihn in die neue Konsumwelt: »Es war unvorstellbar für mich, dass fast alles unter einer Mark kostete: 69 Pfennig für eine Dose Ananas. Das war ein Luxusartikel, den man in der DDR so gut wie nie bekam. Und wenn man das seltene Glück hatte, eine Dose Ananas zu entdecken, hat man über zehn Mark dafür gezahlt.« Seine Augen suchten ein rosafarbenes Preisschild nach dem anderen, sein Kopf konnte nicht glauben, was sie sahen. Seine Hände wussten nicht, wonach sie greifen sollten. Wieder genoss er das Gefühl der Auswahl, das ihn beim Hotelfrühstück schon überwältigt hatte, und gewöhnte sich an den unerträglich schönen Gedanken, dass es ab jetzt zu seinem Alltag gehören würde.

Als am 28. August das Übergangslager Schöppingen für seine Gruppe geöffnet wurde, rückte der tadellose Zustand des neu eröffneten Übergangslagers für DDR-Flüchtlinge seine Erfahrung im Asylbewerberheim in ein noch dunkleres Licht. Offenbar gab es zwei Klassen von Flüchtlingen.

Auch das neue Durchgangslager ist derart von Journalisten belagert, dass sich die Betreuung der Flüchtlinge dort öffentlich vollzieht. »Dort war die Hölle los! Eine Buchhändlerin aus dem Ort haben sie interviewt, ob sie nicht Angst habe, dass sie von den DDR-Bürgern überfallen und ausgeraubt werden könne. Die Geschichte ist mir im Gedächtnis geblieben, weil mir ihre souveräne und kluge Antwort gefallen hat: Sie hat sich nicht provozieren lassen, sondern klar gesagt, dass solche Ängste unbegründet seien.«

Tatsächlich waren die Medien nicht nur an spektakulären Fluchtgeschichten interessiert, sondern auch an den Motiven der Menschen, in der Bundesrepublik neu anzufangen, und an ihren Vorstellungen von der Zukunft. »Dabei wurde ganz oft manipulativ gefragt und durch die Fragen Angst unter uns Flüchtlingen verbreitet: ›Wir haben viele Arbeitslose hier, auf Sie wartet niemand. Wie stellen Sie sich denn hier die Zukunft vor?‹ Das war eine gängige Frage.«

Und so wie die Fragen die Flüchtlinge verunsicherten, verunsicherte die Berichterstattung die Bevölkerung. »Es war eine heikle Situation, für viele von uns, die wir ja im Endeffekt nicht wussten, wo und wie es weitergehen sollte.«

Außerdem blieb die Angst, von Journalisten instrumentalisiert zu werden und die eigene Familie in Gefahr zu bringen. Für ihn, der die letzten Wochen und Monate alles darangesetzt hatte, niemandem von seinen Plänen zu erzählen, sich nichts anmerken zu lassen und keine Spuren zu hinterlassen, ist die Vorstellung, ein Interview zu geben, unerträglich. »Damit hätte ich meine Familie in große Schwierigkeiten gebracht, das wollte ich auf keinen Fall.« Entschlossen nahm er den Tunnelblick wieder an, verließ die Gemeinschaftsräume, solange dort gedreht wurde, vermied es, Journalisten auf den Fluren zu begegnen oder sich auf unverbindliche Gespräche einzulassen.

Am zweiten Nachmittag, als er die Fernsehteams schon aus dem Lager glaubte, überraschten sie ihn doch. Er war kurz zuvor im Bad gewesen, hatte dabei auch sein T-Shirt gewaschen und stand im Unterhemd am Fenster eines der großen Aufenthaltsräume, als ein Kameramann am Ende eines Drehs noch für eine letzte Totale die Kamera einmal quer über die Menge im Aufenthaltsraum schwenkte. »Ich habe mich schnell nach rechts gedreht, mich aber trotzdem noch erkannt, als wir am Abend den Beitrag in den Hauptnachrichten sehen konnten.« Es war ein Ereignis im Lager: der Aufenthaltsraum – durch den Fernseher der am meisten frequentierte Raum des Gebäudes – voller Menschen, die sich selbst in der nur wenige Stunden alten Filmaufnahme wiedererkannten. »Das war irre! Und es kam noch besser: Beim nächsten Telefonat haben mir dann meine Eltern erzählt, dass auch mein Bruder, der das mit seiner Familie gesehen hat, mich erkannt hat: ›Der sieht ja aus wie Olaf‹, soll er gesagt haben.« Es rührte ihn, dass es auch in dieser Situation wieder die Nachrichtentechnik war, die nicht aufzuhalten war und Kontakt zwischen den Menschen herstellte und hielt, wo politische Ideologien ihn mit aller Kraft zu unterbinden suchten. Keine einzige Nachrichtensendung hat er während der Zeit im Durchgangslager Schöppingen verpasst.

An jedem kleinen Erfolg erfreute er sich: »Meinen Pass hatte ich da schon, das war ein tolles Gefühl. Für mich ein heiliges Papier. Dass ich damit in die ganze Welt würde fahren können, war eine unbeschreibliche Perspektive, die alles bisher Vorstellbare sprengte.« Durch das Überbrückungsgeld war eine erste finanzielle Bewegungsfreiheit gegeben; ein Antrag auf Sozialhilfe, mit der die Flüchtlinge die mehr oder weniger lange Zeit zur ersten Berufstätigkeit überbrücken konnten, war auf dem Weg.

Es wird werden.

Die Atmosphäre in Schöppingen war trotz aller räumlichen Enge gelöst und optimistisch. Man kam leicht ins Gespräch, war sich nah durch die gemeinsame Ausnahmesituation und fühlte sich dabei nicht bedrängt, da es für alle ein Durchgangsstadium war. Wenige Tage nur, und sie würden wieder getrennt sein. Die gemeinsamen Mahlzeiten auf den Alutabletts der Kantine genoss man im Speisesaal oder auf Bierbänken in der Sonne. Momente zum Durchatmen und Nachdenken, in denen man nicht an einem der Schalter anstand, um die nächsten bürokratischen Dinge zu erledigen. »Das waren die ersten Bierbank-Garnituren, die ich sah. Später, in den Münchner Biergärten, sollten sie mir noch oft begegnen.«

Der Schlafsaal war groß, aber sauber und gepflegt. Mit frisch gewaschenen weißen Laken konnte er sich ein Bett herrichten. Er bezog ein unteres Bett der gut zwanzig Doppelstockbetten im Raum. Schlichte Betten aus dunklem Metall, über deren seitlichen Bügeln er während der Nacht Hose und Shirt aufhängen konnte. Als um 22 Uhr der ersten Nacht das Licht im Schlafsaal gelöscht wurde, fand er trotz seiner Erschöpfung lange nicht in den Schlaf. Zu viele Geschichten hatte er gehört, Dutzende Türen in neue Leben von Menschen, die ebenfalls die DDR verlassen hatten und jetzt einen Neustart im Westen planten, hatten sich ihm geöffnet.

Ihre Motive, die DDR zu verlassen, ähnelten sich. Das fehlende Recht auf Meinungsäußerung und der immense politische Druck waren für die meisten der Hauptgrund, ihr altes Leben zurückzulassen. Erst danach wurden fehlende Reisemöglichkeiten und die schlechte Versorgungslage im Land genannt. Und vielen war es gegangen wie ihm: Das unerträgliche Gefühl des Eingesperrtseins brauchte Auslöser, damit aus den vagen Fluchtüberlegungen konkrete Pläne wurden. Seine Wut und Verzweiflung laufen in seiner Erinnerung auf den gleichen Punkt zu: das Verhör 1984 nach der Geschichte mit der Fahne. Das Ende nicht nur aller Studienträume, sondern auch des Plans, zur Marine zu gehen. Es ging vielen so, dass es dieser letzten Auslöser bedurfte, um den unerträglichen Paradoxien des Systems tatsächlich den Rücken zu kehren.

Doch so ähnlich ihre Motive waren, die DDR zu verlassen, so unterschiedlich waren ihre Pläne für den Neuanfang in der Bundesrepublik. Er, der bisher noch alles mit sich selbst ausmachte, konnte kaum anders, als die fremden Leben mit dem eigenen zu vergleichen. Manche richteten sich auf eine längere Zeit in Flüchtlingsunterkünften ein; sie wollten auf diese Weise durch den Winter kommen und in Ruhe überlegen, wie das neue Leben beginnen sollte. Andere wollten morgen schon weg sein und hatten längst Freunde oder Verwandte im Westen benachrichtigt, um mit privater Unterstützung neu anzufangen. Einige im Schlafsaal hatten den beruflichen Start bereits akribisch vorbereitet und ihre wichtigsten Zeugnisse bei sich; jemand hatte gar Kopien aller Unterlagen auf Microfiche dabei. Von einer solchen Vorbereitung konnte bei ihm keine Rede sein. Er wusste erst nur die Richtung, in die er sich bewegen wollte. Immer noch wies sein Kompass nach München. Sein vager Plan war, irgendwo möglichst schnell Arbeit und eine eigene Wohnung zu finden, um sich genug Geld für einen Neuanfang in München zusammenzusparen.

Er verließ das Durchgangslager Schöppingen und zog ins Aufnahmelager St. Wendel im Saarland, wo sich nur mehr sechs Flüchtlinge ein Zimmer teilten. Hier versorgten sich die Flüchtlinge selbst und bezahlten von ihrer Sozialhilfe auch die Miete. Erwartet wurde, dass die Menschen ihr Schicksal selbst in die Hände nahmen. Er machte sich jeden Morgen früh auf den Weg in die Bibliothek, um gleich die Tageszeitungen durchzusehen. Neben der politischen Berichterstattung studierte er akribisch die Stellenanzeigen, notierte jede halbwegs passende Kontaktadresse und begann zu telefonieren.

Die Zusage zum ersten Vorstellungsgespräch kam von einer kleinen Werkstatt auf dem Land, etwa siebzig Kilometer von St. Wendel entfernt, deren Chef Mitarbeiter für Lötarbeiten an elektronischen Geräten suchte – ab sofort.

Er zögerte nicht, fuhr per Anhalter dorthin, fragte sich vor Ort durch und überzeugte den Chef mit seinem Wissen und praktischen Geschick. Er selbst brauchte einige Zeit, um einzuordnen, was er von der neuen Stelle halten sollte: »Es war ganz primitive Werkstattarbeit, für die ich eigentlich überqualifiziert war. Dann aber sprachen wir über das Gehalt. Die Summe beeindruckte mich: Das war mehr, als ich in der DDR hatte, und lag weit über der Sozialhilfe, die ich als Flüchtling für wenige Tage bezog. Also sagte ich zu.« Im Nachhinein sollte sich herausstellen, dass der Lohn für diese Tätigkeit im bundesrepublikanischen Vergleich lächerlich niedrig war. »Ich war selig an diesem Tag, denn für mich war klar, dass diese wenig befriedigende Aufgabe nur eine Zwischenstation sein würde: Ich würde Geld sparen, um mir so bald wie möglich eine Zugfahrt nach München leisten zu können. Vielleicht konnte ich mir dort schon in ein paar Monaten eine neue, attraktivere Stelle suchen.« Vorerst zählte nur eines: Er hatte nach nur zwei Tagen Suche einen Job und konnte jetzt die Augen nach einer Wohnung offen halten.

Die ersten Tage pendelte er per Anhalter vom Aufnahmelager aus zur Arbeitsstelle, dann fand sich auf Vermittlung des Chefs schnell eine Unterkunft in einem benachbarten Ort. »Ich war in einem Rausch von Glück, weil alles geklappt hat. So schwierig es war, sich in den wechselnden Unterkünften zu organisieren und sein Leben ohne Fahrrad oder Auto per Anhalter zu meistern: Dieser Rausch hat mir Kraft gegeben. In der ersten Zeit ist mir ein

Traum nach dem anderen in Erfüllung gegangen.« Die Welt von gestern gerät mehr und mehr in den Hintergrund, wenn auch niemals in Vergessenheit. Nur selten noch fällt ihm ein Satz aus dem Buch ein, so sehr nimmt ihn der atemlose Alltag in Beschlag. Einer dieser Sätze war: »*Wer immer durch diese Zeit ging oder vielmehr gejagt und gehetzt wurde – wir haben wenig Atempausen gekannt –, hat mehr Geschichte miterlebt als irgendeiner seiner Ahnen.*« *(WVG, 12)* Auch wenn in diesen turbulenten Tagen wenig Zeit blieb, die Entwicklungen der deutsch-deutschen Geschichte dieser Tage zu reflektieren, war ihm bewusst, dass Außergewöhnliches mit ihm und um ihn herum geschah.

Nur einmal, in einem Supermarkt, in dem ansonsten belangloser Mainstream aus einer schlechten Musikanlage rieselte, erreichten ihn Bruchstücke eines Songs von Depeche Mode, durchtrennt von einer krachend lauten Durchsage, die eine Kassiererin, ihrem Chef keinen Namen, sondern nur eine Nummer wert, zu einer der Kassen rief. »All I want to do is see you again.« Ihr englischer Synthie-Pop hatte die Gruppe bekannt gemacht, »See You« war eines der Lieder, die er regelmäßig über den Sender geschickt hatte. Mit wenigen Songzeilen ergriff eine Kette von Erinnerungen von ihm Besitz, die er lange nicht loswerden konnte: Urlaube mit Freunden und Familie, das Transistorradio im Gepäck. »If the water's still flowing, we can go for a swim and do the things we used to do.« Auch wenn er jetzt alles kaufen und überallhin reisen konnte, er würde es ohne sie tun müssen. War es das wert? »Ein Gefühl von Heimweh hatte sich in all dem Trubel noch immer nicht eingestellt. Aber – ja – ich vermisste die anderen. Sehr.«

30 – *Prime Time*

▸▸ MORBACH-HUNDHEIM
| SEPTEMBER BIS DEZEMBER 1989

Höchstens zehn Tage pendelte er vom Aufnahmelager in St. Wendel per Anhalter zur Arbeit in den Ort namens Morbach, dann hatte sich ein zweiter Wunsch erfüllt: eine eigene Wohnung. Der Tag, an dem der Schlüssel dazu zum ersten Mal in seine Hosentasche glitt, schien ihm ein einziger Triumph. »Ich war der Erste im Zimmer, der einen Job bekommen hat. Und dann, nur wenige Tage später, der Erste im Zimmer, der Tschüss gesagt hat: Jetzt geht's weiter!«

Sein neuer Chef hatte ihm die Wohnung vermittelt; er kannte einen Kneipier im Nachbardorf Hundheim, der eine Dreizimmerwohnung für eine Monatsmiete von 350 Mark vermieten konnte, soziale Kontakte in der im Erdgeschoss befindlichen Kneipe inklusive. »Die Wohnung war riesig, natürlich hab ich sie genommen.« Immer noch trennte ihn ein stattlicher Weg von sieben Kilometern von der Arbeitsstelle, aber der ließ sich leichter trampen oder zur Not auch laufen, wenn keine Fahrgelegenheit in Sicht war.

Der Kneipier im Erdgeschoss erzählte ihm an langen Abenden Geschichten aus dem Dorf. Viele relativierten den Eindruck einer bodenständigen, heilen Welt, den die Fassaden und Vorgärten erweckten.»Glaub nicht, dass alles Gold ist hier bei uns. Der ist arbeitslos, der ist verschuldet. Durch die Kneipe, die eine Instanz im Ort war, kannte er die Leute alle. Er plauderte gern und hatte Respekt vor mir. Er selbst war desillusioniert: Seine Frau war jung gestorben, die Ehe seines Sohnes gerade gescheitert, er kämpfte mit Herzproblemen.« Die Miete zahlte er regelmäßig bar am Tresen in der Kneipe; der Wirt wurde sein erster westdeutscher Bekannter, mit dem er regelmäßig die Abende verbrachte.

Sieben Kilometer trampte oder lief er jetzt täglich in die kleine Firma im Nachbardorf. Noch immer trug er Tag für Tag die weiße Hose, die er in der Umhängetasche über die Grenze gebracht und in der er in Wien sein neues Leben angefangen hatte. Nach Feierabend galt es, nach und nach den neuen Alltag zu organisieren. Er kaufte sich ein paar Kleidungsstücke, besorgte sich ein Fahrrad für den Arbeitsweg und – was so weit auf dem Land nicht einfach war – eine Matratze für die sonst unmöblierte Wohnung. Seine Eltern und Brüder in Erfurt hielt er per Post und gelegentlich Telefon, so gut es ging, auf dem Laufenden, auch wenn sich die Dichte der Ereignisse, der schnelle Wechsel der Adressen und die Fortschritte im bürokratischen Verfahren nicht vermitteln ließen. In der Wohnung in Hundheim kam er erstmals zur Ruhe, war unter fester Postadresse erreichbar und fühlte sich angekommen im Westen, wenn auch noch nicht am Ort seiner Wünsche.

Der neue Beruf entwickelt sich schnell zur lästigen Routine: »Die Arbeit bestand nicht darin, etwas zu entwickeln, sondern schlicht im Löten der immer gleichen Geräte. Mein Chef hat gewusst, dass ich völlig unterfordert war, und mir versprochen, dass wir die bisherigen Schaltungen bald zusammen weiterentwickeln würden. Anfangs sah es für mich tatsächlich danach aus, aber letztlich waren es falsche Versprechungen.« Er arbeitete vier Monate für die Firma, und es blieb bei der Fließbandarbeit. »Teile zusammenbauen und löten, löten, löten. In der Regel hundert Geräte am Tag. Das war todlangweilig, aber ich wusste ja ohnehin, dass es für mich eine Zwischenstation auf dem Weg nach München war und sich bald etwas ändern musste.« Diesen Drang bemerkte auch sein Chef und versuchte, ihn stärker an sich und die Firma zu binden. »Er hätte mir Geld für ein Auto geliehen, weil er hoffte, dass ich mit mehr Bewegungsfreiheit vielleicht mehr Freude am Landleben entwickelte. Für mich kam das nicht infrage, weil es mich finanziell von ihm abhängig gemacht hätte. Dann hat er mir ein Telefon geschenkt und großzügig die ersten Gebühren übernommen. Er hat in vielerlei Hinsicht versucht, mich dort zu halten, aber ich spürte, dass das nicht das Richtige war.«

[¤ ¤]

Ein Gutes hatte die Routine freilich: Er kam zur Ruhe und fand neben der Arbeit reichlich Zeit für neue Pläne und die Auseinandersetzung mit den Erlebnissen rund um die Flucht. Endlich konnte er seinem Vater erlauben, worauf der schon lange hingefiebert hatte, nämlich den Fernseher in den Betrieb zurückzubringen. Ein Triumph, von dem der Vater dem Sohn später wieder und wieder erzählte.

Hier ist Ihr Fernseher, den ich im Namen von Olaf Hintze zurückbringe. Mein Sohn braucht ihn nicht mehr. Der ist ja jetzt im Westen.

»Es war ein Triumph, den ich aus der Ferne miterlebt habe. Ich hatte mich in der Firma aus politischen Dingen ja immer herausgehalten, wie die meisten Kolleginnen und Kollegen. Es gab nur einen einzigen Kollegen, der dem Parteifritze immer Kontra gegeben und ihn mit Fragen in die Enge getrieben hat. Der Kollege stand kurz vor der Rente und hatte keine Angst mehr. Diskussionen gab es also laufend in der Werkstatt, und ich dachte mir immer: ›Um Gottes willen, halt dich zurück!‹«

Eine Zurückhaltung, zu der er keine Alternative sah, obwohl er auch Scham darüber verspürte, dem älteren Kollegen nicht beispringen zu können. »Deshalb war es mir so wichtig, dass mein Vater diesen Satz gesagt hat, als er den Fernseher zurückbrachte. In

diesem Moment, in dem ich selbst gar nicht mehr anwesend war, konnte ich zum ersten Mal Flagge zeigen. In dem Moment wussten alle Kollegen, was ich von dem Staat und dem Regime halte.«
Mein Sohn ist ja jetzt im Westen.
»Wir waren zu dritt in der Funkwerkstatt des Funkamts. Den älteren Kollegen habe ich häufig um Rat gefragt, weil das ein alter Fuchs war, der alles wusste. Er wiederum hat mich bewundert, weil ich nach dem Wechsel der Abteilung so schnell in das neue Gebiet reingekommen bin. Gerade deswegen war es mir wichtig, dass er im Nachhinein erfahren hat, dass ich immer auf seiner Seite war. Vorher habe ich auf andere Art und Weise versucht, das zu zeigen.«
Mein Sohn ist ja jetzt im Westen.

Dazu die Erinnerung an den Vater, sein Stolz auf ihn, der Schwur vor der Flucht: Er sollte den Fernseher mit diesem Satz zurückbringen können. Dazu die Zeile Zweigs, die über allem schwingt: »*mein Vater in mir und sein heimlicher Stolz*«, ihm verdankt er, was er vielleicht als seinen »*einzig sicheren Besitz*« empfindet: »*das Gefühl der inneren Freiheit*«.

[◻ ◻]

So wichtig, wie ihm das Wissen um die Rückgabe des Fernsehgeräts und das damit verbundene Bekenntnis innerer Freiheit gewesen war, so wichtig wurde ihm das erste Fernsehgerät im Westen, gerade in den Wochen, in dem das Fernsehen nicht nur Spiegel, sondern auch Motor der Menschen war, die sich in den Grenzen und an den Botschaften äußere Freiheit erkämpften. Er weiß noch den Tag: Es war der 11. September, der Tag, an dem ihm eine Radiomeldung den Atem nahm: Ungarn hatte die Schlagbäume an der Grenze zu Österreich geöffnet. 15 000 Menschen waren innerhalb von drei Tagen in die Bundesrepublik geflüchtet, und immer mehr flohen in die bundesdeutschen Botschaften, um ihre Ausreise zu erzwingen. Er war wie elektrisiert, brauchte die Bilder zu den Ereignissen, also den Fernseher, auch wenn die Wohnung bis auf eine

Matratze noch gänzlich unmöbliert war. Wann immer es die Zeit erlaubte, verfolgte er fortan die aktuellen Nachrichten – zu Hause im Fernsehen, im Betrieb zumindest übers Radio. Er verfolgte, wie die DDR die Grenzen zu Ungarn schloss, um ihren Bürgern die Ausreise über Österreich unmöglich zu machen. Der schnelle Takt der Ereignisse machte ihn beinahe schwindlig: Zuerst konnten 15 000 Menschen die Grenze, die ihn das Leben hätte kosten können, passieren, als existierte sie gar nicht. Dann wiederum wurde sie geschlossen, und sein Urlaub mit den Kollegen, der ihm zum Sprungbrett in den Westen wurde, wäre gar nicht mehr möglich gewesen. Die ČSSR grenzte sich im gleichen Zug wieder deutlicher zu Ungarn hin ab. Das Problem hatte sich damit nicht entschärft, sondern nur verlagert: Nun zeigte sein Fernsehgerät Abend für Abend über 10 000 Flüchtlinge aus der DDR, die vor den Augen der Weltöffentlichkeit in Prag campierten, um ihre Ausreise zu erzwingen. Als absehbar war, dass die Situation eskalieren könnte, schloss die DDR am 3. Oktober 1989 auch die Grenze zur ČSSR. Der Eiserne Vorhang umschloss die DDR jetzt in jeder Himmelsrichtung. Seine Angehörigen und Freunde waren hermetischer abgeriegelt als je zuvor. Ausreisen in die ČSSR waren nur noch per Visum möglich. Es gab kaum mehr Bewegungsfreiheit für die Bürger der DDR.

Fassungslos verfolgte er in der leeren Wohnung, was aus denen wurde, die wie er selbst noch vor drei Wochen in osteuropäischen Ländern auf ihre Chance zur Flucht hofften. Am 30. September 1989 hatte der bundesdeutsche Außenminister Hans-Dietrich Genscher vom Balkon der Prager Botschaft aus verkündet, dass die Flüchtlinge, die sich in der Botschaft aufhielten, am 1. und 4. Oktober ausreisen dürften. Die Freiheit für 14 000 Botschaftsflüchtlinge war Ergebnis von Verhandlungen zwischen Hans-Dietrich Genscher und Oskar Fischer, dem Außenminister der DDR.

Er sah, wie für die Ausreise über DDR-Gebiet bereitgestellte Sonderzüge den Dresdner Hauptbahnhof passierten und sich Tausende Menschen an die überfüllten Züge zu hängen versuchten, und die eigene Angst während der Zugfahrt über ungarisches Grenzgebiet kam zurück. Die DDR hatte die Züge bereitgestellt, weil sie den Eindruck vermitteln wollte, die Situation unter Kontrolle zu haben, doch die Dresdner Unruhen des 4. Oktober stellten den Staat erst recht bloß: Man sah bewaffnete Sicherheitskräfte, die Zivilisten davon abzuhalten versuchten, sich in die Züge zu drängen. Zu Ausschreitungen dieser Art kam es nicht nur am Dresdner Hauptbahnhof, sondern auch entlang der Bahnstrecke in Plauen, Reichenbach, Freiberg, Werdau, Bad Brambach und Karl-Marx-Stadt.

Die Berichterstattung der DDR-Medien konnte er von Morbach-Hundheim aus nicht verfolgen; Eltern und Freunde aber zitierten in Telefonaten gern, was am Kiosk auf den Ausgaben der Zeitung *Neues Deutschland* über die Flüchtlinge und später die Übersiedler zu lesen war: »Sie haben sich selbst von ihren Arbeitsstellen und von den Menschen getrennt, mit denen sie bisher zusammenlebten und arbeiteten. ... Die Regierung der DDR ließ sich davon leiten, daß jene Menschen bei Rückkehr in die DDR, selbst wenn das möglich gewesen wäre, keinen Platz mehr im normalen gesellschaftlichen Prozeß gefunden hätten.« (*Neues Deutschland*, 2.10.1989)

Erich Honecker rief die DDR-Bürger auf, den Weggegangenen keine Träne nachzuweinen: »Sie alle haben durch ihr Verhalten die moralischen Werte mit Füßen getreten und sich selbst aus der Gesellschaft ausgegrenzt. Man sollte ihnen deshalb keine Träne nachweinen.«

Die Beharrlichkeit, mit der sich das Regime an die erodierende Macht klammerte, irritierte und beschämte ihn. Hilflos versuchte die DDR-Führung, eigene Bilder gegen die der Flüchtlingsströme zu setzen, und feierte am 7. Oktober mit einer großen Militärparade den vierzigsten Jahrestag der Staatsgründung.

Doch gegen die Macht der Bilder der Fluchtwelle, die berührten wie die der Menschen, die beim Bau der Berliner Mauer 1961 in letzter Sekunde die Seite wechselten, kamen die Inszenierungen der Staatsmacht nicht an.

Als er diese Bilder sah, verstand er intuitiv, was sie in Osteuropa womöglich in Bewegung bringen konnten: Sie befeuerten den Protest auf der Straße, sie gaben Menschen Mut und zeigten, dass das System hilflos war, wenn nur genug Bürger ihre Rechte wahrnahmen. Auf der Flucht, als er selbst winziges Moment dieser Bewegung gewesen war, war ihm das nicht klar gewesen. Jetzt stand es ihm deutlich vor Augen.

Es hatte sich gelohnt.

Am 1. November schließlich erreichte ihn übers Radio die Nachricht, dass die Reisesperre in die Tschechoslowakei auf Druck der Bevölkerung, die in den südlichen Teilen der DDR mit Streiks drohte, aufgehoben werden musste. Obwohl noch nicht Feierabend war, ließ er in der Werkstatt alles liegen und stehen, um am Fernsehgerät zu beobachten, wie 50 000 Menschen über die ČSSR in die Bundesrepublik reisen konnten.

»Mir war klar, dass hier etwas ganz Außergewöhnliches passierte, doch nie hätte ich damit gerechnet, dass es so schnell zu einer grundsätzlichen Lösung kommen könnte. Dass sich innerhalb der DDR etwas würde ändern müssen, das konnte zu diesem Zeitpunkt niemand mehr bestreiten.«

Auch der Regierung der DDR war klar, dass die Probleme nur durch eine Änderung der Reisegesetze entschärft werden konnten. Längst gab es wieder Massenproteste von einem Ausmaß, das an den 17. Juni 1953 erinnerte.

Doch mit der Freude über die immense Wucht der Ereignisse wuchs auch seine Angst um Familie und Freunde in der DDR: die Angst, dass die Revolution der Bürger blutig niedergeschlagen werden könnte.

Nachdem am 1. November die Grenze zur ČSSR wieder geöffnet worden war, hatte der Flüchtlingsstrom erneut eingesetzt. Diesmal bestand die ČSSR darauf, dass die Flüchtlinge nicht mehr in DDR-Zügen über DDR-Gebiet in den Westen gebracht wurden, sondern direkt aus Prag in die Bundesrepublik einreisen konnten. Als auf diesem Weg am 4./5. November 23 000 Menschen aus der ČSSR direkt nach Bayern einreisten, begann die Mauer, die Ost- und Westdeutschland trennte, zu wanken. Das konnte auch die DDR-

Führung nicht länger ignorieren. Schon am 9. November wurde eine überraschend weit reichende Verordnung präsentiert, die das – so der DDR-Jargon –»Flucht- und Reiseproblem durch geregelte Öffnung« in den Griff bekommen sollte. Um 18 Uhr an diesem Tag begann eine Pressekonferenz des SED-Politbüros zu unterschiedlichen Themen, und kurz vor 19 Uhr fragte ein Journalist nach dem Reisegesetz. Tatsächlich hatte Politbüromitglied Günter Schabowski, drei Tage zuvor auf die neugeschaffene Position eines Sekretärs des ZK der SED für Informationswesen berufen, eine Pressemitteilung zu diesem Thema dabei, die er in seiner einem Regierungssprecher vergleichbaren Funktion verlas:

»Wie die Presseabteilung des Ministeriums des Inneren mitteilt, hat der Ministerrat der DDR beschlossen, dass bis zum Inkrafttreten einer entsprechenden gesetzlichen Regelung durch die Volkskammer folgende zeitweilige Übergangsregelung für Reisen und ständige Ausreisen aus der DDR ins Ausland in Kraft gesetzt wird:

Privatreisen nach dem Ausland können ohne Vorliegen von Voraussetzungen (Reiseanlässe und Verwandtschaftsverhältnisse) beantragt werden. Die Genehmigungen werden kurzfristig erteilt. Versagungsgründe werden nur in besonderen Ausnahmefällen angewandt. Die zuständigen Abteilungen Paß- und Meldewesen der VPKA in der DDR sind angewiesen, Visa zur ständigen Ausreise unverzüglich zu erteilen, ohne daß dafür noch geltende Voraussetzungen für eine ständige Ausreise vorliegen müssen. Die Antragstellung auf ständige Ausreise ist wie bisher auch bei den Abteilungen Innere Angelegenheiten möglich. Ständige Ausreisen können über alle Grenzübergangsstellen der DDR zur BRD bzw. zu Berlin (West) erfolgen. Damit entfällt die vorübergehend ermöglichte Erteilung von entsprechenden Genehmigungen in Auslandsvertretungen der DDR bzw. die ständige Ausreise mit dem Personalausweis der DDR über Drittstaaten. Über die zeitweiligen Übergangsregelungen ist die beigefügte Pressemitteilung am 10. November 1989 zu veröffentlichen.«

Ein Journalist, der nachfragte, ab wann die Regelung gelte, erhielt nach einem Moment der Irritation die überraschende Antwort Schabowskis: »*Das tritt nach meiner Kenntnis ... ist das sofort, unverzüglich.*«

Sofort, unverzüglich. Die Formulierung ließ ab 19:03 Uhr die Ticker in west- und ostdeutschen Nachrichtenredaktionen heiß laufen. DDR-Bürger, die nicht weit von der Grenze wohnten, machten sich auf den Weg dorthin. In kürzester Zeit versammelten sich Tausende Menschen an der Berliner Mauer. Wenige Stunden später hatten die Menschen sie zu Fall gebracht.

Wahnsinn. Kein anderes Wort konnte die Ereignisse dieser Nacht besser fassen. »Es war Wahnsinn, als ich in der *Tagesschau* des 9. November 1989 die Schlagzeile ›DDR öffnet Grenzen‹ und die entsprechenden Berichte sah. All die Unklarheiten über die Pressekonferenz, das verwirrende Deutsch der Behörden, und dann, in den Nachtstunden, die Bilder all der Menschen, die einfach Fakten geschaffen haben. Es war unglaublich, einfach Wahnsinn!« *Prime Time.* Keine Minute wich er in der Nacht von Donnerstag auf Freitag vom Fernseher.

Fast alle Sender übertrugen die Geschehnisse dieser Nacht, in der sich in Berlin die Menschen an der Mauer sammelten, dann durch die offenen Grenzübergänge in beide Richtungen strömten und schließlich ganz von ihr Besitz ergriffen. Es war unglaublich: Menschen standen, saßen, tanzten auf der Mauer. Sektkorken knallten, Fremde fielen einander in die Arme.

»An diesem Abend wäre ich sehr gern in Erfurt oder gar in Berlin gewesen.« Übernächtigt arbeitete er am folgenden Freitag nur ein paar Stunden in der Werkstatt, um so schnell wie möglich wieder vor den Fernseher zurückzukehren. Und den ersten Besuch seiner Eltern zu erwarten.

Die hatten keinen Moment gezögert und sich am Freitag gleich nach Dienstschluss mit dem Lada auf den Weg zu ihm nach Morbach-Hundheim gemacht. Es gibt Momente, für die reicht die Fantasie nicht aus. Die Ankunft seiner Eltern im neuen Leben ist so ein Moment. Was sagt oder fühlt man in so einer Situation? Er weiß es nicht. Ohne dass er es steuern könnte, übernimmt die Musik das

Kommando im Kopf. *Prime time.* »Well even the longest night won't last forever. But too many hopes and dreams won't see the light and all of the plans I make won't come together.«

Er hatte seine Eltern längst umarmt, ungläubig wieder und wieder mit der Hand auf das Autodach des Ladas die Melodie des Songs von Alan Parsons Project geklopft und konnte es dennoch nicht fassen. So was erlebt man nur einmal, Moment ohne Generalprobe. »Something in the air, maybe for the only time in my life. Something in the air, turning me around and guiding me right. And it's a prime time, maybe the stars were right.« Einfach alles stimmte. *Wahnsinn.*

»Meine Eltern wiederum waren sprachlos, als sie die große Wohnung sahen und all mein gespartes Bargeld, das ich an diesem Tag auf der Matratze liegen hatte. ›So viel Westgeld, um Gottes willen!‹ Mein Vater war beeindruckt. Für unsere Verhältnisse war das ein Vermögen. Ich hatte in den letzten neun Wochen jede Mark für den Neuanfang in München gespart.«

Bargeld und Wohnung wurden zu Symbolen für das neue Leben, das er sich in so kurzer Zeit aufgebaut hatte. »Es war schön zu spüren, dass ich sie beeindruckt habe. Den Satz ›Das macht er doch *nie*‹ hatte ich noch nicht vergessen. Ich kann alles schaffen – das wusste ich in dem Moment. Abitur, geisteswissenschaftliches Studium. Es würde nicht einfach werden, aber es war zu schaffen.«

Sein neuer Start, sein Neuanfang im Westen war eines. Doch der Mauerfall hat unvorhergesehen auch seine Familie, seine Freunde und Kollegen in die Ausnahmesituation eines Neuanfangs gebracht.

Plötzlich stand ein ganzer Staat zur Disposition. Monatelang blieb offen, wie es mit der DDR weitergehen würde. Ob eine Wiedervereinigung eine Option war und was ein vereinigtes Deutschland für die beiden Staaten bedeuten würde, war umstritten. Er war bewusst gesprungen, andere hatte das Neue und Ungewisse unverhofft getroffen.

Sein Staat war dabei, von der Landkarte zu verschwinden. Eine ganz Weile hatte er nicht mehr an das Buch gedacht; jetzt kam ihm wieder ein Zweig-Satz nach dem anderen in den Sinn: »*Ich bin 1881 in einem großen und mächtigen Kaiserreiche geboren, in der Monarchie der Habsburger, aber man suche sie nicht auf der Karte: sie ist weggewaschen ohne Spur.*« Das mochte auch für die DDR gelten. Vielleicht verschwand sie von der Landkarte. Er war sich nur sicher, dass sie nicht so schnell aus den Köpfen und Seelen der Menschen verschwinden würde.»... *eine neue Zeit begann, aber wie viele Höllen und Fegefeuer zu ihr hin waren noch zu durchschreiten. Die Sonne schien voll und stark. Wie ich heimschritt, bemerkte ich mit einemmal vor mir meinen eigenen Schatten ... Er ist durch all diese Zeit nicht mehr von mir gewichen, dieser Schatten, er überhing jeden meiner Gedanken bei Tag und bei Nacht; vielleicht liegt sein dunkler Umriß auch auf manchen Blättern dieses Buches. Aber jeder Schatten ist im letzten doch auch Kind des Lichts, und nur wer Helles und Dunkles, Krieg und Frieden, Aufstieg und Niedergang erfahren, nur der hat wahrhaft gelebt.*« (WVG, 493)

[▫ ▫]

Auch für die Zeit nach dem Mauerfall bleibt das Fernsehen sein Medium – sein Tor zur persönlichen Vergangenheit, die ihm mit neun Wochen Verzögerung nachzukommen scheint in Richtung Demokratie.

Am 7. Dezember 1989 tagte der »Zentrale Runde Tisch«, bei dessen Konstituierung erstmals demokratische Prozesse, Aussprachen und Verhandlungen live übertragen wurden. Mit am Tisch saßen neben den alten Blockparteien SED, CDU, DBD, LDPD und NDPD die Parteien und Initiativen »Demokratischer Aufbruch«, »Demokratie jetzt«, »Initiative Frieden und Menschenrechte«, »Neues Forum«, SDP, »Vereinigte Linke« und die Grünen. Schon die Einberufung bedeutete einen Sieg der Opposition, der Massendemonstrationen, wie sie etwa im Rahmen der Leipziger Montagsdemonstrationen und der großen Demonstration Kulturschaffender am Berliner Alexanderplatz stattgefunden hatten, und in letzter Konsequenz der Massenflucht über Ungarn und die ČSSR.

[◻ ◻]

Das Wiedersehen mit den Eltern und die politischen Ereignisse steigern Tag für Tag sein Glücksgefühl. Ohne wehmütige Gedanken an Familie und Freunde, die er vielleicht nie wiedersehen wird, kann er genießen, was die Welt für ihn bereithält. Er besucht erste Popkonzerte, darunter eine Aufzeichnung der Sendung *Peters Pop Show*, zu der ihm eine Kollegin eine Karte vermittelt hat. Und er beginnt zu reisen.

»*Für das erste Jahr der eroberten Freiheit hatte ich mir Paris als Geschenk versprochen. Ich kannte diese unerschöpfliche Stadt nur flüchtig von zwei früheren Besuchen und wußte, daß, wer als junger Mensch ein Jahr dort gelebt, eine unvergleichliche Glückserinnerung durch sein ganzes Leben mitträgt. Nirgends empfand man mit aufgeweckten Sinnen sein Jungsein so identisch mit der Atmosphäre wie in dieser Stadt, die sich jedem gibt und die keiner doch ganz ergründet.*« (WVG, 151) Paris, das er in der Vorweihnachtszeit 1989 bei einem Betriebsausflug mit Kollegen kennenlernt, bezaubert ihn, wie es Stefan Zweig bezaubert hat. »*Paris kannte nur ein Nebeneinander der Gegensätze, kein Oben und kein Unten; ... .*« (WVG, 155)

In einer fast kindlichen Begeisterung nutzt er den kurzen Ausflug nicht nur, um sich exzessiv die Sehenswürdigkeiten der Stadt anzuschauen, sondern auch für Anrufe bei Kollegen in der alten Welt. »›Stellt euch vor, wo ich bin?‹, habe ich meine Kollegen auf der letzten Arbeitsstelle am Telefon gefragt. ›Ich bin in Paris!‹ Auch wenn der Mauerfall inzwischen einen guten Monat her war, hatten solche Reisen immer noch Seltenheitswert.« Noch heute fällt es ihm schwer, ohne Superlative auszukommen, wenn er von diesen Tagen erzählt. »Es war gigantisch!« Es wird längst nicht die einzige Reise bleiben. »*Wir alle hatten das Gefühl, man müsse nachholen, was die schlimmen Jahre ... aus unserem Leben an Glück, an Freiheit, an geistiger Konzentration gestohlen; man arbeitete mehr und doch entlasteter, man wanderte, man versuchte, man entdeckte sich wieder Europa, die Welt. Nie sind die Menschen so viel gereist wie in diesen Jahren.«* (WVG, 371)

[◊ ◊]

Am Ende des Jahres 1989 werden insgesamt 343 854 Menschen die DDR verlassen haben, um in Westdeutschland ein neues Leben anzufangen. Und niemand, egal, welche persönliche Antwort er auf die deutsch-deutsche Frage hatte und in welchem Teil Deutschlands er lebte, konnte sich den Ereignissen entziehen. Die Macht von Radio und Fernsehen spülte Geschichte in jedes Zimmer und jeden Kopf. *»Dies unser gespanntes, dramatisch überraschungsreiches Leben zu bezeugen, scheint mir Pflicht, denn – ich wiederhole – jeder war Zeuge dieser ungeheuren Verwandlungen, jeder war genötigt, Zeuge zu sein. Für unsere Generation gab es kein Entweichen, kein Sich-Abseits-Stellen wie in den früheren; wir waren dank unserer neuen Organisation der Gleichzeitigkeit ständig einbezogen in die Zeit. ... Es gab kein Land, in das man flüchten, keine Stille, die man kaufen konnte, immer und überall griff uns die Hand des Schicksals und zerrte uns zurück in sein unersättliches Spiel.«* (WVG, 10f.)

31 – Luka

▸▸ MÜNCHEN | 1990–1994

Als hätte der Besuch der Eltern den letzten Anstoß gegeben, nahm er sich Ende Oktober zwei Tage Urlaub, um zum ersten Mal nach München zu fahren – von Morbach-Hundheim aus fast eine Tagesreise mit der Bahn. Anders als in Wien, wo ihm die Tage wie geschenkt erschienen und er sich ohne Plan durch die Stadt treiben lassen konnte wie durch einen lang vertrauten Traum, ist es in München, als hätte er eine Liste abzuarbeiten.

»Ich musste aus den beiden Tagen so viel wie möglich herausholen, entsprechend genau hatte ich mich vorbereitet.« Er hat seine Papiere bei sich und die Adresse des Arbeitsamtes notiert. »Dass es eine Stelle gibt, die Arbeit vermittelt, wusste ich aus dem Westfernsehen.«

Während die Arbeitsagenturen heute freie Stellen über das Internet zugänglich machen, standen damals Mikrofilm-Geräte in großen Räumen, an denen man je nach Interesse bestimmte Artikel und Inserate in Vergrößerung lesen konnte. Es herrschte eine Atmosphäre wie in einer Bibliothek. Dass die Hürden des Arbeitsmarktes den eigenen Ambitionen enge Grenzen setzen würden, wurde ihm schnell klar: »Mit den Nummern der Inserate, die mich besonders ansprachen und für mich infrage kamen, bin ich zu einer Beraterin, über die ich die Adressen und Telefonnummern hätte bekommen können. Ich hielt das für eine Formsache, doch die Beraterin hat mich entmutigt: Ohne vollständige Zeugnisse würde eine Bewerbung keinesfalls Erfolg haben, und selbst mit Zeugnissen sei es fraglich, inwieweit diese anerkannt würden.« Eine Traumstelle als Nachrichtengerätemechaniker wurde von der Münchner Polizei angeboten; gerade in der Beamtenlaufbahn, erklärte sie, konnten Quereinstiege schwierig sein.

Eine Erklärung wie zwei Ohrfeigen gleichzeitig, in einer Situation, in der ihm die Zeit davonlief. Schon morgen musste er zurück nach Hundheim. »Wie hätten meine Eltern die Zeugnisse aus der DDR herausbekommen sollen? Sie hätten sie bei einer öffentlichen Stelle kopieren lassen müssen, denn andere öffentliche Kopierer gab es in der DDR nicht, und schon gar keine privaten. Beim Verschicken der Unterlagen wären sie mit hoher Wahrscheinlichkeit verloren gegangen.« So, wie manche Bücher nicht in die Diktatur hineinkamen, kamen manche Dokumente nicht heraus. »Da war ich mit den Nerven am Ende: Wie sollte ich das organisieren? Es konnte doch nicht wahr sein, dass es nun an so etwas scheitern sollte, nachdem alles andere geklappt hatte.«

Die Beraterin wollte Bescheinigungen, Siegel, beglaubigte Kopien, offizielle Titel. Was er ihr bieten konnte, war eine Geschichte: »Ich habe sie bekniet: Ich wolle ja einfach nur ein Vorstellungsgespräch, um einmal mit jemandem aus meiner Branche und meinem Gebiet zu sprechen. Um vorzufühlen, was für mich infrage kommen könnte und wie die Möglichkeiten tatsächlich wären.« Schließlich ließ sie sich darauf ein und gab zwei Adressen und Telefonnummern heraus.

Aus der Telefonzelle vor dem Arbeitsamt rief er beide Nummern an und hatte Erfolg: Gleich am nächsten Tag konnte er bei der Polizei München um die Stelle als Nachrichtengerätemechaniker vorsprechen. »Im Gespräch mit den Fachleuten konnte ich relativ einfach deutlich machen, was für eine Ausbildung ich habe und was bisher meine Aufgaben waren. Ich konnte ein paar Fachbegriffe einfließen lassen, die zeigten, was ich alles kann.« Er beeindruckte den Chef tatsächlich, was, wie sich später herausstellen sollte, nicht ganz einfach war für seinen Stand in der Abteilung: »Später habe ich über Kollegen erfahren, dass er nach dem Gespräch zu seinen Leuten gesagt haben soll: ›Das ist einer aus dem Osten, der kann was. Die Leute da können noch aus nichts was machen.‹ Er meinte, dass der Zwang zum Improvisieren Geschick und Einfallsreichtum erforderte. Die Kollegen verstanden es als Ohrfeige und haben mir anfangs große Schwierigkeiten gemacht.«

Auch zum zweiten Vorstellungsgespräch kam es, nach beiden Gesprächen blieb dasselbe gute Gefühl: *Das könnte klappen.* Gewissheit allerdings würde er erst einige Wochen später haben. Trotzdem entschloss er sich, während des München-Urlaubs alles auf eine Karte zu setzen: »In der Nähe meiner Unterkunft in der Schwabinger Belgradstraße war eine Mitwohnbörse. Bevor ich zu den Vorstellungsgesprächen aufgebrochen bin, habe ich mir dort die Aushänge angeschaut, einige Telefonnummern notiert und mich, so schnell es ging, mit einer Frau in Verbindung gesetzt, die ab Januar ein Zimmer vermieten konnte.«

Noch hatte er keine Stelle in München, aber das sichere Gefühl, dass sich etwas finden würde. Er trat die Flucht nach vorne an und unterschrieb am zweiten Tag des München-Aufenthalts, gleich nach den Vorstellungsgesprächen, einen Mietvertrag. »Kaution und Januarmiete musste ich im Vorfeld bezahlen. Zum Glück hatte ich mein ganzes Bargeld bei mir und konnte das direkt begleichen.« Irgendwo muss man schließlich anfangen, das Netz zu knüpfen, das die eigene Zukunft werden soll. Für die beiden Stellen hieß es nun Daumendrücken.

»Zwischen den Terminen meines engen Zeitplans für den München-Aufenthalt bin ich durch Schwabing und die Maxvorstadt spaziert. Die Schellingstraße entlang bis zur Ludwigskirche und zur Universität. Da wusste ich: Das ist es. Meine Straße, meine Welt.

Hier möchte ich studieren und meine Zukunft planen. Das und nichts anderes. Ich kannte München ja noch nicht und konnte die Orte, an die mich meine Erledigungen führten, kaum in einen Zusammenhang setzen. Aber ich hatte das sichere Gefühl: Das ist es!«
Das Gefühl verließ ihn auch während der Rückfahrt im Zug nicht. Mehr noch als zuvor fühlte sich Morbach-Hundheim wie ein Provisorium an. Nur noch wenige Wochen, und er würde den Ort Richtung München verlassen.

»Als dann Post kam, zog mir die Enttäuschung den Boden unter den Füßen weg – zweimal.« Beide Betriebe sagten ihm ab. Etwas ausführlicher die Polizei, mit der die Gespräche bereits hoffnungsvoll weit vorangeschritten waren: »Sie hätten sich für einen Nachrichtengerätemechaniker mit Ausbildung in der Bundesrepublik entschieden. In dem Moment empfand ich alles als gescheitert.«

Es war, als würde die Zeit gute zwei Monate zurückgedreht. Dämmerung am österreichisch-ungarischen Grenzstreifen, mittendrin ein verängstigtes Wesen, das sich nach zwei Zäunen im Westen glaubte und dann doch vor einem dritten Zaun stand, der ihm höher erschien als alle bisher gekannten.

Er kämpfte auch diesmal.

»Ich rief wieder bei der ersten Stelle, bei der ich mich vorgestellt hatte, der Polizei, an und machte einen anderen Vorschlag: Ich hatte mitbekommen, dass sie dort auch Lageristen suchten. Dafür wäre ich zwar überqualifiziert, aber vielleicht könnten wir es so machen, dass ich als Lagerist einsteigen und später in die Nachrichtengerätemechanik wechseln könne. Ich täte das gerne mit Aussicht auf einen so tollen Job. Das stimmte auch: Ich hatte deren Labore und Werkstätten gesehen. Der Standard entsprach genau dem, wovon ich in der DDR immer geträumt hatte.« Es klappte. Dem Umzug nach München stand nichts mehr im Weg, ab Januar 1990 konnte er dort als Lagerist arbeiten.

[▫ ▫]

Weihnachten und Silvester 1989 verbrachte er mit seinen Eltern, die beim Umzug nach München halfen. Nach dem Wiedersehen unmittelbar nach dem Mauerfall war es ihr zweiter Besuch. Es gab viel zu besprechen: den Neuanfang in München ebenso wie die Neuanfänge seiner Eltern und Freunde in Erfurt. Auch für die, die geblieben waren, hatte sich die Welt verändert. Alles stand auf Anfang. Wer es leichter haben würde, war schwer zu sagen – alle vertrauten Maßstäbe schienen verloren.

Er selbst ist noch mit der Organisation des Alltags beschäftigt: Der überbezahlte Lohn für den August 1989 wurde im Januar 1990 von seinen Eltern zurückgefordert – »Lohnrückzahlung wegen BRD-Verzug« lautete im DDR-Amtsdeutsch das Anliegen des Schreibens. Ein neuer Führerschein war zu beantragen, denn der war neben der *Welt von Gestern* in Sopron geblieben.

Der Führerschein ließ ihn wieder an die anderen Dinge denken, die er in Sopron im Zelt zurückgelassen hatte: an die Ausgabe von Zweigs *Die Welt von Gestern*, an seinen Kalender, seine Kleidungsstücke, die Kraxe. Wo mochten diese Dinge jetzt sein? Wann immer er von leeren Zelten las, die die Flüchtlinge zurückgelassen hatten, fiel ihm auch seines wieder ein. Eines von vielen. Geisterstädte aus Stoff, aus denen Hoffnungen, Träume und Sehnsucht ihrer Besitzer sich längst Richtung Westen verabschiedet hatten. Was mochte aus den Zelten geworden sein?

Er rief in Sopron an, um sich zu erkundigen, und erreichte tatsächlich eine Frau, die Auskunft gab: Die Stadt hätte die Überbleibsel der Fluchtbewegung in einem zentralen Raum gelagert; ein Versand könne nicht erfolgen, aber wer vor Ort seine Sachen identifizieren könne, dürfe sie gern abholen. Das Angebot überraschte ihn. »›Ich überleg mir das‹, hab ich der Dame gesagt. ›Und, wie ist es jetzt im Westen?‹, fragte sie. ›Es ist nicht alles Gold, was glänzt, aber es war auf jeden Fall die richtige Entscheidung.‹«

Die Welt von gestern, eine Welt der leeren Zelte: Von außen sieht man ihnen nicht an, dass sie leer sind. Sie warten auf Campingplätzen, bis jemand sie abholt, doch die meisten sind vergessen.

Arb/Br 2   08. 02. 1990

Lohnrückforderung gegenüber Ihrem Sohn
Olaf Hintze
_____

Ihr Sohn Olaf Hintze ist durch BRD-Verzug
mit Wirkung vom 25. 08. 1989 aus dem Arbeits-
rechtsverhältnis mit der DP, Funkamt Erfurt,
ausgeschieden.
Mit der Lohnzahlung im August 1989 erhielt er
noch vollen Lohn. Die Lohnüberzahlung für
diesen Monat beträgt

138,64 M.

Auf der Grundlage der §§ 126 und 128 des AGB sowie
der Anordnung zur Regelung der Vermögensfragen von
Übersiedlern vom 11.11.1989, GBl. I Nr. 22/1989,
machen wir hiermit unseren Rückzahlungsanspruch
geltend.

Unter Bezugnahme auf die heutige telefonische

»Das Zelt ging mir lange nicht aus dem Kopf, aber direkt nach dem Mauerfall hielten mich Umzüge, Jobsuche, das Abendabitur so in Atem, dass ich gar nicht wusste, wann ich nach Sopron hätte reisen sollen.« Und ob er überhaupt hätte reisen wollen. Es war ein seltsames Gefühl, Privatsachen im Ausland verloren zu wissen. Wann immer es ihm einfiel, fühlte er sich unvollständig, als ob etwas ihm fehlte. Er hatte dort seine Spuren hinterlassen, als Teil einer Bewegung, die ihr Jahrhundert veränderte.
Wann war ihm das zum ersten Mal klar geworden? Im Januar 1990 schrieb er einen ersten Brief an einen Freund.»Ohne dass es mir bewusst gewesen wäre, verwandelte sich der Brief in eine Rechtfertigung. Wenn ich ihn heute lese, verwundert mich das – aber damals war es wohl genau das, was ich sagen wollte.«

München, den 11.1.90

Lieber T...!

Nun wird es aber höchste Zeit, daß der versprochene Brief nicht länger auf sich warten läßt. Seit meinem Anruf aus Paris sind nun wieder drei Wochen vergangen. Drei Wochen voller Arbeit und Hektik. Ich habe nämlich inzwischen meinen Wohnsitz von Morbach-Hundheim (Hunsrück) nach München verlegt. Hier habe ich ein möbl. Zimmer für 400,– (monatl.) gemietet. Ich wohne jetzt 10 S-Bahn-Minuten vom Stadtkern entfernt. Am 15.1.90 werde ich in Schwabing meine berufliche Tätigkeit aufnehmen. Zunächst werde ich nur 2200 DM verdienen. Ich muß erst einige Fortbildungskurse machen, um mein fachliches Wissen dem geforderten Niveau anzugleichen. Vom Gehalt gehen etwa ⅓ Steuern ab. Nach Abzug der Miete verbleiben knapp 1000 DM. Damit kann man nicht gerade ein üppiges Leben führen. Aber es wird für mich zunächst reichen.

Ich denke manchmal darüber nach, ob es richtig war, die DDR zu verlassen. Ich werde nun versuchen, meine dama-

lige Situation zu beschreiben. Ich hatte gerade zwei Jahre Volkshochschule hinter mir. Nun stand noch Russisch auf dem Programm. Danach wollte ich mit dem Studium beginnen. Bereits Monate vor den Abiturprüfungen versuchte man immer intensiver, mich für den Eintritt in die SED zu bewegen. Ich suchte krampfhaft nach Ausreden. Ich sagte, daß ich mich für die Abiturprüfungen vorbereiten müsse, und daß ich deshalb nicht über die Zeit verfüge, welche für eine Mitarbeit in der SED notwendig ist. Bald konnte ich auch diese Begründung nicht mehr verwenden. Ich kannte die Fälle von mehreren anderen Mitarbeitern, die alle nicht studieren durften, weil sie nicht in die SED eintreten wollten. Mein Kaderleiter ... wies mich mehrmals darauf hin, daß ohne SED kein Studium in Frage kommt. Auch der Leiter des Funkamtes ... vertrat offen die Meinung, daß ohne Eintritt in die SED bei ihm niemand studieren werde. Natürlich war mir klar, daß ich dieser Partei niemals beitreten würde. Das Resultat dieser Politik konnte auch damals jeder sehen, wenn er die Augen auftat.

Ich rechnete mir also meine verbleibenden Zukunftschancen aus, wenn ich nicht Mitglied von Honeckers Einheitspartei werden sollte. Natürlich bestand die Möglichkeit, sich direkt an die Hochschule zu wenden. (Ohne Delegierung des Betriebes.) Aus Erfahrung anderer wußte ich, daß das bei der gegebenen Situation kaum erfolgversprechend ist. Die Anzahl der Studienplätze ist sehr begrenzt. Deshalb erfolgte die Vergabe in Abstimmung der Hochschule mit der jeweiligen Dienststelle des Studienbewerbers. Trotzdem hatte ich es zweimal versucht. Ich bewarb mich an der Hochschule für Seefahrt in Rostock in der Studienrichtung Funkbetriebsdienst bzw. Nachrichtentechnik. Ich bin sogar persönlich nach Rostock gefahren, um mich nach meiner Bewerbung zu erkundigen. Naiv wie ich war, dachte ich, daß meine persönliche Vorstellung meiner Bewerbung förderlich sei.

Diese Perspektivlosigkeit war der Grund für das Verlassen der DDR. Hinzu kamen viele andere Dinge.

Ich hatte es satt, im Ausland mit meinem DDR-Geld wie ein Mensch 2. Klasse behandelt zu werden. (Nicht nur im Ausland.) Ich war es leid, in Budapest am Kiosk mein Geld abzuzählen, ob ich mir eventuell einen Hamburger leisten kann.

Ich wollte keinen Tag länger von Ländern träumen, welche nur wenige Kilometer entfernt sind und dennoch unerreichbar waren.

Ich hatte keine Hoffnung, in den Westen fahren zu dürfen, denn ich habe hier keine Verwandtschaft.

So sah es aus, als ich im August 89 die Grenze überschritt.

Wenn Reformen schon damals erkennbar gewesen wären, dann hätte ich die DDR nicht verlassen. Wobei die Fluchtwelle und der daraus erwachsene Mut der Menschen, auf die Straße zu gehen, erst den entscheidenden Druck zu Reformen bewirkte.

Ich möchte meiner Entscheidung, die DDR zu verlassen, nicht das Signum der Normalität verleihen. Aber ich wollte versuchen die Beweggründe zu schildern, die mich zu dieser Entscheidung veranlaßten.

Ob meine Entscheidung richtig war – ich weiß es noch nicht. Das Leben ist härter geworden. Es ist aber auch interessanter und vielseitiger. Das soll es nun erst einmal gewesen sein. Ich möchte mich nochmals für das lange Schweigen meinerseits entschuldigen.

Es grüßt Dich herzlich
Olaf

Grüße bitte auch Th. N., U., J., F. usw. und Deine Mutter!

[▫ ▫]

1990 führte ihn eine zweite Reise nach Frankreich, diesmal in die Vogesen. Eine Reise, organisiert von der Gewerkschaft, offen auch für Nichtmitglieder wie ihn, bei der Ost- und Westdeutsche gemeinsam einen Einblick in das französische Arbeitsleben bekommen, vor allem aber einander auf »neutralem« Boden kennenlernen sollten. Zum ersten Mal befindet er, der Ostdeutsche, der die DDR vor dem November 1989 verlassen hat, sich in einer ungewohnten Außenseiterrolle: Offiziell ist er ein »Wessi«, ein Lagerist am Standort München; für die westdeutschen Kollegen ist er »der Ossi« oder »unser Stasimann«. Für die Kollegen aus Leipzig und Karl-Marx-Stadt (heute Chemnitz) ist er zunächst Münchner und, als sie im Gespräch seine ostdeutsche Herkunft heraushören, eben einer, der die DDR nach dem Mauerfall verlassen hat.

»Wir haben Fabriken und Kultureinrichtungen besichtigt, dabei erfahren, was die Leute verdienen und wie ihre Arbeitsbedingungen sind. Die Veranstaltung wurde moderiert und gedolmetscht, man konnte aber auch direkt ins Gespräch kommen, je nach Sprachkenntnissen. Eine tolle Reise, weil man Frankreich aus einer anderen Perspektive gesehen hat.« Die Gruppe wohnte in einer Art Jugendherberge und saß bei den Mahlzeiten in gemischten Runden zusammen. »Da blieb es nicht aus, dass ich irgendwann gefragt wurde, weshalb ich nach der Wende nach München bin. Ich erzähle, dass ich schon vorher über Ungarn aus der DDR geflüchtet war – zu einer Zeit, als der Mauerfall noch in keiner Weise absehbar war. ›Ich bin abgehauen‹, sagte ich. Ja, so hab ich es gesagt.«

Weder er selbst noch seine westdeutschen Mitreisenden, für die »die Ostdeutschen« bisher eine vergleichsweise homogene Gruppe waren, rechneten mit dem, was seine Auskunft auslöste: »Die meisten Ostdeutschen auf der Fahrt waren entsetzt. Viele haben überhaupt nicht mehr mit mir gesprochen.« Und diejenigen, die er von sich aus ansprach, beschimpften ihn entweder als Republikflüchtigen oder konfrontierten ihn mit Fragen, auf die sie keine Antwort erwarteten: »›Warum hast du das denn gemacht?‹ oder ›Das gehört sich nicht!‹, hörte ich auf dieser Reise häufig, in allem, was sie sagten, klang die Ideologie des SED-Regimes mit. Nur zwei oder drei waren in der Gruppe, die mich verteidigt haben.« Die Stimmung blieb frostig, bis der Aufenthalt zu Ende war.

»Mich, der ich bei den Ostdeutschen, die ich in München traf, nie auf solche Reaktionen getroffen bin, ebenso wenig natürlich bei meinen Freunden, hat das in die Zeit vor der Wende zurückkatapultiert. Es hat mich traurig gemacht, weil die Realität der letzten Monate, die Aufklärung über das SED-Unrecht, die Stasi und die Stasiunterlagen ja deutlich gezeigt hatten, welches Unrecht in diesem Staat herrschte.«

In der DDR-Gruppe waren wahrscheinlich auch einige in der DDR-Gewerkschaft, naturgemäß eine Gruppe von Ideologen, die mehr als nur Mitläufer waren, eben engagierte Parteigänger. »Das war mir klar. Was mich irritierte, war, wie sehr sie meine individuelle Fluchterfahrung als Beleidigung ihrer Person gewertet haben. Sie kannten mich ja gar nicht persönlich, und meine Entscheidung richtete sich nicht gegen sie als Individuen, sondern gegen den Staat. Dass sie sich so stark mit dem System identifizierten, dass sie meine Handlung als Beleidigung ihrer Person werten mussten – das konnte ich nicht begreifen.«

Wie sehr die Diktatur von den Menschen, die für sie kämpften und sich Vorteile von ihr versprachen, Besitz ergriff und sie in ihrer persönlichen Identität auszulöschen vermochte, das machte ihn fassungslos. Hier zeigte sich die perfideste Waffe der Diktatur: Menschen und ihre Ideale gezielt gegeneinander auszuspielen. »Mich hat die Situation an die Auseinandersetzung mit dem Polizisten erinnert, der beim Kartenvorverkauf für die Spider Murphy Gang im Angesicht einer Panik einfach nur gesagt hat: ›Ja, solche Konzerte besucht man auch nicht!‹ Der Polizist ließ sich auf keine Diskussion ein. Das war genau der gleiche Mechanismus.«

Die Angriffe aus der ostdeutschen Gruppe machten ihn zu einer Art Hauptdarsteller der Frankreichfahrt: »Auf einmal war ich der Mittelpunkt: Die Franzosen waren neugierig und wollten alles über meine Flucht und meine Gründe wissen. Und der Blick der

Kollegen aus München auf mich hat sich auf dieser Reise verändert.«Vorher konnten sie die Hintergründe seiner Flucht aus der DDR und das Risiko, das damit verbunden war, nicht einschätzen. Für sie war er einer von inzwischen Tausenden ehemaliger DDR-Bürger, die im wohlhabenden München Arbeit suchten oder schon gefunden hatten. Für Differenzierungen fehlte im Alltag oft die Zeit. Die Gefahr war groß, dass Ostdeutsche entweder alle zu einer Masse verschmolzen – »den Ossis« – oder zwischen den Extremen »Held« (für die Flüchtlinge vor dem 9. November 1989) und »Wirtschaftsflüchtling« (für die Übersiedler) zerrissen wurden. Den einzelnen Menschen und ihrer Geschichte wurde keines der Etiketten gerecht.

[▫ ▫]

Und er? Er arbeitete weiter an dem, was seine Zukunft werden sollte, und genoss, was München und das neue Leben ihm zu bieten hatten: Theaterstück nach Theaterstück, Kinoabend nach Kinoabend, Oper nach Oper, Urlaub nach Urlaub, Buch nach Buch, Platte nach Platte. An der Münchner Volkshochschule belegte er an den Abenden Literaturkurse über Stefan Zweig und Hermann Hesse, über Autoren der Zwanzigerjahre und Tschingis Aitmatov, den kirgisischen Schriftsteller, der ab 1989 Michail Gorbatschow beriet; einige Jahre später sollte er Aitmatov im Literaturhaus München lesen hören und Gelegenheit haben, die Salzburger Zweig-Ausstellung *Für ein Europa des Geistes* zu sehen. »Als ich diesen Berg hochlief und einen Blick auf das Haus werfen konnte, in dem er gelebt hatte und das heute in Privatbesitz ist, fühlte ich mich angekommen. Einige DDR-Bürger sind damals nach Salzburg gepilgert, da Zweig in der DDR viel gelesen wurde. Für mich, der ich auch nach der Wende an der Volkshochschule viel zu Zweig belegt hatte, war es ein Höhepunkt in meiner Auseinandersetzung mit ihm.« Es war, als ob er vom Berg des Lebensautors aus auf sein eigenes Leben schaute und eine Ahnung bekam, was Zweigs Texte für sein Leben bedeuteten: eine unerschöpfliche Quelle von Sätzen, die ihm Fragen an sein eigenes Leben stellten und einen Maßstab stellten, an dem er sich orientieren konnte.

Das Programm der Volkshochschule bot ihm auch Grundlagenkurse über Romantik, Gotik, Renaissance, Barock und einen Kurs, der seiner Begeisterung für Musik, Ton und Technik besonders entsprechen sollte: *Die Kunst des Hörens*. Was er in diesen Monaten erlebte, widersprach dem in der DDR gängigen Bild, dass Bildung im Westen nicht bezahlbar sei. »Die Dozentinnen und Dozenten waren hervorragend und engagiert, in den Kursen lernte ich nette, interessierte Leute kennen, mit denen man über Gott und die Welt diskutieren konnte. Die Breite des Angebots war einfach fantastisch – München hatte schon damals die größte Volkshochschule Europas. Die literarische Bildung sog ich auf wie ein Schwamm. Mir war klar, dass die Bildung in der DDR eigentlich mehr Erziehung war und zudem naturwissenschaftlich-technische Schwerpunkte setzte. Alles Geisteswissenschaftliche kam zu kurz und war, wie ja auch die ökonomischen Disziplinen, so stark ideologisiert, dass das für mich dort nie eine Option war. Dass da ein Defizit war, das man in der DDR nicht füllen konnte, das wusste ich.«

Defizit. Das Wort klingt technisch und nüchtern. Wie groß die Leere war, wie stark die Sehnsucht, sie mit Bildern, Tönen und Geschichten zu füllen, zeigen die Spuren dieser Kulturjahre, die sich anhand unzähliger Eintrittskarten präzise rekonstruieren lassen. Schon im Januar, noch eingespannt vom Umzug aus Morbach-Hundheim, den ersten Arbeitstag direkt vor sich, begann er das Jahr mit dem Neujahrskonzert im Kongresssaal des Deutschen Museums. Furioser Auftakt für das neue Leben. Wenige Abende später lauschte er einem Kurt-Tucholsky-Rezitator im Gasteig, sah noch im Januar 1990 *Spandau Ballet in Concert* und erinnert sich bis heute an die ausgezeichneten Balladen. Im Februar sang Chris Rea in der Rudi-Sedlmayer-Halle, die Pianistinnen Katia und Marielle Labèque begeisterten ihn mit Gitarrist John McLaughlin im Gasteig, am 24. Februar schon begann, was ihm Tradition werden sollte: Wagner in der Bayerischen Staatsoper.»Mich irritierte, dass es Stehplätze gab, das weiß ich noch. Und ich wusste sofort: Hier komme ich her, sooft ich kann. Zwei Tage später erlebte er im Deutschen Theater eine erste klassische Faschingsveranstaltung – »einfach um auch das mal zu sehen« –, wenige Tage später besuchte er das erste der Volkssymphoniekonzerte im Gasteig, die er von da an kaum einmal verpasste. Im April die 2. Münchner Biennale, sowie Konzerte, Kino, Theater – manchmal zwei Termine an einem Tag. Im Mai gab nicht nur der legendäre Billy Joel ein Konzert in der Olympiahalle; bei »Jazz im Beck« hatte er die seltene Gelegenheit, The European Jazz Ensemble zu hören.»Ich war wie im Rausch, es gab so vieles, was ich unbedingt hören wollte.« Die Erlebnisse bereicherten sich gegenseitig, so unterschiedlich sie waren: ein Sonderkonzert im Gasteig, zu dem er beim Anstehen überraschend Ehrenkarten geschenkt bekam, Tina Turner Open Air, Ludwig-Thoma-Theater und immer wieder die Staatsoper.

Im Juli 1990 hörte er Joseph Haydns *Nelson Messe* und Johannes Brahms *Variationen op. 56a* im Herkulessaal der Münchner Residenz:»Haydn habe ich in der DDR viel gehört, meist auf Kassetten aus der Bibliothek, aber wann immer es Konzerte gab, auch dort. Meist ging ich alleine hin, da sich Gleichaltrige nicht für Klassik interessierten, und ich war in den Konzerten auch immer der mit Abstand Jüngste. Hier hat sich das dann zumindest ein bisschen geändert, da doch einige junge Leute mehr Klassik hören, als das in der DDR der Fall war.«

Im August 1990 gelingt ihm sein bisher größter Coup: Er erlebt *Parsifal 3* bei den Bayreuther Festspielen. Über eine Bekannte von der Volkshochschule ergattert er eine Karte zu 95,– DM. Und wieder das Wort, als er tatsächlich dort Platz nahm und später die ersten Takte erklangen: *Wahnsinn*.

Am 9. September 1990 entdeckte er bei einer eintägigen Busreise nach Zürich eine weitere Stefan-Zweig-Stadt.»Ich schaute mir die Cafés an, die Zweig in seinen Büchern beschreibt, sein Hotel, in dem er während seiner Exilzeit lebte.«

Wiederum nur drei Tage später eine Reise in die Welt von gestern: 12. September 1990, München – Erfurt-Gerstungen. Es blieb bei Besuchen in Erfurt. Der Anker in München war gesetzt, zu viel noch zu sehen und zu hören. Gleich als er zurück war, Miles Davis im Gasteig, wenige Tage später die *Empty Places* der in der DDR nur Spezialisten bekannten Laurie Anderson im Deutschen Museum. Anderson war Lebensgefährtin von Lou Reed und erfand den Viophonografen, eine Violine mit einer aufmontierten 7"-Single, über die sie den Violinenbogen strich.

Auch Messen standen weiterhin auf seinem Plan: Im Oktober die Kunst- und Antiquitätenmesse im Haus der Kunst, im November die electronica, die er beruflich mehrere Tage besuchen konnte. Gleich danach beeindruckten ihn Herbert Grönemeyer & Band bei einem ihrer Großkonzerte in München, wenige Tage danach das Berliner Sinfonie-Orchester bei einem Gastspiel in München.

Mit der Münchner Bücherschau entdeckte er 1990 auch ein literarisches Veranstaltungsformat für sich und erlebte unter anderem Peter Glotz und Dieter Hildebrandt bei Lesungen.

Mit dem Georgischen Kammerorchester und der Solistin Liana Issakadse, einem Solistenkonzert der Budapester Kammersolisten im Herkulessaal der Residenz, den *Manifestations culturelles* am Institut Français de Munich, das ihn mit schönen Räumen im repräsentativen Altbau beeindruckte, mit einem Philharmonischen Kammerorchester, einem Orchesterkonzert des Richard-Strauss-Konservatoriums, einem Duo-Abend und einem Vivaldi-Konzert, einem Volkssinfoniekonzert und dem 3. Konzert der Wiener Klassik jeweils im Carl-Orff-Saal des Kulturzentrums Gasteig schloss das Jahr, das ihm so viel Neues gebracht hatte: die erste eigene Wohnung in München, die Etablierung im Beruf, Reisen, Kultur, im September einen Platz an der Abendschule und die Perspektive, in wenigen Jahren das Abitur machen zu können. An den Abenden, die noch nicht durch feste Termine verplant waren, besuchte er spontan die kostenlosen Ladenschlusskonzerte im Gasteig, bei denen in der »Black Box« des Hauses Musikstudenten oft in kleiner Besetzung sehr unterschiedliche und überraschende Programme spielten.

[◊ ◊]

Einer der Ausnahmemomente des Jahres wird für ihn das Konzert von Suzanne Vega im Kongresszentrum Ludwigsbrücke des Deutschen Museums am 16. Dezember 1990. »Großstadtpoesie, nichts anderes war das.« Für ihn ist Vegas Album *solitude standing* mit ganz besonderen Erinnerungen verbunden. Er kannte das Album von 1987 vom Hören aus dem Radio, war dann im Urlaub in Ungarn und sah dort die Originalplatte im Laden. »Natürlich musste ich sie in die DDR schmuggeln.« Schmuggeln, weil man eine bestimmte Musik hören wollte, auch das eine ganz spezielle Erinnerung an die DDR. »Der DDR-Zoll schikanierte die Leute, als wären sie Verbrecher. Schmuggeln war immer ein Risiko, denn die Platten waren oft teuer. Das Geld wäre dann verloren gewesen.« Das Schmuggeln an sich war ihm seit Kindertagen vertraut. Unvergessen ist ihm die Szene, in der seine Mutter einen Kronleuchter von Ungarn in die DDR transportierte: »Das war ein schöner, aufwendig gearbeiteter Leuchter, mit Dutzenden hängenden Klunkern, fragil und sperrig und kaum zu verstecken.« Der Leuchter lag im Wohnwagen unter einer der Bettdecken, als die Grenzer sich entschlossen, das Gefährt zu filzen. »Unvergesslich, wie meine Mutter den Beamten höflich alle Türen geöffnet hat und ihnen dann noch zur Hand ging, als sie die Matratzen heben und umdrehen wollten.« Nee, das benutzte Bettzeug, das fass ich besser selber an, das müssen Sie nicht machen. Hob es hoch und den darin eingeschlagenen Leuchter gleich mit.« Als die Beamten mit der Durchsuchung fertig waren, konnte sie Bettzeug und Leuchter vorsichtig zurücklegen.

Beim Vega-Konzert schienen sich Vergangenheit und Gegenwart auf magische Weise zu kreuzen: Einerseits war jedes Lied, jeder Takt eine Erinnerung an frühere Erlebnisse, während der Vega über den Piratensender lief und die Platte eine Rolle spielte.

Andererseits schien ihr Song »Luka« ganz und gar für seine heutige Situation geschrieben: »My name is Luka. I live on the second floor. I live upstairs from you. Yes I think you've seen me before.« Wie oft hatte er den Text im Ohr, als er sich nach seinen kleineren und größeren Umzügen in München wieder neuen Nachbarn und Mitbewohnern vorstellte. Die vielen Leben, die sich in einem Stadthaus überschnitten. Die freundliche Unverbindlichkeit, mit der neue Beziehungen innerhalb eines Hauses entstanden und wieder gelöst wurden. »Großstadtpoesie vom Feinsten.«

[◦ ◦]

Obwohl ihn in den nächsten drei Jahren Beruf und Abendschule ganz und gar forderten, schien sein Hunger nach Kultur nicht kleiner zu werden. Jede freie Minute investierte er in Musik, Film, Kunst und Literatur. Ein atemloses Stakkato. Später wird er sich nicht erklären können, woher er zwischen Vollzeitstelle und Abiturvorbereitung die Zeit genommen hat. »Es musste sein, so einfach war das.« Als wäre ihm mit der Kraft, die er aus Musik, Film, Kunst und Literatur zog, auch mehr Zeit zugewachsen.

Seine Grundnahrungsmittel unter den Künsten blieben Literatur und Musik. Er verpasste kaum eine internationale Tour, hörte Eric Clapton, BAP und die Dire Straits. »On Every Street« war so ein wichtiger Song für mich, da musste ich rein. Das Konzert in der Olympiahalle war gigantisch, das Album hatte in seiner Studioqualität Maßstäbe gesetzt. Schon in der DDR hatte ich versucht, mir alles von den Dire Straits zu besorgen. Jedes ihrer Konzeptalben war ein Ereignis, *Love Over Gold* zum Beispiel.« Auch in München standen die Menschen für Karten der Band Schlange. Klaus Doldinger, dessen Album *Passport* er zu DDR-Zeiten in Teilen übers Radio gehört hatte, konnte er jetzt live erleben, ebenso Keith Jarrett, der 1992 ein Konzert in der Philharmonie gab. Ein Konzert, das Erinnerungen an die NVA-Zeit wachrief: Lenins beeindrucktes Nicken, als er sich ein Keith-Jarrett-Album leistete. Lenins hochwertiger Walkman, eine Tonqualität, wie er sie bisher nicht kannte. Auch damit hatte der Wandel seines Musikgeschmacks zu tun: Dass Mitte der Achtzigerjahre die Aufnahmen der Sechziger- und Siebzigerjahre schlicht unhörbar wurden, weil die Qualität der Aufnahmen mit der sich rasant verbessernden Qualität der Geräte nicht mithalten konnte.»Mir ging es genauso wie Lenin: Die Lust auf Klassik und Jazz wuchs, Keith Jarrett und Joe Jackson stießen in völlig neue Dimensionen vor.«

In der Klassik war es die Musik Richard Wagners, die ihn in andere Dimensionen katapultierte. Wann immer sich in diesen Jahren Gelegenheit fand, besuchte er Wagner-Aufführungen, hörte mehrmals *Die Meistersinger* und *Der fliegende Holländer* in der Bayerischen Staatsoper. Den *Holländer* hörte er so oft, dass sich auf den Eintrittskarten kleine Notizen finden, in denen er die jeweilige Aufführung rezensierte:»Streicher sehr grell und verwischt«, lautete das Fazit eines Abends, an dem ihm die Akustik überhaupt nicht gefiel. Er vermerkte zu jedem Sitzplatz die Qualität der Akustik, um nach und nach die besten Plätze herauszufinden. *Die Meistersinger*, die er insgesamt am häufigsten hörte, wurden im Rahmen der Opernfestspiele traditionell am 31. Juli aufgeführt, am Vorabend seines Geburtstags.»Das hab ich oft zum Reinfeiern genutzt, auch wenn die Karten höllisch teuer waren: Regulär kosteten sie um 222,- DM, auf dem Schwarzmarkt bis zu 350,- DM. Aber die *Meistersinger* mussten sein, das war das erste Wagner-Stück, das ich mir als Jugendlicher erschlossen habe. Eine gigantische Erfahrung!« Auch Richard Wagners Jugendstück *Die Feen*, das selten aufgeführt wird, konnte er in München erleben:»Darin spürt man schon sein Genie!«

Kaum etwas ließ er aus, hörte Musical-Produktionen wie *Westside-Story* im Deutschen Theater ebenso wie den Windsbacher Knabenchor mit Mozarts *c-moll-Messe* in der Philharmonie, besuchte Frühschoppen mit Jazzmusik im Schlachthof und festliche Sommerkonzerte in der Lukaskirche, hörte die Alte Musik München in der Residenz, die Niederländische Philharmonie im

Gasteig, Bachs *Magnificat* und Vivaldis *Gloria* in der Lukaskirche, die Camerata Bach im Prinzregententheater und regelmäßig die Volkssymphoniekonzerte, unter anderem mit Kompositionen von Hans Werner Henze. Am Karfreitag 1993 hörte er Johann Sebastian Bachs *Johannes-Passion* in der Christus-Kirche, Felix Mendelssohn Bartholdys *Paulus op. 36* in der Himmelfahrtskirche, Bachs *Magnificat* und Wolfgang Amadeus Mozarts *Requiem d-Moll* im Herkulessaal der Residenz. Auch das ein Stück, das er lange auf der Liste und in DDR oft auf Kassette ausgeliehen hatte.

Im Juni und Dezember 1991 erfüllt sich ein inniger Wunsch seiner Lehrzeit: Händels *Messiah* ist in München zu hören – im Juni in der Philharmonie, wo er zum ersten Mal live hören kann, was ihm von den zu DDR-Zeiten in der Bibliothek geliehenen Kassetten vertraut ist, im Dezember ein zweites Mal in der Lukaskirche.

Die Welt der Literatur steht ihm in den Münchner Buchhandlungen, Antiquariaten und Bibliotheken, aber auch auf der Bühne offen. Er sieht Kafkas *Bericht für eine Akademie* im Theater rechts der Isar – »eine tolle Inszenierung eines Textes, den ich schon in der Deutschen Bibliothek in Leipzig ausgeliehen hatte« –, außerdem Patrick Süskinds *Der Kontrabaß* im Münchner Volkstheater, Friedrich Dürrenmatts *Die Panne* im Theater 44, Arthur Schnitzlers *Liebelei* im Münchner Volkstheater, *Die fromme Helene* im Theater rechts der Isar, Tennessee Williams *Glasmenagerie*, Molières *Tartuffe* im Theater Scaramouche und hört einen Vortrag Donald A. Praters über Stefan Zweig. Praters Stefan-Zweig-Biografie hatte er schon in der DDR gelesen. Vorträge über Stefan Zweig hörte, Dokumentationen über ihn und Verfilmungen seiner Bücher sah er regelmäßig bei einer Veranstaltungsreihe der Israelitischen Kultusgemeinde München.

Am 18. Juli 1992 hat er die besondere Gelegenheit, Stefan Zweigs *Valpone* im Theater rechts der Isar zu sehen. »Der Freiheitsgedanke im Werk Stefan Zweigs hat mich wie viele andere DDR-Bürger berührt: Er beschrieb eine Zeit, in der man ohne Pass durch ganz Europa reisen konnte. Der Gedanke vom vereinten Europa, den er vorweggenommen hat, zieht sich durch sein ganzes Werk – das war mir ungemein wichtig. « Was ihn auch fasziniert hat: den Zusammenhängen nachzugehen, immer.»In jeden Himmel der Kunst vorzudringen – das habe ich versucht nachzuvollziehen. In diesen Jahren habe ich so viel gelesen, gehört und gesehen wie später nie wieder, habe mich mit Prosa, Lyrik, Essays, Theater und zeitgenössischer Kunst generell beschäftigt. Alles hat sich gegenseitig bereichert und in neue Zusammenhänge gesetzt.« Was ihn an Zweig auch faszinierte: »Er hat sich damit auseinandergesetzt, wie Technik in unser Leben eingreift und die Welt verändert. An dieser Brücke zwischen Technik und Literatur war auch mir gelegen.«

In der DDR war Christa Wolfs *Störfall* ein zentraler Text für ihn gewesen, das Buch, in dem sie sich mit dem Reaktorunfall von Tschernobyl auseinandersetzte. Im August 1991 konnte er im Studiotheater eine Aufführung ihrer *Kassandra* erleben.»Von beiden Texten war ich tief beeindruckt, zu ihr als Person hatte ich ein zwiespältiges Verhältnis: Für sie hat die Mauer nicht existiert, sie war eine von denen, die reisen konnten.«

Was er auch in München regelmäßig besuchte, waren Kabarett-Veranstaltungen.»Kabarett hatte eine große Tradition in der DDR. Es gab etliche Künstler, die es verstanden, versteckt Kritik zu äußern. Natürlich war das eine schwierige Gratwanderung, weil ier ein Aufführungs- oder Berufsverbot drohte.« In der Münchner Lach- und Schießgesellschaft war es anders. Das westdeutsche Kabarett war völlig frei; es musste nur aktuell, originell und witzig sein, dazu ordentlichen Biss haben. Parteien und Politiker wurden hier scharf kritisiert. Das Erlebnis des westdeutschen Kabaretts führte ihm die unsichtbaren, aber scharfen Grenzen, innerhalb derer das ostdeutsche Kabarett agieren musste, noch einmal besonders deutlich vor Augen.

[▫ ▫]

Wenn der Kopf übervoll ist von Worten und Tönen, lässt er sich auf Bilder und Atmosphären ein, besucht Kunstausstellungen, etwa zu Marc Chagall oder den Expressionisten der »Brücke« in der Hypo-Kunsthalle München, fährt zum Franz Marc Museum in Kochel am See. Mit dem Fahrrad und dem Zug ist er viel in der Natur unterwegs und erkundet die Umgebung. Unvergessen bleibt ihm sein erster Besuch am Walchensee im August 1992, wo er mit Tageserlaubnisschein für die österreichischen Mautstraßen lange Radtouren unternimmt. »Diese Landschaft ist für mich eine ganz besondere. Dort kann ich alles loslassen.«

In Schwabing hat das Fahrrad einen eigenen Platz im Keller, nach einigen Umzügen ist er in der idealen Wohnung gelandet: hat freien Blick auf die Josephskirche und wohnt direkt am Leopoldpark. Er ist mitten im Geschehen.

[◌ ◌]

In den Medien erlebte er im fernen München, wie die DDR abgewickelt wurde. Die Schwerpunkte der Berichterstattung hatten sich längst von einer Beschreibung der Ereignisse zu einer Begleitung der Debatten rund um einen politischen und gesellschaftlichen Neuanfang verschoben. Und immer ging es auch um die Aufklärung des an den DDR-Bürgern begangenen Unrechts. Im Herbst und Winter war die Empörung der SED-Funktionäre groß, als Ermittlungen und in der Folge auch erste Strafverfahren gegen Grenzsoldaten erfolgten. Die erste Anklage gegen einen sogenannten Mauerschützen wurde am 27. Mai 1991 im Fall Chris Gueffroy erhoben, der am 5. Februar 1989 bei einem Fluchtversuch an der Berliner Mauer erschossen worden war. Eine grundsätzliche Frage stand zur Debatte: Ist DDR-Recht anzuwenden, das Schusswaffengebrauch zur Verhinderung von Verbrechen erlaubt und auch die »Republikflucht« zu den Verbrechen gezählt hatte?

132 handelnde Politiker, Mitglieder des Nationalen Verteidigungsrats und des Politbüros, wurden rechtskräftig verurteilt;

zuvor waren gegen 246 Personen 112 Anklagen erhoben worden. Unter ihnen waren zehn Mitglieder der SED-Führung, 42 Mitglieder der militärischen Führung, 80 Grenzsoldaten und 39 weitere Todesschützen am äußeren Ring. Ihm stockte der Atem, als viele von ihnen sich über eine angebliche »Siegerjustiz« beklagten, obwohl die Strafen aus seiner Sicht äußerst gering ausfielen und in keinem Verhältnis zu dem Unrecht standen, das sie begangen hatten. Immerhin: Schützen wurden als Täter angesehen, anders als bei den Prozessen gegen Nationalsozialisten am Ende des Zweiten Weltkriegs, wo viele von ihnen im juristischen Sinn nicht als Täter, sondern als Gehilfen galten. Besonders bitter stieß ihm auf, dass es gerade die zentralen Figuren des SED-Regimes waren, die am Ende vom bundesdeutschen Rechtsstaat profitierten – dem System also, das sie erbittert bekämpft hatten. Aus Gesundheitsgründen wurden die Verfahren gegen den 85-jährigen Erich Mielke und den 79-jährigen Willi Stoph zunächst abgetrennt, dann eingestellt. Auch das Verfahren gegen Erich Honecker wurde Anfang 1993 aus gesundheitlichen Gründen eingestellt; Honecker konnte zu seiner Frau nach Chile ausreisen. Der Beschluss des Berliner Verfassungsgerichts war umstritten und machte ihn wütend: »Ich konnte es nicht fassen – das konnte nicht wahr sein!«

[◻ ◻]

Immer noch schien die Zeit zum Bersten voll mit neuen Eindrücken. Im Sommer führte ihn der Urlaub zum dritten Mal nach Frankreich, diesmal mit der ersten Freundin aus dem Westen. Sie sah die Landschaft mit ihren, er mit seinen Augen, und beide waren erstaunt, wie viel vom Eigenen man im Fremden entdecken kann.

Das elsässische Colmar erinnerte ihn mit seinen wunderschönen Fachwerkhäusern und kleinen Innenhöfen und der Lage am Fluss an das Erfurt seiner Kindheit. Colmar, das von vielen Kanälen durchzogen ist, hat einen Stadtteil, der Klein-Venedig – Petit Venise – genannt wird, malerisch an einem Kanal der Lauch gelegen. Auch in Erfurt gibt es Venedig, im Nordosten des Andreasviertels, wo die Gera sich mehrfach verzweigt und kleine Inseln bildet.

Colmar hatte seine Blütezeit im Mittelalter erlebt, war groß geworden mit der Produktion pflanzlicher Gerbstoffe. Die Stadt atmete überall Geschichte.»Ihre Schönheit machte mich traurig: So gut in Schuss, so wunderschön könnte auch Erfurt sein, wenn nicht ...« Er spricht es gar nicht erst aus.

Sie waren mit dem Auto unterwegs, im Kofferraum ein Zelt. Sie entdeckten das Land von wechselnden Campingplätzen aus; viele davon lagen in der Bretagne, einer direkt am Meer.

»Dort hörte man die ganze Nacht das Rauschen der Brandung.«

Sie erlebten ein kleines Volksfest, wie er es in dieser Form in Westdeutschland noch nicht erlebt hatte:»Die Menschen verkauften Sachen, die sie selbst gemacht hatten, Spielsachen für Kinder zum Beispiel, die man in der Bundesrepublik gar nicht mehr kannte.«

Ein Holzspiel, bei dem man mit einer Angel mit kleinen Magneten Gegenstände angelt, erinnert ihn an seine eigene Kindheit.»Das Fest war wunderschön: Die Menschen aus dem Dorf hatten alles selbst organisiert. Es wurden Handarbeiten und selbst gebackene Kuchen verkauft. Für mich war das ein Höhepunkt des Urlaubs, so was hatte ich lange nicht mehr erlebt.« Die Kultur der kommerziellen Volksfeste in der Bundesrepublik mit ihren austauschbaren Schaustellern, die durchs ganze Land reisen, blieb ihm fremd.

Beide genossen sie die Ungeplantheit ihrer Reise und entschieden oft ganz spontan, wo sie anhielten und übernachteten.»Es war mein Part, auf dem Beifahrersitz die Karten auf dem Schoß zu halten und die Stellen zu entdecken, die verlassen sein oder etwas Besonderes haben könnten. Auf diese Weise entdeckten wir an einem Nachmittag eine kleine Bucht, an deren Strand wir unser Zelt aufschlugen.« Dort trafen sie keine Menschenseele. Verlassene Segel- und Fischerboote waren an Leinen festgemacht; ihr melodisches Quietschen hörte man die ganze Nacht.

Umgeben von der zerklüfteten bretonischen Küstenlandschaft lag die Bucht malerisch und schien dennoch in einem ständigen

Kampf mit dem Meer und dem wechselhaften Wetter. »Die Landschaft dort fand ich unheimlich interessant. Ich kannte sie schon so lange aus den Büchern Balzacs. Das war etwas, was ich immer schon sehen wollte, was auf meiner Sehnsuchtsliste der Orte ganz oben stand.« Neben Stefan Zweig war es immer Honoré de Balzac gewesen, der ihn faszinierte, weil er in seinen Romanen Gemälde seiner Zeit schuf. Wie in einem dieser Gemälde fühlte es sich an, wenn sie abends in kleinen Dörfern Fisch aßen, der frisch aus dem Meer kam, auf kleinen regionalen Märkten guten Wein besorgten und beobachteten, wie die Franzosen ihr Leben genossen und abends zusammensaßen, bis die Sonne unterging.

Durch die guten Französischkenntnisse der Freundin kamen sie mit vielen Einheimischen ins Gespräch. Sie beeindruckte ihn nicht nur durch ihre Art, auf Menschen zuzugehen, sondern auch durch ihre Belesenheit, die ihm schon in den Volkshochschulkursen über Hermann Hesse und Stefan Zweig aufgefallen war, in denen er sie kennengelernt hatte. Lange Nächte und ganze Wochenenden konnte er mit ihr über Literatur diskutieren: »Uns beschäftigten ähnliche Fragen, wir interessierten uns für die gleichen Dinge.« Nur eines konnte niemand nachempfinden: Die Wucht und Dichte, die unerklärliche Sogwirkung, die ein Erinnerungsband von Zweig, ein Roman von Balzac oder eine bretonische Landschaft ausüben können, wenn man sie so lange auf seiner Sehnsuchtsliste hatte und so viel dafür in Kauf nehmen musste.

Nach Frankreich zog es ihn immer wieder, das nächste Mal mit dem Zug nach Saint-Tropez. *Malerisches altes Europa.* Es war, als würde er in diesen Jahren Seite um Seite seines Bildbandes abreisen. Fühlte er sich angekommen? War er zufrieden mit dem, was kam, nachdem er sich noch kurz vor dessen Untergang von seinem Staat verabschiedet hatte? Seine Antwort lautete: »Die DDR ist nicht verschwunden: Es gibt sie zwar nicht mehr als Staat, aber noch immer als Prägung.«

Die im Lauf der Neunzigerjahre aufkommende Ostalgie machte ihn wütend; immer öfter hörte er nun verklärende Bemerkungen wie »In der DDR hätten alle Arbeit« oder »Damals gab es einen Kindergartenplatz für jedes Kind«: »Es ist falsch, einen positiven Aspekt herauszunehmen, um damit das gesamte System zu verklären. Natürlich war die Kinderbetreuung in der DDR vergleichsweise fortschrittlich, aber doch nicht, weil dem Staat an echter Chancengleichheit gelegen war, sondern weil er die Frauen als Arbeitskräfte unbedingt brauchte und den Nachwuchs indoktrinieren wollte. Man muss sich immer genau anschauen, wie ein Rädchen im System ins andere griff und wozu etwas gut war.« Die objektiven Folgen der DDR-Planwirtschaft jedenfalls sind auch in der zweiten Hälfte der Neunzigerjahre noch unübersehbar: »Es gab zwar Vollbeschäftigung, aber die Wirtschaft war am Boden. Zu viel Personal war mit Überwachung, Kontrolle und Verwaltung des Mangels beschäftigt.«

Das Glücksgefühl von 1989 aber kann er wieder aufrufen – jederzeit. Sobald er an die Ereignisse des Sommers und Herbstes 1989 denkt, ist das Wort zurück: *Wahnsinn!* »Der Mauerfall war für mich ein unvorstellbares Ereignis. Wir hatten so lange gelernt, dass die Entwicklung vom Kapitalismus zum Sozialismus gesetzmäßig sei, dass das außerhalb aller Vorstellungen lag.«

Entsprechend überwältigt standen auch die handelnden Personen in Politik, Gesellschaft und Wirtschaft vor der Herausforderung des Neuanfangs: Es musste schnell gehen. »Schade war, dass man im Prozess der Wiedervereinigung das bundesdeutsche System so schnell eins zu eins übernommen hat und überhaupt keine Zeit hatte, Alternativen zu überlegen. Es gab spannende Ideen der Bürgerbewegung, die auch für das System der Bundesrepublik Reformen bedeutet hätten. Manche wollten einen demokratischen Rechtsstaat aufbauen, aber überlegter und nicht so überstürzt. Ich fand es schade, dass es so schnell ging, dass man sich nicht besinnt, nicht darüber nachdenkt und nicht darüber spricht – an so einer wichtigen historischen Schnittstelle.«

Er bedauert manche Entwicklung, versteht aber deren Unausweichlichkeit in einem Sog, den etwa die Währungsreform noch beförderte.»Praktisch war es eben so: Wer zahlt, schafft an. Und ich verstand natürlich, dass niemand ein weiteres kommunistisches Experiment haben wollte. Außerdem war die Wiedervereinigung das, was wir uns seit Jahrzehnten gewünscht hatten.« Das Tempo aber war eine zweischneidige Sache:»Ich kann nachvollziehen, dass es gelaufen ist, wie es gelaufen ist. Helmut Kohl wusste ja auch nicht, wie lange sein Fenster offen bleiben und wie lange Gorbatschow an der Macht bleiben würde. Niemand wusste, wer danach kommt.« Nicht zuletzt hätte ein Provisorium aus zwei Staaten dazu geführt, dass die Leute weiter abgewandert wären.»Kein Staat hätte verkraften können, noch mehr Menschen zu verlieren.« Vom 13. August 1961 bis Ende 1987 hatten trotz Mauer fast 600 000 Übersiedler, Flüchtlinge, Ausgebürgerte und Freigekaufte die DDR verlassen (immerhin nur ein Zehntel der Periode bis 1961), darunter 34 000 von der Bundesrepublik freigekaufte Häftlinge, von 1988 bis zur Währungsunion im Juli 1990 sind nochmals mehr als 1 Million Menschen in den Westen gegangen.

Während sich in der Bundesrepublik viele junge, gut ausgebildete Ostdeutsche in das Experiment Zukunft stürzten, blieben in der DDR immer mehr leere Wohnungen und Häuser zurück. 2008 gab es eine Million leer stehende Wohnungen. Die Folgen für Ostdeutschland waren und sind dramatisch, die Politik hatte nur wenige Antworten parat. Sie wickelte ab,»entmietete«,»weidete aus« und »zertrümmerte«. Gebiete, in denen zu DDR-Zeiten das Leben pulsierte, verschwanden, gemahlen zu Betonsplit, von den Stadtplänen. 350 000 Wohnungen sollten im Rahmen des Stadtumbaus Ost auf diese Weise abgewickelt werden.

Nach der Wiedervereinigung zurück nach Thüringen zu gehen war für ihn in den nächsten zehn, fünfzehn Jahren nie ein Thema. Zu klar lag der immer erträumte Weg vor ihm: arbeiten, Abitur nachholen, die Großstadt und ihr Kulturangebot genießen und dann, sobald es ging, ein Studium an der renommierten Ludwig-Maximilians-Universität aufnehmen, mit allem, was dazugehört. Dieses Studentenleben hatte er sich immer schon erträumt.

[◻ ◻]

Die schönste Wendung: Jahrelang hatte er seine Plattensammlung aufgebaut, ohne die Platten je auf einem eigenen Plattenspieler hören zu können. Dann hatte er sie zurücklassen müssen und glaubte die Schätze für immer verloren. Inzwischen hatten seine Eltern ihm die Platten aus Erfurt nach München gefahren, wo er sie auf seiner neuen Anlage abspielen konnte. Vor 1989 noch wäre das unvorstellbar gewesen. *Wahnsinn.* Da war es wieder, das Wort.

Sein erster Plattenspieler war ein DUAL 400, ein älteres Modell mit allen Geschwindigkeiten: 78 Umdrehungen pro Minute für Grammofonplatten, 45 für Singles, 33 für Langspielplatten und 16 für Rundfunk- und Sprechplatten.»Das war noch ein Röhrenplattenspieler, ein ganz altes Teil, das noch keine Halbleiter hatte. Auch das Design war beeindruckend: Man konnte die Box abnehmen, die im verpackten Zustand als Deckel diente, mit einem Kabel verbinden und als Box aufstellen.« Mit diesem Plattenspieler kann er sogar die Grammofonplatten seines Urgroßvaters wieder hören. Während das Grammofon rein mechanisch funktioniert und die Platte nach und nach verschleißt, kann er sie auf dem DUAL 400 ohne Verschleiß abspielen.»Bei dem Gerät ist der Plattenkopf ganz leicht, und die Musik wird über Röhren verstärkt. Man kann den Abtastkopf sogar austauschen und hat einen für die sehr dünnen Mikrorillen von normalen Langspielplatten, in denen man zwei Kanäle für ein Stereosignal unterbringen konnte, und einen anderen für die sehr breiten Rillen der Grammofonplatten, die durch eine stärkere Nadel abgetastet werden – während die Stereonadel hauchdünn ist.«

Dazu besitzt er inzwischen die moderne Anlage, die von Platte über Kassettendecks bis zu Radio und CD-Player alles bietet. Endlich konnte er seiner Leidenschaft für Musik so fröhnen, wie er es sich schon immer gewünscht hatte. Bald machte er sich über die ersten High-End-Geräte kundig – bis er sich eines würde leisten können, würde zwar noch einige Zeit vergehen, aber die Zeichen standen gut: Nach etwa einem Jahr als Lagerist gelang ihm der Wechsel auf eine Stelle als Nachrichtengerätemechaniker. »Ich hatte mich während des Jahres umgesehen und mich unter anderem bei Siemens beworben. Als ich gute Nachrichten bekam, suchte ich das Gespräch mit dem Vorgesetzten: Wenn ich bei der Polizei nicht mittelfristig in die Technik wechseln könnte, würde ich die Chance bei Siemens nutzen. Plötzlich ging alles ganz schnell – ich hatte eine tolle Stelle in der Funktechnik und war zuständig für die Reparatur der Funkgeräte der Polizei. Sogar Teile meiner Ausbildung in der DDR haben sie bei der Einstufung anerkannt.«

[¤ ¤]

Kurz bevor das eigene Leben diese Wendung ins Stabile, Abgesicherte nahm, hatte auch die deutsch-deutsche Geschichte eine wichtige Wendung genommen: Am 3. Oktober 1990 wurde die deutsche Einheit vollendet.

Die Entwicklung schien logisch, denn die Bürger der DDR, die sich die Freiheit erstritten hatten, wollten nichts Drittes, nichts gänzlich Neues, sondern wünschten sich, was sie, wenn auch nur aus der Ferne, von den Demokratien der westlichen Welt seit Jahrzehnten beobachten konnten: freie Wahlen, freie Presse, Meinungsfreiheit, Demonstrationsfreiheit, Grundrechte also, die den Bürger verlässlich auch vor seinem Staat schützten. Nicht mehr, aber auch nicht weniger wollten sie auch.

Manchen ging die Wiedervereinigung zu schnell.

Warf man nicht auch Gutes weg, wenn man die DDR zu schnell aufgab? Schon die Frage ärgerte ihn: »Alles Positive an der DDR funktionierte nur im Rahmen eines unfreiheitlichen Systems. Selbstverständlichkeiten wurden uns als Geschenke verkauft. Freiheit und soziale Gerechtigkeit, nicht Gleichheit, gehören zusammen!«

Freiheit – das bedeutete für ihn auch: endlich studieren. »So schnell es ging, meldete ich mich zum Abendgymnasium an, das ich an vier Abenden in der Woche parallel zu meiner vollen Stelle als Beamter besuchte. Schon an meinem ersten Arbeitstag dort bin ich ins Gebäude gegangen mit dem Gefühl: ›Wenn du das Abi hast, dann gehst du hier wieder raus.‹« Im Herbst 1990 konnte er anfangen. Er konnte zum Glück ein sogenanntes Begabtenabitur mit nur einer Fremdsprache, Englisch, absolvieren; das allerdings bedeutete, sich in mehreren Fächern selbstständig Kenntnisse auf dem Niveau des abgeschlossenen zweiten Semesters an der Universität anzueignen, unter anderem in Mathematik. Noch vor der Arbeit nahm er deshalb ein Semester lang eine Stunde Mathematik-Nachhilfe bei einem Studenten der Technischen Universität – »Mathe war völlig abgehoben, das musste sein mit der Nachhilfe« –; nach der Arbeit ging es weiter mit sechs Unterrichtsstunden zwischen 17 und 22 Uhr. »Das war volles Ballett!« Gelegentlich auch die Hölle. Doch die Disziplin und die Investitionen in Nachhilfe, Unterricht und Materialien zahlten sich aus. »Dreißig Prozent haben die Abiturprüfungen in Räumen des Kultusministeriums bestanden – darunter ich.« Das wissenschaftliche Fach, in dem man das Niveau der Universität nachweisen musste, wurde direkt von einem Professor der Ludwig-Maximilians-Universität geprüft.

Inzwischen war er bei der Polizei längst zum Beamten auf Lebenszeit ernannt worden. »Das war großartig, so gut ging es mir noch nie: Ich habe als Techniker gut verdient, bekam Weihnachtsgeld, Urlaubsgeld und hatte alle Sicherheiten, die eine solche Laufbahn bedeutet.« In den insgesamt fünf Jahren, die er inzwischen dort gearbeitet hatte, hatte er Hunderte von Rock- und Klassikkonzerten besucht und viele Künstler live erlebt, die er von den Playlisten seines Senders kannte. Er konnte sich Kultur und Bildung leisten, den Nachhilfeunterricht und das Abitur.

Als der Brief mit der Nachricht über das bestandene Abitur kam, irritierte ihn die bürokratische Kürze der Nachricht. »Für mich war das ein Meilenstein.«

Das Blatt Papier sagte ihm so viel mehr als nur: *Bestanden.*
Es sagte: *Zeit für den nächsten Schritt.*

32 – Irgendwie, Irgendwo, Irgendwann

■ ENDLOSKASSETTE

»Merktage des Lebens haben stärkere Leuchtkraft in sich als die gewöhnlichen.«

Draußen ein heißer Sommertag, drinnen im linken Seitenflügel des Hauptgebäudes der Ludwig-Maximilians-Universität ist die Luft angenehm kühl. Er atmet tief durch, während er in vier leichtfüßigen Schritten die Stufen in den Erdgeschossflur des Flügels nimmt.

Er ist früh dran, und doch ist die Schlange der Studienbewerber schon dabei, Richtung Lichthof in den Eingangsbereich des Hauptgebäudes zu wachsen. Er schreitet sie ab, um vorne eine Nummer zu ziehen. Junge Frauen, junge Männer, alle mit Formularen und Unterlagen unter den Armen, in den Fingern die roten Marken mit ihren Nummern. Beim Zurücklaufen kann er abzählen: ... 66, 67, 68 Leute vor ihm. Die meisten scheinen alleine hier zu sein, nur wenige kennen sich untereinander. 68 Leute. Wie lange das dauern wird? Ihm ist es egal, er hat lange genug gewartet.

Sein Blick fällt auf die Abiturzeugnisse der zwei, drei, vier Wartenden vor ihm. Er stutzt.

Liest Geburtsorte: *München, Germering, Fürstenfeldbruck*
Liest Geburtsdaten: *10.7.1976, 19.4.1975, 9.8.1976*
Schließt die Augen. *Erfurt, 1.8.1964*
Der Blick wird frei für die eigenen Bilder im Kopf. Wie ein Film laufen sie über seine geschlossenen Augenlider, als würde seine Erinnerung sie mittels seiner Pupillen darauf projizieren.

Vibrierende Regalbretter, auf denen ihm sein Spielzug entgegengleitet.

Ein Junge leckt sich die Hände.

Ein zarter Junge in einem kaum möblierten Raum glaubt sich unbeobachtet, greift nach dem Telefonhörer und wählt die Nummer seiner Eltern. Keine Verbindung kommt zustande.

Sein Vater am Küchentisch, die Ärmel hochgekrempelt. *In unserer Familie war keiner in der Partei.*

Ein Nachmittag am Meer, *Stars On 45* im Ohr und immer mehr Transistorradios, die sein Programm spielen.

Er auf einem monströsen Stuhl, der ihn mit dumpfem Klacken bewegt, ohne dass er sich wehren könnte. *Das ist nicht mein Land.*

Die Überraschung in Lenins Augen, als er bewundernd sagt: *Das gefällt dir?*

Ein Radio ohne Gehäuse.

Ein Säbel, diamantenbesetzt.

Der Fernseher. *Was wird aus dem Fernseher? Wir dürfen den Fernseher nicht vergessen, wenn ich drüben bin.*

Ein Regal, prall gefüllt mit Langspielplatten. *Wie konntest du gehen, bevor du ein einziges Mal deine Platten auf einem eigenen Plattenspieler abgespielt hast?*

Die Zeitung am Kiosk in Varna.

Ein leeres Zelt, verlassen auf einem Campingplatz in Sopron.

Darin ein Buch: »*Ist die Zeit damals schneller gegangen als heute, da sie überfüllt ist mit Geschehnissen, die unsere Welt für Jahrhunderte von der Haut bis in die Eingeweide verändern werden?*« (WVG, 208)

Er steht vollkommen still im Flur zwischen den anderen Studienanfängern, während die Welt im Kopf vorbeirast.»Im Sturz durch Raum und Zeit, Richtung Unendlichkeit, fliegen Motten in das Licht, genau wie du und ich.« Jede Reise nach hinten ist eine Reise nach vorn. Er vergewissert sich seiner Gründe, seiner selbst. Er erinnert sich an das, was er sein wird. Nena im Ohr. Wieder. Immer dieses Lied.»Irgendwie fängt irgendwann irgendwo die Zukunft an. Ich warte nicht mehr lang.« Er öffnet die Augen. Ein Blick auf die Nummernanzeige vor dem Immatrikulationsbüro reicht; er ist in der Wirklichkeit zurück. Noch 37 Leute vor ihm. Ist das die richtige Entscheidung? In diesem Alter für einen solchen Schritt alle Sicherheiten aufzugeben?»Liebe wird aus Mut gemacht, denk nicht lange nach, wir fahren auf Feuerrädern Richtung Zukunft durch die Nacht.«

Die Bilder im Kopf drehen in der immer gleichen Reihenfolge ihre Schleifen. Sie ändern sich nicht, doch je mehr er sich an die Wiederholung gewöhnt, desto mehr nimmt er Nuancen und Zwischentöne wahr, erinnert sich nicht nur an Ereignisse, sondern auch an Empfindungen. Endloskassette im eigenen Kopf. 1963 führte Philips die erste Compact-Kassette ein. Die Kassetten kamen aber erst fünf Jahre später erfolgreich auf den Markt. Seine Endloskassette hatte er erst nach der Wende bekommen. Heute läuft die Endloskassette in seinem Kopf zum ersten Mal an.

»Seit ich in der Bundesrepublik angekommen war, lebte ich in der Gegenwart. Immer gab es etwas zu erledigen. Anfangs häuften sich die Umzüge. Aufnahmelager, Durchgangslager, Untermietzimmer, Übergangswohnung, erste richtige Wohnung. Und drum herum gab es so viel zu entdecken: Europa, die USA, neue Städte und Landschaften. Musik, Literatur und Kunst.«

Die Welt von gestern scheint erledigt. Alles auf Anfang. Für eine Auseinandersetzung mit der eigenen Vergangenheit bleibt wenig Raum; er hat vor allem kein Bedürfnis danach.

»In dieser Schlange habe ich zum ersten Mal zurückgedacht. Erst an dem Tag habe ich begriffen, wie wertvoll dieses Stück Papier in meiner Hand ist und was ich für dieses Abiturzeugnis alles in Kauf genommen habe. Dann die Geburtsdaten und -orte der anderen: Ich habe die Leute wahnsinnig beneidet, die ihr Leben bisher ganz normal führen konnten und jetzt mit neunzehn in dieser Schlange standen, ein Abiturzeugnis aus München, Olching oder Regensburg unter dem Arm. In dem Moment hatte ich ganz stark das Gefühl verlorener – ja, gestohlener Zeit. Elf oder zwölf Jahre, die dieser Staat mir genommen hatte, eineinhalb davon bei der NVA, wo ich wie eine Maschine funktioniert habe, die Funksignale empfing und sendete.«

Ein Glücksmoment: an einem Sommervormittag in dieser Schlange zu stehen und das Selbstverständliche zu tun, zu warten, mit dem eigenen Abiturzeugnis unter dem Arm, während der Zähler umschlägt. Noch sechs Menschen vor ihm. »Es ist jedes Mal ein Glücksgefühl, wenn mir in einem Moment, in dem ich etwas völlig Selbstverständliches tue, auffällt, dass das in der DDR nicht möglich gewesen wäre.«

Ein zweiter Glücksmoment: in festlicher Garderobe den Festsaal in Bayreuth zu betreten und zu wissen, nur noch wenige Momente, dann geht es los. Noch fünf Menschen vor ihm.

Ein dritter: mit ihr von Deutschland aus über die Grenze nach Frankreich zu fahren, und es gibt keine Schlagbäume, vor denen man warten müsste. Noch vier Menschen vor ihm.

Ein vierter: in eine Erdbeere zu beißen, die direkt vom Feld gepflückt ist, während der Pause bei einer Autofahrt oder im Verlauf eines Spaziergangs. Vom Rand eines Erdbeerfelds, wie es sie in der DDR nur selten gab, von scharfen Hunden bewacht, von Zäunen umschlossen und mit strikt beschränktem Zugang. Noch drei Menschen vor ihm.

Ein fünfter: ein Naturphänomen zu beobachten und zu wissen, mit dem Fotoapparat in meiner Hand kann ich es einfangen und konservieren, anders als damals, als er, noch ein Kind, tief berührt in der Feengrotte in Saalfeld stand, der einzigen farbigen Tropfsteinhöhle der Welt, und Bild um Bild knipste, um die Fotografien am Ende tief enttäuscht in den Händen zu halten. Unscharfe Schwarz-Weiß-Bilder, auf denen keine Tonunterschiede auszumachen waren. Noch eine Frau vor ihm.

Es gibt nicht *die eine* Geschichte eines Menschen. Es gibt die Geschichte seiner Träume und die Geschichte seiner Verletzungen. Die Geschichte, die in seiner Stasiakte, und die, die in den Augen seiner Eltern steht. Die Geschichte überwundener und unüberwindlicher Grenzen. Die Geschichte, die er nach der Wende erzählen wird, wenn Freunde ihn nach der DDR fragen. Die Zeit verläuft unterschiedlich schnell in seinen Erinnerungen: Sie springt, steht, rinnt aus oder verdichtet sich. Ein Klebeband, das er vom Geburtstagsgeschenk abzieht: Luckanus-Plast, »Gänsehaut-Klebeband«. Kein Klebeband wird sich im Westen, nach der Wende, je wieder so anfühlen.

Die Frau vor ihm verlässt das Immatrikulationsbüro.

Jetzt ist er dran.

33 – *The Way Life's Meant To Be*

▸▸ MÜNCHEN | 1994 UND SPÄTER

Wieder diese Sicherheit, abseits aller rationalen Überlegungen. Er war sich sicher, es war so weit: *Zeit für den nächsten Schritt.* Das Studium aufzunehmen war mit dem Abiturzeugnis kein Problem. Schwieriger war es, die alten Brücken abzubrechen, den sicheren Beamtenstatus aufzugeben? »Well, I came a long way to be here today and I left you so long on this avenue.« Das Electric Light Orchestra im Ohr versuchte er, in Gesprächen mit Vorgesetzten eine Kompromisslösung zu erreichen, sei es eine Beurlaubung für die Zeit des Studiums oder eine Teilzeitstelle, mit der sich das Studium vereinbaren ließe. Beides ließ sich damals für Beamte, die ein gänzlich fachfremdes Studium absolvieren wollten, nicht einrichten. Er musste kündigen – ohne jede Möglichkeit auf spätere Rückkehr in den Polizeidienst. *Ganz oder gar nicht.*

»And here I stand in the strangest land, not knowing what to say or do.« Sosehr ihn das einerseits enttäuschte, so richtig schien es ihm andererseits. Freiheit war nur ganz oder gar nicht zu haben. Eingeschränkte Freiheit gab es nicht. »As I gaze around at these strangers in town, I guess the only stranger is me.«

Was ging in seinem Kopf vor, während er im Februar im Schumann-Konzert der Münchner Symphoniker im Herkulessaal der Residenz *Symphonie Nr. 3, Es-Dur* hörte, im März Brahms, im April Händels *Wassermusik* und *Feuerwerksmusik*, im Juni Jazz in Frankreich und Westernhagens *Affentour 95* im Olympiastadion?»Die Monate liefen rasend schnell auf den Sommer 1995 zu, in dem die Immatrikulation stattzufinden hatte. Ich musste mich entscheiden. Meine Eltern konnten meine Entscheidung nicht begreifen.« Er wird die Situation später wie einen zweiten Grenzübertritt beschreiben.»And I wonder, yes, I wonder ... Is this the way life's meant to be.« Wieder hilft ihm ein Song beim Sprung. Wieder heißt es, Mut zu fassen und sich seiner Motivation ganz und gar sicher zu sein.»Für die Chance zu studieren, was mich wirklich interessiert, zu lesen und hören, was ich möchte, hatte ich mein Leben riskiert. Was wäre das für eine Freiheit, die ich dadurch gewonnen habe, wenn mir dann der Mut gefehlt hätte, sie zu leben – nur weil es finanzielle Schwierigkeiten geben könnte?«

Als er im August 1994 beim Konzert von Pink Floyd im Olympiastadion München tanzte, war alles entschieden.»Another brick in the Wall.« Nach der finanziellen Sicherheit wieder ohne Netz und doppelten Boden – wie viele Leben hatte er gelebt, seit er im Westen war? Längst stand das Buch in einer neuen Ausgabe in seinem Regal: »*So verschieden ist mein Heute von jedem meiner Gestern, meine Aufstiege und Abstürze, das mich manchmal dünkt, ich hätte nicht bloß eine, sondern mehrere völlig voneinander verschiedene Existenzen gelebt. Denn es geschieht mir oft, daß, wenn ich achtlos erwähne:›Mein Leben‹, ich mich unwillkürlich frage:›Welches Leben?‹«* *(WVG, 8f.)* Wohin gehörte er? Die Antwort fiel ihm erstaunlich leicht, als seine Finger über die aufgeschlagene Doppelseite des Zweig-Bandes strichen, die verwirrend unbenutzt und neu aussah – kaum fassbar, dass das ein Exemplar des gleichen Buches war, mit dem er so viel erlebt hatte:»Ich war erst richtig glücklich, als ich im Westen angekommen war und die Möglichkeit hatte, alles zu tun, was ich vorhatte.«

Es lag ihm fern, die Dinge zu idealisieren. Er erinnerte sich gut, wie schwer es war anzufangen, und er konnte sich vorstellen, wie schwer es werden würde, in München als inzwischen 31-Jähriger zu studieren. »Arbeitslosigkeit ist ein großes Problem und ein Grund zu verzweifeln. Aber es darf niemals ein Grund sein, die DDR schönzureden: Sicherheit in der DDR war ein Korsett, das einem die Luft abgeschnürt hat. Im Prinzip war für alles gesorgt, aber immer auf niedrigstem Niveau.« *Freiheit auf niedrigem Niveau, das gibt es nicht. Freiheit gibt es nur ganz oder gar nicht.*

Das galt auch für sein ganz persönliches Leben, so wenig seine Eltern das verstehen konnten. »Es war wieder ein Schritt, den ich nicht würde zurückgehen können, ein Schritt auf völlig unbekanntes Territorium. Ich hatte schlaflose Nächte und habe mit mir gehadert, dabei war mir klar, dass ich die Entscheidung längst getroffen hatte.« Er konnte nicht gegen seinen inneren Kompass handeln. »Ich brauchte dieses Studium als Ausgleich zur technischen Ausbildung. Ich wollte mich als ganze Persönlichkeit fühlen.«

Es funktionierte. Nicht alles fiel ihm leicht, nicht immer hielt die Qualität der Kurse, was das Vorlesungsverzeichnis versprach, nicht jeder seiner jüngeren Kommilitonen war mit dem gleichen Eifer bei der Sache wie er. Und doch: »Es war eine gute Zeit. Allein das schöne, erhebende Gefühl, im Audimax dieser ehrwürdigen Universität zu sitzen. Das Gefühl, sich mit dem Abschlusszeugnis wieder einen Traum erfüllt zu haben, der einen Schlüssel bedeutet, der neue Räume aufschließt.«

Während des Studiums stellte er alle Sinne auf Empfang. Sein schon Anfang der Neunzigerjahre beträchtliches Pensum an Opernbesuchen steigerte er weiter. Und jedes Mal, wenn sich in einer Oper, im Theater ein Vorhang hob, genoss er das Gefühl, angekommen zu sein.

Die Eintrittskarten mit den handschriftlichen Notizen lesen sich wie ein einziger Rausch, nüchternes Protokoll einer Leidenschaft. 29. September 1995, Franz Kafka, *Das Schloß* in der Staatsoper, »mit Karola«. 26. August 1996, Salzburger Festspiele, Arnold Schönberg,

Moses und Aron, »ein einziger Genuss«. November 1996, wieder Franz Kafka, *Das Schloß* in der Staatsoper, »Stimmen und Orchester sehr gut«, direkt danach eine weitere Aufführung, als könnte er nicht genug bekommen, süchtig danach, die Unterschiede zwischen den Abenden zu spüren. 13. November 1996, *Tristan und Isolde* in der Theaterakademie Prinzregententheater, Kommentar auf der Karte: »Göttlich!«. 15. August 1997, *Die Meistersinger von Nürnberg* bei den Bayreuther Festspielen. Im Sommer Opernfestspiele in der Bayerischen Staatsoper. Im Juli und August 1998 *Der Ring des Nibelungen* bei den Bayreuther Festspielen, er erlebt *Das Rheingold*, *Die Walküre*, *Siegfried*, *Götterdämmerung* und *Parsifal* in Bayreuth. Zwischendurch entführt ihn seine französische Freundin ins Tanztheater, Dance Company »Mabul« im Staatstheater am Gärtnerplatz, dann wieder Oper. Im Februar 1999 *Lohengrin* im Nationaltheater, im April *Xerxes*, *Das Rheingold*, *Die Walküre*, *Siegfried* und *Götterdämmerung* im Nationaltheater.

Und immer, immer wieder: *Tristan und Isolde*. Am 24. Mai 1999 sieht und hört er die Inszenierung in der Theaterakademie des Prinzregententheaters zum ersten Mal. »Ein Schlüsselerlebnis, unvergesslich. Ich höre heute noch, wie das Orchester vom Bayerischen Rundfunk das Grundmotiv gespielt hat. Die Anschläge. Unvergesslich.« Die Karte dieses Abends verzeichnet einen Platz in Reihe 14, als Notiz nicht weniger als: »Ein Ereignis!«

Er erlebt die Inszenierung noch drei weitere Male, registriert akustische Unterschiede von Plätzen in Reihe 16, 12 und 2 aus und lässt sich von den unterschiedlichen visuellen Eindrücken fesseln: »Die Inszenierung war ganz schlicht und konzentrierte sich ganz auf die Schauspieler, das Bühnenbild war aufs Äußerste reduziert.« An jedem der Abende fängt das mit zwei Glassegeln dargestellte Boot seine Blicke aus anderen Perspektiven. Jede spätere Inszenierung, die er von *Tristan und Isolde* sieht, wird er mit dieser vergleichen. Ein Ereignis. Längst fühlt sich das zweite Leben richtig an.

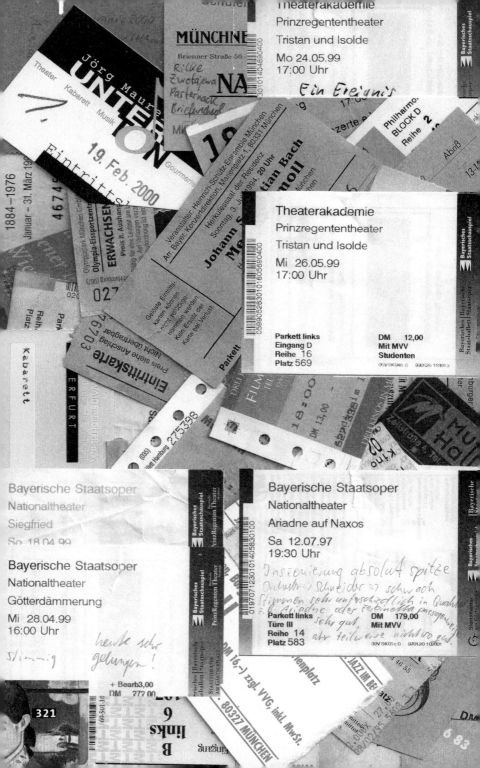

MINISTERIUM DES INNERN
DER DEUTSCHEN DEMOKRATISCHEN REPUBLIK

МИНИСТЕРСТВО ВНУТРЕННИХ ДЕЛ
ГЕРМАНСКОЙ ДЕМОКРАТИЧЕСКОЙ РЕСПУБЛИКИ

Reiseanlage
für den visafreien Reiseverkehr

Вкладка в удостоверение личности на безвизовые поездки

Diese Reiseanlage berechtigt den Inhaber des Personalausweises für Bürger der DEUTSCHEN DEMOKRATISCHEN REPUBLIK
Эта вкладка дает право владельцу удостоверения личности для граждан Германской Демократической Республики

Nr. K 1210369

einmal nach der ~~UdSSR,~~ Ungarischen VR, VR Bulgarien, SR Rumänien, ~~Mongolischen VR~~
на однократный выезд на автомобиле в
über ~~VR Polen, UdSSR,~~ CSSR, Ungarische VR, SR Rumänien, ~~VR Bulgarien~~
через
mit ~~Kraftfahrzeug~~ auszureisen und sich in diesem Land bis
zu -29- Tagen aufzuhalten.
и на пребывание в этой стране до ..... дней.

Die Reiseanlage ist den Grenzorganen der DDR bei der Aus- und Wiedereinreise vorzulegen und verliert 6 Monate nach dem Datum der Ausstellung ihre Gültigkeit.
Вкладка в удостоверение личности, которая действительна в течение 6 месяцев со дня выдачи, предъявляется пограничным органам ГДР при выезде и въезде.

Mit ihm reisen .... in seinem Personalausweis eingetragene Kinder.
Вместе с ним следует .... детей, зарегистрированных в его удостоверении личности.

18.07.1989
Ausstellungsdatum   Unterschrift
дата выдачи   подпись

323
PM 105

KL 0808856

Neverending Story

Olaf Hintze über Erinnern und Vergessen

Wie erinnert man sich? Zuerst gar nicht. Das Ereignis ist zu nah, noch zu sehr Erlebnis, um es als Erinnerung an sich heranzulassen und wirklich zu spüren. Nachdem ich in der Bundesrepublik angekommen war, habe ich zunächst immer nur nach vorne gedacht. Eine Aufgabe nach der anderen stellte sich, eine nach der anderen galt es zu bewältigen, jede erforderte meine ganze Konzentration, meine Kraft und meinen Mut. Dann, Mitte der Neunzigerjahre, als alles in ruhigeren Bahnen verlief, fragte niemand mehr nach den Jahren 1989/90. Viele Ostdeutsche lebten inzwischen im Westen, viele Klischees hatten sich verfestigt, eine bestimmte Umgangsweise eingespielt, von der DDR gab es ein festes Bild, das niemand mehr hinterfragen oder präzisieren wollte, ebenso von den Motivationen der Menschen, die hierhergekommen waren. »Damit es ihnen besser geht«, sagte man und meinte immer: wirtschaftlich gesehen.

Auch ich hatte die DDR für mich abgeschlossen. Und doch hatte ich mich, bewusst oder unbewusst, nicht von ihr getrennt. In meiner Wohnung lagerten noch immer die Sachen, die ich damals besessen, gelesen, gehört, einiges von der Kleidung, die ich getragen, viele Fotografien von Ereignissen, die ich erlebt, und Menschen, die ich geliebt hatte. Auch sperrige Gegenstände sind darunter, der alte Kassettenrekorder, all die Sender, die ich gebaut hatte, weitere Bauteile und Zubehör, auch Prüfgeräte, die ich längst nicht mehr brauchte. Und obwohl Wohnraum in München knapp und teuer ist, habe ich bei keinem meiner Umzüge mit dem Gedanken gespielt, mich von den Kisten zu trennen. Warum eigentlich, das hatte ich mich nie gefragt.

Erst im Lauf unserer gemeinsamen Recherchen für das Buch habe ich die Mappen und Kisten wieder geöffnet, viele davon zum ersten Mal, seit meine Eltern sie mir nach der Wende von Erfurt nach München gebracht hatten. Vieles hat mich überrascht, der

Brief zum Beispiel, den ich meinem Freund im Januar 1990 schrieb und in dem ich mich offenbar gezwungen sah, meinen Schritt, die DDR zu verlassen, zu rechtfertigen. Manche Funde, wie die Leihscheine aus der Deutschen Bücherei und die vor Ort verfassten Exzerpte, vor allem aber die Tageskalender, erlaubten, in einer ungeahnten Genauigkeit nachzuvollziehen, was ich in den späten Jahren der DDR als junger Erwachsener gelesen, gedacht und empfunden hatte. Manche unserer Funde gaben Antworten auf Fragen, die wir noch gar nicht gestellt hatten, und erinnerten mich an Episoden, die ich tatsächlich vergessen hatte und an die ich in unseren Interviews ohne den Gegenstand, den Song, das Dokument als Auslöser nicht mehr gedacht hätte. Und manche, wie die Stempel der rumänischen, bulgarischen und ungarischen Grenzer und der bundesdeutschen Behörden erlaubten, Zeitabläufe ganz präzise zu recherchieren, für die meiner Erinnerung jedes Maß fehlte. Wie lange war ich allein auf dem Campingplatz in Sopron? Drei Wochen oder zwei Tage? Die Erinnerung hatte nicht mehr greifen können, was unsere Recherchen nach und nach rekonstruieren konnten.

Plötzlich stand ich mir selbst gegenüber. Wie es sich anfühlte, nach so vielen Jahren wieder die schwergängigen Tasten des alten Rekorders zu drücken, die Antenne des Senders aufzubauen oder die eigene Handschrift auf den papierenen Verzeichnissen der Kassetten wiederzusehen. Noch war, was diese Eindrücke auslöste, diffuse Erinnerung, Details ohne Verbindung, eine unscharfe Nahaufnahme. Wie könnte eine Geschichte daraus werden? Und wer würde sie lesen wollen? Die Fotos, Kalender und Gegenstände durchzugehen und in den Gesprächen mit Susanne Krones zu kommentieren, das war, als würde ich eine Tonspur unter die Bilder dieser Zeit legen, sie erklären, weil sie heute in den Medien zwar vielfach gesehen – man denke nur an die Bilder aus der Nacht des Mauerfalls –, aber doch nicht verstanden werden.»*Die Zeit gibt die Bilder, ich spreche nur die Worte dazu, und es wird eigentlich nicht so sehr mein Schicksal sein, das ich erzähle, sondern das einer ganzen Generation – unserer einmaligen Generation.*« So verschieden unsere

Leben sind, so sehr trifft dieser Satz Stefan Zweigs doch auch auf mich zu. Die Generation Stefan Zweigs hatte ein ganz anderes Schicksal, mit dessen Wucht ich die Umstände meiner Generation nicht vergleichen will, aber ich weiß, welches Gefühl er meint, wenn er beschreibt, was Umbrüche und Neuanfänge im Leben bedeuten und welche Freiheit daraus erwächst.

Ich hatte Zweigs Erinnerungen, das Buch, das Ende der Achtzigerjahre lebenswichtig für mich war, zwar nie vergessen, aber doch seit zwanzig Jahren nicht mehr gelesen. Stefan Zweigs Zeilen und die Dokumente, Fotos, Notizhefte, Bücher, Kassetten und Platten bildeten rote Fäden, anhand derer wir uns auf den Weg in die Vergangenheit machten. Eine Text- und Tonspur, die ich bewusst nie verwischt habe, sondern bei jedem meiner Umzüge, säuberlich in Kisten verpackt, mit mir geführt habe, ohne die Kisten je zu öffnen.

[◻ ◻]

Sind wir am Ende der Tonspur angekommen? Sie hat kein Ende. Ein Song von damals wird, wenn ich ihn überraschend höre, immer andere Erinnerungen und Assoziationen auslösen, ein Gegenstand, wenn ich ihn berühre, wird mich immer in andere Situationen zurückversetzen. Ein erstes Leben hört nicht auf, nur weil ein zweites begonnen hat.

Paperback Writer

Susanne Krones über das Erzählen

Wie erzählt man die Geschichte eines anderen? Zuerst gar nicht. Man hört zu, sammelt Eindrücke, ordnet und bewahrt. Erst in einem zweiten Schritt versucht man, das diffuse Bild, das die Erinnerung des anderen zeichnet, scharf zu stellen, und beginnt, aus einem langen Gespräch eine Geschichte zu machen, die ihren ganz eigenen Regeln folgt. Regeln, die man ihr im Schreiben nicht vorgeben kann, sondern die der Geschichte immanent sind.

Dass für die Geschichte dieses Lebens Musik und Literatur wichtige Schlüssel sein würden, war schon früh zu spüren, so essenziell war beides für den Gang der Ereignisse und die Entscheidungen ihres Protagonisten. Als Olaf Hintze mir gegenüber zum ersten Mal Stefan Zweigs *Die Welt von Gestern* erwähnte, beschrieb er das Buch als ein Portal, eine gigantische Leseliste, deren Spuren er in der Deutschen Bücherei in Leipzig gefolgt ist. Ich kannte das Buch, las es mit dem Blick auf diese Geschichte ein zweites Mal und begriff gleich, dass es einer der Schlüssel war, nach denen ich gesucht hatte.

Wer sich in *Die Welt von Gestern* begibt, merkt, dass sie zwei Dimensionen im Leben Olaf Hintzes aufgemacht hat. Von der einen hat er mir erzählt: Zweigs Erinnerungen öffneten Name um Name, Titel um Titel Türen in die Welt der Literatur. Die andere hat uns in unserer gemeinsamen Arbeit beide überwältigt: Zweigs Buch ist eine einzige Auseinandersetzung mit dem Wesen der Freiheit. Dieser zweiten Dimension bin ich bei meiner zweiten Lektüre verstärkt nachgegangen, habe mich an Stellen und Sätzen festgehakt, um sie dann mit Olaf Hintze zu besprechen. Stellen, in denen Zweig seine Rolle als Zeitzeuge, seine Motivation und die Möglichkeiten und Grenzen seiner autobiografischen Aufzeichnungen reflektiert. Das irritierend Schöne war: Es waren exakt die gleichen Stellen, die er notiert hätte. Da war für uns beide klar: So funktioniert es. Es ist richtig, dem Buch, das diese Bedeutung in einem übertragenen

Sinn tatsächlich hatte, in unserer Geschichte in einem konkreten Sinn eine Bedeutung zu geben.

Der gewaltige Stoff, der in Gegenständen, Fotos und Dokumenten und auf Kassetten mit Hunderten von Songs vor mir als Autorin lag, ließ sich ordnen. Die Dokumente ergänzten einander mit beeindruckender Präzision: Stempel mit dem Verweis »Giftschrank« auf den Leihscheinen der Deutschen Bücherei zeigten, wo die Text- und Tonspur damals abgeschnitten wurde.

In Briefen hatte ich die Gelegenheit, auch die frühere Stimme Olaf Hintzes zu hören. In den Interviews erlebte ich ihn anders als in den Dokumenten, die ich nachlesen konnte. Dazwischen liegen mehr als 25 Jahre, ein Zeitraum, der der Geschichte die Freiheit gibt zu fragen, was die beschriebenen Ereignisse bedeutet und verändert haben. Diese Zweistimmigkeit aus früherer und heutiger Stimme war von unschätzbarem Wert. So ist dieses Buch auch ein Generationenbuch geworden; auch das etwas, was wir bei Stefan Zweig gespiegelt sahen: »*Jedesmal, wenn ich im Gespräch jüngeren Freunden Episoden aus der Zeit ... erzähle, merke ich an ihren erstaunten Fragen, wieviel für sie schon historisch geworden ist, was für mich noch selbstverständliche Realität bedeutet. Und ein geheimer Instinkt in mir gibt ihnen recht: zwischen unserem Heute, unserem Gestern und Vorgestern sind alle Brücken abgebrochen.*« (WVG, 9)

Die Brücken lassen sich nur im Gespräch zwischen denen schließen, die die Umbrüche des Jahres 1989 erlebt haben, und denen, die nachgeboren sind. Für uns war die Text- und Tonspur, der wir folgten, essenzieller Faden in die Vergangenheit. Je mehr sie sich verdichtete, je mehr wurde sie Geländer, das über die Brücke führte.

Eine Ausnahme gab es: Die Tage der Flucht haben keine Spuren hinterlassen. Die Flucht ist das, was zwischen den Stempeln im Reisepass und im Aufnahmeantrag passiert ist. Die Kleider und Schuhe, die er dabei getragen hat, hat er nicht aufgehoben, sondern in einem Wiener Hotelzimmer zurückgelassen. Für Notizen blieb in diesen Tagen keine Zeit, Fotos gab es nicht. Alles, was Zeugnis geben könnte, blieb in Sopron zurück. Umso wichtiger war mir, diese Tage sorgfältig und nachvollziehbar zu rekonstruieren und sie, anders als die in großen Bögen skizzierte Vergangenheit in der DDR, gleichsam in Echtzeit zu erzählen. Auch dieser Teil der Geschichte, der unsichtbar ist und an den keine Fotografien oder Gegenstände erinnern, sollte fassbar werden.

Das gilt ja auch für die Fluchtbewegung generell: Anders als die in den Medien sehr präsenten Bilder von der Nacht des Mauerfalls, wo sich alle Aufmerksamkeit auf einen Ort fokussierte und eine Masse von Menschen ihrem Drang nach Freiheit Ausdruck und Wirksamkeit verlieh, ist die Fluchtbewegung des Sommers 1989 bis auf die Bilder überfüllter Botschaften unsichtbar geblieben. Sie bestand aus vielen Tausenden einzelner Geschichten, die sich meist nachts und immer im Geheimen ereigneten, an nicht genau spezifizierten Orten über viele Tausend Kilometer verteilt. Eine dieser Geschichten wollten wir mit diesem Buch sichtbar machen.

Kein Zeitpunkt schien dafür so geeignet wie 2014: 25 Jahre war Olaf Hintze alt, als er die DDR verlassen hat, 25 Jahre lebt er inzwischen in der Bundesrepublik.

[◻ ◻]

Sind wir am Ende der Tonspur angekommen? Sie hat kein Ende. Weil jeder, der mit Olaf Hintze spricht, andere Fragen stellen wird. In jeder Geschichte stecken viele Geschichten. Wir haben eine erzählt. Ein erstes Leben hört nicht auf sich zu verändern, nur weil ein zweites begonnen hat.

Literatur

Olaf Hintzes Geschichte ist eine von vielen. Erinnerung an ein Land, das kein Land wie jedes andere war, kann nur vielstimmig erzählt werden. Wie es war, in der DDR zu leben, zu lieben und zu arbeiten, warum Menschen alles daransetzten, sie unter Lebensgefahr zu verlassen, warum für andere eine Welt zusammenbrach, als sie von den politischen Landkarten verschwand, erzählen unter anderem diese Bücher.

Literarisches und Biografisches

Bisky, Jens: *Geboren am 13. August. Der Sozialismus und ich.* Rowohlt: Berlin 2004
Brussig, Thomas: *Am kürzeren Ende der Sonnenallee.* Volk und Welt: Berlin 1999
Brussig, Thomas: *Helden wie wir.* Volk und Welt: Berlin 1995
Ebert, Dorothea / Proksch, Michael: *Und plötzlich waren wir Verbrecher. Geschichte einer Republikflucht.* Deutscher Taschenbuch Verlag: München 2010
Fritsche, Susanne: *Die Mauer ist gefallen. Eine kleine Geschichte der DDR.* Hanser: München 2004
Geipel, Ines: *Heimspiel.* Rowohlt: Berlin 2005
Hein, Jakob: *Mein erstes T-Shirt.* Piper: München 2001
Hein, Jakob: *Antrag auf ständige Ausreise und andere Mythen der DDR.* Piper: München 2007
Hensel, Jana: *Zonenkinder.* Rowohlt: Reinbek bei Hamburg 2002
Kumpfmüller, Michael: *Hampels Fluchten.* S. Fischer: Frankfurt am Main 2002
Rennefanz, Sabine: *Eisenkinder. Die stille Wut der Wendegeneration.* Luchterhand: München 2013
Rusch, Claudia: *Meine freie deutsche Jugend.* S. Fischer: Frankfurt am Main 2003
Schindhelm, Michael: *Roberts Reise.* Deutscher Taschenbuch Verlag: München 2002

Schoch, Julia: *Mit der Geschwindigkeit des Sommers*. Piper: München 2009
Schmidt, Jochen: *Schreckenmühle*. C.H. Beck: München 2013
Schulze, Ingo: *Adam und Evelyn*. Berlin: Berlin 2008
Schwartz, Simon: *drüben!*. Avant: Berlin 2009
Schweska, Mark: *Zur letzten Instanz*. Eichborn: Frankfurt am Main 2011

Fachliteratur

Amelung, Barbara: »Erinnerungen an den privaten Bücherschmuggel«, in: *Heimliche Leser in der DDR*, S. 111f.
Bahrmann, Hannes / Links, Christoph: *Chronik der Wende. Die DDR zwischen 7. Oktober und 18. Dezember 1989*. Ch. Links: Berlin 1994
Bauer, Babett: *Kontrolle und Repression. Individuelle Erfahrungen in der DDR (1971–1989). Historische Studie und methodologischer Beitrag zur Oral History*. Vandenhoeck & Ruprecht: Göttingen 2006
Bohn, Rainer: *Mauer-Show. Das Ende der DDR, die deutsche Einheit und die Medien*. Ed. Sigma: Berlin 1992
Buchheim, Christoph: »Die Defizite der Sozialistischen Zentralverwaltungswirtschaft«, in: *Revolution und Vereinigung*, S. 81–91
Corino, Karl: »Transit in beide Richtungen. Begegnungen auf Leipziger Buchmessen der späten Siebzigerjahre«, in: *Heimliche Leser in der DDR*, S. 251–254
Dahn, Daniela: »Wir wollen doch auch noch leben oder Die Legende vom faulen Ossi«, in: *Ein Land, genannt die DDR*, S. 113–144
Dammann, Rüdiger: »Ballast der Republik«, in: *Ein Land, genannt die DDR*, S. 11–15
de Bruyn, Günter: »Aus dem Lebensbericht eines Bibliothekars«, in: *Heimliche Leser in der DDR*, S. 188–190
Demke, Elena: »›Antifaschistischer Schutzwall‹ – ›Ulbrichts KZ‹. Kalter Krieg der Mauerbilder«, in: *Die Mauer*, S. 96–110
Detjen, Marion: *Ein Loch in der Mauer. Die Geschichte der Fluchthilfe im geteilten Deutschland 1961–1989*. Siedler: München 2005
Detjen, Marion: »Permanente Existenzbedrohung: Abwanderung, Flucht, Ausreise«, in: *Revolution und Vereinigung*, S. 67–80
Detjen, Marion: »Die Mauer als politische Metapher«, in: *Die Mauer*, S. 426–439
Die Mauer. Errichtung, Überwindung, Erinnerung, hrsg. v. Klaus-Dietmar Henke. Deutscher Taschenbuch Verlag: München 2011

Ein Land, genannt die DDR. Vom Alltag im anderen Deutschland, hrsg. v. Ulrich Plenzdorf und Rüdiger Dammann. S. Fischer: Frankfurt am Main 2005

Engelmann, Roger: »Die Intellektuellen, die friedliche Revolution und die Debatte um die Vereinigung«, in: *Revolution und Vereinigung*, S. 386–401

Engelmann, Roger: »›Die Mauer durchlässiger machen‹. Die Politik der Reiseerleichterungen«, in: *Die Mauer*, S. 211–226

Engels, Julia Franziska: *Helden an der Mauer. Die propagandistische Aufbereitung von Republikfluchten in der deutschen Presse*. Lit: Münster 2004

Ensikat, Peter: »Wir waren das Volk oder Als ich die Wende verschlief«, in: *Ein Land, genannt die DDR*, S. 171–200

Faust, Siegmar: »Ich liebte die Deutsche Bücherei. Ein Statement«, in: *Heimliche Leser in der DDR*, S. 208–210

Gehler, Michael: *Deutschland. Von der Teilung bis zur Einheit. 1945 bis heute*. Böhlau: Wien 2010

Geßler, Ulrike / Hochhaus, Jenifer / Schmidt, Kerstin: »Die Deutsche Bücherei Leipzig. Gesamtarchiv des deutschsprachigen Schrifttums und seine besonderen Bedingungen«, in: *Heimliche Leser in der DDR*, S. 201–207

Gieseke, Jens: »›Seit Langem angestaute Unzufriedenheit breitester Bevölkerungskreise‹ – Das Volk in den Stimmungsberichten des Staatssicherheitsdienstes«, in: *Revolution und Vereinigung*, S. 130–148

Goll, Jörn-Michael: »Zensor Zollverwaltung. Literaturkontrollen des DDR-Zolls im Auftrag des Ministeriums für Staatssicherheit«, in: *Heimliche Leser in der DDR*, S. 90–98

Heimliche Leser in der DDR. Kontrolle und Verbreitung unerlaubter Literatur, hrsg. v. Siegfried Lokatis und Ingrid Sonntag. Ch. Links: Berlin 2008

Heinemann, Winfried: »Die Sicherung der Grenze«, in: *Die Mauer*, S. 138–151

Henke, Klaus-Dietmar: »1989«, in: *Revolution und Vereinigung*, S. 11–46

Henke, Klaus-Dietmar: »Die Berliner Mauer«, in: *Die Mauer*, S. 11–31

Holde-Barbara, Ulrich: »Good-Bye Stalin oder Ein Gefühl von Glück«, in: *Ein Land, genannt die DDR*, S. 53–89

Hüttmann, Jens: »Medien und Bevölkerung in der Bundesrepublik angesichts der DDR-Krise«, in: *Revolution und Vereinigung*, S. 374–385

Jessen, Ralph: »Massenprotest und zivilgesellschaftliche Selbstorganisation in der Bürgerbewegung von 1989/90«, in: *Revolution und Vereinigung*, S. 163–177

Klein, Thomas: »Heimliches Lesen und staatsfeindliches Schreiben.

Bemerkungen zu Zensur und Gegenöffentlichkeit in der DDR der
Achtzigerjahre«, in: *Heimliche Leser in der DDR*, S. 57-65
Klunker, Heinz: »Transit mit Büchern und Manuskripten. Erfahrungen eines
Journalisten mit Texten in beiden Teilen Deutschlands«, in: *Heimliche
Leser in der DDR*, S. 245-250
Kowalczuk, Ilko-Sascha: *Die 101 wichtigsten Fragen – DDR*. München: Beck
2009
Kubina, Michael: »Die SED und ihre Mauer«, in: *Die Mauer. Errichtung,
Überwindung, Erinnerung*, S. 84-95
Leggewie, Claus: »Die ehemalige Zukunft oder Warum Deutschland geteilt
wurde«, in: *Ein Land, genannt die DDR*, S. 19-51
Lehmstedt, Mark: »Im Dickicht hinter der Mauer – der Leser«, in: *Heimliche
Leser in der DDR*, S. 26-34
Lemke, Michael: »Die Berlin-Krise 1958-1963«, in: *Die Mauer. Errichtung,
Überwindung, Erinnerung*, S. 32-48
Liebermann, Doris: »Die Mauer in der Literatur«, in: *Die Mauer. Errichtung,
Überwindung, Erinnerung*, S. 267-280
Lindenberger, Thomas: »Grenzregime und Gesellschaftskonstruktion im
SED-Staat«, in: *Die Mauer. Errichtung, Überwindung, Erinnerung*,
S. 110-121
Loest, Erich: »Die letzte Lüge oder Das dicht gesponnene Spitzel-Netz«, in:
Ein Land, genannt die DDR, S. 91-112
Lokatis, Siegfried: »Lesen in der Diktatur. Konturen einer
Zensurwirkungsforschung«, in: *Heimliche Leser in der DDR*, S. 11-23
Maier, Charles S.: »Essay: Die ostdeutsche Revolution«, in: *Revolution und
Vereinigung*, S. 553-575
Meyen, Michael: »Öffentlichkeit(en) und heimliche Mediennutzung in der
DDR«, in: *Heimliche Leser in der DDR*, S. 35-51
Münkel, Daniela: »CIA, BND, MFS und der Mauerbau«, in: *Die Mauer.
Errichtung, Überwindung, Erinnerung*, S. 67-82
Nooke, Maria: »Geglückte und gescheiterte Fluchten nach dem Mauerbau«,
in: *Die Mauer. Errichtung, Überwindung, Erinnerung*, S. 163-180
Ohse, Marc-Dietrich: »›Wir sind *ein* Volk!‹ Die Wende in der ›Wende‹«, in:
Revolution und Vereinigung, S. 269-283.
Pietsch, Egbert / Steinmüller, Karlheinz / Lokatis, Siegfried: »Science Fiction
und Schallplatten – unter dem Ladentisch und über die Grenze«, in:
Heimliche Leser in der DDR, S. 373-379
Plenzdorf, Ulrich: »Auf tote Hunde schießt man nicht«, in: *Ein Land, genannt
die DDR*, S. 201f.

Plumpe, Werner: »Die alltägliche Selbstzermürbung und der stille Sieg der D-Mark«, in: *Revolution und Vereinigung*, S. 91–103

Pollack, Detlef: »›Wir sind das Volk!‹ Sozialstrukturelle und ereignisgeschichtliche Bedingungen des friedlichen Massenprotests«, in: *Revolution und Vereinigung*, S. 178–197

Port, Andrew I.: *Die rätselhafte Stabilität der DDR. Arbeit und Alltag im sozialistischen Deutschland.* Ch. Links: Berlin 2010

Reinicke, Gerd: »Mitlesen für den Klassenkampf. Postkontrolle der Stasi«, in: *Heimliche Leser in der DDR*, S. 102–110

Revolution und Vereinigung. Als in Deutschland die Realität die Phantasie überholte, hrsg. v. Klaus-Dietmar Henke. Deutscher Taschenbuch Verlag: München 2009

Richter, Anne: »Der Tresor im Kopf. Befragungen zum heimlichen Lesen in der DDR«, in: *Heimliche Leser in der DDR*, S. 52–56

Richter, Sebastian: »Die Mauer in der deutschen Erinnerungskultur«, in: *Die Mauer. Errichtung, Überwindung, Erinnerung*, S. 252–266

Ritter, Gerhard A.: »Die Kosten der Einheit. Eine Bilanz«, in: *Revolution und Vereinigung*, S. 537–552

Roesler-Kleint, Alfred: »Mauerträume oder Im halben Land und der zerschnittenen Stadt«, in: *Ein Land, genannt die DDR*, S. 145–169

Sälter, Gerhard: »Das Verschwinden der Berliner Mauer«, in: *Revolution und Vereinigung*, S. 353–362

Sälter, Gerhard: »Die Sperranlagen, oder: Der unendliche Mauerbau«, in: *Die Mauer. Errichtung, Überwindung, Erinnerung*, S. 122–137

Sälter, Gerhard: »Fluchtverhinderung als gesamtgesellschaftliche Aufgabe«, in: *Die Mauer. Errichtung, Überwindung, Erinnerung*, S. 152–162

Schröder, Richard: »Vor dem Sturm. Die unnormale Normalität der DDR«, in: *Revolution und Vereinigung*, S. 47–63

Schumann, Karl F.: *Private Wege der Wiedervereinigung. Die deutsche Ost-West-Migration vor der Wende.* Dt.-Studien-Verlag: Weinheim 2006

Schützsack, Axel: *Exodus in die Einheit. Die Massenflucht aus der DDR 1989.* Knoth: Melle 1990

Seela, Torsten u.a.: »›Sie waren tendenziell misstrauisch‹. Der Giftschrank in der Deutschen Bücherei aus der Sicht eines Benutzers«, in: *Heimliche Leser in der DDR*, S. 212–219

Steiner, André: »Die DDR-Volkswirtschaft am Ende«, in: *Revolution und Vereinigung*, S. 113–129

Süss, Walter: »Der 9. November 1989«, in: *Die Mauer. Errichtung, Überwindung, Erinnerung*, S. 227–240

Täschner, Claudia Leonore: »›Auszusondernde Literatur‹.
Nutzungsbeschränkungen in der Universitätsbibliothek Leipzig«, in:
Heimliche Leser in der DDR, S. 220–224
Udke, Gerwin: *Dableiben, Weggehen, Wiederkommen. Abwanderung aus Ostdeutschland 1945 bis heute. Motive, Hintergründe, Folgen, Auswege.*
Pro-Literatur: Mehring 2008
Vollnhals, Clemens: »Die strafrechtliche Ahndung der Gewalttaten an der innerdeutschen Grenze«, in: *Die Mauer. Errichtung, Überwindung, Erinnerung*, S. 241–251
Waligora, Raimund: »Der Giftschrank der Staatsbibliothek Berlin«, in: *Heimliche Leser in der DDR*, S. 191–200
Weber, Hermann: *Geschichte der DDR*. Deutscher Taschenbuch Verlag: München 1985, 1999
Wentker, Hermann: »Der Westen und die Mauer«, in: *Die Mauer. Errichtung, Überwindung, Erinnerung*, S. 196–210
Wilke, Manfred: »Der 9. November. Fall der Berliner Mauer«, in: *Revolution und Vereinigung*, S. 224–237
Wilke, Manfred: »Ulbricht und der Mauerbau«, in: *Die Mauer. Errichtung, Überwindung, Erinnerung*, S. 49–66
Wolle, Stefan: »Seltsame Nacht. Ein Nachtrag zum Revolutionstagebuch von 1989«, in: *Revolution und Vereinigung*, S. 149–162

Online-Portale zur DDR-Geschichte

Chronik der Mauer: www.chronik-der-mauer.de
Deine Geschichte: www.deinegeschichte.de
DDR Mythos und Wirklichkeit: www.ddr-mythos.de
Momentaufnahmen 1989/10: www.wir-waren-so-frei.de
Mein Herbst 1989/90: www.mein-herbst-89.de
Zeitzeugengespräche, Oral History und Biographische Kommunikation zur (deutsch-)deutschen Geschichte nach 1945: www.arbeit-mit-zeitzeugen.org

1964
Olaf Hintze wird als »Bürger der Deutschen Demokratischen Republik« in Erfurt geboren.

1971
01.09.: Einschulung

1973
Familie Hintze zieht in das Neubauviertel Rieth.

1974
01.09.: Olaf Hintze wechselt in die Klasse 4c der 40. Polytechnischen Oberschule.

1975
Olaf Hintze beginnt Rundfunksender und Lichtorgel zu bauen.

Zeittafel

1961
Bau der Berliner Mauer und Schließung der Grenze

1968
20./21.08.: Einheiten der NVA beteiligen sich an der gewaltsamen Niederschlagung des Prager Frühlings.

1972
06.01.: Erich Honecker bezeichnet die Bundesrepublik erstmals als »imperialistisches Ausland«.
21.12: Grundlagenvertrag zwischen Bundesrepublik und DDR

1974
27.09.: Der Begriff »Deutsche Nation« wird aus der Verfassung der DDR gestrichen.

1976
16.11.: Liedermacher Wolf Biermann wird aus der DDR ausgebürgert.

1977
23.08.: Verhaftung des Regimekritikers Rudolf Bahro
07.10.: Zusammenstöße zwischen Jugendlichen und Polizei auf dem Alexanderplatz in Berlin
17.12.: Über 10 000 DDR-Bürger haben Ausreiseanträge gestellt.

1978
Tanzkurs und Jugendweihe
Olaf Hintze bekommt seinen ersten eigenen Rekorder und sendet als Achtklässler regelmäßig über seinen eigenen Radiosender.

1979
Familie Hintze macht Urlaub in der ČSSR.

1980
11.01.: Ferienarbeit bei Optima, wo Olaf Hintze Radiokomponenten zusammenbaut.

1981
Familie Hintze macht mit dem Wohnwagen Urlaub in Ungarn.
01.09.: Olaf Hintzes Lehrzeit bei der Deutschen Post beginnt.

1982
02.04.: Musterung. »Diensttauglichkeit: tauglich, geeignet für: Nachrichten«

1983
Besuch eines Konzerts der Spider Murphy Gang in Gera

1984
15.02.: Ende der Lehrzeit
01.05.: Frustriert und angetrunken rebelliert Olaf Hintze nach der Abschiedsfeier mit Freunden und wird abgeführt und verhört.
03.05.: Der Dienst bei der NVA beginnt mit sechs Wochen Grundausbildung.

1978

01.09.: In den 9. und 10. Klassen wird Wehrkundeunterricht eingeführt.

1979

28.06.: Das politische Strafrecht wird verschärft.
16.09.: Zwei Familien fliehen mit selbst gebasteltem Heißluftballon aus der DDR.

1980

31.08.: Massenstreiks in Polen. Familie Hintze beobachtet im Urlaub an der Ostsee Schiffe, die wegen der Streiks nicht in die Häfen einlaufen können.

1981

13.12.: In Polen wird das Kriegsrecht verhängt.

1983

29.06.: Die Bundesrepublik übernimmt eine Bürgschaft für einen Kredit an die DDR über 1 Milliarde DM.
05.10.: Erich Honecker kündigt den Abbau der Selbstschussanlagen entlang der innerdeutschen Grenze an.
25.10.: Udo Lindenberg und das Panikorchester in Ost-Berlin

1984

15.06.: Olaf Hintze wird Tastfunker, Leistungsklasse drei, an einem Sendeempfangsgerät SEG-100 D. Er arbeitet im Bunker in Schichten rund um die Uhr. Über einen regimekritischen Kollegen entdeckt er neue Literatur, Musik und Technik.

1985

01.05.: Olaf Hintze wird vom Soldaten zum Gefreiten.
02.11.: Gescheiterte Bewerbung als Funker bei der Handelsmarine wegen fehlender politischer Voraussetzungen, zurück zum Fernmeldeamt Erfurt

1986

Ab jetzt viele Lesereisen zur Deutschen Bücherei in Leipzig
Besuch der Abendschule, um das Abitur nachzuholen
Dafür berufliche Nachteile

1987

März: Olaf Hintze reist mit zwei Freundinnen nach Moskau, Dschambul und Alma Ata in die Sowjetunion.

1988

Beruflicher Wechsel in den Bereich Fernsehfüllsender

13.07.: Besuch des Bruce-Springsteen-Konzerts in Ost-Berlin.

Winter 1988/89: Olaf Hintze wird in einem Gespräch mit Vorgesetzten deutlich gemacht, dass er in der DDR wegen fehlender politischer Voraussetzungen kein Studium wird absolvieren können.

30.11.: Die DDR beginnt mit dem Abbau der Selbstschussanlagen an der innerdeutschen Grenze.

1985

11.03.: Michail Gorbatschow wird Generalsekretär der KPdSU.

1987

06.-08.06.: Eine Rockveranstaltung vor dem Reichstag führt zu Zusammenstößen zwischen Polizei und Jugendlichen.
25.11.: Festnahme von Mitgliedern von Friedens- und Umweltgruppen der Zionsgemeinde Ost-Berlin

1988

17.01.: Verhaftung von ca. 120 Demonstranten am Rande der SED-Parade zum 69. Jahrestag der Ermordung von Karl Liebknecht und Rosa Luxemburg
14.3.: Friedensgebet in der Leipziger Nikolaikirche und Schweigemarsch von 300 Menschen zur Thomaskirche
19.06.: Zusammenstöße zwischen der Polizei und Jugendlichen, die in Berlin über die Mauer hinweg einem Konzert von Michael Jackson zuhören wollten

02.11.: Gorbatschows Reformpolitik stößt in der DDR auf Widerstand.

01./02.8.: Reise mit Kollegen über die Transitländer ČSSR und
Ungarn aus der DDR nach Rumänien und Bulgarien,
um dort einen Urlaub zu verbringen
03.–11.8.: Bergwanderung in Rumänien
12.08.: Olaf Hintze trennt sich in Varna, Bulgarien,
von seinen Kollegen.
12./13.08.: In dieser Nacht passiert er allein mit dem Zug den
Grenzübergang von Bulgarien nach Rumänien.
13.08.: Er passiert den Grenzübergang von Rumänien nach Ungarn.
In Budapest wird am gleichen Tag die Bonner Botschaft wegen
Überfüllung geschlossen, Tage später auch die in Prag.
13./14.08.: Erste Nacht in Sopron
15.08.: Erster langer Spaziergang, um aus sicherer Entfernung
den Grenzverlauf zu erkunden.
16.08.: Ein Österreicher, der ihn per Anhalter mitnimmt, bietet ihm an, ihn
im Kofferraum über die Grenze zu nehmen.
Er lehnt ab, aus Angst, das könnte eine Falle sein.
17./18.08.: In der Nacht erster Versuch, die Grenze zu überwinden
Als ihn zwei ungarische Soldaten aufgreifen, gibt er sich als Tourist aus, der
sich verlaufen hat. Sie fahren ihn zurück in den Ort und lassen ihn laufen.
19.08.: Er verbringt den Tag verzweifelt und erschöpft im Zelt
und verpasst, was wenige Kilometer entfernt geschieht:
Unter dem Namen Paneuropäisches Picknick wird an der
österreichisch-ungarischen Grenze nahe der Stadt Sopron
ein Grenztor symbolisch für drei Stunden geöffnet.
Zwischen 600 und 700 DDR-Bürger nutzen die unverhoffte
Gelegenheit, die Grenze nach Westen zu passieren.

1989

- **19.01.**: Rede Erich Honeckers: Die Mauer wird auch noch in fünfzig und auch in hundert Jahren noch bestehen bleiben.
- **02.05.**: Beginn des Abbaus der Sperranlagen an der Westgrenze Ungarns
- **07.05.**: Kommunalwahlen in der DDR erbringen angebliche 98,85 % für die Nationale Liste. Vorwurf der Wahlfälschung durch die Kirche und oppositionelle Gruppen.
- **27.06.**: Der ungarische und österreichische Außenminister durchschneiden in einem symbolischen Akt bei Sopron den Stacheldrahtzaun. Grenzkontrollen bleiben bestehen.
- **01.08.**: Schließung der Ständigen Vertretung der BRD in Ost-Berlin wegen Überfüllung

20.08.: Er wagt einen zweiten Versuch. Diesmal gelingt es, die Grenzzäune, die Ungarn von Österreich trennen, zu überwinden. Spätabends erreicht er österreichisches Gebiet. Weinbauern nehmen ihn mit in den nächsten Ort, Neckenheim-Horitschon, wo er sich bei der Polizeidienststelle als Flüchtling meldet. Ausgestattet mit entsprechenden Papieren, macht er sich mit dem letzten Zug des Tages auf nach Wien zur Botschaft der Bundesrepublik Deutschland.
21.08.: Er erreicht Wien nach Mitternacht. Vom Bahnhof aus ruft er seine Eltern an, um ihnen zu sagen, dass er im Westen ist.

22.–25.08.: Er verbringt wegen eines Computerfehlers in der Botschaft mehrere Tage in Wien. Erst dann kann er mit den nötigen Papieren weiter in das Sammellager nach Gießen reisen.
25./26.08.: Sammellager Gießen
27.–31.08.: Durchgangslager Schöppingen und Aufnahmelager St. Wendel
September–Dezember: Erste eigene Unterkunft und erster Job in Morbach-Hundheim

— **1989**
— **19.08.**: In den Tagen nach dem paneuropäischen Picknick wird die Bewachung der ungarischen Westgrenze auf Anordnung der ungarischen Regierung wieder verstärkt, nur noch wenigen gelingt bis zum 11. September die Flucht nach Österreich, dann wird Ungarn seine Grenzen für DDR-Bürger endgültig öffnen.

— **21.08.**: Kurt-Werner Schulz, der mit seiner Lebensgefährtin und seinem damals sechsjährigen Sohn bei Sopron einen Grenzübertritt wagen wollte, nachdem er vom Paneuropäischen Picknick gehört hatte, wird 15 Meter hinter der Grenze auf österreichischem Territorium erschossen, als ihn die von einem ungarischen Grenzer abgefeuerte Kugel unglücklich traf.

— **04.09.**: Montagsdemonstrationen in Leipzig
— **11.09.**: Ungarn öffnet seine Grenze für die Bürgerinnen und Bürger der DDR. Es setzt eine Massenflucht über Ungarn und die ČSSR ein, insgesamt 7000 DDR-Bürger reisen in den Westen aus.
— **25.09.**: Leipziger Montagsdemo mit rund 5000 Teilnehmern
— **30.09.**: Verkündung der Ausreisegenehmigung der Flüchtlinge in der Prager Botschaft durch Bundesaußenminister Genscher. Die SED-Führung nennt das »Ausweisung aus der DDR«.
— **03.10.**: Erneut 7600 DDR-Bürger auf dem Gelände der Botschaft in Prag Schließung der Grenze zur ČSSR

10.11.: Gleich am folgenden Freitag nach dem Fall der Berliner Mauer setzen sich Olaf Hintzes Eltern nach Feierabend in ihren Lada und besuchen ihren Sohn in Morbach-Hundheim.

1989

- **07.10.:** Teilnahme von Michail Gorbatschow an den Feiern zum 40. Jahrestag der DDR. Er warnt die SED-Spitze: »Wer zu spät kommt, den bestraft das Leben!« Bei Demonstrationen rufen die Menschen: »Gorbi, Gorbi!«
- **16.10.:** Mit über 120 000 Menschen größte Demonstration in der DDR seit dem 17. Juni 1953 in Leipzig
- **18.10.:** Erich Honecker tritt zurück. Die SED spricht davon, dass er »auf eigenen Wunsch« von allen Ämtern entbunden wird. Sein Nachfolger wird Egon Krenz.
- **23.10.:** Demo für freie Wahlen in Leipzig, 300 000 Teilnehmer
- **24.10.:** Wahl von Egon Krenz zum neuen Vorsitzenden des Staatsrates und des nationalen Verteidigungsrates – erstmals mit 26 Gegenstimmen
- **02.11.:** Entlassung vieler Spitzenpolitiker, u.a. Margot Honecker
- **04.11.:** Rund 1 Million Menschen fordern in Ost-Berlin Presse- und Meinungsfreiheit.
- **07.11.:** Geschlossener Rücktritt der DDR-Regierung und des Ministerpräsidenten Willi Stoph
- **09.11.:** Fall der Berliner Mauer
-
-
-
-
- **10.11.:** Bundeskanzler Helmut Kohl unterbricht seinen Polenbesuch und kommt zu einer Kundgebung nach Berlin.
- **13.11.:** Hans Modrow wird von der Volkskammer zum neuen Ministerpräsidenten der DDR gewählt.
  Aufhebung aller Sperrzonen an der innerdeutschen Grenze
- **28.11.:** Vorlage eines 10-Punkte-Programms von Bundeskanzler Helmut Kohl zur »Überwindung der Teilung Deutschlands und Europas«
- **03.12.:** Rücktritt des Politbüros unter Egon Krenz sowie des ZK der SED, Ausschluss Erich Honeckers aus der Partei
- **06.12.:** Rücktritt von Egon Krenz
- **19.12.:** Verhandlungen zwischen Bundeskanzler Helmut Kohl und Ministerpräsident Hans Modrow über eine deutsch-deutsche Vertragsgemeinschaft
- **22.12.:** Öffnung des Brandenburger Tors nach 28 Jahren, anwesend waren Helmut Kohl und Hans Modrow.

1990
01.01.: Olaf Hintze zieht nach München.

1990

- **15.01.:** Nach Ankündigung der Auflösung des Amtes für Nationale Sicherheit, Sturm von Demonstranten auf die Stasi-Zentrale in Berlin-Lichtenberg
- **09.02.:** Bundeskanzler Helmut Kohl erhält in Moskau die Zusage von Präsident Michail Gorbatschow, die Entscheidung über einen gesamtdeutschen Staat den Deutschen zu überlassen.
- **13.02.:** Vereinbarung über eine deutsch-deutsche Währungsunion
- **19.02.:** Beginn des Abrisses der bereits durchlöcherten Mauer in Berlin
- **18.03.:** Erste freie Volkskammerwahlen in der DDR
- **12.04.:** Lothar de Maizière wird letzter Ministerpräsident der DDR.
- **28.04.:** Die Staats- und Regierungschefs der Europäischen Gemeinschaft unterstützen die Wiedervereinigung.
- **18.05.:** Unterzeichnung des deutsch-deutschen Staatsvertrages über eine Wirtschafts-, Währungs- und Sozialunion ab 01.07.1990
- **18.06.:** Die Volkskammer beschließt die Streichung des Begriffs »Sozialismus« aus der DDR-Verfassung.
- **21.06.:** Volkskammer und Bundestag erkennen die Oder-Neiße-Grenze als endgültig an.
- **01.07.:** Währungs-, Wirtschafts- und Sozialunion zwischen der Bundesrepublik Deutschland und der DDR
- **15.07.:** Helmut Kohl und Michail Gorbatschow verständigen sich im Kaukasus darüber, dass Deutschland voll souverän ist und über seine Bündniszugehörigkeit selbst entscheiden kann.
- **22.07.:** Die Volkskammer beschließt, die deutschen Bundesländer Sachsen, Thüringen, Sachsen-Anhalt, Brandenburg und Mecklenburg-Vorpommern wieder einzurichten.
- **23.08.:** Die Volkskammer beschließt den Beitritt der DDR zur Bundesrepublik nach Artikel 23 Grundgesetz zum 03.10.1990.
- **31.08.:** Unterzeichnung des Einigungsvertrages
- **12.09.:** Abschluss der 2+4-Gespräche, Unterzeichnung eines Vertrages über äußere Aspekte der Wiedervereinigung
- **20.09.:** Verabschiedung des Einigungsvertrages durch Volkskammer und Bundestag
- **24.09.:** Unterzeichnung des Vertrages zwischen der DDR und dem Warschauer Pakt über den sofortigen Austritt des Landes aus dem Militärbündnis
- **03.10.:** Tag der Deutschen Einheit – Beitritt der DDR zur Bundesrepublik Deutschland

Glossar

17. Juni 1953 Streiks, Demonstrationen und Proteste in den Tagen um den 17. Juni 1953; erster antistalinistischer Aufstand in der DDR, auch Volksaufstand oder Arbeiteraufstand genannt. Politische und wirtschaftliche Forderungen, die gegen einen Beschluss zur Erhöhung der Arbeitsnormen und Fehler der SED gerichtet waren. Mehr unter www.17juni53.de
Arbeiterschließfächer Scherzhafte Bezeichnung der Ostdeutschen für ihre Plattenbausiedlungen.
Ausbürgerung Ausbürgerung bedeutete den Verlust der Staatsangehörigkeit durch zwangsweisen Entzug oder Aberkennung. Das DDR-Staatsbürgerschaftsgesetz ließ es zu, dass DDR-Bürgern, die sich außerhalb der DDR aufhielten, die Staatsbürgerschaft »wegen grober Verletzung ihrer staatsbürgerlichen Pflichten« aberkannt werden konnte.
Ausreiseantrag Antrag auf Entlassung aus der Staatsbürgerschaft der DDR.
Bausoldat Kriegsdienst- bzw. Totalverweigerer, denen in der DDR kein Zivildienst, sondern ein waffenloser Dienst innerhalb der Armee zugewiesen wurde. Mit der Entscheidung, als Bausoldat in der Nationalen Volksarmee (NVA) zu dienen, waren vielfältige Repressionen verbunden. Viele Bausoldaten waren später in der unabhängigen Friedensbewegung und noch später in der DDR-Opposition aktiv.
Berliner Mauer Am 13. August 1961 gebaut, war die Berliner Mauer eine Reaktion auf die gestiegene Zahl der Flüchtlinge in den Westen. Von 1949 bis 1961 hatten 2,7 Millionen Menschen die DDR verlassen. Zugleich unterband der Bau der Mauer erfolgreich einen dem 17. Juni 1953 vergleichbaren Volksaufstand. Die SED nannte die Mauer »antifaschistischen Schutzwall«. Er kostete Hunderte Menschen das Leben, die versuchten, in die Freiheit zu flüchten. Bis zu ihrem Fall am 9. November 1989 wurde ihre Bewachung ständig perfektioniert. Sie war das Symbol des **Kalten Krieges**. Mehr unter www.chronik-der-mauer.de
Delikatladen Einzelhandelsgeschäft für Lebensmittel des »gehobenen Bedarfs«, etwa 250 Läden in der DDR, die in der Umgangssprache *Deli* oder *Fress-Ex* genannt. Ihr Sortiment bestand aus Nahrungs- und Genussmitteln, überwiegend aus DDR-Produktion, außerdem aus Exportartikeln und schwer erhältlichen Waren, teilweise in West-Aufmachung, bis zum Ende der DDR auch westliche Marken. Delikatläden waren deutlich teurer als normale Läden.

Demokratischer Aufbruch (DA) Oppositionelle politische Gruppierung in der DDR, die sich im Oktober 1989, in der Zeit der Wende, gründete.

Erweiterte Oberschule (EOS) Die Erweiterte Oberschule war im Schulsystem der DDR die höhere Schule, an der man nach der 12. Jahrgangsstufe die Hochschulreife erwarb. Die Bezeichnung »Gymnasium« war in der DDR nicht üblich.

Forint Ungarische Währung

Forumscheck Zahlungsmittel, mit dem DDR-Bürger im Intershop bezahlen konnten, ausgegeben vom Forum Außenhandelsgesellschaft. Eine Forumscheck-Mark entsprach einer D-Mark.

Freie Deutsche Jugend (FDJ) 1946 gegründete kommunistische Jugendmassenorganisation in der DDR. Etwa 80 Prozent aller Jugendlichen zwischen 14 und 25 Jahren waren in den 1980er-Jahren Mitglied, Studierende und Oberschüler (Abiturienten) waren zu fast 100 Prozent in der FDJ. Schon die Mitgliedszahlen zeigen, dass es hier oft nicht um von der Ideologie überzeugte Eintritte ging, sondern in der Regel um solche, die Einschränkungen bei Berufswahl und Karriere vermeiden wollten.

Freier Deutscher Gewerkschaftsbund (FDGB) Einheitsgewerkschaft in der DDR mit fast 10 Millionen Mitgliedern, was 95 Prozent aller Beschäftigten entsprach. Als Interessenvertretung seiner Mitglieder weitgehend bedeutungslos, organisierte der FDGB als Dachverband von 15 Einzelgewerkschaften u.a. Urlaubsreisen. Vor allem agierte er als »verlängerter Arm« der **SED**.

Friedensbewegung Die nicht staatlich kontrollierte Friedensbewegung in der DDR gab sich das von der Bibel inspirierte Motto »Schwerter zu Pflugscharen«, das in der Folge auch vom Westen übernommen wurde. Die Niederschlagung des Prager Frühlings im August 1968 gab der Friedensbewegung in der DDR, die sich für Abrüstung einsetzte, Auftrieb. Zwanzig Jahre später war die Friedensbewegung die Grundlage für die Opposition in der DDR, die Friedensgebete wurden 1989 zum Ausgangspunkt der späteren Montagsdemonstrationen in Leipzig. Dass die **friedliche Revolution** 1989 ohne Todesopfer verlaufen ist, führen Historiker auch auf die Vorarbeit und Kontinuität von Friedensinitiativen in der DDR zurück.

Friedliche Revolution Neben **Wende** ein weiterer Begriff, um den gesellschaftspolitischen Prozess zu beschreiben, der in der DDR zum Ende der SED-Herrschaft geführt, den Übergang zur parlamentarischen Demokratie begleitet, und die Wiedervereinigung ermöglicht hat. Der Begriff betont, dass die Initiativen, Proteste und Demonstrationen, denen die Wiedervereinigung zu verdanken ist, von der DDR-Bevölkerung ausgingen.

Gesellschaft für Deutsch-Sowjetische Freundschaft (DSF) Mit rund 6 Millionen Mitgliedern nach der Einheitsgewerkschaft die zweitgrößte Massenorganisation der DDR. Die DSF organisierte kulturelle und sportliche Aktivitäten in Städten und Gemeinden und an Schulen, die immer einem Kulturaustausch zwischen beiden Staaten dienten.

Gesellschaft für Sport und Technik (GST) Massenorganisation in der DDR, die der Freizeitgestaltung Jugendlicher diente, die sich für Sport und Technik interessierten. Mit ihren Motor- und Schießsportanlagen, der Funkausbildung und Sportförderung trug sie zur Militarisierung der Gesellschaft der DDR bei und führte auch die gesetzlich vorgeschriebene vormilitärische Ausbildung an Schulen und Universitäten und in Betrieben durch.

Inoffizielle Mitarbeiter (IM) Personen, die verdeckt Informationen an die Stasi, also das **Ministerium für Staatssicherheit (MfS)**, lieferten oder auf Ereignisse und Personen Einfluss nahmen, ohne offiziell Mitarbeiter der Stasi gewesen zu sein. Zuletzt gab es rund 189 000 Inoffizielle Mitarbeiter, was bedeutete, dass alle gesellschaftlichen Bereiche der DDR mit Informanten durchsetzt waren und das Netz aus IMs zu einem der wichtigsten Repressionsinstrumente der Diktatur geworden war. Nach der Wiedervereinigung wurden die Archive des **MfS** geöffnet.

Intershop Einzelhandelskette, in der man nicht mit DDR-Mark, sondern nur mit konvertierbaren Währungen und sogenannten **Forumschecks** bezahlen konnte. Durch die Intershops bekamen die DDR-Bürger einen Eindruck, welche Waren im Westen verfügbar waren.

Jugendweihe Feierliche Initiation, die den Übergang vom Jugend- ins Erwachsenenalter feiert und die im Alter von 14 Jahren stattfindet. In der DDR wurde das Fest, das eine längere Tradition hat, zum staatssozialistischen Fest und damit zur Pflichtveranstaltung, die mit einem Gelöbnis verbunden war.

Kader Im Kommunismus Begriff für Führungskräfte und Eliten auf allen Ebenen, die der Ideologie entsprechend ausgebildet, geschult und gefördert wurden. Ein Kadersystem sollte dafür sorgen, dass nur Personen an solche Positionen gelangten, die politisch-ideologisch und fachlich geeignet schienen. Über jeden Beschäftigten in der DDR wurde eine Kaderakte geführt, in der neben den üblichen Bestandteilen einer Personalakte auch laufend politisch-ideologische Einschätzungen gesammelt wurden.

Kalter Krieg Globale Systemauseinandersetzung zwischen den USA und der UdSSR, und damit zwischen Ost und West. Schauplatz des Kalten Krieges war Europa, im Zentrum das geteilte Deutschland. Der Kalte Krieg wurde nicht in offenen Kampfhandlungen ausgetragen, führte aber zu sogenannten Stellvertreterkriegen wie dem Koreakrieg oder der Kubakrise.

Kaufhalle Normales Kaufhaus in der DDR, im Gegensatz etwa zu den **Delikatläden** und **Intershops**.

Kommunismus Politische Lehren und Bewegungen, die eine klassenlose Gesellschaft zum Ziel haben, in der es kein Privateigentum an Produktionsmitteln gibt und gesellschaftliches Leben gemeinschaftlich geplant wird.

Konsum Marke der Konsumgenossenschaften in der DDR, worunter Lebensmittelgeschäfte, Produktionsbetriebe und Gaststätten fielen.

Kulturbund (KB) Kulturelle Massenorganisation, die »zur Schaffung einer sozialistischen Kultur in der Gesellschaft« dienen sollte.

Kraxe Mit Stoff bezogenes Metallgestänge für Gepäck, das man auf dem Rücken trug, ähnlich heutigen Rucksäcken, aber sperriger.

Ministerium für Staatssicherheit (MfS), kurz Stasi Das MfS funktionierte als »Schild und Schwert« der Partei. Seine Zentrale war in 20 Hauptabteilungen und die Hauptverwaltung Aufklärung (HVA) aufgegliedert. Das MfS griff für sein flächendeckendes Überwachungsnetz auf Spitzeldienste von **Inoffiziellen Mitarbeitern (IM)** zurück, kontrollierte die Post und hörte Telefone ab. Es betrieb eigene Untersuchungsgefängnisse, war jeder Kontrolle entzogen und agierte in einem rechtsfreien Raum. Einen Großteil seiner Kräfte richtete das MfS nicht gegen das Ausland, sondern gegen »feindlich-negative« Kräfte im eigenen Land, bespitzelte also vor allem Bürgerrechtler, Umweltschützer, kirchlich Engagierte, Künstler und Ausreisewillige. Eine kaum vorstellbare Zahl von Menschen arbeitete für das MfS: 1989 gab es 85 500 hauptamtliche und 189 000 Inoffizielle Mitarbeiter und zersetzte so die Gesellschaft. Misstrauen war überlebenswichtig.

Ministerrat Organ der **Volkskammer**, die Regierung der DDR. Auch der Ministerrat war in seinen Aufgaben eingeschränkt durch die verfassungsmäßig verankerte führende Rolle der **SED** und abhängig von den Weisungen der eigentlichen DDR-Regierung, des SED-Politbüros.

Nationale Volksarmee (NVA) Armee der DDR, 1956 gegründet und strategisch gesehen im Rahmen des Warschauer Paktes von nachrangiger Bedeutung. Auflösung 1990 und Eingliederung in die Bundeswehr.

Nudossi Das nusshaltigere DDR-Pendant zum Aufstrich »Nutella« des italienischen Herstellers Ferrero. Beide werden heute in der gesamten Bundesrepublik verkauft.

Partei, die Gemeint war damit in der DDR die **Sozialistische Einheitspartei Deutschlands (SED)**.

Perestroika »Perestroika«, ein russischer Begriff für Umbau oder Umgestaltung, bezeichnete eine 1985 von Michail S. Gorbatschow eingeleitete Reformpolitik, die gegen das zentralistische Führungssystem und für eine marktwirtschaftliche Ausrichtung der Wirtschaft war. Wie bedroht sich die DDR von der Perestroika fühlte, sah man daran, dass sie zum Beispiel die sowjetische Zeitschrift *Sputnik* verbot, in der Gorbatschows Texte erschienen.

Pioniere Die Pioniere von der 1. bis zur 3. Schulklasse zählten zu den Jungpionieren und trugen zu besonderen Anlässen blaue Halstücher, die Pioniere von der 4.–7./8. Klasse waren Thälmannpioniere und trugen ab etwa 1973 ein rotes Halstuch. Für die jüngeren galten die Gebote der Jungpioniere, für die älteren die Gesetze der Thälmannpioniere. Anfang der 8. Klasse erfolgte meist die Aufnahme in die **Freie Deutsche Jugend (FDJ)**, damit endete die Zeit bei den Pionieren. Die Mitgliedschaft war freiwillig, wurde aber als selbstverständlich angesehen.

Planwirtschaft Wirtschaftsordnung, in der die ökonomischen Prozesse einer Volkswirtschaft, die Produktion ebenso wie die Verteilung von Gütern und Dienstleistungen, zentral gesteuert werden. Eine Planwirtschaft ist hierarchisch aufgebaut, alle Unternehmen und Einzelpersonen müssen sich einem gesetzlichen Plan unterordnen.

Politbüro Politisches Büro des Zentralkomitees kommunistischer Parteien, das oberste Entscheidungsgremium zwischen den Parteitagen.

Polytechnische Oberschule (POS) Allgemeine Schulform in der DDR, die zehn Klassen umfasste. Eine zehnjährige Gemeinschaftsschule mit festen Klassenverbänden über alle Schuljahre, die zum Ende der 10. Klasse mit einer Abschlussprüfung endete, deren Bestehen zur Aufnahme einer Lehre und zum Fachschulstudium berechtigte.

Reisefreiheit Ein Menschenrecht, das es jedem Menschen erlaubt, sein Land zeitweise zu verlassen und zurückzukehren. Die DDR schränkte die Reisefreiheit bis zum 9. November 1989 stark ein.

Republikflucht Nach § 213 des Strafgesetzbuches der DDR war der »ungesetzliche Grenzübertritt« eine strafbare Handlung und wurde als Republikflucht bezeichnet und mit Freiheitsstrafen zwischen zwei und acht Jahren geahndet.

Sozialismus Leitbild des Sozialismus ist eine klassenlose Gesellschaft, in der alle Menschen gleich sind. Privateigentum an Produktionsmitteln, Konkurrenzkampf und Gewinnstreben sind abgeschafft und werden ersetzt durch eine »planmäßige unmittelbare Befriedigung der Bedürfnisse der Menschen«, wobei diese Bedürfnisse von der »führenden Partei« definiert werden. Der sogenannte »real-existierende Sozialismus« in der DDR hatte mit dem theoretischen Idealbild des Sozialismus wenig zu tun.

Sozialistische Einheitspartei Deutschlands (SED) Im April 1946 aus der Zwangsvereinigung von SPD und KPD entstanden. Die SED erhob wie jede kommunistische Partei ein Monopol auf Wahrheit und Macht im Staat und bestimmte alle wesentlichen Entscheidungen nicht nur in der Politik und im Recht, sondern in der Gesellschaft, der Wirtschaft und in der Kultur. Ihre Führungsrolle ist in der Verfassung der DDR (Art. 1) festgeschrieben. Die Macht innerhalb der SED bündelte sich an der Spitze, beim **Politbüro** des Zentralkomitees.

Sperrgebiet Sperrzonen entlang der Grenzen, die man ohne Sonderausweise nicht betreten darf.

Staatssicherheit, kurz Stasi siehe **Ministerium für Staatssicherheit (MfS)**

Volkskammer Parlament der DDR, also deren oberste Volksvertretung. Durch die »Einheitslisten« der Parteien und Massenorganisationen standen die Mehrheitsverhältnisse von vornherein fest, freie Wahlen gab es nicht. Die ersten und zugleich letzten freien und geheimen Wahlen zur Volkskammer der DDR fanden am 18. März 1990 statt.

Volkspolizei, eigentlich Deutsche Volkspolizei (DVP) Wesentlicher Bestandteil des totalitären Herrschaftssystems der SED mit speziellen politischen Abteilungen (K 1, später Dezernat 1), die dem Ministerium für Staatssicherheit zuarbeiteten.

Währungsunion Am 18. Mai 1990 in einem Staatsvertrag beschlossen und am 21. Juni 1990 mit großer Mehrheit von Bundestag und Volkskammer bestätigt. Mit Inkrafttreten wurde die DDR-Mark von der D-Mark als offizielles Zahlungsmittel abgelöst.

Warschauer Pakt Östliches Militärbündnis als Gegenstück zur NATO

Wende Bezeichnung für die ostdeutsche Revolution 1989/90. Begriff von Egon Krenz, Generalsekretär des Zentralkomitees der SED, der deshalb als »Wendehals« verspottet wurde.

Wohnscheibe Eine Art von Plattenbau, die eine längliche, scheibenartige Form hat.

Soundtrack

(Reihenfolge der Songs im Roman)

— 1 ▸ If You Leave Me Now | CHICAGO
[Text und Musik: Peter Cetera (1976)]
— 2 ▸ Running Up That Hill (A Deal With God) | KATE BUSH
[Text und Musik: Kate Bush (1985)]
— 3 ▸ On Every Street | DIRE STRAITS
[Text und Musik: Mark Knopfler (1991)]
— 4 ▸ One Way Ticket | ERUPTION
[Text und Musik: Jack Keller, Hank Hunter (1959 Neil Sedaka, 1978 Eruption)]
— 5 ▸ Pictures In The Dark | MIKE OLDFIELD
[Text und Musik: Kate Bush (1985)]
— 6 ▸ Never Be The Same | CHRISTOPHER CROSS
[Text und Musik: Christopher Cross (1980)]
— 7 ▸ Holding Out For A Hero | BONNIE TYLER
[Text und Musik: Jim Steinman und Dean Pitchford (1984)]
— 8 ▸ The Working Hour | TEARS FOR FEARS
[Text und Musik: Roland Orzabal, Ian Stanley, Manny Elias (1985)]
— 9 ▸ Island Of Lost Souls | BLONDIE
[Text und Musik: Deborah Harry and Chris Stein (1982)]
— 10 ▸ Another Brick In The Wall | PINK FLOYD
[Text und Musik: Roger Waters (1979)]
— 11 ▸ Go West | VILLAGE PEOPLE
[Text und Musik: Henri Belolo, Jacques Morali und Victor Willis (1979)]
— 12 ▸ Wired For Sound | CLIFF RICHARD
[Text und Musik: Alan Tarney und B A Robertson (1981)]
— 13 ▸ Once Upon A Long Ago | PAUL MCCARTNEY
[Text und Musik: Paul McCartney (1987)]
— 14 ▸ Daydream Believer | THE MONKEES
[Text und Musik: John Stewart (1967)]
— 15 ▸ No Milk Today | HERMAN'S HERMITS
[Text und Musik: Graham Gouldman (1966)]
— 16 ▸ Downtown | PETULA CLARK
[Text und Musik: Tony Hatch (1964)]
— 17 ▸ These Boots Are Made For Walking | NANCY SINATRA
[Text und Musik: Lee Hazlewood (1966)]

- **18 ▶ Portable Radio** | CLOUT
[Text und Musik: Daryl Hall und John Oates (1980)]
- **19 ▶ Magnetic Fields** | JEAN MICHEL JARRE
[Text und Musik: Jean Michel Jarre]
- **20 ▶ Stars On 45** | STARS ON 45
[Beatles-Medley *Stars von 45*, Idee und Produktion: Jaap Eggermont (1981)]
- **21 ▶ It's A Heartache** | BONNIE TYLER
[Text und Musik: Ronnie Scott und Steve Wolfe (1977)]
- **22 ▶ Schickeria** | SPIDER MURPHY GANG
[Text und Musik: Günther Sigl (1982)]
- **23 ▶ A Whiter Shade Of Pale** | PROCOL HARUM
[Text: Keith Reid, Musik: Gary Brooker und Matthew Fisher (1967)]
- **24 ▶ Irgendwie, Irgendwo, Irgendwann** | NENA
[Text und Musik: Joern-Uwe Fahrenkrog-Petersen und Carlo Karges (1984)]
- **25 ▶ Blue Night Shadow** | TWO OF US
[Text und Musik: Ulrich Herter, Thomas Dörr (1985)]
- **26 ▶ I Want To Break Free** | QUEEN
[Text und Musik: John Deacon (1984)]
- **27 ▶ Vienna Calling** | FALCO
[Text: Falco, Rob & Ferdi Bolland, Musik: Rob und Ferdi Bolland (1985)]
- **28 ▶ Stay On These Roads** | A-HA
[Text und Musik: Pal Waaktaar-Savoy, Magne Furuholmen, Morten Harket (1988)]
- **29 ▶ See You** | DEPECHE MODE
[Text und Musik: Martin Gore (1982)]
- **30 ▶ Prime Time** | THE ALAN PARSONS PROJECT
[Text und Musik: Eric Woolfson and Alan Parsons (1984)]
- **31 ▶ Luka** | SUZANNE VEGA
[Text und Musik: Suzanne Vega (1987)]
- **32 ▶ Irgendwie, Irgendwo, Irgendwann** | NENA
[Text und Musik: Joern-Uwe Fahrenkrog-Petersen und Carlo Karges (1984)]
- **33 ▶ The Way Life's Meant To Be** | ELECTRIC LIGHT ORCHESTRA
[Text und Musik: Jeff Lynne (1982)]
- **34 ▶ Neverending Story** | LIMAHL
[Text und Musik: Giorgio Moroder und Keith Forsey (1984)]
- **35 ▶ Paperback Writer** | THE BEATLES
[Text und Musik: John Lennon und Paul McCartney (1966)]

Dank

Wir danken unserem Lektor Friedbert Stohner, unserer Verlegerin Gabriele Leja und allen Kolleginnen und Kollegen im Deutschen Taschenbuch Verlag für ihr Engagement für die »Tonspur«, außerdem Christian und Peter für bereichernde Gespräche nicht nur zu DDR und Zeitzeugenschaft, Monja für gute Fragen und geduldiges Zuhören, Claire für detektivischen Spürsinn beim Entschlüsseln von Passstempeln und der Lektüre des Manuskripts, Gudrun und Detlev Hintze für wichtige ergänzende Detailarbeit bei den Recherchen und all unseren gemeinsamen Freunden aus der Münchner Buchwissenschaft, die mit ihren Fragen und ihrem Interesse ganz zu Anfang dabei waren, als Ereignisse anfingen, eine Geschichte zu werden.